Le MATCH

VI KEELAND

Le MATCH

Le Match
Traduit de l'anglais par Gaëlle Ty R So et Valentin Translation
Mannequin de couverture : Nicky John White
Photographe : Marq Mendez
Conception de la couverture : Sommer Stein, Perfect Pear Creative

*FINALEMENT... on regrette uniquement les chances q
ue l'on n'a pas saisies, les relations dans lesquelles
on craint de s'engager, et les décisions que l'on a
mis trop de temps à prendre.*
– Lewis Carroll

Chapitre 1

— Je n'arrive toujours pas à croire que tout ça est à toi...

Miller pencha la tête pour regarder par la vitre de la portière côté passager depuis le siège du conducteur.

— Ce n'est pas *tout* à moi, un quart appartient à un fonds d'investissement.

— Cause toujours. Tu es quand même la reine de ce château. Tu es sûre que tu ne veux pas que je vienne avec toi ?

Je jetai un œil à l'imposant bâtiment.

— C'est gentil de proposer, mais je pense que c'est quelque chose que je dois faire toute seule.

— OK, mais je ne dois pas aller au bureau avant cet après-midi, donc si tu changes d'avis, passe-moi juste un coup de fil, dit-il avant de me faire un clin d'œil. Tu auras peut-être besoin d'un assistant pour entrer avant toi dans les vestiaires, afin de t'assurer que tous ces joueurs de football en sueur sont dans une tenue décente pour te recevoir.

Je me penchai et embrassai Miller sur la joue en pouffant.

— Tu es si dévoué. Merci encore de m'avoir conduite ici.

Après avoir ouvert la portière de la voiture, je marquai un temps d'arrêt pour prendre une grande inspiration, les yeux rivés sur l'immense stade. Devant ce dernier, j'aperçus un gars avec un sweat à capuche portant ce qui ressemblait à au moins une douzaine de boîtes à pizza. Miller le pointa du doigt.

— C'est normal que tu entres par la même porte que les livreurs ?

— Aucune idée, mais si mes charmantes sœurs avaient leur mot à dire sur la question, je suis sûre que mon entrée mènerait directement à un cachot.

— Ne te laisse pas intimider par ces richardes pourries gâtées. Et redresse donc tes maudites lunettes. Elles sont encore de travers.

Je soupirai et remontai mes lunettes sur mon nez.

— Je vais faire de mon mieux.

Le trajet à pied du parking jusqu'à l'entrée du Bruins Stadium me fit le même effet que si je marchais sur une planche suspendue au-dessus de l'eau, surtout en sachant que des requins m'attendaient à l'intérieur. Rendue à proximité de la porte, je vis un petit attroupement de personnes avec des appareils photo. Je me demandai s'ils étaient là pour moi, car des gens avaient encore campé devant mon appartement il y a peu, ou s'ils étaient simplement là parce que les joueurs s'entraînaient aujourd'hui. Je baissai la tête afin d'éviter tout contact visuel et continuai à marcher pour aller me réfugier à l'intérieur. Je n'avais pas fait deux pas dans le bâtiment qu'un agent de sécurité m'arrêtait.

— Je peux vous aider ?

— Hmm, oui. Je travaille ici.

— Je ne vous ai jamais vue avant. Vous êtes nouvelle ?

J'acquiesçai d'un hochement de tête.

— C'est mon premier jour ici, techniquement.

Il leva un bloc-notes devant lui.

— Votre nom ?

— Bella Keating.

Il consulta sa liste et me désigna l'appareil à rayons X situé à quelques pas.

— C'est comme à l'aéroport. Les téléphones, ordinateurs et autres appareils électroniques doivent être retirés de votre sac et placés sur le tapis roulant. Quand vous aurez fini, attendez sur la ligne jaune qu'on vous appelle avant de franchir le portique de sécurité.

Je suivis les instructions et déposai mon téléphone dans un petit bac rond avant de placer mon ordinateur portable dans un bac gris plus grand. Deux autres agents de sécurité se tenaient debout à discuter de l'autre côté du portique de sécurité tandis que j'attendais sur la ligne jaune. Un peu plus loin, je vis le livreur de pizza au sweat à capuche s'arrêter à hauteur d'une femme. Il lui dit quelque chose et elle gloussa en triturant ses cheveux, puis il disparut dans l'un des ascenseurs. Quelques secondes après, les portes de la cabine adjacente s'ouvrirent et un jeune homme en costume en sortit. Le nez sur son téléphone, il se dirigea sans se presser vers le portique de sécurité. Lorsqu'il leva enfin la tête, ses yeux s'arrondirent et sa démarche nonchalante se transforma en sprint. Je jetai un œil derrière moi, me demandant vers qui il courait.

— Madame Keating ! Je suis vraiment désolé pour le retard.

Il adressa un regard réprobateur aux deux agents de sécurité qui, jusqu'à présent, m'avaient ignorée, préférant discuter des statistiques du match du week-end dernier tandis que j'attendais patiemment sur la ligne jaune comme on m'avait demandé de le faire.

— *Excusez-moi.* Savez-vous qui vous êtes en train de faire attendre, là ?

L'agent qui avait vérifié mon identité haussa les épaules.

— C'est Keating votre nom de famille, hein ? me demanda-t-il avant de se retourner vers l'autre homme. Elle est nouvelle ici.

Le type en costume mit ses mains sur ses hanches en secouant la tête d'un air exaspéré.

— Et quel est le nom de la nouvelle propriétaire de l'équipe ? Celui qui sera inscrit sur votre prochaine fiche de paie ?

L'agent de sécurité écarquilla les yeux.

— Nom d'un chien ! Vous êtes cette Mme Keating là ?

J'hésitai avant de hocher la tête.

— Oui, je suis Bella Keating.

— Je suis vraiment désolé.

Il me prit par le coude et me guida pour me faire passer le portique de sécurité. Ce dernier sonna tandis que je le franchissais et je m'arrêtai, mais l'agent de sécurité m'indiqua d'un geste de la main que ce n'était rien.

— Ne vous inquiétez pas. Vous n'avez pas à passer ce portique de toute façon.

Le jeune homme en costume secoua la tête d'un air navré.

— Je suis désolé, madame Keating. Je pensais que vous arriveriez plus tard. Je suis descendu pour m'assurer que la sécurité était au courant que vous alliez venir aujourd'hui et pour leur dire de m'appeler dès votre arrivée, dit-il avant de me tendre la main. Je suis Josh Sullivan, votre assistant. Enfin, j'étais l'assistant de M. Barrett. Vous m'avez eu plusieurs fois au téléphone.

— Oh, bien sûr... Josh, répondis-je en souriant. Ravie de vous rencontrer enfin.

— Est-ce que vous voulez que je vous fasse visiter le stade, ou est-ce que vous préférez aller directement dans votre bureau ?

Étant donné que je n'étais jusque-là même pas certaine que j'avais bel et bien un bureau, je me dis que je pourrais aussi bien commencer par là.

— Dans mon bureau, ce sera très bien.

Josh me fit signe de passer devant. J'avançai de quelques pas, avant de me rappeler que mes affaires étaient passées dans l'appareil à rayons X et que je ne les avais pas récupérées. Je les pointai du doigt.

— J'ai failli oublier mon téléphone et mon ordinateur.

Dans l'ascenseur, Josh inséra une carte magnétique dans une fente du panneau de commande.

— On ne peut pas monter jusqu'aux bureaux des cadres sans une carte d'accès. J'ai déposé un jeu de cartes et de clés dont vous aurez besoin dans le vôtre.

— Merci.

Les bureaux des cadres, situés au dernier étage, n'avaient rien à voir avec mon ancien bureau miteux. Les couloirs lumineux étaient ornés de photos encadrées de joueurs sur le terrain, ainsi que d'un éventail de trophées et autres distinctions. Au bout du couloir que nous avions emprunté, Josh sortit un jeu de clés de sa poche et ouvrit la porte devant nous.

— Voici votre bureau.

Il poussa la porte pour l'ouvrir en grand, mais s'écarta pour me laisser entrer.

— C'est un bureau, ça ?

Il rit.

— Tout à fait, et il est entièrement pour vous.

Je m'avançai jusqu'à la grande baie vitrée donnant sur l'intérieur du stade. Plusieurs athlètes se trouvaient sur le terrain en contrebas, en train de s'étirer.

— Dites-moi, vous êtes bien au courant que j'ai demandé à Tom Lauren de rester en tant que président intérimaire, le poste qu'il occupe depuis que John Barrett est décédé ? Je suis co-présidente, mais de nom seulement. J'ai beaucoup de choses à apprendre. Tom serait sans doute bien plus à sa place dans ce bureau.

Josh sourit.

— Le sien n'est pas si mal. Il se trouve à l'autre bout du couloir. Je vous ai planifié une réunion avec lui à onze heures aujourd'hui, et un déjeuner de travail avec le personnel à midi et demi. Et à seize heures, vous avez une brève présentation à l'équipe de prévue à la fin de l'entraînement. À part ça, votre agenda est vierge pour que vous puissiez vous installer.

— Super.

— À ce propos, est-ce que vous préférez un agenda électronique, papier, ou les deux ?

— Je préférerais un agenda papier, si ça ne vous dérange pas.

Il sourit de nouveau.

— Votre père préférait également ça. La vieille école a parfois du bon.

J'acquiesçai d'un hochement de tête. Même s'il était certainement loin d'être le seul à avoir utilisé un agenda papier, je m'accrochai à cette information dérisoire à propos de John Barrett. Je savais si peu de choses sur lui, mais je sentais que ce ne serait bientôt plus le cas à présent que j'étais là.

Josh désigna la fenêtre.

— L'entraînement commence à dix heures, alors le terrain sera bientôt rempli.

Il pointa du doigt le plus grand bureau que j'avais jamais vu.

— Je vous ai commandé un nouvel ordinateur portable et je vous ai créé un compte sur le portail de management de l'équipe. Vous aurez ainsi accès à tout ce que vous voudrez savoir sur l'équipe et sur chacun des athlètes – les statistiques des joueurs, blessures, rapports médicaux, salaires, rapports disciplinaires, vous y trouverez absolument tout.

Il désigna ensuite une porte située derrière le bureau.

— Il y a une salle de bain privative ici. Elle est équipée d'une douche et d'une table de massage.

— Une table de massage ?

— M. Barrett faisait souvent appel aux massothérapeutes de l'équipe. Je peux vous réserver autant de séances que vous le souhaiterez.

Il alla se placer près d'une bibliothèque occupant tout un pan de mur.

— Tous les *playbooks* de l'équipe sont imprimés et rangés ici, de même que les dossiers de chacun des joueurs. Il y a aussi des carnets sur les recrues potentielles suivies par l'équipe de recrutement et un carnet sur tous les joueurs de la ligue dont le contrat prendra fin dans les douze mois à venir. Derrière cette porte...

Josh s'interrompit subitement. J'avais les yeux toujours rivés sur les dizaines de carnets épais sur les *nombreuses* étagères. Lorsque je les tournais vers lui, il sourit.

— Je suis désolé. Ça doit faire beaucoup à digérer et je me disperse, pas vrai ?

— Ce n'est pas grave.

— Et si j'allais nous chercher du café afin de vous donner quelques minutes pour vous installer ?

Je poussai un long soupir.

— Ce serait super. Merci, Josh.

Il ferma la porte derrière lui et je demeurai debout au centre de ce vaste espace. Ma présence ici était surréaliste, sans parler du fait qu'il s'agissait de mon bureau. J'eus à peine le temps de balayer de nouveau l'ensemble du regard que la porte s'ouvrit à la volée et que ma demi-sœur au tempérament cauchemardesque fit son entrée.

— Tu es prête à laisser tomber maintenant ? demanda Drizella d'un ton sarcastique.

Drizella n'était évidemment pas son véritable prénom, mais Miller et moi avions surnommé mes nouvelles demi-sœurs Drizella et Anastasia – les demi-sœurs diaboliques dans *Cendrillon*.

J'affichai un sourire forcé.

— Bonjour, Tiffany.

Elle ricana.

— Quelle plaisanterie ! Je n'arrive pas à croire que tu vas essayer de diriger l'équipe. Est-ce que tu as déjà vu un match au moins ?

Je choisis de l'ignorer.

— Je suis contente que tu aies accepté de rester. Ton expérience est évidemment précieuse.

— Bien sûr que je suis précieuse. Parce que *je connais le football*. Contrairement à toi.

— Eh bien, j'espère pouvoir apprendre beaucoup de choses de toi.

Je lui adressai un sourire doucereux. Au cours des deux années écoulées, depuis que ma vie avait été bouleversée, j'avais compris que pour combattre efficacement la méchanceté de Tiffany, il fallait la bombarder de bonté et de compliments. Elle savait uniquement comment se disputer avec moi. Alors au bout d'un moment, si je ne mordais pas à l'hameçon, elle se dégonflait et déguerpissait. Et c'est exactement ce qu'elle fit à cet instant. Elle tourna les talons et dandina ses fesses maigrelettes jusqu'à la porte. Au même moment, le livreur de pizza passa devant le bureau. C'était la troisième fois que je l'apercevais et je me dis que c'était un peu étrange.

— Qui se fait livrer des pizzas avant huit heures du matin ? Et qu'est-ce qui peut bien être ouvert de si bonne heure ?

Tiffany regarda le type s'éloigner dans le couloir, puis se retourna vers moi avec un sourire machiavélique.

— Tu veux te rendre utile ?

Je supposai qu'il s'agissait d'une question rhétorique, mais elle attendait manifestement une réponse. Je soupirai.

— Bien sûr, Tiffany.

Elle pointa le couloir du doigt.

— Ce livreur de pizza harcèle les femmes. Pas plus tard que la semaine dernière, il a fait une remarque sur mes fesses. En tant que nouvelle dirigeante de cette organisation, tu pourrais lui faire comprendre que ce genre de comportement ne sera pas toléré.

Je clignai des yeux.

— Oh. Ouah. C'est terrible.

— C'est pour ça que je te suggère de régler ce problème. À moins que tu sois trop occupée... ou que tu te moques de la façon dont on traite les femmes ici.

— Je ne m'en moque évidemment pas.

— Dans ce cas, j'ai hâte d'entendre comment se sera passée cette discussion. Je te verrai à la réunion du personnel tout à l'heure.

Tiffany soupira et disparut. Je me dis que je parlerais du livreur de pizza à Josh à son retour, mais une minute plus tard, le gars au sweat à capuche repassa devant mon bureau. Cette fois, les boîtes à pizza n'étaient plus là. En temps normal, j'avais horreur des confrontations, mais j'allais devoir m'y habituer si je voulais faire ce travail. Je sortis donc dans le couloir.

— Excusez-moi...

Le type se retourna.

La vache. D'aussi près, il était *vraiment* beau.

Il se pointa du doigt.

— C'est à moi que vous parlez ?

— Oui. Vous auriez une minute à m'accorder ?

Il afficha un sourire ultra-brite sacrément éblouissant. Je crus même voir ses dents étinceler pendant un instant. Pas étonnant que ce gars pense pouvoir dire et faire ce qu'il voulait. Le fait d'être canon ne lui donnait pourtant certainement pas le droit de harceler les femmes.

Le gars au sweat à capuche me suivit jusqu'à mon bureau. Devant la porte, je m'écartai et lui indiquai de passer devant d'un geste de la main.

— Entrez, je vous en prie.

Je fermai la porte derrière moi avant de lui tendre la main.

— Je suis Bella Keating.

— Je sais qui vous êtes. Je vous ai vue en photo dans le journal, dit-il en me serrant la main. Christian. Enchanté.

— Bien. Il va de soi que le sujet que je dois aborder avec vous est loin d'être idéal pour une première rencontre, mais je crains de devoir vous parler d'une plainte que j'ai reçue à votre sujet.

Christian plissa le front.

— Une plainte ? Quel genre de plainte ?

— L'une des employées m'a informée du fait que vous harceliez les femmes ici, au Bruins. Elle a mentionné une occasion en particulier où vous avez fait une remarque sur ses fesses.

Christian haussa aussitôt les sourcils d'un air effaré.

— Moi, harceler les femmes ? Je ne crois pas, non. Certaines d'entre elles aiment bien flirter, mais c'est juste de la rigolade.

— C'est généralement le problème, en réalité. Une personne pense qu'elle flirte, mais l'autre personne se sent harcelée. La limite entre les deux est parfois très floue. Ici, au Bruins, nous appliquons une politique de tolérance zéro en matière de harcèlement, alors j'ai bien peur de devoir vous demander de ne plus livrer de pizzas chez nous à l'avenir. Pour quelle pizzeria travaillez-vous ?

— Une pizzeria ?

— Oui, j'aimerais savoir qui est votre employeur.

Les lèvres charnues du gars esquissèrent un sourire alors qu'il plantait ses mains sur ses hanches.

— Vous ne savez pas qui est mon employeur ?

— Si je le savais, je ne vous aurais pas posé la question.

Il ricana et se dirigea vers la porte.

— Je dois y aller. Ravi d'avoir fait votre connaissance, Bella.

L'audace de ce type était incroyable. Il trouvait cela amusant ?

— Le harcèlement sexuel ne me fait pas rire, vous savez, et quand je dois faire part à quelqu'un d'une plainte envers lui, je ne prends pas ça à la légère. Je n'allais pas appeler votre patron, mais je me dis que je devrais peut-être le faire, vu votre attitude désinvolte.

— Appelez-la, je vous en prie. Cette conversation promet d'être intéressante, dit-il en ouvrant la porte, avant de regarder par-dessus son épaule. Et tant que j'y suis, comme je harcèle les gens, autant vous dire que vous êtes bien plus jolie en vrai que sur vos photos dans le journal. Ça vous dirait de dîner avec moi un de ces jours ?

J'en restai bouche bée. Avant que je puisse refermer cette dernière, Josh revint. Il salua le livreur d'un hochement de tête.

— Ça va, Christian ? Je vois que tu as fait connaissance avec la patronne.

— Ah ça, oui. Bella, ici présente, voudrait savoir pour quelle pizzeria je travaille. Tu pourrais la renseigner. Elle voudrait aussi le numéro de téléphone de ma patronne. Je dois filer.

Christian me souffla un baiser puis ajouta à mon intention :

— À plus tard, beauté. Au fait, vos lunettes sont un peu de travers.

Josh me tendit un café en affichant un air confus.

— Bizarre tout ça.

— Je ne vous le fais pas dire, rétorquai-je en ajustant mes lunettes sur mon nez. J'espère que vous savez pour qui il travaille.

Josh pointa la porte du pouce.

— Christian ?

— Oui.

— Eh bien, étant donné que vous êtes la nouvelle propriétaire de l'équipe, je suppose qu'il travaille pour vous.

Je fronçai le nez.

— Le livreur de pizza travaille pour l'équipe ?

Josh me dévisagea.

— Oh, je vois. Vous ne savez absolument pas qui c'était, pas vrai ?

— Euh... le livreur de pizza ?

— C'était Christian Knox. Le *quarterback* titulaire des Bruins et le capitaine de votre équipe.

Je fermai les yeux. *Drizella, je vais te tuer.*

—

— Ton premier jour s'est bien passé ?

Ma tête bascula en arrière contre l'appuie-tête à la seconde où je refermai la portière de la voiture de Miller.

— Tu te souviens de ce qui s'est passé le premier jour où on a bossé ensemble, quand on était à la fac ?

— Tu fais allusion à M. Grosses Burnes ?

— Le seul et l'unique.

— Pourquoi me parles-tu de lui ?

— La bourde que j'ai faite avec lui était moins embarrassante que celle d'aujourd'hui.

Durant notre seconde année à l'université, Miller m'avait dégoté un petit boulot dans la boîte pour laquelle il travaillait – il était opérateur de support technique pour un logiciel de paie. J'aurais dû me douter que c'était une mauvaise idée avant même de commencer. Les clients nous contactaient lorsqu'ils avaient un problème et on se servait du partage d'écran pour les guider à travers les différentes étapes nécessaires à la résolution dudit problème avec notre logiciel. Il y avait aussi une fenêtre de chat en bas de l'écran où on pouvait voir la photo de profil du client et lui, la nôtre. Le troisième client à solliciter mon aide ce jour-là était un homme et sa photo de profil le montrait debout, jusqu'à mi-cuisses. Je jure qu'à ce jour, je ne sais toujours pas ce qui se passait sur cette photo, mais sur mon écran, on aurait dit qu'il avait *une paire de burnes géantes*. Je ne parle pas d'un renflement prononcé, mais de deux boules molles tentant de s'échapper de son pantalon. J'ai réussi à aller au bout de l'assistance technique via le chat, mais avant de nous déconnecter, j'ai fait une capture d'écran pour pouvoir montrer la photo de profil de ce type à Miller. Ensuite, j'ai *cru* procéder à la déconnexion. Vous avez déjà certainement une idée de ce qui s'est passé ensuite...

Pour résumer, j'ai envoyé la capture d'écran à Miller via le système de chat en direct réservé aux employés, sur lequel nous avons eu une longue discussion sur la possibilité ou non d'avoir des burnes aussi grosses. J'ai même fait des choses comme googler *maladies pouvant causer un gonflement des testicules*, puis j'ai recherché le gars sur les réseaux sociaux pour voir si sa photo de profil avait subi une quelconque distorsion ou s'il ressemblait vraiment à cela. Inutile de préciser que j'étais en réalité toujours en ligne avec M. Grosses Burnes, qui a donc pu voir sur son écran tout ce que j'avais fait et qui a appelé mon patron. Miller et moi avons tous les deux été virés, et mon tout premier jour s'est avéré être le tout dernier.

— Qu'as-tu bien pu faire de pire que ce qui s'est passé avec M. Grosses Burnes ?

— Oh, je ne sais pas. J'ai peut-être confondu le meilleur *quarterback* de la ligue avec le livreur de pizza, avant de lui faire la morale sur le harcèlement sexuel au boulot.

Miller tourna subitement les yeux vers moi, puis de nouveau vers la route.

— Mais enfin, comment c'est arrivé ?

— *Drizella* est arrivée.

— Tu peux me dire comment tu as fait pour ne pas le reconnaître ? Tu as bien mémorisé les statistiques de tous les joueurs de l'équipe, non ?

— Tu sais bien que je ne suis pas physionomiste pour un sou. J'ai mémorisé ses chiffres, pas son apparence – qui est d'ailleurs époustouflante. La ligne de la mâchoire de ce type pourrait faire pleurer un sculpteur.

Miller secoua la tête d'un air désespéré.

— Je déteste devoir te le rappeler, mais tu ne construis plus des algorithmes. Tu vas devoir commencer à t'intéresser aux gens. Sers-toi de ces techniques que tu as toujours utilisées quand tu devais associer des visages à des noms.

Je fis la moue.

— Je ne suis pas douée avec les gens. Je suis une mathématicienne.

— Plus maintenant, princesse. Tu es milliardaire et propriétaire d'une équipe de la NFL.

— Je crois que j'aimerais retourner à mon ancien job. J'en ai assez de devoir socialiser.

Miller se marra.

— Tu finiras par trouver tes marques. Promis.

Chapitre 2

Christian

— Tiens, tiens. Regardez qui voilà. Il était temps.

Arrivé devant le coach, je commençai automatiquement à tendre la main droite, avant de me reprendre à la dernière seconde et d'offrir la gauche. Le côté droit du coach était paralysé depuis son AVC qui remontait à quelques années. Pour cette même raison, il était en fauteuil roulant.

Il me serra la main.

— Pas trop dur d'être assis sur le banc ? demanda-t-il.

Je lui tapotai l'épaule de ma main libre.

— J'aime à peu près autant ça que toi tu aimes être assis dans ce fauteuil, l'ancien.

Le coach rit. Marvin Barrett et moi, on passait notre temps à s'asticoter depuis l'époque où je n'étais encore qu'un benjamin en football. C'était mon premier entraîneur, mais également le père de John Barrett, l'un des plus grands joueurs de football américain de tous les temps et propriétaire des New York Bruins. Enfin, John en était propriétaire jusqu'à son décès d'un cancer du pancréas deux ans auparavant. À présent, l'organisation était apparemment dirigée par une femme qui m'avait pris pour un livreur de pizza et m'avait fait un sermon sur le harcèlement sexuel.

— Comment ça va alors ? Tu récupères bien ? demanda le coach.

J'avais subi une opération un mois plus tôt pour réparer un ligament déchiré dans mon genou, après avoir été blessé durant un match.

— Ça va, oui. Je suis une bête en rééducation physique et mon genou n'a pas été aussi souple depuis mes années fac. Mais le doc ne veut pas signer le certificat pour que je puisse revenir avant au moins trois semaines encore.

— Je suis sûr qu'il sait ce qu'il fait. Tu te souviens de la fois où tu t'es cassé deux dents pendant le troisième quart-temps d'un match au collège ? Tu n'as rien dit à personne jusqu'à ce que le match soit fini parce que tu avais peur qu'ils te mettent sur la touche pour les huit dernières minutes. Et si je me souviens bien, ton équipe menait de plus de vingt points. L'intérieur de ta bouche était si entaillé qu'ils ont dû te faire neuf points de suture. On aurait dit que tu avais mangé une lame de rasoir. Le doc a raison de ne pas te laisser décider par toi-même.

J'éludai le sujet d'un geste de la main.

— Tu veux aller prendre un peu l'air ?

— Oui, pourquoi pas. Se promener avec toi, c'est encore mieux qu'avec un chiot. Toutes les femmes s'arrêtent pour s'extasier et moi, j'ai une bonne vue de là où je suis assis – juste à hauteur de poitrine, si tu vois ce que je veux dire.

Je m'esclaffai.

— Toujours aussi pervers, le vieux.

Une fois dehors, le coach et moi fîmes le tour de son petit quartier. Après son AVC, il avait déménagé dans une communauté de retraite à soins continus. Il avait sa propre maison et vivait en semi-autonomie, avec une assistance médicale et domestique lorsque c'était nécessaire. Notre balade nous emmena autour du lac et dans le parc, où nous jouions souvent aux échecs lorsque je lui rendais visite.

— Prêt pour une autre déculottée aujourd'hui ? demanda le coach en ricanant.

— J'étais encore sous antidouleurs la dernière fois, alors, ne t'emballe pas trop vite. En plus, tu sais ce qu'on dit, *aux innocents les mains pleines.*

Le coach s'esclaffa.

— Toujours aussi mauvais perdant à ce que je vois.

— Tu veux parier ?

— OK, mais je ne veux pas de ton argent. Si je gagne, je veux un sandwich au pastrami de chez Katz's Deli.

— D'accord.

Je me grattai la tête en réfléchissant à ma mise.

— Quand je gagnerai, tu porteras un tee-shirt avec ma tronche dessus et tu t'assiéras dans les tribunes de l'équipe visiteuse lors du prochain match à domicile.

— C'est juste cruel, ça me plaît, dit-il avec un sourire amusé.

J'installai le coach d'un côté de la table d'échecs en béton et mis les pièces en place.

— L'ancienneté avant la beauté, à toi l'honneur.

Le coach déplaça l'un de ses pions noirs d'une case vers l'avant.

— Alors, tu as déjà rencontré ma petite-fille ? Elle devait prendre les commandes cette semaine.

— Je l'ai vue, oui. Hier. Elle est... intéressante.

— Elle a tout pour elle, celle-là. Belle et intelligente. Elle a fini major de sa promo à Yale. Dommage que je n'ai pas pu en être fier quand c'est arrivé, puisque je ne savais pas qu'elle existait à ce moment-là.

Lorsque je rendais visite au coach, nos discussions tournaient pratiquement toujours autour du football américain et non de nos vies personnelles. Je n'en savais donc pas plus que ce que la plupart des gens avaient lu dans les journaux – que son fils, John Barrett, avait laissé l'équipe entre les mains d'une fille qu'il n'avait jamais reconnue de son vivant et non entre celles de ses deux filles légitimes, qui travaillaient déjà pour l'organisation. Les journaux avaient suivi l'affaire pendant plus de deux ans tandis que sa famille contestait le testament, et la décision finale en appel avait été rendue seulement quelques semaines auparavant. J'étais donc assurément curieux au sujet de Bella Keating.

— Tu l'as rencontrée, toi ?

Le coach acquiesça d'un hochement de tête.

— Elle me rend visite presque tous les samedis matins. La première fois qu'elle est venue, c'était quelques semaines après la lecture du testament. Elle cherchait des réponses que je n'avais pas. Comme la raison pour laquelle mon imbécile de fils ne l'avait pas reconnue de son vivant.

Je n'en savais rien non plus.

— Tu penses qu'elle va s'en sortir comment à la tête de l'équipe ?

— Je crois que Bella va surprendre tout le monde, répondit le coach en levant un index déformé par l'arthrite. Tu sais, son ancien boulot consistait à développer des algorithmes pour déterminer les tendances de consommation de millions de gens. Elle n'aura aucun mal à apprendre les ficelles d'un sport que deux têtes de nœud comme nous ont réussi à maîtriser. Bella doit juste apprendre à lâcher un peu son côté cérébral pour aller vers les gens. Elle y arrivera.

Reconnaître les joueurs de son équipe pourrait être un bon début pour aller vers les gens. Je gardai cette pensée pour moi. Il n'était jamais bon de critiquer les proches d'autrui, même si la personne visée venait de débarquer dans la famille.

Le coach avança un pion.

— Elle ne ressemble pas vraiment à ses sœurs, hein ? demanda-t-il.

Carrément pas. Tiffany et Rebecca étaient grandes et minces comme des fils de fer, avec un teint olivâtre assorti de cheveux et d'yeux bruns, comme leur père. Elles étaient attirantes, mais dégageaient une certaine froideur – à cause de leur regard ou de leur mâchoire ciselée, je ne savais pas trop. Bella, en revanche, avait une peau de porcelaine avec des yeux verts lumineux et des cheveux auburn. Ses lèvres pulpeuses s'incurvaient joliment en un petit V au niveau du philtrum, formant un bel arc de Cupidon. Elle devait mesurer à peine un mètre soixante, mais avec des courbes aux bons endroits. Je souris en repensant à ses lunettes à monture épaisse légèrement de travers sur son nez.

— Non, je n'ai vu aucune ressemblance. Tu veux bien me dire pourquoi John lui a laissé l'équipe au lieu de la donner à Tiffany et Rebecca ?

Le coach haussa les épaules.

— Je suis seulement certain de ce qu'il a écrit dans la lettre qu'il a laissée avec son testament – que ces deux-là sont assez pourries gâtées comme ça. Je suis entièrement d'accord. Il s'est aussi excusé d'avoir laissé Bella dans la galère après la mort de sa mère. Elle s'appelait Rose, une dame très gentille. Elle était hôtesse d'accueil dans les tribunes de luxe au Bruins Stadium. C'est une façon élégante de dire qu'elle devait supporter les caprices d'un paquet de gens riches et servir des boissons ou autres à des clients qui ne disaient probablement même pas merci. J'ai souvent croisé Rose au fil des ans, mais je n'ai jamais soupçonné qu'il se passait quelque chose entre elle et mon fils. Je suppose qu'il a laissé l'équipe à Bella pour se soulager de la culpabilité qui l'accablait durant ces derniers mois. Rose et Bella n'ont pas eu une vie facile et les choses ont empiré pour Bella après la mort de Rose alors qu'elle n'était qu'une adolescente. Mais ne t'en fais pas, contrairement à mon fils, Bella est d'une honnêteté sans pareille. Tu sais qu'elle a proposé de me céder l'équipe ? J'ai aussi dû la dissuader de la remettre entre les mains de ses morveuses de sœurs. Elle avait l'impression qu'elle n'aurait pas dû en hériter parce qu'elle n'avait rien fait pour mériter ça.

Il secoua la tête avant d'ajouter :

— Tu crois que les deux autres sont capables de penser qu'elles doivent *mériter* quelque chose ? J'aime mes autres petites-filles, mais elles pensent que la terre entière leur revient de naissance.

Je ne connaissais pas très bien Rebecca, mais Tiffany croyait assurément que tout lui était dû. Quelques mois auparavant, elle avait décidé qu'elle avait un droit sur mes parties viriles et elle m'avait fait venir dans son bureau pour faire valoir ce droit. Elle avait alors commencé à se déshabiller comme si elle pouvait décider seule qu'on allait coucher ensemble. Mais c'était hors de question pour moi. Ne vous méprenez pas, elle était attirante. Ce n'aurait pas été un calvaire de lui donner ce qu'elle désirait, mais une femme comme ça ne se satisfait jamais d'une simple coucherie. Je n'avais aucune envie de m'embarquer là-dedans.

Durant l'heure qui suivit, je battis le coach trois fois aux échecs. Il allait maintenant devoir porter un tee-shirt avec ma tête dessus, agiter en l'air l'un de ces gros doigts en mousse avec mon numéro dessus, et accrocher mon maillot à une perche attachée à son fauteuil roulant, tel un étendard. Je lui apporterai quand même son fichu sandwich de chez Katz's Deli la prochaine fois que je lui rendrai visite, car cet homme était plus un père pour moi que le mien ne l'avait jamais été.

À la fin de ma visite, je m'assurai qu'il soit bien installé dans son fauteuil inclinable électrique dans son salon avant de lui dire au revoir.

— Tu as besoin de quelque chose avant que j'y aille ?

— Non, j'ai tout ce qu'il me faut, mais tu veux bien me rendre un service ?

— Dis-moi.

— Garde un œil sur Bella pour moi. Je pense qu'ils ne sont pas nombreux à se réjouir de la voir aux commandes dans cette tour d'ivoire. Elle pourrait bien avoir besoin d'un ami.

Je lui tapotai l'épaule.

— Pas de problème. Je verrai si elle aime les pizzas et je lui en apporterai...

Deux jours plus tard, j'étais dans les bureaux du stade pour une réunion avec Carl Robbins, vice-président des relations communautaires. Il était prévu que je joue au ballon le lendemain après-midi avec quelques gamins de la ligue junior sponsorisée par l'équipe, mais mon entraîneur se montrait pointilleux à propos de mes restrictions et avait refusé que je le fasse. Au lieu, on m'avait demandé de faire un discours au sujet du travail acharné à fournir pour accéder à la NFL. Carl avait couché sur le papier des points essentiels, comme si je n'étais pas capable de déterminer par moi-même ce qu'il fallait dire aux enfants alors que j'étais celui qui avait réussi à en arriver là. *Peu importe.* Je savais qu'il ne pensait pas à mal et que certains gars de l'équipe lui auraient fait écrire chacun des mots qu'ils allaient prononcer lors d'une prise de parole.

Carl aimait causer et il était donc encore en train de bavasser tandis qu'il me raccompagnait jusqu'à la porte de son bureau à la fin de notre réunion. Je sortis dans le couloir et tentai de l'interrompre poliment, avant de me raviser en apercevant une certaine beauté aux yeux verts qui se dirigeait vers moi. Les pas de Bella se firent hésitants et Carl sauta sur l'occasion pour poursuivre ses jacasseries avec quelqu'un d'autre.

— Bella ! brailla-t-il. Avez-vous déjà eu l'occasion de rencontrer Christian Knox ?

Le regard de l'intéressée fusa vers moi, puis de nouveau vers Carl. Je me dis qu'elle essayait de déterminer ce qu'elle devait dire ou non, alors je décidai de m'amuser un peu et de répondre en premier.

— On s'est croisés l'autre jour, en fait, dis-je avec un sourire amusé. Bella m'a demandé si je pouvais lui recommander un endroit dans le coin pour commander à déjeuner. J'ai suggéré le Three Brothers' Pizza, mais je lui ai conseillé de se rendre directement sur place parce que leur livreur a eu quelques problèmes dernièrement.

Bella réprima un sourire.

— Bonjour, Christian. Ravie de vous revoir.

— Christian va faire un discours devant la ligue junior qu'on sponsorise, dit Carl. Je suis toujours en train de dresser la liste des événements caritatifs dans lesquels vous pourriez vous impliquer, comme vous me l'avez demandé, mais celui-ci devrait vous plaire. Il s'agit d'une équipe de football entièrement féminine basée ici, à Manhattan. Elles sont vraiment douées, en plus.

— Oh, vraiment ? Une équipe entièrement féminine ? Ça me paraît intéressant, en effet.

Bella désigna son bureau d'un hochement de tête.

— J'ai une réunion dans quelques minutes, mais vous pouvez m'en dire un peu plus à ce sujet en attendant, Christian ?

— Oui, bien sûr.

Je serrai la main de Carl en lui disant que je le verrais le lendemain après-midi, puis je suivis Bella dans le couloir. Je ne pus m'empêcher de remarquer son joli fessier, mais je me forçai à relever les yeux aussitôt qu'ils se posaient dessus, ne souhaitant pas faire l'objet d'un *second* sermon sur le harcèlement sexuel.

Une fois dans son bureau, elle ferma la porte derrière nous.

— Vous ne devriez peut-être pas la fermer, déclarai-je en croisant les bras. Je ne voudrais pas que vous pensiez que j'ai fait exprès de me retrouver seul avec vous pour pouvoir vous *harceler*.

Bella soupira.

— C'est mérité. Et je vois que vous avez deviné que je vous ai pris pour quelqu'un d'autre.

— Le livreur de pizza vicieux...

— Je vous dois vraiment des excuses. Ma demi-sœur s'est visiblement amusée un peu à mes dépens, mais je dois quand même admettre mes torts. J'aurais dû vous reconnaître.

Je n'étais pas vraiment en colère. Après avoir compris qu'elle ne m'avait pas réellement accusé d'avoir harcelé quelqu'un, j'avais trouvé ça plutôt amusant. Je la dédouanai donc avec un haussement d'épaules.

— Excuses acceptées.

— Vraiment ?

— Vous vous sentiriez mieux si vous deviez d'abord me supplier ?

Elle soupira de nouveau.

— Sans doute, oui. Je trouve ça louche quand les gens sont sympas par ici.

— J'en déduis que l'accueil n'a pas été très chaleureux ?

— Mes sœurs me détestent, et la plupart des hommes qui travaillent ici s'adressent à moi d'un ton condescendant.

— Vous voulez savoir ce que je ferais à votre place ?

— Dites-moi.

— Je les enverrais paître. Ignorez-les tous et faites ce que vous avez à faire.

Je tapotai ma tempe avec deux doigts et ajoutai :

— Ne les laissez pas vous embrouiller l'esprit.

— Merci. J'apprécie.

Elle sourit.

— Je me demande quand même ce que vous faisiez avec toutes ces boîtes à pizza à huit heures du matin.

— C'est une tradition. Quand on gagne un match à domicile, tout le monde a droit à de la pizza au petit-déjeuner le lendemain, courtoisie du Three Brothers' Pizza. Le propriétaire est un fervent supporter et il faisait déjà ça avant que j'arrive dans l'équipe. Le nigaud qui s'est retrouvé sur le banc de touche à cause d'une blessure doit aller les chercher.

— Et si vous perdez ?

Je fronçai les sourcils.

— Pas de pizza.

Bella rit.

— Vous pensez qu'on pourrait mettre l'incident du livreur de pizza derrière nous et repartir du bon pied en prétendant que c'est la première fois qu'on se rencontre ?

— Je pensais que c'était déjà fait, mais allons-y, dis-je en tendant la main. Christian Knox. Ravi de vous rencontrer.

Elle me serra la main.

— Bella Keating. Enchantée, Christian. Je suis une grande fan.

Je haussai un sourcil.

— C'est peut-être un peu exagéré, étant donné que vous ne saviez même pas à quoi je ressemblais.

— Je ne le dis pas aux gens normalement, mais le fait que je ne puisse pas mettre un visage sur un nom ne vient pas d'un manque d'intérêt. Je souffre de prosopagnosie.

— De prosopo… quoi ?

— Prosopagnosie. C'est l'incapacité à reconnaître les gens à leur visage.

— Ça existe vraiment, ça ?

Elle sourit.

— Oui. C'est un trouble cognitif souvent causé par une blessure à la tête, mais ça peut aussi être congénital. Je suis tombée d'une cage à poules au parc quand j'avais cinq ans et mon gyrus fusiforme a été lésé. C'est une région du cerveau qui intervient dans la reconnaissance des visages.

— Sérieux ?

— Brad Pitt a ça aussi, mais je crois que c'est congénital chez lui.

Bella rit puis ajouta :

— Je ne sais même pas pourquoi je vous raconte tout ça. Il n'y a que trois personnes qui sont au courant de mon handicap. J'arrive assez bien à le cacher en mémorisant des indices non faciaux au sujet d'une personne, comme sa démarche ou sa voix, ou encore la façon dont elle s'habille. Même un collier que la personne porte ou sa carrure me permettent de l'identifier plus facilement que son visage.

— Vous me l'avez dit pour ne pas blesser mon ego.

— Je ne voulais pas que vous pensiez que je ne suis pas fan de vous, parce que je le suis. J'ai étudié votre parcours.

Je me frottai la lèvre du pouce.

— Ah oui, vraiment ?

Elle redressa le dos.

— Soixante-sept virgule quatre pour cent de passes complétées l'an dernier. Cinq-mille-deux-cent-soixante-quatorze yards. Quarante-quatre touchdowns et huit interceptions. La saison précédente, soixante-et-un virgule huit pour cent de passes complétées, quatre-mille-six-cent-onze yards, quarante touchdowns et douze interceptions. L'année d'avant, soixante-quatre virgule deux pour cent de passes complétées, quatre-mille-neuf-cent-six yards, quarante-trois touchdowns et douze interceptions. Vous êtes allé à l'université de Notre-Dame, où vous avez mené les Fighting Irish à deux championnats de ligue. Vous avez un frère jumeau – un vrai jumeau et non un faux –, qui est également *quarterback*. Il était sur la touche cette semaine, comme vous, mais il doit revenir dimanche alors que vous serez très probablement sur le banc pendant encore quelques semaines. Et vous avez un autre frère, qui a joué pour l'université d'État du Michigan, mais qui n'a pas été sélectionné en NFL. Je crois que ce frère est policier dans le New Jersey.

— Qui était mon coach dans l'équipe de foot benjamine ?

Son visage se décomposa.

— Je ne sais pas, mais j'espère que ça ne comptera pas pour vous prouver que je dis vrai quand j'affirme savoir qui vous êtes en tant que joueur, même si je n'ai pas reconnu votre visage.

J'agitai un index dans sa direction.

— Je ne sais pas trop. Vous ne pouvez pas tout savoir à travers des faits et des chiffres. Vous ne construisez plus des algorithmes.

Elle inclina la tête.

— On dirait que vous avez aussi mené votre enquête. Vous savez ce que je faisais pour gagner ma vie avant...

L'alarme de mon téléphone retentit. Je sortis ce dernier de ma poche pour la couper.

— Je dois filer. L'entraînement commence dans dix minutes. Je ne suis pas autorisé à aller sur le terrain tant que je suis blessé, mais je ne vais pas me gêner pour coacher le type qui garde ma place chaude depuis la ligne de touche. On pourra reparler de l'équipe junior féminine une autre fois si vous voulez.

Bella sourit.

— Oui, avec plaisir. Et merci encore de vous montrer si compréhensif par rapport à ce qui s'est passé l'autre jour.

Je hochai la tête et me dirigeai vers la porte.

— Dites-moi, juste pour que les choses soient claires, si deux personnes travaillent ensemble et que l'une d'elles invite l'autre à sortir, est-ce que c'est du harcèlement sexuel ?

— Je pense que si c'est fait de manière à ce que l'autre personne se sente libre de refuser si elle n'est pas intéressée, ce ne serait pas considéré comme du harcèlement.

Je m'autorisai à observer brièvement Bella de la tête aux pieds sous son regard à elle.

— C'est bon à savoir. Au plaisir de vous revoir, Bella.

Chapitre 3

— Qu'est-ce que tu fais assis là ?

La semaine suivante, j'assistai à mon premier match officiel à domicile en tant que propriétaire de l'équipe. Juste avant la mi-temps, j'étais assise dans la loge du propriétaire avec des amis lorsque l'écran géant a affiché en gros plan un homme assis dans les tribunes de l'équipe visiteuse. *Mon grand-père.* Je savais qu'il avait une place réservée juste derrière le banc de l'équipe locale durant toute la saison, alors je suis allée voir ce qui se passait.

Je fronçai les sourcils en avisant le tee-shirt qu'il portait.

— Mais enfin, qu'est-ce que tu portes ?

Je me penchai pour le regarder de plus près.

— J'ai perdu un foutu pari contre Knox.

Oh la vache, est-ce que c'est la tête de Christian, là ?

— Quel genre de pari ?

— Il m'a battu aux échecs, alors je dois rester assis ici avec tout cet attirail ridicule.

— Pourquoi jouais-tu aux échecs avec Christian ?

— Parce qu'il est mauvais perdant. Il voulait sa revanche parce que j'ai gagné la fois d'avant.

— Mais pourquoi jouais-tu avec lui en premier lieu ?

Mon grand-père haussa les épaules.

— Tu vois le parc près de chez moi ?

— Oui. Et ?

— Il y a des tables en béton avec un échiquier peint sur le dessus.

— D'accord...

— On s'arrête là parfois quand on va se promener.

Je demeurai confuse.

— Christian te rend visite ?

— Une ou deux fois par mois. Il venait aux entraînements de mon équipe avant, mais depuis que j'ai pris ma retraite, il vient chez moi.

— Je ne savais pas que vous étiez bons amis tous les deux.

— Depuis que j'ai entraîné son équipe benjamine, il y a un bail de ça. J'ai suivi toute sa carrière après ça et j'ai incité ton père à venir voir quelques-uns de ses matchs quand il était au lycée. C'est comme ça qu'il s'est intéressé à Knox pour les Bruins.

L'équipe benjamine. Je comprenais mieux pourquoi Christian m'avait titillée en me signifiant que j'étais une geek en statistiques et que je ne m'intéressais pas assez aux gens. Je ne savais absolument pas que mon grand-père avait été son entraîneur.

— Eh bien, l'écran géant a fait un gros plan sur toi assis du côté des visiteurs et ça fait les gorges chaudes des présentateurs. Tu ne veux pas venir dans la loge du propriétaire pour regarder la fin du match ?

Il fit non de la tête.

— Je ne peux pas. Je suis fair-play. Un pari est un pari.

Je soupirai.

— OK... Miller et d'autres amis sont là, alors je vais remonter, mais je redescendrai te tenir compagnie dans un petit moment.

— Profite de tes amis. Je suis très bien ici tout seul pour regarder le match.

Je souris.

— Je reviendrai quand même.

La seconde mi-temps avait déjà commencé le temps que je rejoigne la loge de luxe située en hauteur.

— Tout va bien avec ton grand-père ? demanda Miller.

— Oui, ça va. Il a perdu un pari apparemment. C'est pour ça qu'il est assis du côté adverse avec un tee-shirt à l'effigie de Christian Knox sur le dos.

— On serait bien capables de faire un truc pareil, nous aussi.

Miller but une gorgée de son vin puis se dirigea vers le coin salon extérieur privé où son nouveau petit ami, Trent, et le frère de ce dernier, Travis, étaient assis.

— Alors, tu le trouves comment Trav ?

Je plissai les yeux.

— Je croyais que tu avais dit que ce n'était pas une tentative pour me caser.

— Je ne cherche pas à te caser, mais il a un beau sourire, non ?

Hélas, je n'avais même pas remarqué. Par contre, du haut de mon perchoir, j'avais bien vu que celui de Christian Knox était fantastique tandis qu'il observait le match depuis la ligne de touche. Ce sourire reflétait néanmoins davantage son autosatisfaction que son amabilité. Sur sa photo de joueur officielle, on pouvait voir une fossette, mais durant les quelques interviews que j'avais visionnées cette semaine, une autre avait également fait son apparition. Et, non, je ne l'avais pas épié. J'avais fait des recherches. J'étais propriétaire de l'équipe à présent et je me devais de savoir qui étaient mes joueurs. C'était en tout cas ce que je m'étais répété à plus d'une occasion lorsque j'avais cliqué sur sa photo sur le portail de l'équipe.

Je haussai les épaules.

— Oui, sans doute, mais tu sais bien que je viens de commencer à sortir avec Julian.

— Tu n'as pas *commencé* à sortir avec lui. Vous avez eu un seul rencard. Est-ce qu'il t'a rappelée, d'ailleurs ?

— Non, mais ça fait seulement une semaine.

— J'ai appelé Trent cinq minutes après la fin de notre rencard pour savoir s'il voulait qu'on sorte de nouveau ensemble. Il était en route pour aller prendre le train pour rentrer, mais il n'avait même pas encore quitté mon quartier.

— Tout le monde n'aime pas aller aussi vite que toi dans une relation. En plus, je connais Julian depuis longtemps. Il n'est pas du genre à précipiter les choses, même avec les projets sur lesquels on a bossé ensemble. Ça faisait partie des choses qui ont augmenté notre compatibilité quand j'ai fait des calculs sur nous.

— *Des calculs sur nous*, se moqua Miller. Je sais que tu es une génie des maths, mais on ne peut pas tout résoudre avec une formule. Si tu choisis les hommes avec qui tu sors en te basant sur un stupide algorithme que tu as développé...

Je l'interrompis.

— Je n'ai pas développé l'algorithme. J'ai utilisé le modèle de Gale et Shapley. Son efficacité a été démontrée pour des applications de rencontre comme Hinge, les admissions dans les universités et l'orientation des patients vers un hôpital adapté. C'est une méthode fiable pour garantir un mariage stable. Les développeurs ont gagné un prix Nobel pour ça. En plus, c'est toi qui m'a poussée à trouver quelqu'un avec qui je pourrais avoir une relation à long terme pour que je ne finisse pas *vieille fille*, dis-je en mimant des guillemets.

— Je voulais seulement dire que tu devrais sortir et rencontrer des gens, ou sortir plus de cinq fois avec le même mec. Je ne t'ai jamais encouragée à entrer les infos de tous les types que tu connais dans une base de données.

— Chacun sa façon de faire.

— Très bien, mais si tu tiens tant à donner une note aux hommes, laisse-moi au moins te donner les détails sur Travis. Il est célibataire, à la tête de son entreprise, il a une *cote de crédit de huit-cent-douze*, il conduit une Tesla, et il est proprio de sa baraque. Oh, et il n'achète pas de bouteilles en plastique à usage unique par souci de l'environnement.

— Et tu me dis tout ça parce que tu n'avais absolument pas l'intention de me caser aujourd'hui.

Miller sourit d'un air amusé.

— Exactement.

— Je vais me chercher à boire et retourner dehors pour voir le match.

Il avala le reste de son vin d'un trait et me tendit son verre.

— Tant que tu y es... Il faut que je trinque.

Travis sourit lorsqu'on les rejoignit à l'extérieur. Miller avait raison : il avait un beau sourire. Je ne pus néanmoins m'empêcher de le comparer à celui de Christian. Ce qui était absolument ridicule.

— Alors, ça fait quoi de gérer une équipe de football ? demanda Travis.

— Eh bien, ça ne fait que deux semaines, mais j'enchaîne les réunions en gros. Je n'ai pas l'habitude de faire ça. J'ai l'impression que beaucoup de gens aiment vraiment s'écouter parler.

Travis rit.

— Je ne suis pas fan des réunions non plus. J'ai changé de métier à cause de ça, en fait.

— Miller m'a dit que tu étais entrepreneur. Que faisais-tu avant ?

— J'ai fait des études d'architecte. Une fois diplômé, il m'a fallu moins d'un an pour réaliser que même si j'aimais construire des choses, je n'étais pas fait pour ce métier-là. Je passais plus de la moitié de mon temps dans des réunions avec des propriétaires, des inspecteurs, le département de la construction, ou mes patrons. Du coup, j'ai démissionné et j'ai acheté une maison à rénover près de chez moi. J'ai occupé une seule pièce le temps de tout retaper et j'ai revendu après. Un ami de mon père a adoré les rénovations que j'avais faites et il m'a demandé de travailler sur sa résidence d'été. Il y a eu un effet boule de neige après et j'ai monté ma propre boîte.

— Tu aimes diriger ta propre entreprise ?

Il se tourna sur son siège pour se placer face à moi.

— Beaucoup, oui. Ce qui est génial quand on est patron, c'est que s'il y a quelque chose qu'on n'aime pas faire, on peut le déléguer à quelqu'un d'autre. Mon assistant s'occupe de toutes les questions concernant le département de la construction et mon conducteur de travaux gère toutes les préoccupations des propriétaires. Comme ça, je peux me concentrer sur ce qui me plaît, c'est-à-dire sur la partie construction.

— Eh bien, c'est encourageant. Je suis à peu près certaine de ne même pas connaître toutes les composantes de mon boulot pour l'instant.

— Ça viendra vite. Quand j'ai commencé dans le cabinet d'architectes, je me suis retrouvé à poser un millier de questions aux entrepreneurs avec lesquels je travaillais. En y repensant, j'ai réalisé que depuis le début, j'étais plus intéressé par ce poste que par celui pour lequel on m'avait engagé.

Je souris.

— J'ai posé un millier de questions au directeur des analyses l'autre jour.

— Qu'est-ce qu'il fait, exactement ?

— Il supervise toutes les statistiques que les entraîneurs utilisent pour diriger les joueurs et préparer les matchs contre chacun des adversaires.

— J'en conclus que c'est ton domaine de prédilection ?

Je tapotai le classeur à trois anneaux posé sur mes genoux. Je notais des choses dedans depuis le début de la journée.

— Pendant mon temps libre, j'ai commencé à travailler sur un algorithme capable de prédire les statistiques des matchs, juste pour m'amuser. Je suis plus douée avec les chiffres qu'avec les gens.

— Je me permets d'en douter. Tu te débrouilles plutôt bien en ce moment même.

Ce gars avait l'air vraiment sympa, mais il fallait que je reste concentrée sur l'équipe et discuter avec lui m'empêchait de relever les statistiques dont j'avais besoin pour ma base de données. Je m'excusai donc peu de temps après et retournai m'asseoir avec mon grand-père. J'en appris plus durant la vingtaine de minutes passées à son côté que ce que j'avais pu glaner dans la centaine de livres sur le football américain que j'avais lus durant les deux dernières années.

Une fois le match fini, j'avais commencé à pousser son fauteuil roulant pour quitter les tribunes lorsque Christian Knox apparut juste en contrebas de nous, derrière la ligne de touche.

Il tapa sur le mur de sécurité.

— Joli tee-shirt, l'ancien !

— Il me servira de serpillère quand je rentrerai à la maison, cria mon grand-père. Dis donc, tu avais fière allure sur le terrain aujourd'hui… oh, attends, ce n'est pas toi qui as mené l'équipe à la victoire. C'est celui qui vise ton poste.

Christian agrippa sa poitrine.

— C'est un coup bas, coach. Un coup bas.

Les deux hommes sourirent. Christian hocha le menton vers moi.

— Quoi de neuf, boss ?

— Pas grand-chose. J'ai juste appris plus de choses sur le football en une heure que pendant les deux dernières années où j'ai essayé d'apprendre les ficelles de ce sport par moi-même.

— C'est vraiment agaçant, pas vrai ? Perso, je pense tout savoir jusqu'au moment où je m'assois avec lui. Vous restez un peu dans le coin tous les deux ?

Il pointa du pouce par-dessus son épaule.

— Je dois aller au débriefing du match, mais je peux

prendre le minivan de l'équipe après pour te raccompagner chez toi si tu veux, coach.

Il me regarda.

— Il est accessible en fauteuil roulant et ils me laissent l'emprunter pour le véhiculer.

Mon grand-père brandit un index.

— Je suis preneur. Lenny Riddler m'a déposé, mais je sais que sa fille est en ville, alors j'aimerais autant qu'il ne se déplace pas encore exprès pour moi.

Il pointa Christian du doigt.

— Toi, en revanche, ça ne me dérange pas de te faire perdre ton temps.

Christian s'esclaffa.

— Vous serez par ici ?

— En fait, des amis m'attendent dans la loge du propriétaire. On pourrait se retrouver là-bas ?

Il hocha la tête.

— On fait comme ça.

Quarante-cinq minutes plus tard, Christian arriva sans se presser dans la loge du propriétaire avec trois boîtes à pizza entre les mains. Il m'adressa un clin d'œil.

— Je me suis dit que vous pourriez avoir faim.

Je secouai la tête en souriant.

— Je n'ai pas fini d'en entendre parler, pas vrai ?

Il sourit à son tour d'un air amusé.

— Probablement pas.

Miller et son petit ami nous rejoignirent, suivis de près par Travis. Avisant leurs yeux émerveillés, je fis les présentations.

— Christian, voici mon ami Miller, son petit ami, Trent, et le frère de Trent, Travis.

Christian serra la main de tout le monde.

— Je suis un grand fan, dit Miller.

— Oui, un grand fan, déclarai-je en levant les yeux au ciel. Il m'a demandé à quelle manche on en était tout à l'heure.

Christian rit.

— Eh bien, au moins il y a à boire et à manger ici.

Miller se pencha et s'empara d'un plateau rempli de hors-d'œuvre.

— Ah ça, oui ! Du caviar et du champagne. Si j'avais su que ça se passait comme ça pendant les matchs, j'aurais essayé d'intégrer l'équipe de foot à la place de celle de badminton.

— Euh… tu n'as pas vraiment essayé d'intégrer l'équipe de badminton, lui rappelai-je. Tu étais juste porteur d'eau parce que tu avais des vues sur le coach de vingt-cinq ans.

Miller écarta cette remarque d'un geste.

— Pas besoin de rentrer dans les détails maintenant…

Je pris les boîtes à pizza des mains de Christian avec un éclat de rire.

— Qu'est-ce que je peux vous servir à boire ? demandai-je.

— La même chose que vous, ce sera très bien.

— Elle boit de la Mike's Hard Lemonade, dit Miller. J'ai dû en faire entrer en douce dans l'enceinte du stade. Je me suis dit qu'ils ne devaient pas en stocker dans les frigos à vin sophistiqués qu'il y a ici.

Christian parut amusé.

— Je crois bien que je n'ai pas bu un truc pareil depuis le lycée, mais je vais en prendre une.

Travis détourna la tête et éternua. Il était à un mètre cinquante de moi et s'était couvert la bouche, mais je retins néanmoins mon souffle et commençai à compter. Miller vit ce que j'étais en train de faire et sourit, tandis que Christian nous regardait tour à tour.

— Qu'est-ce qui m'échappe, là ? demanda-t-il.

N'étant pas encore arrivée à quinze, je pointai Miller du doigt.

Il se mit à osciller sur ses talons.

— Elle retient son souffle pendant quinze secondes quand quelqu'un éternue.

Christian sourit d'un air confus.

— Pourquoi ?

— Les microbes.

Christian rit, mais ne chercha pas à creuser la question.

Durant la demi-heure suivante, mes invités demeurèrent globalement en cercle autour de Christian. Si cela le gênait, personne n'aurait pu le deviner. Il était aussi aimable que possible. À un moment donné, il s'excusa pour aller aux toilettes et lorsqu'il revint, j'étais en train de rassembler mes affaires pour partir.

— Vous êtes venue en voiture ? demanda-t-il en relevant les manches de sa chemise blanche.

Ses avant-bras musclés accrochèrent mon regard et le temps que je détourne les yeux, j'avais complètement oublié de quoi nous étions en train de parler.

— Euh... pardon, vous disiez ?

Il esquissa un sourire.

— Je vous demandais si vous étiez venue en voiture.

— Oh, non, je ne conduis pas. Je suis venue avec Miller.

Il regarda en direction des trois hommes qui discutaient à présent avec mon grand-père.

— Double rencard ?

— Non... enfin, pas que je sache. Miller avait peut-être une idée derrière la tête en revanche.

— Je peux vous raccompagner chez vous, alors ? On pourra déposer le coach avant.

— J'habite à Manhattan, en fait.

— Moi aussi.

— Oh. Eh bien, d'accord, dis-je avec un sourire en me sentant toutefois nerveuse. Je dois juste prévenir Miller.

Miller était toujours avec Trent et Travis lorsque j'arrivai à sa hauteur.

— Hé, je vais raccompagner mon grand-père avec Christian. Il me ramènera chez moi après.

Les yeux de Miller se mirent à pétiller d'excitation, mais je vis le sourire de Travis s'estomper. Lorsque je me rendis dans le coin salon pour vérifier à nouveau que je n'avais rien oublié, ce dernier me rejoignit, les mains dans les poches.

— Dis-moi, tu serais d'accord pour me donner ton numéro de téléphone ? On pourrait dîner ensemble un de ces jours ?

Je me sentais toujours affreusement mal lorsque je devais dire non à un homme qui me proposait de sortir avec lui, surtout quand il était sympa. En réalité, j'étais déjà allée à quelques rendez-vous simplement parce que je n'avais pas eu le cœur de refuser. Cette fois au moins, j'avais une raison à lui donner, même si je n'étais pas tenue de me justifier.

— Je suis désolée, mais je viens de commencer à fréquenter quelqu'un avec qui je travaillais avant et en plus j'ai tellement à faire sur le plan professionnel ces jours-ci que je pense simplement que ce n'est pas le bon moment.

Travis afficha un sourire forcé.

— Oh, je vois. Pas de problème.

— Mais j'ai été ravie de faire ta connaissance.

— Oui, moi aussi. Merci de m'avoir invité aujourd'hui. J'ai passé un très bon moment.

Lorsque Travis tourna les talons, je remarquai que Christian me regardait à travers la paroi vitrée. Contrairement à la plupart des gens surpris en train d'épier quelqu'un, il ne détourna pas les yeux. Au lieu, il afficha un sourire satisfait et garda les yeux rivés sur moi tandis que je m'approchais de la porte avant de l'ouvrir.

— Vous lui avez brisé le cœur, hein ?

Il sourit de plus belle alors que je franchissais le seuil.

— Comment savez-vous de quoi je parlais avec Travis là-dedans ?

— Je connais le regard de la défaite.

— Oh, vraiment ? De nombreuses femmes vous auraient donc dit non ?

— Pas du tout. C'est généralement à cause de moi qu'elles disent non aux autres hommes.

Je roulai des yeux.

— Vous ne seriez pas du genre prétentieux ?

Christian haussa les épaules.

— Je suis honnête, c'est tout.

— Allez, saint Christian, en route. Les agents d'entretien sont déjà passés plusieurs fois pour voir si on était toujours là. Je suis sûre qu'ils aimeraient bien rentrer chez eux dans un futur proche.

Une heure plus tard, nous avions déposé mon grand-père et je me retrouvai seule avec Christian dans le minivan.

— C'était la première fois que tu voyais un match depuis la loge du propriétaire aujourd'hui, hein ? demanda-t-il avec cette familiarité qui s'était naturellement installée entre nous.

J'acquiesçai d'un hochement de tête.

— J'ai assisté à tous les matchs de l'équipe ces deux dernières années, mais j'étais assise dans les tribunes normales. Mes sœurs n'allaient pas m'accueillir à bras ouverts à moins d'y être obligées.

Christian se tut un moment avant de répondre :

— Ça a dû te faire drôle de découvrir qui était ton père et d'apprendre qu'il t'avait laissé une équipe de foot pro, tout ça dans la même journée.

Je hochai la tête.

— Oui. La plupart des gens doivent penser que j'ai gagné le gros lot en héritant de la majorité des parts d'une équipe de football professionnelle, mais je n'ai pas du tout eu cette impression. Ça m'a rendu triste de savoir que mon père était au courant de mon existence et qu'il n'a pas cherché à faire ma connaissance.

— Tu ne te doutais vraiment pas que c'était ton père, hein ?

— Non. Ma mère avait seulement dix-neuf ans quand elle m'a eue. Elle disait toujours que mon père était un type qu'elle avait rencontré pendant un concert dans un autre État et qu'elle ne connaissait même pas son nom de famille. Après sa mort, je suis allée vivre chez ma tante pendant un petit moment. Je lui ai demandé si elle en savait plus sur l'identité de mon père et elle a admis que ma mère lui avait confié qu'il s'agissait d'un homme marié. Mais elle ne connaissait pas son nom et d'après elle, ma mère n'avait sans doute pas dit à ce gars qu'elle était enceinte.

Christian me lança un regard en biais.

— Mais John le savait à l'évidence puisqu'il t'a mentionnée dans son testament.

J'acquiesçai.

— Je ne sais pas s'il le savait depuis le début ou s'il l'a découvert plus tard, par contre. Ma mère était hôtesse dans les tribunes de luxe du stade pendant seize ans, depuis ses dix-huit ans. Elle travaillait dans la loge du propriétaire parfois. Soit il s'agissait d'une relation suivie, soit c'était l'affaire d'une nuit. Quand je l'ai appris, j'ai essayé de discuter avec mes demi-sœurs pour voir ce qu'elles savaient, mais elles n'étaient pas ravies de parler avec moi et encore moins de choses personnelles concernant leur père.

— Ça ne m'étonne pas de Tiffany et Rebecca.

— Oui.

— Elles ont dû péter un câble à la lecture du testament.

— J'imagine, oui. Je n'étais pas présente à la lecture officielle. Un jour, un avocat a toqué à ma porte et m'a dit que j'étais bénéficiaire d'un legs provenant de John Barrett. Je ne savais même pas qui c'était avant que l'avocat m'explique qu'il s'agissait du propriétaire des Bruins. Je me suis dit que ma mère et lui étaient peut-être amis. Bref, je travaillais ce jour-là, donc je ne suis pas allée à la lecture. J'ai découvert ce qui m'avait été légué le soir même, en regardant les infos à la télé.

— La vache !

— Comme tu dis. C'était dingue à ce moment-là. Je menais une petite vie tranquille et du jour au lendemain, je ne pouvais plus aller nulle part sans qu'un reporter m'agite un micro sous le nez. Et mes nouvelles demi-sœurs ont gentiment organisé une conférence de presse pour clamer que j'étais une croqueuse de diamants qui avait manipulé un homme malade, alors que je n'avais jamais rencontré John Barrett.

— Et dire que je pensais être trop sous pression.

— Mon grand-père aime dire que les diamants se forment sous pression. Il a tendance à oublier que ça peut aussi mener à une crise de nerfs.

Christian me lança un autre regard en biais et sourit.

— Non... tu vas gérer.

Un peu plus tard, Christian se gara à l'adresse que je lui avais indiquée. Il fronça les sourcils en observant le vieux bâtiment décrépit.

— Tu as des courses à faire ici, c'est ça ?

Sa question me fit rire.

— Non, j'habite ici.

Je désignai une fenêtre au troisième, deux étages au-dessus du primeur installé au rez-de-chaussée. Il n'y a pas d'ascenseur, mais le loyer est plafonné et j'ai une fenêtre de toit.

— Tu vis ici depuis longtemps ?

— Depuis mes seize ans. J'ai bossé pour M. Zhang, le propriétaire, en échange d'un logement jusqu'à ce que j'aie fini mes études à la fac et que je décroche un job à plein temps.

— Tu n'as pas dit que ta tante s'était occupée de toi après la mort de ta mère ?

— Si, mais elle est morte pendant une opération bénigne d'une hernie six mois après ma mère. Elle a fait une allergie au produit anesthésiant. Du coup, l'État m'a placée chez une cousine de ma mère. Ça ne s'est pas bien passé, alors je me suis installée toute seule.

— À seize ans ? Les services sociaux n'ont rien fait ?

— Ils n'étaient pas au courant. Ils sont tellement débordés avec tous les gens qui n'ont nulle part où aller que quand ils placent quelqu'un chez de la famille, ils ne contrôlent pas vraiment ce qui se passe ensuite.

Christian regarda de nouveau l'épicerie en silence avant de déclarer :

— Je suppose que c'est pratique pour avoir des fruits frais.

Je souris.

— Pour ça, oui. J'imagine que tu vis dans un endroit un peu plus huppé ?

Christian observa le bâtiment d'un air perplexe.

— Comment rentres-tu là-dedans ?

— Par le magasin. Il y a une porte à l'arrière qui mène aux deux appartements à l'étage.

— Et comment fais-tu quand le magasin est fermé ?

— C'est ouvert 24h/24, alors le problème ne s'est jamais posé.

Christian sourit d'un air amusé.

— Tu as vraiment adopté le style de vie des milliardaires, hein ?

— Complètement, répondis-je en riant. Bon, merci de nous avoir ramenés, mon grand-père et moi.

— Attends. Laisse-moi trouver un endroit où me garer et je vais te raccompagner jusqu'à la porte.

— Tu peux me laisser ici.

— Sans doute, mais il fait nuit et je vais venir avec toi.

Il regarda autour de lui. La rue était bordée de voitures collées les unes aux autres, alors il mit les warnings.

— Je suis bien garé ici, finalement.

Christian sortit du minivan et le contourna rapidement pour venir ouvrir la portière côté passager. Il me tendit la main pour m'aider à sortir du véhicule. Empotée comme j'étais, je réussis je ne sais comment à laisser tomber mon classeur en montant sur le trottoir. Il rebondit sur le bitume, éparpillant son contenu sur la rue.

— Mince !

Je me penchai pour ramasser les feuilles, mais la brise s'empara de quelques pages et les fit voleter plus loin.

Christian poursuivit ces dernières tandis que je rassemblais les autres. Après les avoir époussetées, il me tendit celles qu'il avait récupérées, avant de les ramener vers lui pour les regarder de plus près.

— Tu notes tes propres stats ? Tu sais que l'équipe a un analyste qui s'occupe de ça ? Plusieurs, même.

— Je sais, oui. Leurs stats m'ont permis de développer un algorithme pour essayer de prédire le taux de succès de certains scénarios à l'avenir.

— Ah bon ? Tu sais faire ça ?

— Je pensais pouvoir le faire, en tout cas. Ça a bien marché pour certains joueurs, mais pas tant que ça pour d'autres.

— Lesquels ?

— Lesquels, quoi ?

— Pour lesquels ça n'a pas marché ?

Je fouillai parmi les papiers en vrac pour trouver ceux avec le plus d'encre rouge.

— Yates, par exemple. Les résultats étaient complètement à côté pour lui. Pareil pour Owens.

Christian sourit.

— Ah, il te manque le facteur humain.

— Comment ça ?

— La petite amie de Yates l'a plaqué cette semaine. C'est un bon joueur, mais il est aussi très émotif. Il était à côté de la plaque à l'entraînement toute la semaine. Et Owens s'inquiète à propos du renouvellement de son contrat. Sa femme a appris récemment qu'elle était enceinte de leur cinquième enfant et il a une trentaine d'années. Il est sous pression avec un avenir incertain.

— Oh, je vois. Je n'étais pas au courant de tout ça.

Christian me tendit les papiers qu'il avait à la main.

— Les chiffres sont seulement une partie de l'équation. Tu dois aussi apprendre à connaître les gens.

Je fronçai le nez.

— Je ne suis pas très douée pour ça.

— Je peux t'aider, si tu veux. Je serai encore sur la touche pendant un bon moment à me tourner les pouces.

— C'est gentil de proposer. En général, quand je dis aux gens ce que je fais pour m'amuser, ils me regardent simplement comme si j'étais cinglée.

Christian me raccompagna jusqu'à l'entrée du primeur, qui se trouvait à seulement six mètres.

— Dis-moi, pourquoi as-tu refusé de sortir avec ce type tout à l'heure ?

— Euh… j'ai eu un premier rendez-vous pas longtemps auparavant avec quelqu'un qui bossait avec moi avant, et en plus, ma vie est plutôt bien remplie en ce moment.

Son regard se posa sur mes lèvres pendant une demi-seconde. Si j'avais cligné des yeux à ce moment-là, je ne l'aurais pas remarqué.

— Vous êtes exclusifs, toi et le gars avec qui tu bossais ?

— Non. Pas encore, en tout cas. Mais de toute façon, je pense que je dois m'installer dans mon nouveau rôle et me concentrer là-dessus pour l'instant. Au moins le temps d'apprendre à connaître les différentes personnes au sein de l'organisation et de savoir à qui je peux faire confiance et de qui je devrais me méfier.

Christian passa son pouce sur sa lèvre inférieure.

— Très bien. Je te comprends. On se voit demain, alors.

— Demain ?

— Oui. Je connais assez bien tout le personnel de l'organisation, et tous les joueurs. Je passerai te voir après l'entraînement et je t'aiderai à faire le tri. Plus vite tu seras installée, plus vite je pourrai t'emmener dîner, conclut-il en haussant les épaules.

— Je n'ai jamais dit que j'accepterais de dîner avec toi.

Christian se pencha et m'embrassa sur la joue.

— On travaillera là-dessus aussi. Bonne nuit, boss.

Chapitre 4

Bella

— La dernière question à aborder, c'est *Sports Illustrated*.

— Qu'est-ce qu'il y a avec eux ?

Beau Fallon, vice-président des relations presse, tapota son carnet de son stylo.

— Ils veulent toujours vous voir en couverture. Le président du conglomérat auquel le magazine appartient m'a appelé en personne pour me demander comment il pourrait nous convaincre de le faire.

— Je vous l'ai déjà dit, je pense qu'il vaut mieux que je fasse profil bas pour l'instant. Je dois établir des rapports amicaux avec les gens qui travaillent ici, pas me les mettre encore plus à dos en affichant ma tête partout comme si je me prenais pour une rockstar.

— Je sais bien, et j'étais d'accord quand vous avez pris cette décision. Mais je voulais de nouveau aborder la question parce qu'ils ont soulevé un point intéressant : vous êtes la première personne à être devenue propriétaire d'une équipe à un si jeune âge, et en plus, vous êtes une femme. Ça pourrait être inspirant pour d'autres jeunes femmes de voir que quelqu'un qui leur ressemble est parvenu au sommet contre toute attente.

Je réfutai aussitôt cette idée.

— Plus tard peut-être, mais là, ce n'est pas le bon moment.

Il sortit quelque chose de la sacoche en cuir à ses pieds et le déposa sur la table. Il s'agissait visiblement d'une pile de magazines sous plastique.

— Je leur dirai, mais ils m'ont envoyé ça en me demandant de vous les donner.

— Qu'est-ce que c'est ?

— Certaines de leurs publications avec des articles sur des femmes pionnières dans le sport. Billie Jean King, Serena et Venus Williams, Katherine Switzer…

— C'est qui, Katherine Switzer ?

— La première femme à avoir couru le marathon de Boston, en 1967. Les femmes n'étaient pas autorisées à y participer à l'époque alors, elle s'est inscrite en tant que KV Switzer. Durant le marathon, l'un des organisateurs s'est rendu compte qu'une femme courait et il a tenté de l'évincer de la course, mais elle est devenue la première participante officielle à terminer la course.

Il poussa la pile de magazines vers elle.

— Vous venez d'illustrer ce qu'ils cherchent à mettre en avant en vous donnant ces magazines : les gens ne sont pas au courant des exploits des femmes si personne ne raconte leurs histoires.

— Je comprends tout à fait qu'il est important de raconter les histoires de ces femmes, mais j'aimerais bien accomplir réellement quelque chose avant qu'on chante mes louanges.

Beau sourit.

— On croirait entendre votre père.

— Vraiment ?

Il acquiesça.

— Cet homme a été sélectionné par la NFL, il a battu une douzaine de records durant sa carrière, et puis en investissant de manière judicieuse dans le gaz et le pétrole, il a amassé une fortune – assez pour acheter une équipe à l'âge de quarante ans. Malgré tout ça, il n'a jamais eu l'impression de mériter des éloges.

J'avais bien du mal à réconcilier toutes les choses positives que j'entendais à propos de John Barrett avec l'image de ce père qui n'avait pas assumé ses responsabilités lorsque j'étais née. Je gardai néanmoins cette réflexion pour moi, car la plupart des gens qui travaillaient ici le vénéraient.

— Y a-t-il autre chose dont nous devons discuter ?

Beau fit non de la tête.

— Je ne crois pas.

Le reste de l'après-midi passa très vite. J'avais eu des réunions avec le département juridique et l'équipe opérationnelle, puis j'avais assisté à la réunion de l'équipe commerciale. Il était plus de dix-sept heures lorsque j'empruntai de nouveau le long couloir menant à mon bureau. En chemin, une photo devant laquelle j'étais déjà passée des dizaines de fois m'interpella soudain. C'était un cliché de mon père avec Tiffany et Rebecca. Ils tenaient le trophée du Super Bowl à bout de bras, entourés d'une pluie de serpentins. J'observai le visage souriant de mon père, tentant une fois de plus de comprendre qui était cet homme. Une minute ou deux passèrent... ou peut-être plus. J'étais tellement perdue dans mes pensées que je n'avais pas remarqué que je n'étais pas seule avant qu'une voix masculine me tire de ma rêverie.

— C'était une sacrée journée.

Je n'avais même pas entendu Christian approcher.

— Oh, salut.

Il pointa le menton en direction de la photo.

— Tu as vu ce match ?

Je fis non de la tête.

— Je ne savais probablement même pas que ce match avait lieu ce jour-là ni quelles équipes y participaient.

— J'aime vraiment ton honnêteté.

— Tu dois bien être le seul dans tout ce bâtiment.

Christian sourit.

— Désolé d'arriver si tard. Mon genou était enflé aujourd'hui, alors le kiné m'a envoyé passer un scanner.

— Est-ce que ça va ?

— Oui. J'ai dû un peu trop forcer pendant la rééducation. Tu es prête pour un cours d'introduction sur les gens du Bruins ?

— Tu n'es vraiment pas obligé de faire ça, tu sais.

— Je sais, mais j'en ai envie.

Je ne savais pas trop quoi faire de cette réponse, alors je désignai mon bureau de la tête.

— Allons-y.

À l'intérieur, Christian pointa le canapé du doigt.

— Je peux m'asseoir ici et mettre mon pied sur la table ? Je dois le surélever pour que ça désenfle, histoire que le cœur du doc ne flanche pas à cause de moi.

Il s'arrêta dans son élan et leva les mains devant lui.

— Attends, est-ce que tu vas flipper parce que tu es germaphobe ?

— Je ne suis pas germaphobe. Pourquoi dis-tu ça ?

— Tu as retenu ton souffle quand quelqu'un a éternué hier.

— Oh, ça. C'est juste que je n'aime pas les éternuements. Tu sais que les microbes peuvent jaillir du corps humain à une vitesse de presque cent-soixante kilomètres à l'heure et parcourir jusqu'à huit mètres ?

— C'est une super anecdote. Tu racontes des trucs comme ça aux gens dans les soirées ? Pas étonnant que tu aies besoin de conseils pour socialiser.

Je plissai les yeux.

— Mets ton pied en l'air, petit malin.

Christian rit.

— Tu es mignonne quand tu joues les femmes autoritaires. Surtout avec ces lunettes de travers.

— Encore ?

J'ôtai mes lunettes, tordis un peu une branche, puis les remis sur mon nez.

— C'est mieux ?

Christian sourit et posa son pied sur la table.

— Non. J'ai dit ça pour te taquiner, mais maintenant elles sont vraiment de travers.

— Mais quel gamin !

Je redressai mes lunettes pour la seconde fois avant d'attraper un calepin et un stylo, ainsi que mon fidèle classeur avec mon algorithme, puis je m'assis en face de lui.

— Bon, on commence par quoi ? demanda-t-il. Les joueurs ou l'équipe dirigeante ?

J'étais sur le point de lui dire de choisir ce qu'il préférait lorsque je remarquai sur la table basse la pile de magazines déposés là plus tôt dans la journée. Cela me rappela ce que Beau avait dit à propos du fait que je ressemblais beaucoup à mon père.

— Tu connaissais plutôt bien John, non ?

— Barrett ? Ton père ?

J'acquiesçai.

— Je crois, oui.

— Comment était-il... dans la vie ?

Christian me regarda de façon un peu gênée.

— C'était un chouette type. Je ne suis pas sûr que tu as envie d'entendre ça vu la façon dont il s'est comporté avec toi, mais c'est la vérité. D'après ce que je sais de lui, en tout cas.

Je ne dis rien pendant un bon moment, puis je lui demandai :

— Si tu devais le décrire en un seul mot, qu'est-ce que tu dirais ?

— La première chose qui me vient à l'esprit, c'est *honorable*. Je sais bien que ça doit sonner faux à tes oreilles, mais l'homme que j'ai connu respectait toujours sa parole. Il y a beaucoup de faux-semblants et de paris sur l'avenir dans le sport. Les propriétaires et les entraîneurs veulent monter la meilleure équipe possible et ça veut souvent dire qu'il faut écraser les autres pour arriver à ses fins. Tout le monde est toujours en quête du prochain meilleur joueur. Tu peux être le roi pendant une année entière et celle d'après, on t'échange contre un nouveau champion. Ta valeur est seulement déterminée par ton dernier match. Il n'y a pas vraiment de loyauté. Mais quand mon premier contrat arrivait à son terme et que John a posé sa main sur mon épaule en me disant de ne pas m'inquiéter, je savais que je pouvais le croire.

— Je suppose que j'ai du mal à réconcilier l'image de l'homme dont tout le monde parle en bien ici et celle de l'homme capable de laisser son enfant passer de foyer en foyer après la mort du seul parent qu'elle connaissait.

Christian fronça les sourcils.

— Je ne peux pas te blâmer. J'ai du mal aussi.

— Miller pense que je devrais cesser d'en vouloir à un homme mort, sinon je ne pourrai jamais tourner la page. Mais pour moi, il s'agit moins de lui pardonner que de comprendre pourquoi il a fait ce qu'il a fait. Je ne suis pas du genre à laisser un puzzle aux trois quarts terminé.

Christian hocha la tête.

— Je comprends. Parfois, on se sent contrarié parce qu'on sait qu'il y a quelque chose de plus à savoir.

— Exactement. J'aimerais bien que Miller comprenne aussi bien ma logique.

— Je me trompe ou vous êtes amis depuis longtemps, tous les deux ?

— Depuis le second jour de ma première année de lycée, où il m'a accostée pour me dire de ne plus jamais porter de l'orange.

— Pourquoi ne voulait-il pas que tu portes de l'orange ?

Je pointai ma tête du doigt.

— Ça ne va pas du tout avec mes cheveux auburn.

— Il a juste débarqué sans y être invité pour te dire ça ?

— Eh oui.

— Et ça ne t'a pas dérangée ?

— Sur le moment, si. Je lui ai dit d'aller se faire voir. Mais quand je suis rentrée à la maison et que j'ai jeté un œil dans le miroir, j'ai réalisé qu'il avait raison. J'ai porté du vert à l'école le lendemain. Miller m'a dit que cette couleur était *enivrante* sur moi et il m'a donné la moitié du brownie qu'il était en train de manger. On est inséparables depuis. Il est un peu envahissant parfois, mais c'est le meilleur ami dont une femme puisse rêver.

La sonnerie de mon portable retentit depuis mon bureau à l'autre bout de la pièce et je demandai à Christian de m'excuser un instant pour aller voir si c'était important ou non. En voyant le nom de Wyatt sur l'écran, je souris.

— Je dois répondre. J'en ai seulement pour une minute.

— Prends ton temps.

Je décrochai et portai le téléphone à mon oreille.

— Qu'est-ce qui se passe, crapule ?

— Je t'appelle pour être sûr que tu seras là mercredi soir.

— Est-ce que j'ai déjà oublié de venir à un de tes matchs ?

— Tu as raté la moitié du dernier.

— C'est vrai, mais pas parce que j'avais oublié. Je me suis trompée quand je suis montée dans le deuxième bus. Ce n'est pas pareil.

— Est-ce que Miller t'emmènera ?

— Non. Miller aimerait venir, mais il travaille sur un gros projet et ils ne peuvent pas travailler dessus avant que tous les autres employés aient terminé leur journée.

— Tu vas encore devoir prendre plusieurs bus alors ? Il y en a au moins pour une heure et demie avec tous les arrêts et les transferts.

— Ce n'est pas grave. J'aurai mon ordi pour m'occuper.

— Tu sais qu'il y a ce truc appelé Uber maintenant...

Je souris.

— Je serai là à l'heure cette fois, promis.

— Mon pote Andrew pourra te ramener après. Il conduit plutôt pas mal.

— Est-ce qu'Andrew a son permis ?

— Il a son permis provisoire.

— Ce n'est pas un permis de conduire. J'espère que tu ne vas pas monter en voiture avec lui.

— Tu étais cool avant, tu sais. Tu parles comme ma mère maintenant.

— Je vais prendre ça comme un compliment.

— Oui, c'est ça…

Je m'esclaffai.

— Je dois te laisser, je suis encore au boulot. On se voit mercredi, d'accord ?

— OK, à plus.

— À plus, crapule.

Je raccrochai et retournai m'asseoir sur le canapé en gardant mon téléphone avec moi.

— Tu vas au match à Philadelphie ? demanda Christian.

— Le match à Philadelphie ?

— Tu as parlé d'un match mercredi. La ligue organise quelques matchs les soirs de semaine cette saison. Il y en a un à Philadelphie ce mercredi.

— Oh, non. Je vais à un match de lycée, pas à un match de ligue. Wyatt et sa mère sont des amis de longue date. Il jouait au soccer quand il était plus jeune, mais quand il est arrivé au lycée, l'entraîneur de foot l'a sélectionné en tant que *kicker*. Il est vraiment doué. Il espère obtenir une bourse, mais il fréquente un lycée catholique dans le Queens qui n'a pas vraiment la cote auprès des universités.

— Quelle école ?

— St Francis.

Christian hocha la tête. Il était assis dans le canapé, un bras posé sur le dossier et un pied sur la table basse. Il n'avait vraiment pas l'air pressé de s'en aller et il semblait parfaitement content de continuer à discuter de... de rien, en fait.

Je penchai la tête de côté.

— Je peux te poser une question ?

Il haussa les épaules.

— Oui, bien sûr.

— Qu'est-ce que tu fais là ?

— Qu'est-ce que je fais au Bruins, tu veux dire ?

— Non, je veux dire *ici*, à cet instant. Tu pourrais faire un tas d'autres choses en ce moment même, des trucs qui seraient sans doute bien plus drôles que de m'écouter blablater.

— J'aime peut-être bien les blablas.

Je renâclai de rire.

— Personne n'aime les blablas.

Il sourit et ses yeux se posèrent sur mes lèvres pendant une fraction de seconde.

— C'est peut-être *toi* que j'aime bien.

Je changeai de position pour me placer face à lui.

— Pourquoi ?

Christian haussa de nouveau les épaules.

— Je ne sais pas. Je te trouve intéressante.

Je plissai les yeux.

— Qu'y a-t-il d'intéressant chez moi ?

— Tu es une milliardaire qui vit dans un appartement à loyer plafonné au-dessus d'un marchand de fruits et légumes et qui a essayé de donner l'équipe dont elle a hérité à son grand-père. Qu'est-ce qu'il y a de *pas* intéressant chez toi ? Dans la même situation, la plupart des gens que je connais vivraient déjà dans un penthouse et auraient un chauffeur au lieu de marcher vingt minutes tous les jours pour aller au stade après être descendus du train ou de prendre deux bus pour aller voir un match de lycée dans le Queens.

Je haussai un sourcil et un sourire s'étira sur le visage de Christian.

— En plus, tu es très attirante.

Cette dernière remarque me fit sourire.

— Et techniquement, je suis ta patronne.

Il sourit de plus belle.

— Ça te rend encore plus attirante.

Je pouffai.

— Parle-moi un peu de toi, Christian. J'ai l'impression que tu sais un tas de trucs sur moi alors que je ne connais rien de toi, à part tes stats, bien sûr.

— Qu'est-ce que tu veux savoir ?

— Tu as une petite amie ?

— Tu me trouves attirant aussi, pas vrai ?

Je ris.

— Contente-toi de répondre à la question, Knox. Quelque chose me dit que ton ego est déjà bien assez flatté.

— Bien, m'dame. Pas de petite amie.

Je tapotai mes lèvres du doigt d'un air pensif.

— Qu'est-ce que tu fais de ton temps libre quand la saison est finie ?

— Je récupère. Je laisse mon corps se rétablir. Je dors. Je pêche. J'ai une cabane au bord d'un lac dans le Maine. Je passe du temps avec mes amis. Je voyage. Je continue à m'entraîner.

— Ça paraît si... normal.

— La saison est tout sauf normale quand on joue en NFL. C'est dur pour le corps et pour l'esprit. On est tout le temps en déplacement, les médias nous suivent partout, les femmes nous refilent leurs sous-vêtements avec leur numéro écrit dessus et elles se faufilent en douce dans nos chambres d'hôtel. Alors un peu de normalité, ça fait du bien.

Je grimaçai.

— Les femmes vous donnent leurs sous-vêtements ?

Christian sourit.

— D'autres questions ?

— Est-ce que je suis cinglée si je suis curieuse de savoir si les sous-vêtements sont propres ou non ?

Il rit.

— Sans doute, mais j'aime ta façon de penser.

Peu après, une alarme retentit sur le portable de Christian. Il le sortit de sa poche et la désactiva.

— Je dois filer. J'ai promis au kiné de redescendre le voir avant la fermeture à dix-neuf heures trente pour qu'il jette encore un coup d'œil à mon genou.

Je tapotai l'écran de mon téléphone pour regarder l'heure.

— Ah oui, en effet, il est déjà dix-neuf heures quinze. Je ne pensais pas qu'il était si tard. On n'a même pas parlé des joueurs ou du personnel.

— Ce qui veut dire que je vais devoir revenir.

Christian m'adressa un clin d'œil et se leva.

— Je peux même revenir tout de suite après si tu veux et on pourra discuter autour d'un dîner ?

Je souris.

— Je ferais mieux de rentrer.

Il acquiesça.

— Une autre fois, alors ?

— Avec plaisir.

Il se dirigea vers la porte.

— Je ne manquerai pas de te le rappeler.

Chapitre 5

— Hé, mon grand !

J'adressai un signe de la main à Wyatt du fond des gradins tandis qu'il arrivait en courant. Il venait de tirer un *field goal* de quarante yards pour clore le deuxième quart-temps et était tout souriant alors qu'il levait les pouces en direction des poteaux.

— Tu as vu ça ? Où est mon contrat ? Les Bruins auraient bien besoin d'un gars comme moi.

Je ris.

— Je pense que tu devrais essayer de terminer le lycée et l'université avant.

Il écarta cette remarque d'un geste de la main.

— *Pff*, c'est pour les nuls, l'école.

— J'ai passé quatre ans à l'université, où j'ai obtenu une maîtrise et les trois quarts d'un doctorat. Qu'est-ce que ça fait de moi ?

Wyatt afficha un sourire en coin.

— C'était une perte de temps. Tu possèdes une équipe de football. Tu n'avais pas besoin de faire tout ça.

Il me taquinait sciemment, alors je lui épargnai le sermon sur l'importance d'une bonne éducation.

— Ta mère est là ? Je ne l'ai pas vue dans les gradins.

— Elle a encore été retenue au boulot. Elle voulait essayer d'être là pour voir la fin du match, mais je lui ai dit que ce n'était pas la peine. Je ne veux pas qu'elle prenne deux trains pour venir ici juste pour voir les soixante dernières secondes. Elle pourra venir au match de samedi.

— Je vais t'encourager pour nous deux.

Il battit l'air de la main.

— Je dois aller dans les vestiaires avant que le coach me botte le cul. On se voit après le match ?

— *Les fesses* – avant que le coach te botte *les fesses*. Et, oui, on se retrouve après le match.

Wyatt partit rejoindre son équipe en courant.

Je me rassis dans les gradins et passai la mi-temps sur mon téléphone à rattraper mon retard dans mes mails. J'avais du mal à imaginer comment la plupart des gens travaillant au Bruins parvenaient à faire quoi que ce soit avec le nombre de mails et de réunions qu'ils devaient gérer. Cinq minutes après le début du troisième quart-temps, je remarquai l'arrivée d'un fourgon de télévision sur le parking à proximité. Puis un autre arriva, et encore un. J'espérais sincèrement qu'ils étaient là pour l'équipe et non pour moi. Je me fis toute petite dans mon siège, juste au cas où. À la fin du troisième quart-temps, il y avait au moins une dizaine de fourgons serrés les uns contre les autres dans le parking déjà bondé. Mais aucun des journalistes ne s'était approché du terrain. Ils étaient sortis de leurs fourgons et demeuraient sur place, semblant attendre quelque chose. Je tentai de me concentrer sur le match et de prétendre qu'ils n'étaient pas là.

À un moment donné, l'équipe de Wyatt était derrière de trois points, c'était la troisième tentative et il restait douze yards à parcourir. Les attaquants n'étaient jusque-là pas très fiables pour obtenir un nouveau *first down*, alors l'entraîneur fit signe à Wyatt de se préparer. Je l'observai avec un sourire aux lèvres tandis qu'il effectuait des tirs d'entraînement dans le filet placé derrière le banc de touche de son équipe. Je revoyais comme si c'était hier le temps où je le gardais et où il s'entraînait à tirer dans les buts de soccer avec moi dedans.

Comme à de nombreuses occasions durant le match aujourd'hui, son équipe n'avait toujours pas réussi à passer les dix yards après la troisième tentative. Wyatt entra donc en courant sur le terrain pour se préparer à tenter un *field goal*. Je me mordis la lèvre de nervosité en attendant qu'il tire. Je ne voyais absolument pas comment les joueurs professionnels parvenaient à gérer leur stress. Mon cœur semblait vouloir bondir hors de ma poitrine et j'étais simplement une spectatrice à un match entre lycéens. J'étais sans doute en train de retenir mon souffle alors qu'il courait vers le ballon et reculait la jambe pour tirer.

Cela ne m'empêcha pas de sauter sur place et de hurler lorsque ce dernier vola à travers les poteaux.

— Bien joué, Wyatt ! Waouh !

— Eh bien, je ne t'ai pas vue bondir comme ça quand McKenzie a marqué trois points dimanche dernier juste avant la mi-temps, dit une voix masculine qui me fit sursauter.

— Christian ?

Je me tournai et clignai plusieurs fois des yeux.

Il sourit.

— Bella ?

Je regardai autour de lui, sans avoir la moindre idée de ce que je cherchais.

— Qu'est-ce que tu fais là ?

Il haussa les épaules.

— J'ai amené les journalistes.

— Comment ça ?

— Tu as dit que le fils de ton amie était un bon joueur, mais que son école n'attirait pas vraiment l'attention. Je me suis dit que je pourrais lui donner un coup de pouce.

Mon cerveau tentait toujours d'assimiler le fait que Christian Knox était debout à côté de moi, ici dans le Queens, sur le terrain du lycée St Francis Prép. Sans compter que sa casquette de baseball avec la visière tournée vers l'arrière le rendait tellement sexy que c'en était ridicule. Je mis un moment avant de reprendre mes esprits.

— Mais comment savais-tu qu'il y avait un match ici ce soir ?

— Tu me l'as dit l'autre jour dans ton bureau, après avoir raccroché avec le gamin. Tu l'as qualifié de *crapule*, il me semble.

— Ah oui... c'est vrai.

Les hommes ne faisaient généralement pas attention lorsque je disais quelque chose d'important, encore moins quand je disais un truc en passant.

— Je n'arrive pas à croire que tu sois là. Est-ce que tous ces fourgons de télévision te suivent partout où tu vas ?

Il fit non de la tête.

— J'ai demandé à l'un des attachés de presse de faire circuler l'info sur l'endroit où je me rendais.

Christian désigna le tableau des scores du menton.

— Ton protégé vient d'égaliser, hein ? Je l'ai vu tirer en sortant du parking.

— Oui, il se débrouille très bien. C'est son troisième *field goal* depuis le début du match.

Les reporters amassés dans le parking étaient à présent éparpillés le long de la ligne de touche, en train d'installer leurs trépieds. Christian remarqua que je les observais.

— Je leur ai dit que je viendrais leur parler à la fin du match, mais qu'en attendant, ils feraient bien de garder un œil sur le *kicker* de l'équipe à domicile.

— C'est vraiment sympa de ta part, merci. Wyatt va être comme un fou quand il réalisera que tous ces reporters sont là pour le voir... enfin, ils sont là pour *te* voir, mais tu me comprends.

— Pas de problème.

On demeura côte à côte, observant le match en silence pendant quelques minutes.

— Est-ce que ton amie est ici ? Tu as dit que c'était son fils qui jouait.

— Non, elle n'a pas pu venir. Elle est encore au travail. J'essaie d'assister à tous les matchs de Wyatt de toute façon, mais je fais surtout en sorte d'être là pour ceux qui ont lieu le soir parce que je sais qu'elle ne peut pas venir bien souvent.

Du coin de l'œil, je vis Wyatt et la moitié de ses coéquipiers debout derrière la ligne de touche, en train de nous pointer du doigt. Je leur adressai un signe de la main à travers le terrain.

— Je pense que tu t'es fait repérer.

Christian les salua de la main.

— Je me rappelle avoir ressenti la même chose quand j'étais à leur place. Ton grand-père assistait à tous mes matchs. J'avais à peu près leur âge la première fois qu'il est venu avec son célèbre fils. Je me souviens d'avoir traversé le terrain en courant après le match. J'étais tellement impatient de le rencontrer. À mi-chemin, j'ai trébuché et je me suis étalé par terre la tête la première.

Je plaquai une main sur ma bouche.

— Mince alors !

— J'étais certain que John ne reviendrait jamais voir un autre match, mais il l'a fait. Tu sais, ton grand-père serait sûrement très content de venir voir un match de lycée comme ça. Tu ne l'as jamais emmené en voir un ?

— Non. C'est un peu dur pour moi de l'emmener où que ce soit, vu que je ne conduis pas et qu'il ne peut pas se déplacer facilement.

— Tu sais qu'il existe des trucs appelés *voitures avec chauffeur* maintenant. Je suis à peu près sûr que c'est le moyen de transport préféré des milliardaires.

— Génial.

Christian remit sa casquette de baseball à l'endroit.

— C'est ce que toutes les femmes disent de moi.

Je ris.

— Je n'en doute pas une seconde.

On regarda le match pendant un moment. Vers la fin du quatrième quart-temps, l'entraîneur fit entrer Wyatt sur le terrain pour une nouvelle tentative de *field goal*, qu'il réussit avec brio. Je l'applaudis.

— Quatre sur quatre !

— Le gamin a une bonne frappe. Le coach de soccer a dû être dégoûté quand le coach de foot l'a débauché pour son équipe.

— Il n'était pas ravi, en effet. Et la mère de Wyatt ne voulait pas qu'il joue au football. Mais ce gosse a l'art et la manière de convaincre les gens, surtout sa mère et moi.

— On dirait que vous êtes amies depuis longtemps.

— C'est le cas, oui. Je gardais aussi Wyatt quand sa mère devait travailler, alors on est très proches.

— C'était avant ou après tes débuts chez M. Zhang et ton emménagement au-dessus du magasin ?

— Tu te souviens même du nom de mon propriétaire, incroyable ! Tu as une très bonne mémoire.

— Seulement quand ce que j'entends m'intéresse.

Je fondis de l'intérieur, ce que je tentai d'ignorer.

— Pour répondre à ta question, c'était à la fois avant et après mon boulot chez le primeur. Talia, la mère de Wyatt, et moi, on a vécu dans le même foyer pendant quelque temps quand j'avais quinze ans. C'est comme ça qu'on s'est rencontrées.

Le visage de Christin se décomposa.

— Je suis désolé.

— Il n'y a pas de quoi être désolé. Je ne changerais rien à cette année-là parce que sans ça, Talia et Wyatt ne feraient pas partie de ma vie aujourd'hui. Talya n'avait que seize ans quand Wyatt est né. On a cinq ans d'écart, elle et moi, donc Wyatt avait seulement quatre ans quand on s'est rencontrées. À l'époque, elle surveillait mes affaires quand j'allais à l'école, pour que je sois sûre de les retrouver en rentrant, et je gardais son fils quand elle travaillait au McDo le soir.

Je tournai les yeux vers le terrain pour regarder Wyatt.

— Quand je me suis installée au-dessus de la boutique de M. Zhang, ils ont habité avec moi quelque temps jusqu'à ce qu'elle soit promue assistante-manager, ce qui lui a permis de louer son propre appartement. On est restées proches depuis. Elle et Miller sont ma famille, celle que j'ai choisie.

— Je ne comprends pas comment John a pu laisser sa fille vivre dans un foyer avec tout ce qu'il avait.

— Il y a un tas de choses que j'aimerais bien comprendre à propos de lui...

Une fois le match terminé, Wyatt traversa le terrain au pas de course. Je me penchai vers Christian alors qu'il arrivait à notre hauteur.

— Heureusement qu'il n'a pas trébuché.

— La vache ! Christian Knox est ici, je n'en crois pas mes yeux !

Christian tendit la main par-dessus le grillage.

— Joli match, Wyatt.

Les yeux de ce dernier lui sortirent de la tête.

— Vous connaissez mon nom ?

— Bien sûr. Je suis venu pour te voir jouer.

Il désigna du menton les reporters toujours en place le long du terrain.

— Eux aussi.

— Vraiment ?

— Oui. Mais si ton coach est comme le mien au lycée, il ne sera pas content de te voir là. Va donc rejoindre ton équipe pour le débriefing. Je vais venir dire bonjour dans quelques minutes.

— OK !

Wyatt partit rejoindre son équipe en courant sans même un regard dans ma direction.

— Je crois qu'il n'a pas remarqué que j'étais là.

Christian me regarda de la tête aux pieds.

— Il est bien le seul, crois-moi.

Je me sentis rougir.

— Je suis ta patronne, tu sais.

— Pas ici, non, et il y a au moins six couches de coachs et de dirigeants entre nous, alors ça ne m'inquiète pas plus que ça.

Il désigna les journalistes.

— Je dois aller leur accorder quelques minutes en contrepartie de leur présence ici. Tu te joins à moi ou tu préfères esquiver ?

J'évitais les médias comme la peste en temps normal, mais j'étais bien contente qu'ils soient ici aujourd'hui et l'échange de bons procédés était monnaie courante dans le monde des affaires, alors je décidai d'aller les voir avec Christian.

Le premier reporter avec lequel on discuta était Reggie Carter. Il était plus âgé et plus poli que la plupart des plus jeunes.

— Madame Keating. Il me semblait bien que c'était vous. Eh bien, ce jeune garçon doit être important pour que vous soyez tous les deux là.

Christian se tourna vers moi, attendant que je réponde. Je souris.

— Il l'est, oui, et j'apprécie que vous ayez fait le déplacement pour le constater par vous-même.

Le journaliste sortit un petit calepin de la sacoche en cuir à ses pieds et l'ouvrit à une page blanche.

— Parlez-moi un peu de lui…

— Alors, qu'est-ce que tu vises comme diplôme à l'université ? demanda Christian à Wyatt en jetant un œil dans le rétroviseur central.

Après avoir passé plus d'une heure à jouer au ballon avec l'équipe, il avait insisté pour nous raccompagner tous les deux chez nous.

Wyatt était tellement occupé à pianoter sur son téléphone qu'il ne répondit pas.

— Wyatt ? Christian t'a posé une question.

— Oh... désolé. Mon Snapchat est sur le point d'exploser avec les photos de Christian et moi en train de jouer au ballon.

Wyatt leva les yeux de son portable.

— Qu'est-ce que vous m'avez demandé ?

Christian sourit.

— Qu'est-ce que tu comptes étudier à l'université ?

Wyatt haussa les épaules.

— Je ne sais pas. Je veux juste jouer au football. Je suivrai les cours les plus faciles, sans doute.

— Tu sais, il y a un tas de joueurs qui n'arrivent pas jusqu'en NFL, même s'ils sont excellents. Et pour ceux qui sont sélectionnés, chaque fois qu'ils mettent les pieds sur le terrain, ils risquent de voir leur carrière écourtée à cause d'une blessure. Tu devrais prendre le temps de réfléchir à ce qui t'intéresse et choisir quelque chose qui garantira ton avenir. Tous les joueurs intelligents ont un plan de secours.

— Qu'est-ce que vous avez choisi comme matière principale, vous ?

— L'archéologie.

Wyatt grimaça.

— Vous voulez parler des squelettes des gens qu'on déterre ?

— C'est ça, oui.

— Je ne sais pas ce qui m'intéresse, mais certainement pas ça.

Christian rit.

— Tu n'es pas obligé d'aimer les mêmes choses que moi, mais tu devrais essayer de trouver quelque chose qui te passionne.

Wyatt afficha un sourire rayonnant.

— Je le sais déjà. Les pizzas, les filles, et le football.

Même moi, je ne pus m'empêcher de rire en entendant sa réponse. Lorsqu'on arriva chez Wyatt, Talia était toujours au boulot. Elle avait manifestement dû rester encore plus tard que ce qu'elle avait prévu. Je raccompagnai Wyatt à l'intérieur sans m'attarder, car Christian était garé en double file devant le bâtiment.

— Qu'est-ce que tu fais pour ton anniversaire ? demandai-je avant de partir. C'est dans quelques semaines seulement.

Il haussa les épaules.

— Rien.

— Et si on organisait une petite fête dans la loge du propriétaire au Bruins Stadium ? Tu pourrais inviter ton équipe pour voir un match.

— *Toute* l'équipe ?

J'ébouriffai les cheveux de Wyatt.

— Oui. Il y a assez de place.

— Christian sera là aussi ?

— Christian sera sur le terrain avec son équipe.

— Ah...

— Mais je pourrais obtenir un pass pour aller lui dire bonjour sur le terrain avant le match, ou après.

— *Vraiment ?*

Je le pointai du doigt.

— *Si* tu réfléchis à ce que Christian t'a dit dans la voiture. Viens au match avec en tête cinq domaines ou cinq boulots qui pourraient t'intéresser et on descendra sur le terrain pendant au moins quelques minutes. Marché conclu ?

— Marché conclu.

Même si j'avais fait vite, une agente de la circulation était campée à côté de la voiture de Christian lorsque je ressortis. Je montai dans la voiture côté passager, m'attendant à ce que l'agente soit en train de le harceler, mais cette dernière était tout sourire.

Christian apposa sa signature sur une contravention.

— Vous n'allez pas oublier de faire sauter ça, hein ? demanda-t-il en la lui rendant.

— C'est comme si c'était fait, répondit-elle en reprenant la contravention. Ce bijou va être encadré, pas enregistré dans le système.

— Merci. Bonne fin de soirée à vous, officière.

Une fois qu'elle fut partie, Christian tourna les yeux vers moi.

— Tu es prête ?

— Je le suis. Je rêve ou tu viens juste de faire sauter une contravention avec un sourire ?

— Elle m'a reconnu et me l'a proposé. Je n'ai rien demandé.

— Que peux-tu obtenir d'autre gratuitement ?

Christian regarda par-dessus son épaule avant de s'engager sur la route.

— Ça me met mal à l'aise en fait quand les gens ne veulent pas me faire payer au restaurant ou ailleurs.

C'était bien qu'il ne pense pas que tout lui était dû.

— Je te comprends. Je n'ai jamais trop aimé qu'on me fasse la charité.

Christian me lança un bref regard avant de reposer les yeux sur la route.

— Tu as beau avoir des gènes en commun avec Tiffany et Rebecca, la ressemblance s'arrête là.

— Je n'en reviens toujours pas que Tiffany m'ait incitée à te faire un sermon sur le harcèlement sexuel. Je crois bien qu'elle me détestera à vie.

— Je pense que ce petit canular nous visait tous les deux, pas seulement toi.

— Qu'est-ce qui te fait dire ça ?

— Je ne suis pas dans les petits papiers de Tiffany ces derniers temps.

— Ah bon ? Pourquoi ?

Il se tut pendant quelques secondes, semblant réfléchir à sa réponse.

— Disons simplement que je n'accepte pas toujours les gratuités servies sur un plateau comme je viens de le faire avec cette officière pour éviter une contravention.

J'affichai un air perplexe.

— Tiffany t'a proposé un truc gratuit ? Quoi, donc ?

Son regard croisa le mien pendant un bref instant.

— Elle.

Il me fallut quelques secondes pour comprendre ce qu'il voulait dire, puis j'écarquillai les yeux.

— Tu veux dire qu'elle t'a *sollicité* ? Pour coucher avec elle ?

Christian haussa les épaules.

— La subtilité n'est pas son point fort.

— Alors elle t'a harcelé et après elle t'a accusé de la harceler.

— Ce n'est pas très grave.

— Si, c'est grave. Si un dirigeant faisait ça à une femme, est-ce que tu trouverais ça normal ? Quelqu'un en position de force ne devrait pas faire des avances malvenues à qui que ce soit.

Christian fit la moue.

— Tu as raison. Je ne le ferais pas, perso. Mais je ne me suis jamais senti menacé. Elle est comme ça, c'est tout.

— Ça ne change rien au fait que ce n'est vraiment pas bien de faire ça.

Il tambourina sur le volant dans le silence qui s'ensuivit.

— Wyatt a l'air d'être un bon gamin.

— C'est le cas, oui. Il est très différent avec des enfants de son âge qu'avec sa mère ou moi. Crois-le ou non, il est plutôt timide. Le football l'a vraiment aidé à sortir de sa coquille, et je suis à peu près sûre qu'on va le traiter comme un roi pendant un moment à l'école après ce soir. Merci encore d'avoir fait ça.

— Pas de problème.

— Il a vraiment la tête dans les étoiles. Je lui ai dit qu'il pourrait venir dans la loge du propriétaire avec des amis pour son anniversaire, qui arrive dans quelques semaines, et il m'a seulement demandé si tu serais là aussi.

— Eh bien. Ta sœur recherche ma compagnie, et ton jeune ami aussi... Qu'est-ce que je dois faire pour obtenir ce genre d'attention de ta part ?

Je souris.

— Tu as déjà mon attention, mais je ne pense pas que ce soit une bonne idée que ça aille au-delà d'une simple amitié vu que je possède l'équipe pour laquelle tu travailles. Et en plus, ton contrat arrive à échéance cette année.

— Comme tu viens de le dire, quelqu'un en position de force ne devrait pas faire des avances. Mais ce n'est pas moi qui détiens le pouvoir ici. C'est toi. Alors juste pour que les choses soient claires, si tu ressens l'envie soudaine de me faire des avances, elles ne seraient pas malvenues.

Je m'esclaffai.

— Je suis flattée, vraiment, et pour être honnête, c'est très tentant, mais...

Christian brandit son index.

— Laisse-moi finir. Il faut que j'adresse ton autre argument. Mon contrat arrive effectivement à échéance cette année, mais la rumeur court dans l'organisation qu'à ta demande, Tom Lauren restera aux commandes le temps que tu apprennes les ficelles du métier. Est-ce que c'est vrai ?

— Eh bien, oui, mais...

Il haussa les épaules.

— Je ne vois pas où est le problème, alors.

— Ce n'est pas juste une question de circonstances. Il y a aussi le qu'en-dira-t-on.

— Je ne me soucie plus de ce que peuvent penser les autres depuis bien longtemps. Tu apprends vite à faire ça quand ta tête est affichée partout dans la presse chaque semaine et que la moitié du temps, les gros titres sont bidon.

— Même si on écarte tous les problèmes professionnels, je viens de commencer à sortir avec quelqu'un. Julian et moi, on se connaît depuis quelques années.

— Tu le connais depuis des années et il vient seulement de te demander de sortir avec lui ? Ce type m'a tout l'air d'un idiot.

Sa remarque me fit sourire.

Christian soupira.

— Bon. Je vais rester sage. *Pour l'instant.* Mais si tu veux, je suis toujours d'accord pour t'aider avec les éléments sur l'équipe qui peuvent affecter ton algorithme et te mettre au courant de ce qui peut faire tiquer les membres de l'organisation.

— J'aimerais bien, oui. Merci.

Il désigna un endroit au loin devant nous.

— Tu as faim ?

J'hésitai, même si en réalité, j'étais affamée.

Christian le remarqua.

— Ce n'est pas un rencard. Je te demande juste de partager un repas totalement platonique avec moi dans mon fast-food préféré.

Il s'arrêta à un feu rouge et me regarda avec des yeux de chien battu.

— Tu ne me dois rien, bien sûr, mais si je n'ai pas encore mangé, c'est parce que je me suis démené pour faire un aller-retour entre ici et le Queens aux heures de pointe pour voir Wyatt jouer.

Je pouffai.

— Aucune manipulation là-dedans.

Il afficha un sourire en coin.

— Je prends ça pour un oui ?

J'acquiesçai d'un hochement de tête.

— D'accord. J'adorerais aller manger un burger platonique avec toi.

Environ huit-cents mètres plus loin, Christian gara la voiture et on marcha jusqu'à un petit restaurant sans prétention. Une pancarte écrite à la main était scotchée sur la porte : PAIEMENT EN ESPÈCES UNIQUEMENT. Je m'arrêtai alors que Christian ouvrait la porte.

— Zut. Je crois bien que je n'ai pas d'espèces sur moi.

— Pas besoin. Je ne laisserais jamais mon rencard payer.

Je le regardai d'un air suspicieux.

— Je croyais qu'il était question d'une dégustation platonique de burgers, pas d'un rencard.

D'une main dans mon dos, il me guida à l'intérieur.

— Mon ego est déjà assez froissé comme ça. Laisse-moi juste faire comme si.

Chapitre 6

Christian

Le portable de Bella se mit à vibrer sur la table, avec le nom *Julian* affiché sur l'écran.

Je n'étais pas indiscret. Son téléphone était pratiquement au centre de la table, entre nos assiettes de burgers. J'étais néanmoins réellement curieux de savoir ce qu'elle allait faire maintenant...

Elle regarda fixement le téléphone le temps de quelques battements de cœur, puis elle leva les yeux vers moi.

Je souris d'un air amusé.

— Tiens, un coup de fil...

Son portable continua à vibrer sur la table tandis que nos regards demeuraient accrochés. Finalement, après trois vrombissements de plus, il s'arrêta.

J'inclinai légèrement la tête de côté.

— Pourquoi n'as-tu pas répondu ?

— Parce qu'on est en train de manger.

— Ah. Julian ne serait peut-être pas ravi d'apprendre que tu dînes avec un bel athlète ?

— Premièrement, tu ne serais pas un peu prétentieux ? Deuxièmement, je voulais dire que ce serait impoli de ma part de discuter au téléphone alors qu'on est en train de manger.

— C'est juste une question de politesse, alors ? Ça ne dérangerait pas Julian que tu aies un rencard ?

— Ce n'est pas un rencard.

— Si tu le dis. Ça ne le dérangerait pas ?

— On est sortis seulement une fois ensemble.

— C'était quand ?

— Il y a deux semaines, je crois.

— Pourquoi n'êtes-vous pas ressortis ensemble depuis ?

— Je ne sais pas. Oh, tu es bien indiscret.

Je souris.

— Intéressé, pas indiscret. Il a un travail qui l'a envoyé sur les routes ces deux dernières semaines, peut-être ?

— Il est responsable de l'intelligence artificielle dans mon ancienne boîte. Son travail ne nécessite aucun déplacement.

Je me demandai jusqu'où pousser la conversation et j'optai pour *juste un peu plus loin* en étendant mes bras sur le dossier de la banquette.

— Qu'a-t-il de plus que moi ?

— Julian ?

Je hochai la tête.

— De l'humilité, pour commencer.

Je ris.

— Combien mesure-t-il ?

— Je ne sais pas. Presque un mètre quatre-vingts, je crois.

— Je fais un mètre quatre-vingt-douze.

— Et ça te donne un point sur ta fiche de score imaginaire ?

— Absolument.

— Julian n'est sans doute pas le plus grand ou le plus beau des hommes, mais il a beaucoup de qualités non négligeables.

— Comme quoi ? Il est bien monté ? Parce que s'il obtient un point pour ça, ça me semblerait juste de pouvoir aussi te montrer mon matos. Je chausse du quarante-huit et demi, tu sais.

Ses lèvres frémirent, mais elle parvint à s'empêcher de sourire.

— Je garderai ça en tête au cas où je devrais t'acheter des *chaussettes*. Julian et moi, on a beaucoup de choses en commun, si tu veux tout savoir.

— Comme quoi ?

— Je ne sais pas. Là, comme ça, je dirais qu'on travaille tous les deux dans l'IA, on adore les maths et la technologie, et aucun de nous deux n'aime les éternuements.

Je plissai le front.

— Il retient son souffle aussi ?

— Non, mais ça le plonge dans une colère irrationnelle.

— Les éternuements ? Mais qui se met en colère pour ça ? C'est un processus physique involontaire. Si c'est tout ce que vous avez en commun, je suis désolé de te l'annoncer, mais cette relation est vouée à l'échec.

— Pas du tout.

— Ma belle, vous n'avez même plus l'IA en commun. Tu travailles dans le football maintenant. Ça fait un point pour moi, pas pour Bozo.

Je tendis le bras et lui piquai une frite.

— Tu es déjà sortie avec un athlète ?

Bella se pencha vers mon assiette et me piqua une

frite à son tour. Elle l'agita sous mon nez avant de la mettre dans sa bouche.

— Je mentirais si je disais que oui.

— Écoute, on ne peut pas savoir ce qu'on aime ou non avant d'avoir essayé, pas vrai ? Alors comment pourrais-tu savoir que sortir avec un athlète n'est pas nettement mieux que de sortir avec un type banal qui... quoi, qui joue avec des robots toute la journée ?

— Tu sais quoi, tu n'as pas tort.

Elle tapota ses lèvres du doigt d'un air pensif.

— Je me demande si Patrick Mannon serait dispo vendredi soir.

Je souris d'un air satisfait. Patrick était le centre des Bruins.

— Il est marié, avec son deuxième enfant en route.

Bella abandonna sa retenue et s'esclaffa.

— Notre conversation a pris une tournure étrange.

Un peu plus tard, chacun avait terminé son burger et ses frites. J'étais repu, mais je commandai tout de même un dessert, n'étant pas pressé de la ramener chez elle. La serveuse apporta mon fondant au chocolat avec une boule de glace vanille et déposa l'assiette devant moi avec une cuillère.

— Est-ce qu'on pourrait avoir une autre cuillère, s'il vous plaît ?

— Bien sûr.

Une fois cette dernière arrivée, je fis glisser le dessert au centre de la table et indiquai à Bella de se servir tandis que j'en prenais une cuillerée de mon côté.

— Dis-moi, comment t'es-tu retrouvée à développer des algorithmes ? Est-ce que tu étais une intello en informatique à l'école ?

— Plutôt une geek en maths qu'une intello en informatique. En fait, je faisais un doctorat en mathématiques, en espérant devenir prof de maths, tout en travaillant à mi-temps en tant qu'analyste de données. Mon boulot consistait à comparer les tendances d'achat réelles à celles que les développeurs avaient prédites avec leurs algorithmes. Mais je ne suis pas vraiment du genre à lâcher l'affaire quand quelque chose me chagrine, alors quand les écarts étaient trop grands, j'aimais chercher à comprendre ce qui n'avait pas fonctionné dans l'algorithme. Finalement, on m'a demandé de rejoindre le département de développement des algorithmes pour les aider à trouver ce qui n'allait pas en amont des achats. J'ai dû apprendre beaucoup de choses sur le codage et sur les différents logiciels, mais j'adorais ce job.

— Tu as quand même fini ton doctorat ?

— Non. J'ai arrêté pour essayer de travailler à plein temps en tant que développeuse et je ne l'ai jamais regretté.

— Si je te suis bien, tu as failli te diriger vers une carrière que tu aurais sans doute fini par trouver insatisfaisante, mais tu y as échappé parce que tu as essayé quelque chose de nouveau.

Bella rit.

— Tu as une faculté incroyable de ramener n'importe quelle conversation vers toi, hein ?

— C'est un don.

— Bref, j'avais prévu de quitter mon boulot pour diriger mon propre département de développement d'algorithmes dans une plus grosse boîte, où j'aurais pu faire du télétravail. Je devais donner mon préavis le lendemain du jour où un avocat sorti de nulle part a toqué à ma porte pour me dire qu'un homme que je ne connaissais pas m'avait légué quelque chose. Inutile de préciser que j'ai changé mes plans. Si ça n'était pas arrivé, je vivrais probablement dans le Vermont à l'heure qu'il est.

— Le Vermont ?

— Oui, j'adore cet État. Comme j'allais pouvoir travailler de chez moi, je voulais essayer de vivre ailleurs qu'en ville. J'ai toujours habité à Manhattan.

— Tu vois ? On a plus de choses en commun que ce que tu crois. J'adore la Nouvelle-Angleterre, moi aussi. Ma cabane dans le Maine ne se trouve pas très loin du Vermont. Il faudra que je t'y emmène un de ces quatre.

— Pourquoi pas.

Bella prit une cuillerée de fondant, puis y rajouta de la glace. Elle pointa la cuillère pleine dans ma direction, avant de l'enfourner dans sa bouche.

— J'aimerais en savoir plus sur toi. J'ai été surprise quand tu as dit à Wyatt que ta matière principale était l'archéologie. Ça te plaisait de creuser la terre et de jouer avec des os ?

— Quand j'étais gosse, mes frères et moi on passait deux semaines par an chez mes grands-parents, dans le Colorado. L'été après ma première année de lycée, une nouvelle famille s'est installée à côté de chez eux. La fille faisait du volontariat dans le coin, à Crow Canyon – un centre de recherche archéologique. Elle s'appelait Shelby Minton, et j'étais amoureux. Alors j'ai demandé à ma grand-mère de m'inscrire à une colo d'une semaine qui permettait de découvrir l'archéologie. Ça ne m'intéressait absolument pas à cette époque – comme tout le reste d'ailleurs, en dehors du football et des filles –, mais je voulais être près de Shelby.

— C'est donc à cause d'une fille que tu t'es intéressé à l'archéologie ?

— Disons plutôt une femme. Shelby avait vingt-trois ans, je crois.

Bella dissimula son sourire derrière sa main.

— Tu venais de terminer ta première année de lycée ? Tu avais quoi, quinze ans ? Et tu avais des vues sur une fille de vingt-trois ans ?

Je confirmai d'un hochement de tête.

— Elle conduisait une Jeep Wrangler sans portes et sans toit, même quand il pleuvait, et elle avait de gros seins. Les après-midi où il pleuvait, je pouvais attendre dehors pendant des heures jusqu'à ce qu'elle rentre, juste pour la voir avec un tee-shirt mouillé.

Les yeux de Bella se mirent à pétiller d'amusement derrière ses lunettes légèrement de travers. J'adorais la façon dont tout son visage rayonnait, même si elle riait à mes dépens.

— Est-ce que tu suivais Shelby partout pendant la colo ?

— Le premier jour, oui. Et puis, je l'ai vue embrassant une autre femme. J'ai compris que je n'avais aucune chance après ça.

— C'est seulement en découvrant qu'elle préférait les femmes que tu as compris que tu n'avais aucune chance ? Sachant que tu avais quinze ans et elle vingt-trois, tu ne t'es pas douté avant qu'il ne se passerait rien entre vous ?

— Non. Je faisais déjà quinze centimètres de plus que tous les gars de ma classe, j'étais co-capitaine de l'équipe de foot de mon lycée, et je plaisais beaucoup aux filles. J'avais une grande confiance en moi. Je ne me doutais absolument pas que c'était perdu d'avance avec elle.

Bella rit.

— Tu devais être un sacré lascar.

— Bref, quand j'ai réalisé que c'était mort avec Shelby, j'ai commencé à être plus attentif à ce qui se passait pendant la colo. À la fin des cinq jours, je savais que je voulais aller à l'université pour faire des études d'archéologie.

— Qu'est-ce qui te plaît là-dedans ?

— Le côté mystérieux, je suppose. C'est comme faire un puzzle sans savoir quelle sera l'image finale.

Les yeux de Bella me dévisageaient. Je me dis que j'avais peut-être du chocolat sur la joue, alors je la frottai.

— Qu'est-ce qu'il y a ? Je m'en suis mis partout ?

Elle sourit.

— Non. C'est juste que tu es différent de ce que je pensais.

— Comment me voyais-tu ?

— Je ne sais pas trop. Tu es juste différent.

— Différent dans le bon sens ou le mauvais ?

— Dans le bon sens.

Je remuai les sourcils d'un air suggestif.

— Ça veut dire que tu acceptes de sortir avec moi ?

Bella s'esclaffa.

— Non, mais c'était bien tenté.

———

Un peu plus tard, j'arrêtai la voiture devant le bâtiment de Bella. Comme la dernière fois, je me garai en double file, sautai du véhicule et le contournai rapidement pour aller ouvrir sa portière, lui offrant ma main pour l'aider à descendre du pick-up. Seulement cette fois, je ne lâchai pas sa main lorsque ses pieds touchèrent le sol. Au lieu, je resserrai ma prise autour de ses doigts menus et je portai sa main à mes lèvres pour y déposer un baiser.

— Merci d'avoir dîné avec moi. Même si tu vas prétendre que ce n'était pas un rencard, j'ai passé un bon moment.

— Moi aussi. Et merci encore d'être venu au match de Wyatt. C'était vraiment très sympa de faire ça.

— On remet ça quand tu veux.

On marcha côte à côte jusqu'à l'entrée du primeur.

— Tu vas au match dans le Colorado ce week-end ?

— Oui. Je pense que je vais prendre l'avion avec l'équipe, pour l'aller en tout cas. J'ai une réunion avec un annonceur près de Denver le lendemain du match, alors je prendrai sûrement un autre vol pour rentrer. Mais je veux montrer aux joueurs et aux encadrants que je suis accessible et que je fais de mon mieux pour apprendre les ficelles du métier.

— C'est une bonne idée. L'entraînement finira de bonne heure la veille. Je pourrai enfin te parler un peu des joueurs et de la gestion de l'équipe ?

— J'ai l'impression d'avoir déjà suffisamment monopolisé ton temps dernièrement.

— Ça ne me dérange pas. Et toi ?

Elle sourit.

— Je crois que j'ai des réunions jusqu'à dix-sept heures, comme pratiquement tous les jours. Tu finis l'entraînement à quelle heure ?

— Peu importe. Je monterai te voir vers dix-huit heures si ça te va.

— D'accord, merci.

Je lui fis un clin d'œil.

— Et voilà, un autre rencard de prévu.

Elle leva les yeux au ciel, mais le sourire sur son visage racontait une autre histoire.

— Bonne nuit, Christian.

— Bonne nuit, boss.

À mi-chemin de l'endroit où j'étais garé, je me retournai et criai :

— Hé, Bella ?

— Oui ?

— Tu vas rappeler Julian ce soir ?

— Probablement pas. Demain, peut-être.

J'affichai un sourire satisfait.

— Oui, c'était bien un rencard.

Chapitre 7

Bella

— Wyatt était tellement excité après l'après-midi qu'il a passé qu'il n'a pratiquement pas dormi la nuit dernière, dit Talia en riant. Il est venu dans ma chambre au moins cinq ou six fois pendant que j'essayais de m'endormir pour me raconter quelque chose à propos de Christian qu'il avait oublié de me dire pendant son discours de deux heures qui a commencé à la seconde où j'ai passé la porte.

Talia avait appelé de bonne heure ce matin alors que j'étais à la première des nombreuses réunions que je devais enchaîner et il était dix-sept heures passées lorsque je l'avais rappelée. Je calai mon téléphone contre mon épaule afin de pouvoir utiliser mes deux mains pour tirer sur le tiroir du bas de mon bureau, qui était coincé, mais il ne voulait pas s'ouvrir. Une semaine auparavant, je n'aurais jamais imaginé avoir besoin de tous les rangements de ce bureau gigantesque, mais soudain, je me retrouvais avec des rapports et des documents empilés partout.

— Je n'ai pas encore eu l'occasion de regarder si certains des reporters qui étaient au match ont parlé de la raison pour laquelle Christian a rendu visite à l'équipe.

— Ils l'ont fait, crois-moi. Wyatt m'a envoyé des vidéos et des captures d'écran d'articles où ils mentionnent son nom. Il n'est pas encore rentré de l'entraînement, mais il m'a demandé de lui acheter un album pour ranger tout ça. Je suis à peu près sûre qu'avec le melon qu'il a, sa tête ne rentrera plus dans son casque pendant un bon moment.

— Il le mérite. Ce gosse est génial.

— Oh, et le coach lui a dit qu'il avait reçu *deux* appels aujourd'hui de la part d'universités qui s'intéressent à lui ! Les personnes qu'il a eues au téléphone lui ont demandé de leur envoyer les stats de Wyatt et un montage vidéo de ses temps forts et elles ont dit qu'elles le recontacteraient. C'est incroyable. Je ne sais pas comment te remercier, Bella.

— Je n'ai rien fait. Je ne savais absolument pas que Christian allait se pointer avec tous les journalistes dans son sillage. C'est lui qui a tout fait.

— Eh bien, remercie-le pour moi, s'il te plaît. Qu'est-ce qui se passe avec lui ? Il essaie de marquer des points auprès de la nouvelle proprio ou quoi ?

J'essayais moi-même de trouver un sens à tout cela. Effectivement, qu'est-ce qui poussait Christian Knox à me donner autant de son temps ? Il avait été plutôt clair sur le fait qu'il voulait sortir avec moi, bien sûr, mais les hommes avec un physique comme le sien, et qui en plus étaient footballeurs professionnels, n'avaient pas besoin de se donner autant de mal pour obtenir un rencard.

— Je ne suis pas vraiment certaine de ses motivations, mais c'est vrai que... il m'a demandé de sortir avec lui.

— *Tu es sérieuse ?*

Je dus écarter le téléphone de mon oreille pour me préserver du cri strident qu'elle poussa.

— Pourquoi ne m'as-tu pas appelée aussitôt pour me dire que tu sortais avec l'homme le plus canon de la planète ?

— Parce que je ne sors pas avec lui.

— Comment ça, tu ne sors pas avec lui ?

— Il me l'a demandé, mais j'ai refusé.

— Oh, je vois. Cette troisième marche dans ton appartement merdique est toujours branlante et tu t'es cogné la tête en tombant, c'est ça ?

Je pouffai.

— Je suis sa patronne, Talia. En plus, les choses viennent juste de démarrer entre Julian et moi, et je ne veux pas gâcher ça. On est vraiment compatibles.

— Je n'avais pas réalisé que vous étiez devenus proches tous les deux depuis ce premier rencard foireux où vous vous êtes quittés sur une poignée de main. Les choses ont évolué, alors ?

Je fronçai les sourcils.

— On n'est pas ressortis ensemble depuis, en fait. Je pense qu'il veut y aller doucement. Ce qui me va très bien. Je suis débordée avec tous ces changements dans ma vie, de toute façon.

— Mais vous vous parlez régulièrement ?

— Il m'a appelée hier.

Ce qui me faisait penser que je ne l'avais pas encore rappelé...

— Ne me dis pas que c'est la première fois qu'il te contactait depuis votre rencard qui remonte à plusieurs semaines.

Je soupirai.

— Il est... timide.

— Il y a une différence entre être timide et être complètement idiot. Qui sort avec une femme et ne la rappelle pas pendant plusieurs semaines ensuite ? Et tu refuses de sortir avec un adonis à cause de ça ? Tu veux savoir ce que je pense ?

— Non.

— Dommage. Je pense que tu aimes bien Christian, en fait, et que c'est pour ça que tu ne veux pas sortir avec lui.

— Oh, oui, c'est très logique. Je préfère avoir des relations avec des gens que je n'aime pas...

— Non, le truc c'est que tu n'as pas de *relations*, Bella. Tu couches avec des mecs agréables à regarder et puis tu les largues avant qu'ils puissent te larguer. Tu fais ça depuis que tu as dix-sept ans – depuis que tu as donné ta virginité à ce connard de vingt-cinq ans dont tu étais amoureuse. Oui, il t'a larguée la semaine d'après alors qu'il t'avait couru après pendant des mois, mais ça ne veut pas dire que ça arrivera chaque fois. Tu refuses toujours de sortir avec un type qui a un réel potentiel.

— Je suis bien sortie avec Julian, non ?

— Oui, parce que l'algorithme de rencontre insensé que tu as créé l'a désigné comme le candidat idéal. Ce n'est pas normal, Bella. En plus, je suis sûre que tu as envie de continuer avec lui simplement parce que tu sais que tu ne risques rien.

Beau, des relations presse, toqua à ma porte. C'était la deuxième fois qu'il passait aujourd'hui, alors je me dis que c'était l'excuse parfaite pour abréger cette conversation. Je lui signalai d'un doigt levé que j'en avais seulement pour une minute.

— Tal, je dois te laisser. Je t'appelle bientôt, d'accord ?

— Ah, ça, je n'en doute pas parce que mon fils m'a dit que tu allais organiser une fête dans la loge du propriétaire pour son anniversaire. C'est vrai ?

— Oui, désolée pour ça. J'ai réalisé après l'avoir dit que j'aurais dû t'en parler avant. J'espère que tu n'avais pas prévu autre chose.

— Si, mais je peux faire les sols et laver le linge un autre jour.

Je ris.

— Super. Je t'appellerai ce week-end pour qu'on puisse parler de la fête.

Après avoir raccroché, je fis signe à Beau d'entrer dans mon bureau.

— Désolée. La journée a été chargée.

Il sourit.

— Ça fait sept ans que je suis là. J'attends toujours une journée *pas* chargée.

Je l'invitai à s'asseoir à la table ronde au centre de mon bureau.

— Merci, Beau, c'est encourageant.

— Je ne serai pas long. Je voulais juste vous parler de votre visite à St Francis hier.

— Oh, désolée. Ça ne m'a même pas traversé l'esprit que des gens allaient vous appeler aujourd'hui.

— Ce n'est pas grave, mais j'ai effectivement reçu des appels. Vous voulez bien me parler des circonstances de cette visite ? Quelques points de discussion me seraient bien utiles. Contrairement à la plupart ici, je ne peux pas ignorer les médias à ma guise parce que bien souvent, ce sont de précieux alliés. Si je veux qu'ils viennent aux événements que je souhaite mettre en avant, il faut que je leur donne au moins quelques bribes quand ce sont eux qui nous sollicitent.

— Bien sûr. Je comprends.

— J'ai laissé un message à Christian, mais il ne m'a pas encore contacté. Pouvez-vous me dire qui est Wyatt Kane ?

— Oui. Il s'agit du fils d'une bonne amie à moi. Il jouait au soccer avant, mais l'entraîneur de football l'a recruté au poste de *kicker* et il a battu tous les records de l'école depuis qu'il a commencé.

Beau griffonna sur son calepin.

— Et c'est un junior ?

— Tout à fait.

— Déjà inscrit dans une université ?

— Non. C'est pour ça que Christian a décidé de venir voir le match, en fait. Il n'y a pas beaucoup d'entraîneurs universitaires qui ont fait le déplacement pour voir Wyatt et ses coéquipiers.

Beau sourit.

— Quelque chose me dit que ça va bientôt changer...

Je souris en retour.

— C'est déjà le cas.

— Et Christian et vous ?

J'affichai un air confus.

— Quoi donc, Christian et moi ?

Beau rit.

— Désolé. J'essayai de ne pas me montrer trop indiscret, mais un reporter m'a demandé depuis combien de temps Christian et vous étiez en couple.

Je clignai des yeux d'un air effaré.

— On n'est pas en couple. Pourquoi vous a-t-il demandé ça ?

Beau dégaina son portable. Il entra son mot de passe et s'affaira pendant une minute avant de poser le téléphone sur la table et de le tourner face à moi.

— Sean Haggerty de Sports Network m'a envoyé ça et m'a demandé de commenter.

Sur la première photo, Christian et moi étions debout côte à côte derrière la ligne de touche du terrain de l'école de Wyatt. On se regardait dans les yeux. Je riais tandis qu'il affichait un sourire à fossettes. Une petite brise devait souffler, car mes cheveux voletaient en arrière, conférant à ce moment une curieuse atmosphère romantique. Je fis défiler les autres photos. Il y en avait encore quelques-unes où on avait l'air proches au match, puis les dernières me montraient montant dans le pick-up de Christian. Sur l'une d'elles, ce dernier m'ouvrait la portière, tandis que les autres étaient centrées sur sa main dans mon dos lorsqu'il m'avait aidée à monter. Mon ventre se noua.

— Les apparences sont trompeuses. Christian et moi, on discutait, c'est tout. On est restés dans notre coin pour qu'il ne soit pas assailli par des fans et après il a seulement été galant en m'ouvrant la portière et en m'aidant à monter. Son SUV est vraiment très haut.

— Donc la déclaration officielle, c'est qu'il ne se passe rien ?

— Ce n'est pas seulement une déclaration officielle, c'est aussi la vérité. Tout le monde a déjà une si mauvaise opinion de moi ici, je n'ai pas besoin de ragots supplémentaires.

— Je suis désolé. Je ne voulais pas vous contrarier. Sean Haggerty est le seul à avoir posé cette question, et c'est un homme correct. Je suis sûr que je pourrai le convaincre d'oublier ces photos.

Je soupirai.

— Je vous en serais reconnaissante. Merci.

Notre conversation se poursuivit pendant un petit moment, puis lorsque Beau eut glané tout ce dont il avait besoin, il referma son calepin et se leva... juste au moment où Christian apparut devant ma porte. Il afficha ce sourire enfantin qui le caractérisait en levant devant lui le sac qu'il tenait à la main.

— J'ai apporté des tacos pour le dîner.

Beau nous regarda tour à tour, Chritian et moi. Il ne dit pas un mot, mais son visage trahissait le fait qu'il venait de remettre en question tout ce que je lui avais dit au cours des dix dernières minutes.

— Salut, Christian, dit-il avec un hochement de menton avant de se tourner de nouveau vers moi. Je vous laisse tranquille. Personne n'aime les tacos froids.

Je me sentis un peu piteuse, mais m'efforçai de sourire.

— Merci encore, Beau.

Une fois Beau sorti de mon bureau, Christian entra. Il pointa la porte du doigt.

— Je ferme la porte ? Il vaudrait mieux qu'on ne nous entende pas discuter de l'équipe.

Je soupirai.

— Oui, vas-y. Ils parlent déjà de nous...

Christian posa le sac sur la table.

— Qui est-ce qui parle de nous ?

— Au moins un journaliste. Il a pris des photos de nous sur la touche où on est en train de rire et où on a l'air étrangement proches. Il a demandé à Beau de faire une déclaration à propos de notre relation.

Christian afficha un sourire diabolique.

— On dirait bien que tu es la seule à ne pas le voir…

— Tais-toi donc et passe-moi un taco.

Il en sortit un emballé dans de l'alu du sac.

— Tu es du genre à manger tes émotions, hein ? Je tâcherai de m'en souvenir pour que le petit-déjeuner soit prêt à temps quand tu viendras dormir chez moi.

Il me fit un clin d'œil et je pointai ses yeux du doigt.

— La prochaine fois que tu verras le toubib de l'équipe, tu devrais lui demander de vérifier tes yeux. Celui-là n'arrête pas de cligner tout seul.

Christian sourit et mordit dans son taco.

— Alors, comment ça s'est passé au téléphone avec Julian ?

— Je déballai mon taco et désignai deux barquettes en plastique.

— Est-ce qu'il y a de la sauce piquante dans les deux ?

Il m'indiqua un point rouge sur l'un des couvercles.

— Celle-là est extraforte. J'aime quand c'est épicé, mais là, il y a des graines de piment antillais moulues dedans. Ça met la bouche en feu.

Je pris l'autre barquette.

— Merci de m'avoir prévenue. J'adore manger épicé, mais ça me donne de grosses brûlures d'estomac ces derniers temps.

— C'est le stress, ça.

— Ah bon ? Ça peut donner des brûlures d'estomac, le stress ? Je pensais que c'était parce que je mange plus souvent à emporter ces temps-ci.

— C'est possible, mais le stress, ça joue aussi. Quand ma mère est tombée malade il y a quelques années, j'avais sans arrêt une sensation de brûlure dans la poitrine. L'équipe médicale m'a fait passer une batterie de tests pour s'assurer que ce n'était pas un problème au cœur et c'étaient des brûlures d'estomac pour finir. Je n'en avais jamais eu avant. Le doc m'a prescrit un truc et ça s'est arrêté.

— Je suis désolée pour ta mère. Elle va mieux ?

— Oui. On lui a diagnostiqué un cancer du pancréas la veille du premier match de la saison. Le taux de survie est faible et c'était dur de ne pas toujours pouvoir être avec elle pendant ses traitements, mais ça fait trois ans qu'elle est en rémission maintenant. Tout ça pour dire que tes brûlures d'estomac peuvent aussi être dues au stress.

— Qu'est-ce que tu fais pour lutter contre ça ?

— Contre mes brûlures d'estomac ?

— Non, contre le stress.

— Hmm... je mange trop de chocolats et je bois du vin ?

La fossette de sa joue gauche se creusa.

— Tu vas avoir besoin de quelque chose de plus fort que ça maintenant que tu es dans la NFL.

— Qu'est-ce que tu fais pour y remédier, toi ?

Il afficha un sourire suggestif.

— Je peux te montrer si tu veux.

Mon ventre papillonna un peu. *Je parie qu'il est très doué pour déstresser.*

— Plus sérieusement, tu pourrais trouver quelque chose qui t'aide à te vider l'esprit. Tu fais du sport ?

— Monter les marches jusqu'à mon appartement, ça compte ?

— J'ai bien peur que non. Si tu n'aimes pas faire du sport, essaie la méditation peut-être. Mon frère ne jure que par ça. C'est même un adepte des huiles et des trucs comme ça. J'ai essayé, mais ce n'était pas pour moi. J'ai besoin de quelque chose de plus physique. Je m'entraîne généralement jusqu'à ce que mes muscles soient endoloris et puis je vais dans mon petit coin de paradis.

— Ton petit coin de paradis ?

— La pelouse. Être pieds nus sur la pelouse, plus précisément. Ça me rend heureux. Ça a commencé à l'époque où ton grand-père entraînait mon équipe benjamine. On s'entraînait dur toute la semaine et on avait des matchs le samedi matin en général. Mais le vendredi après-midi, le dernier entraînement de la semaine finissait une demi-heure plus tôt et le coach faisait venir le camion de glaces. On pouvait tous choisir ce qu'on voulait et après on enlevait nos crampons et on courait pieds nus sur le terrain en essayant de nous tacler les uns les autres pour voler la glace de celui qu'on arrivait à faire tomber. Je prenais toujours un Chipwich, c'était de la glace à la vanille entre deux cookies aux pépites de chocolat. C'était mon moment favori de la semaine, et depuis, chaque fois que je suis stressé, je mange une glace et je marche pieds nus sur la pelouse.

— Pas facile de trouver un carré d'herbe où on a envie de se mettre pieds nus à Manhattan.

Il sourit.

— Je sais bien, c'est pour ça que j'ai planté un carré de gazon de trois mètres sur trois sur mon balcon. Les gars se moquent de moi en disant que c'est comme mon bébé parce que je l'arrose tout le temps et que je dis aux gens d'y aller mollo quand ils marchent dessus.

Je m'esclaffai.

— Il faudra que j'essaie ça un de ces quatre. Mais bon, je crois que le seul truc qui ressemble plus ou moins à de l'herbe dans mon quartier, ce sont les moisissures sur les fruits qui sont restés trop longtemps sur l'étal de M. Zhang.

— Tes orteils sont les bienvenus dans mon gazon quand tu veux.

On se regardait en souriant lorsque la porte de mon bureau s'ouvrit à la volée. Tiffany avait l'air furax.

— Qu'est-ce qui se passe ici ? aboya-t-elle.

Je pris une grande inspiration.

— Bonjour, Tiffany. Ravie de te voir. Comme tu peux le constater, on est en train de manger, Christian et moi, mais qu'est-ce que je peux faire pour toi ?

— Pourquoi mangez-vous ensemble ?

— Christian m'aide sur un projet.

Elle mit les mains sur ses hanches.

— Quel projet ?

Je reposai mon taco et m'éclaircis la gorge.

— Tu as besoin de quelque chose, Tiffany ?

Elle nous regarda tour à tour, Christian et moi. Non, en réalité, elle nous fusilla du regard.

— Est-ce que tu sais où est le classeur avec le compte rendu de la réunion du conseil d'administration de 2020 ?

— Non, je ne l'ai pas vu.

Tiffany agita une main en direction de la bibliothèque murale emplie de classeurs.

— C'est sûrement l'un de cela.

— Non, en fait. Je les ai tous passés en revue et je n'ai pas vu de compte rendu de réunion d'administration.

— Tu as regardé ce qu'il y avait dans *tous* ces classeurs ?

— Oui, la semaine dernière.

— Ça m'étonnerait, mais bon. Tu peux le chercher ? Le syndicat des joueurs veut une copie d'une mesure qu'on a adoptée pendant une réunion et je n'ai pas les comptes rendus de 2019 et 2020. Mon père les gardait toujours ici.

— Je revérifierai, mais je pense que je ne les ai pas.

Elle fit la moue alors qu'elle tournait son attention vers Christian.

— Je ne pensais pas que tu étais du genre à préférer la viande hachée au filet mignon.

— Fais gaffe de ne pas te prendre la porte dans le cul en sortant, Tiff, dit Christian.

Elle sourit.

— Le cul que tu as vu.

La porte claqua derrière elle et je tentai de digérer les dix dernières secondes.

— Tu as vu le cul de Tiffany ? Est-ce que vous avez… ?

— Certainement pas. Tu te souviens quand je t'ai dit qu'elle m'avait sollicité ?

— Oui, et ?

— Je voulais t'épargner les détails visuels, mais il y a quelques mois, elle m'a fait venir dans son bureau et elle a fermé la porte avant de commencer à se déshabiller.

— Tu plaisantes ?

Christian haussa les épaules.

— Non. Le temps que je lui dise d'arrêter, elle était penchée sur son bureau, le cul tourné vers moi, avec rien d'autre qu'un string.

Je me massai les tempes.

— Et je suppose que sa remarque sur la viande hachée signifie qu'elle pense qu'on est plus ou moins... en couple. Mon Dieu, est-ce que le monde entier pense qu'on est ensemble ?

Christian sourit d'un air satisfait.

— Le monde entier semble savoir quelque chose que tu ne sais pas. Tu devrais peut-être revoir ton point de vue, du coup...

Je ne pus m'empêcher d'éclater de rire.

— Mince, cette femme me détestait déjà assez comme ça.

— Je suis navré de te le dire, mais toutes les deux, vous n'étiez pas destinées à vous coiffer à tour de rôle ou à faire des soirées-pyjama où les filles restent debout jusqu'à pas d'heure pour parler des garçons.

Je soupirai.

— Ça n'a jamais été mon truc ce genre de choses de toute façon. Au lycée, je passai mes vendredis soir à essayer de réfuter le théorème de Noether.

— Encore des maths ?

— Oui, le théorème de Noether, Emmy Noether. La mathématicienne allemande qui a démontré l'existence de la symétrie différentiable.

Christian fronça les sourcils.

— Pourquoi voulais-tu faire ça ?

— Parce que je suis une geek, Christian, tu n'as pas remarqué ?

Son regard se posa sur mes lèvres et il prit son temps pour le faire remonter vers mes yeux.

— Non, pas remarqué.

Oh là là. Mon ventre papillonna de nouveau, plus bas cette fois.

Je ne trouvai rien à répondre. En réalité, j'étais à peu près certaine que tous mes mots étaient coincés quelque part derrière la nuée de papillons qui bloquaient le passage depuis mon ventre. Je redressai le dos et me raclai la gorge.

— Et si on commençait à parler de l'équipe ?

—

— Je n'arrive pas à croire qu'il est déjà presque vingt-trois heures.

Je m'adossai à mon siège et étirai mes bras au-dessus de ma tête. Christian et moi avions travaillé pendant près de cinq heures sur les ajustements nécessaires pour mon algorithme, en nous basant sur les facteurs humains liés à la vie des joueurs.

— Je pense que je vais devoir réclamer le paiement d'heures sup à ma patronne.

Je souris.

— Ce serait bien mérité. Vous êtes un puits de connaissance, monsieur Knox. J'ai hâte de faire les changements et de voir ce que mes prédictions de performance vont donner pour le match de cette semaine.

— Il y a encore beaucoup de variables. Tu as les stats de l'équipe adverse, mais tu ne sais pas ce qui se passe dans la vie de leurs joueurs.

— C'est vrai. Tu penses que tu pourrais copiner avec le capitaine de l'équipe du Colorado et obtenir les derniers potins ?

Christian rit.

— Oh, oui, il sera certainement d'accord pour me dire qui n'est pas vraiment d'attaque cette semaine.

Je refermai mon calepin.

— Je te remercie vraiment d'avoir pris le temps de m'aider.

— Tout le plaisir était pour moi. Au fait, comment ça s'est passé au téléphone avec Bozo aujourd'hui ? Est-ce qu'il t'a proposé un deuxième rencard ?

— Si tu veux parler de Julian, je ne l'ai pas encore rappelé. J'ai enchaîné les réunions aujourd'hui et je n'ai pas vu le temps passer.

Christian afficha un sourire de jubilation.

— Je vois.

Je plissai les yeux.

— Ne va pas te faire des idées. J'ai été très occupée.

— Je n'invente rien. Je constate, c'est tout.

— Tu constates quoi ?

Il haussa les épaules.

— D'un côté, tu n'as pas eu le temps d'appeler Bozo, de l'autre, tu as passé les cinq dernières heures avec moi.

— C'était pour le boulot.

Son sourire sembla encore plus satisfait, si c'était possible.

— Bien sûr.

J'avais une feuille de notes manuscrites sur la table. Je la froissai en boule et la lui lançai au visage.

Il l'attrapa en vol, évidemment.

— Je vais peut-être les garder. Je serai obligé de revenir, comme ça.

Je tapotai ma tempe du doigt.

— Pas la peine. Tout est déjà enregistré là-dedans.

Christian rit.

— Je dois passer une IRM de bonne heure demain matin avant la réunion de l'équipe, alors je vais rentrer. Je veux surélever ma jambe pour éviter qu'elle enfle. Mon genou doit être parfait pour qu'il me redonne enfin l'autorisation de jouer. Tu veux que je te ramène ?

— Je vais rester encore un peu ici et fouiller dans les classeurs pour voir si je n'aurais pas manqué celui que Tiffany cherche. Si je le trouve, je pourrais m'en servir comme offrande pour faire la paix.

— Ne compte pas là-dessus. Elle est rancunière.

Il avait raison, bien entendu, mais je voulais quand même faire de mon mieux pour me rendre utile. Que ce soit apprécié ou non.

— Ce n'est pas grave. Je vais quand même regarder.

— Je peux attendre ou même t'aider à le trouver si tu veux.

— Merci, mais ça va aller.

Christian sembla déçu, mais il opina.

— Comment vas-tu rentrer après ?

— Il est tard, alors je pense que je vais faire appel à l'un de ces véhicules avec chauffeur que les milliardaires privilégient selon toi.

Il sourit.

— Bonne idée. On se voit dans l'avion demain soir ?

— Oui. Et merci encore, Christian.

Je rejoignis mon bureau et ouvris le tiroir du haut pour y ranger mon ordinateur portable. J'avais pris l'habitude de le mettre là. Mais en refermant le tiroir, celui du dessous, qui était toujours coincé, attira mon attention.

— Hé, Christian ?

— Oui ?

— Tu veux bien regarder si tu peux ouvrir le tiroir du bas de mon bureau ? J'ai essayé plusieurs fois, mais il est coincé.

— Tu es sûre qu'il ne faut pas une clé pour l'ouvrir ?

— Non, je ne crois pas. Il n'y a pas de serrure.

Christian contourna le bureau et tira d'un coup sec sur le tiroir. Il ne bougea pas. Il s'agenouilla et tâtonna en dessous et sur les côtés, avant de jeter un œil par la fente au-dessus.

— Je ne vois pas de serrure effectivement. Tu es sûre que tu veux que je l'ouvre ? Je risque de le casser.

— Il faut que je le fasse réparer, de toute façon. Et si tu arrives à l'ouvrir, je pourrai voir si le classeur que Tiffany cherche ne se trouverait pas dedans.

Il haussa les épaules.

— Bon, d'accord, mais écarte-toi au cas où ça casserait.

— OK.

Je me plaçai de l'autre côté du bureau et observai Christian tirer dessus avec plus de force. Lorsqu'il ne s'ouvrit pas, il posa un pied sur le cadre du bureau et se servit de son propre poids pour tirer une troisième fois avec tellement de force que je fus surprise de ne pas voir le bureau voler dans les airs.

Cela fonctionna, néanmoins. Le tiroir s'ouvrit, même si la poignée était désormais dans la main de Christian et non plus rattachée au bureau. Il la regarda en fronçant les sourcils.

— Désolé.

— Pas de problème. Merci de l'avoir ouvert.

Je refis le tour du bureau.

— Il y a quelque chose dedans ?

— Oui, il est plein, même.

Le tiroir était rempli jusqu'en haut.

— En effet, il est vraiment plein.

Christian se pencha et s'empara du premier élément de la pile. Il s'agissait d'un agenda relié en cuir noir avec un élastique orange autour. En bas, au centre, on voyait trois lettres en relief à la dorure estompée : JWB. Les initiales de mon père. En dessous, on aurait dit que l'année était imprimée, mais je ne pus distinguer qu'un deux et un zéro, les deux derniers chiffres ayant été effacés par l'usure.

Je me penchai et attrapai un autre agenda sur la pile, en tous points identique au premier, sauf que je pouvais lire la date sur celui-ci. Passant rapidement en revue le reste de la pile, je vis qu'il y avait au moins une vingtaine d'agendas.

— Ils sont tous identiques. Je suppose qu'il y en a un pour chaque année. On dirait que la date et les initiales sont effacées sur la plupart d'entre eux.

— Mon comptable me dit de garder mes agendas pour des raisons fiscales. Je suis censé y noter mes déplacements, mes réunions d'affaires, et tout le reste, au cas où on se ferait contrôler pour les choses qu'on déduit, comme les frais kilométriques et les frais de représentation. J'avoue que je ne suis pas très doué pour ça. J'ai surtout un paquet d'agendas non remplis dans un tiroir.

Je feuilletai quelques-uns des agendas, tous assurément remplis.

— Ceux-là ont bien servi. Tous les créneaux horaires sont annotés, sans doute avec des rendez-vous, des réunions et d'autres trucs.

— Tu as récupéré beaucoup d'affaires personnelles de John ?

— Rien du tout. Je ne saurais même pas reconnaître son écriture. Le bureau avait été vidé avant mon arrivée. Je devrais probablement donner ces agendas à Tiffany et Rebecca.

Il me tendit l'agenda qu'il avait en main.

— Tu ne veux vraiment pas que je te raccompagne chez toi ?

— Non, mais merci.

Christian capitula.

— Bonne nuit, boss.

— Bonne nuit, Christian.

Il s'arrêta à hauteur de la porte et se retourna.

— Ça fait un moment que tu essaies de savoir qui était ton père... Ces agendas pourront t'apporter quelques éléments de réponse. Tiffany et Rebecca le connaissent déjà.

— Peut-être, oui.

Je baissai les yeux sur l'agenda entre mes mains et haussai les épaules. *Il vaut peut-être mieux rester dans l'ignorance, parfois.*

Chapitre 8

Bella

— C'est quoi, ça ? demanda Miller en s'emparant de l'agenda avant de s'affaler sur mon lit.

Je tenais une robe verte sur un cintre contre mon corps.

— Est-ce que c'est trop sexy pour le match de ce week-end ?

— L'équipe est à toi. Porte donc ce que tu veux. Mais quand l'as-tu achetée celle-là ? Je ne t'ai jamais vue avec.

Je jetai la robe sur le lit et fouillai de nouveau dans mon placard.

— Je l'avais achetée pour mon rencard avec Julian, mais je me suis changée à la dernière minute parce que j'avais l'impression de ne pas être moi.

— Tu avais l'impression d'être qui ?

— Je ne sais pas. Professeure Marks, peut-être ?

Miller renversa la tête en arrière en riant.

— C'est sûr que cette femme courait derrière les étudiants avec ses accoutrements. On aurait dit que toutes ses tenues étaient peintes sur elle. Pas étonnant qu'il y avait soixante-dix pour cent de mecs dans ses cours.

— Ah bon ? C'est pour ses fameuses tenues que tu suivais ses cours ?

Miller s'allongea sur mon lit avec l'agenda toujours en main.

— Certainement pas. Est-ce que tu ne viens pas de m'entendre dire qu'il y avait soixante-dix pour cent de mecs dans sa classe ?

Je ris et me tournai vers lui avec un autre ensemble contre moi. Il s'agissait cette fois d'un pantalon noir avec un chemisier coloré.

— C'est mieux ?

Il fronça le nez.

— Ce chemisier est hideux. Mets la robe que je vois si elle te va mieux qu'à Marks.

— D'accord.

— Tu ne m'as toujours pas dit d'où sort cet agenda, dit-il en l'ouvrant à la première page. Ce n'est pas ton écriture.

J'ôtai mon sweat et enfilai la robe verte.

— Oh, non. C'était celui de mon père. J'en ai trouvé un paquet dans un tiroir de mon bureau. Enfin, de son bureau.

— Sérieux ? Qu'est-ce que ça raconte ?

— Je ne sais pas. J'ai un peu peur de le lire.

— Pourquoi ?

Je lissai les plis de la robe et étirai les bras.

— Tu en penses quoi ?

Miller se redressa sur les coudes.

— Ouah, tu as l'air canon ! Porte-la, sans hésitation.

Je baissai les yeux sur moi.

— Je ne suis pas sûre que *canon* soit le message que je veux envoyer. Je veux avoir l'air professionnelle.

— C'est le cas. Elle n'est même pas décolletée, Bella. C'est juste que je n'ai pas l'habitude de voir tes courbes.

J'allai me placer devant le grand miroir derrière la porte du placard. La robe m'allait bien, mais je trouvais quand même que c'était sans doute un peu trop pour un match.

— Je pense que je vais emmener ça et l'autre tenue, et je verrai bien sur place.

Miller fronça les sourcils.

— Traduction : tu vas porter le pantalon noir et le chemisier hideux. Bon, dis-moi pourquoi tu as peur de mettre le nez dans les rendez-vous de ton vieux.

Je soupirai.

— Je ne sais pas. Et si je découvrais qu'il était drôle et sympa ?

— Tu préférerais découvrir qu'il était con et sans aucun humour ?

— C'est triste à dire, mais je crois que oui. Tous ceux que j'ai rencontrés parlent tout le temps de lui en bien. Est-ce que j'ai vraiment envie de savoir qu'ils ont tous raison et que c'est juste de *moi* qu'il ne voulait pas ou ne se souciait pas ?

— Comment le fait qu'il n'ait pas voulu de toi ou ne se soit pas soucié de toi pourrait-il avoir quoi que ce soit à voir avec *toi* alors qu'il ne te connaissait même pas ? La décision qu'il a prise de ne pas faire partie de ta vie avait quelque chose à voir avec *lui*, pas toi, ma grande.

— Sans doute... Je ne sais pas quoi faire. Je vais prendre le temps d'y réfléchir. Christian est aussi d'avis que je devrais les lire.

J'ôtai la robe verte et allai la ranger dans ma valise. J'y plaçai également l'autre tenue.

— Quand tu dis *Christian*, tu parles de celui dont le visage est digne d'être sculpté dans la pierre ?

— Oui, il m'a appris un tas de trucs sur l'équipe.

Miller s'assit et me dévisagea.

— Qu'est-ce qu'il y a ?

— Bella, est-ce que tu as l'intention de te taper le *quarterback* canon ?

— Quoi ? Non !

Miller pointa mon visage du doigt.

— Menteuse ! Ta voix est montée d'au moins huit octaves quand tu m'as répondu. C'est toujours révélateur chez toi.

— De quoi parles-tu ?

— Tu couines quand tu mens, Bella.

— Pas du tout.

Miller me pointa de nouveau du doigt.

— Là, voilà. Tu as entendu ça ? Même là, ta voix était stridente. Tu rougis aussi parfois.

— Tu es cinglé.

Miller se frotta les mains, comme un enfant attendant qu'on lui passe un cornet de glace géant par-dessus le comptoir.

— Vous allez avoir un super môme tous les deux, avec tes facultés cérébrales, ses capacités physiques, et l'éducation que les deux richards que vous êtes pourront lui payer – sans parler du fait que vous êtes tous les deux sacrément agréables à regarder.

Je me penchai pour attraper une paire de chaussures dans mon placard et en pointai une vers lui avant de les mettre dans ma valise.

— Ça y est, tu recommences.

— Je recommence quoi ?

— Tu te fais un film dans ta tête et tu vas t'investir dans cette histoire, seulement pour être déçu après.

— On a déjà eu cette conversation. Je t'ai dit que je ne faisais pas ça.

— Hmm... quand on est allés dans ce resto pour prendre le petit-déjeuner il y a une heure, qu'est-ce que tu m'as dit à propos du serveur ?

— Que ses parents grecs possédaient un yacht en Grèce et qu'ils passaient tous leurs étés à naviguer de Mykonos à la Crète, en passant par Santorin.

— Et pourquoi as-tu dit ça ?

— Parce qu'il était clairement grec et qu'il venait sans aucun doute de ce genre de milieu.

— Tu étais à deux doigts de larguer Trent et d'aller acheter de la crème solaire à mettre dans ta valise pour ton escapade méditerranéenne.

— Et c'est ce que je devrais faire ! Comment veux-tu qu'on ait deux enfants et une résidence secondaire à Amagansett – pas dans les Hamptons – si je ne vais pas passer l'été avec eux sur leur bateau pour qu'il puisse tomber amoureux de moi ? À ce propos, même si je veux être le père au foyer, on utilisera son sperme pour faire nos bébés. Il a une belle ossature.

Je secouai la tête d'exaspération.

— Je ne voulais pas te le dire parce que tu avais l'air si heureux dans ton monde de rêve, mais ton serveur grec s'appelle José et il sort avec une femme.

— Tu mens.

— Non, mais ce que je veux dire, c'est que tu ne vois que ce que tu veux voir et tu finis toujours par être déçu.

— J'ai tendance à rêvasser, c'est vrai. Et alors ? Je suis un romantique. Mais toi aussi, tu détournes la vérité. Tu aimes bien le *quarterback*.

— Pas de la même façon que dans tes fantasmes. En plus, une relation avec Christian ne serait pas appropriée.

— Pourquoi ça ?

— Il travaille pour les Bruins, une équipe qui est à moi maintenant. Son contrat arrive à échéance cette année. Tu imagines si on commençait à sortir ensemble et que les entraîneurs décidaient de ne pas le renouveler ?

Miller écarta cette remarque d'un geste de la main.

— Fausse excuse. Je n'y connais que dalle en football, mais je sais quand même que c'est la star de la ligue et que tes entraîneurs feraient n'importe quoi pour le garder. En plus, un tas de relations à long terme commencent par des coucheries au bureau. Ça arrive...

Je bouclai ma valise et la zippai.

— Tu devrais quitter le monde imaginaire et revenir dans le monde réel. Tu sais, l'endroit où j'ai un deuxième rencard avec Julian.

Miller haussa brusquement les sourcils.

— Il t'a enfin rappelée ? Je ne t'ai rien demandé parce que je ne voulais pas te miner le moral et je me suis dit que tu m'en parlerais si ça arrivait. Il en a mis du temps, dis donc.

— Il a appelé l'autre jour et je l'ai rappelé ce matin. Je pense qu'il prend son temps parce qu'il hésite à s'impliquer avant d'être certain qu'il pourrait avoir un avenir avec moi, comme on est amis en premier lieu.

— Il t'a dit ça ?

— Non, mais ça paraît logique.

Miller sourit.

— Ou bien tu tournes les choses comme tu veux. Ça te rappelle quelque chose ?

Je ramassai un string qui avait dû tomber de ma valise et le jetai à la figure de Miller. Il le plaqua sur son nez et le renifla avec exagération.

— Est-ce que les femmes sentent réellement le poisson ? Ou c'est juste une excuse d'hétéro trop fainéant pour faire un cuni à sa femme ?

Je grimaçai et lui arrachai mon string des mains.

— *Pff*, t'es dégoûtant. Mes culottes ne sentent pas. Et mon vagin non plus.

Miller rit.

— OK, mais tu es bel et bien en train d'inventer une excuse pour un gars qui a mis trop de temps à rappeler après le premier rencard.

— C'est quand même une excuse logique.

— Il serait tout aussi logique qu'il ait été trop occupé pour rappeler parce qu'il sort avec quatre autres femmes.

Je fronçai les sourcils.

— Ne brise pas mes illusions.

— Va dire ça à José et sa petite amie...

Je souris.

— Bref, je sors de nouveau avec lui jeudi prochain.

— Il va peut-être se lâcher et te donner une accolade à la fin de ce rencard-là.

— Je n'aurais jamais dû te dire qu'il m'avait serré la main à la fin du premier.

— Je serais prêt à parier toutes mes économies que le *quarterback* ferait plus que te serrer la main à la fin d'un premier rencard.

Je n'allais certainement pas relever ce pari. J'étais certaine que Christian Knox n'était pas du genre timide avec les femmes. J'étais également certaine que notre alchimie battrait tous les records, mais je n'étais pas près de l'admettre et d'ouvrir la porte à d'autres discussions au sujet de quelque chose qui n'arriverait pas. Je regardai Miller d'un air sceptique.

— Combien pourrais-tu parier alors ? Un dollar et quatre-vingt-deux cents ?

— On n'est pas tous propriétaires d'une équipe de foot, trésor. D'ailleurs, je veux bien que tu me fasses le plein quand je t'emmènerai à l'aéroport.

— Allons-y alors. Je ne veux pas être en retard et rater l'avion de l'équipe.

Miller se leva et attrapa la poignée de ma valise.

— Je suis à peu près sûr qu'ils t'attendraient, princesse.

—

— Tu as un peu de bave... juste là, dit Christian en pointant ma joue du doigt.

Je portai une main à mon visage en clignant des yeux d'un air ensommeillé pour regarder autour de moi, confuse. J'étais assise à côté du directeur des analyses de l'équipe au moment du décollage.

Christian désigna l'arrière de l'avion du pouce.

— Le fils de Jeff est un grand fan. Je lui ai dit que j'irais le saluer dans les tribunes au prochain match à domicile s'il acceptait de changer de place avec moi.

— Pourquoi as-tu fait ça ?

— Je voulais voir si tu ronflais. J'ai le sommeil léger et ça pourrait être compliqué quand tu commenceras à venir dormir chez moi.

— Tu ne t'entraînes pas en ce moment et pourtant tu as réussi à te cogner la tête. Je ne dormirai jamais chez toi.

Il sourit de plus belle, attirant mon regard vers ses fossettes.

— On verra bien.

J'arrachai mon regard de son visage. Je remarquai alors que Christian portait un costume trois-pièces, avec la veste, la cravate et tout le reste.

— Pourquoi es-tu aussi bien habillé ?

— Je dois avoir l'air pro quand on est en déplacement.

Le bleu marine de son costume faisait ressortir la couleur de ses yeux et sa veste accentuait la largeur de ses épaules. Il débordait de son siège, en fait, empiétant un peu sur le mien.

— Ton costume a des épaulettes ?

Il sourit.

— Non, m'dame. C'est entièrement naturel.

La vache, c'est vrai qu'il est sacrément sexy.

Christian se pencha vers moi.

— Au cas où tu te poserais la question, je suis bien proportionné. Large *partout.*

Je me sentis rougir.

— Merci pour l'info...

Il haussa les épaules.

— C'est normal. C'est important de tout se dire dans une relation.

— On n'a pas ce genre de relation.

— Pas encore, mais on y travaille.

Je ris.

— C'est comme ça que tu obtiens tous tes rendez-vous ? Tu répètes sans cesse à l'intéressée qu'elle va finir par sortir avec toi ?

— Non. Je fais juste ça avec toi. En général, les autres me demandent de sortir avec elles.

— Ça me semble bien plus facile. Tu devrais peut-être rediriger ton attention vers une de ces femmes.

— Ce n'est pas drôle quand c'est trop facile...

— Oh, je vois. C'est donc ça ? Tu fais partie de *ceux-là*, hein ? Ceux qui aiment chasser leur proie.

— Je mentirais si je disais que je n'apprécie pas une bonne partie de chasse de temps en temps, mais ce n'est pas pour ça que tu m'intéresses. Je crois que je t'ai déjà fait part de mes raisons. Tu es belle, gentille, indépendante, intelligente – bien plus que moi –, et tu as les pieds sur terre. Je pourrais continuer à énumérer tes qualités, mais il y a une autre raison pour laquelle je n'arrive pas à rester loin de toi.

Je pivotai sur mon siège pour lui faire face.

— J'ai presque peur de te demander laquelle...

Christian regarda par-dessus son épaule avant de se pencher vers moi.

— Ma réputation sera fichue si l'un des gars apprend que j'ai dit ça, alors je nierais tout en bloc si ça devait se savoir, mais j'ai des papillons dans le ventre quand je suis avec toi. La première fois que c'est arrivé, j'ai cru que j'avais faim, mais non. C'était juste toi.

Oh.

Mon.

Dieu.

Je pensais que les papillons étaient réservés aux femmes – comme les règles ou la capacité à remettre le bouchon sur le tube de dentifrice. Christian me dévisageait, attendant une réaction de ma part alors que je tentais de demeurer impassible, en vain. Il me tapota le menton.

— Tu devrais refermer la bouche, dit-il avec des yeux de braise. Ça me fait imaginer des choses dont tu ne voudrais pas que je te parle – pas encore, en tout cas.

Je tentai encore de formuler une pensée cohérente lorsque Jeff arriva à notre hauteur. Je ne m'étais jamais sentie aussi soulagée d'être interrompue.

— Désolé. Je crois que j'ai laissé mes médicaments dans la poche du siège, dit-il en désignant ladite poche devant les genoux de Christian. Je supporte bien le décollage et le vol, mais il me faut un petit quelque chose avant l'atterrissage.

Christian se pencha en avant et sortit un flacon de médicaments de la poche. Il le tendit à Jeff.

— Bon atterrissage.

Jeff rit.

— Merci !

L'échange n'avait probablement duré que quelques secondes, mais je ne me sentais plus comme un insecte englué dans une toile avec une araignée en approche.

— Comment se fait-il que tu sois célibataire, Christian ?

Il sourit.

— C'est une très bonne question. Je fais vraiment de mon mieux, mais elle ne veut pas céder.

Je ris.

— Je ne parlais pas de moi. Je parlais d'une petite amie dans l'absolu. Tu dois avoir l'embarras du choix. À quand remonte la dernière fois que tu en as eu une ?

— Une petite amie ou… une femme de passage ?

— Je veux parler d'une relation exclusive.

— Il y a plusieurs années.

— Qu'est-ce qui s'est passé avec elle ?

Il détourna les yeux.

— Kerrie buvait trop.

Je ne savais pas à quelle réponse je m'étais attendue, mais pas à celle-là.

— Oh… je suis désolée.

Il haussa les épaules.

— Ce n'est rien. Je n'ai rien contre les gens qui boivent de l'alcool, même si je choisis de ne pas en consommer la plupart du temps. C'est juste qu'elle devenait quelqu'un d'autre après avoir bu une bouteille de vin et demie par elle-même. J'ai choisi de sortir avec une femme que j'aimais bien et je me suis retrouvé à vivre avec cette autre femme que je n'aimais pas. Elle était avocate et après quelques verres, elle commençait à m'interroger sur ce que j'avais fait quand j'étais en déplacement avec l'équipe. Je ne lui ai jamais donné aucune raison de suspecter quoi que ce soit et quand elle était sobre, elle ne semblait pas avoir de doutes. J'ai essayé de lui en parler, mais elle n'était pas du tout réceptive à ce sujet.

— Je n'avais pas réalisé que tu ne buvais pas d'alcool. C'est pour te maintenir en bonne condition physique ?

Christian leva les yeux vers moi.

— Mon père est alcoolique. Quand j'étais gosse, il a perdu la plupart de ses boulots à cause de ça. À l'université, j'ai commencé à faire un peu trop la fête et mon coach m'a mis sur le banc de touche pendant deux matchs. J'ai compris que j'allais finir comme mon père si je ne me reprenais pas en main, alors j'ai arrêté de boire. Ce n'est pas un serment de sobriété ou un truc du genre. Je bois un verre ou deux de temps en temps, mais pas régulièrement, c'est sûr et certain.

— Eh bien, je suis désolée d'entendre ça à propos de ton père, mais on dirait que tu as appris de ses erreurs. Vous êtes proches ? Ton père et toi, je veux dire.

— Non, pas vraiment. Quand j'ai signé mon premier contrat, j'ai fini de payer la maison de mes parents. Elle avait déjà failli être saisie cinq ou six fois au cours des années où il perdait régulièrement son poste. Je ne voulais plus que ma mère s'inquiète à cause de ça. Mon père l'a mal pris par contre. Il croyait que c'était ma façon de lui dire qu'il était incapable de s'occuper de sa famille. J'ai dû m'excuser pour apaiser les choses – je l'ai fait pour ma mère. On se parle toutes les semaines, elle et moi, mais mon père prend rarement la peine de venir au téléphone maintenant.

J'opinai d'un air compatissant.

— Bref, pour répondre à ta question, j'ai eu des relations exclusives. Celle avec Kerrie a duré environ un an et je suis sorti avec Jessica – que j'ai rencontré pendant ma dernière année à l'université – pendant presque deux ans. Donc je n'ai pas peur de l'engagement, mais ce n'est pas simple quand tu passes une bonne partie de l'année sur les routes. Sans parler du fait que si j'ai le malheur de ne serait-ce que parler à une femme, les médias en font toute une histoire. Ma première année en NFL, j'ai rencontré une chanteuse pop pendant un playoff auquel j'assistais en tant que spectateur. Notre conversation a duré cinq minutes au total, mais ça a fait les choux gras de plusieurs magazines et sites Web pendant des mois. La femme avec qui je sortais avait confiance en elle et en moi, mais après ça, je ne pouvais même plus sortir avec les gars après une victoire sans qu'elle m'accuse de quelque chose.

— Ça doit être dur à vivre.

Il haussa les épaules.

— Et toi ? Combien de relations sérieuses ?

— Aucune, en fait.

Il fronça les sourcils.

— Mais tu es déjà sortie avec quelqu'un et...

— Oui, j'ai eu des rencards et j'ai déjà couché avec des hommes, si c'est là que tu veux en venir. C'est juste que je n'ai jamais eu de relation adulte à long terme que je pourrais qualifier de sérieuse.

— Pourquoi ça ?

— Talia aime jouer les psys avec moi et dit que c'est parce que j'ai un problème de confiance envers les autres. Je pense plutôt que c'est simplement parce que je n'ai pas encore rencontré la bonne personne.

Il sourit.

— Je pense que tu as raison. Tu m'attendais, c'est tout.

Je ris.

— Tu es vraiment maître dans l'art de tout ramener à toi.

— Je parie que *Julian* ne fournit pas autant d'efforts. Bozo ne t'a même pas proposé un deuxième rencard.

Mon visage avait dû me trahir, car Christian ajouta d'un ton grognard :

— Tu vas ressortir avec lui, hein ?

Je souris.

— Oui. Il m'a dit qu'il avait été occupé par un projet au travail.

Il fronça les sourcils.

— C'est quand le grand jour ?

— On a rendez-vous jeudi soir prochain.

Christian prit une grande inspiration et relâcha son souffle de manière audible.

— Très bien. Ça ne me plaît pas, mais je suppose que tu vas devoir passer par ce type avant de trouver ton chemin vers le bon. Tu ne me raconteras pas ton rencard, par contre, dit-il en levant une main devant lui. Même quand je te demanderai de le faire.

Un peu plus tard, l'avion se posa dans le Colorado. Christian prit un bus avec l'équipe tandis que je montai dans un SUV avec mes demi-sœurs et d'autres dirigeants. À notre arrivée à l'hôtel, les gens formaient une haie d'honneur devant l'entrée, avec au moins une douzaine de jeunes femmes portant un maillot avec le numéro de Tristan. Ressentant une pointe de jalousie alors que je ne sortais même pas avec lui, je n'avais aucun mal à imaginer de quelle façon son mode de vie compliquait ses relations. Je chassai Christian Knox de mon esprit et me dirigeai vers la réception.

— Bonjour. J'ai une réservation au nom de Bella Keating.

Les ongles de la femme claquèrent sur son clavier.

— Ah, oui, madame Keating. Votre réservation est juste là, trois nuits dans la suite présidentielle.

— La suite présidentielle ? Je suppose que c'est une chambre de luxe.

Elle sourit.

— C'est notre meilleure chambre. Cent-trente mètres carrés avec une vue sur la ville et un superbe piano à queue.

Un piano à queue ? Qu'est-ce que je pourrais bien en faire ?

— Hmm… est-ce que vous auriez une autre chambre de disponible ?

— L'hôtel est presque complet avec les réservations pour l'équipe, mais je peux vérifier. Quel type de chambre souhaiteriez-vous ?

— Une chambre avec un lit, et une télé éventuellement.

La femme ne semblait pas savoir si je plaisantais ou non.

— Une chambre standard, vous voulez dire ?

— Oui, ce serait parfait.

— D'accord. Je reviens dans une minute.

La réceptionniste disparut et revint avec un type en costume. Son badge le désignait comme *Derrick Knowles, Directeur.*

Génial. Elle a rameuté le grand patron.

— Bonjour, madame Keating. Ma collaboratrice vient de m'informer que vous aimeriez changer de chambre ?

— Oui, c'est exact. Je suis sûre que la suite présidentielle est magnifique, mais je n'ai pas besoin de tout cet espace.

— Je me ferais un plaisir de vous accorder une réduction, comme c'est la première fois que vous séjournez dans notre hôtel. Cela vous permettrait peut-être de profiter de tout ce que nous avons à offrir ?

— Je vous remercie, mais ce n'est pas du tout une question de prix. J'ai juste horreur du gaspillage.

Le directeur sourit, mais ne semblait toujours pas convaincu.

— Bien entendu. Comme vous voudrez.

Finalement, je pus m'installer dans la chambre 709. C'était une chambre standard, mais avec une superbe vue sur la ville. Il y avait deux heures de décalage horaire entre Denver et New York, alors le temps de m'installer, de me changer et de me débarbouiller, il était presque vingt-trois heures trente à la maison, même si le réveil dans la chambre affichait seulement vingt-et-une heures trente. Je venais d'éteindre la lumière et j'avais hâte de me mettre au lit lorsque j'entendis un léger toc à la porte. Je crus que quelqu'un avait toqué à une porte voisine, et non à la mienne, jusqu'à ce que j'entende de nouveau toquer. À la porte, je me hissai sur la pointe des pieds pour regarder par le judas. Nul autre que Christian Knox se tenait de l'autre côté.

J'ouvris la porte et restai accrochée au battant.

— Tu t'es perdu ?

Il mit les mains dans ses poches et oscilla sur ses pieds.

— Non. Je voulais juste te dire bonne nuit, voisine.

— Voisine ?

Il désigna la porte sur la gauche et sourit.

— Je suis juste à côté, chambre 711.

Je le regardai d'un air suspicieux.

— Tu es juste à côté par *pur hasard* ?

— J'aimerais pouvoir dire que le destin nous a réunis, mais j'ai soudoyé un groom avec deux billets pour le match pour avoir le numéro de ta chambre et après j'ai persuadé un *lineman* de changer de chambre avec moi.

Je pouffai.

— Tu as le mérite d'être honnête.

— Je voulais juste que tu saches que je n'étais pas loin au cas où tu aurais besoin de quelque chose.

Je secouai la tête, mais j'étais physiquement incapable d'effacer le sourire sur mon visage.

— Je pense que ça va aller, mais c'est gentil de proposer.

— Pas de problème. Fais de beaux rêves, boss. Moi je suis sûr d'en faire, ajouta-t-il avec un clin d'œil.

Deux heures plus tard et de manière assez frustrante, j'étais toujours bien réveillée. Je tenais beaucoup à mon sommeil, et durant les rares occasions où il me trahissait, je devenais bougon. Me tournant dans le lit comme si je voulais éviter de faire face à un homme qui m'aurait énervée, je repoussai brusquement les draps. Une minute plus tard, je roulai de nouveau sur le dos pour la dixième fois, poussai un soupir agacé, et tournai la tête vers le réveil combiné à un chargeur d'iPhone qui indiquait 23:58. *Argh*. Et c'était l'heure de Denver. À la maison, il était deux heures du matin et pourtant j'étais aussi réveillée que si on était en plein après-midi.

J'aurais aimé pouvoir prétendre qu'il s'agissait d'une occurrence aléatoire d'insomnie – la sieste que j'avais faite dans l'avion avait peut-être perturbé mes horaires de sommeil –, mais les seules fois où j'avais des problèmes pour m'endormir, c'était parce que j'étais frustrée par un problème que je ne parvenais pas à résoudre. Il s'agissait généralement d'un bug dans mon code ou d'un algorithme qui avait donné des résultats douteux. Dans le cas présent, la frustration venait de mon incapacité à cesser de penser à l'homme qui se trouvait de l'autre côté du mur. C'était comme si mon corps était hyper conscient de sa proximité.

Lorsque je faisais une insomnie comme ça, deux options se présentaient à moi. Soit je prenais moi-même les choses en main pour une brève montée de dopamine, soit je lisais un bouquin. Lire tard le soir suffisait toujours à m'assommer étant donné que les muscles de mes yeux étaient généralement fatigués après avoir passé la journée devant un ordinateur. Le va-et-vient oculaire constant était plus efficace que de compter les moutons. Et c'était exactement ce que j'allais faire cette nuit, car je refusais de me faire jouir en pensant au *quarterback* de mon équipe. Je sautai donc à bas du lit pour aller chercher le bouquin que j'avais mis dans ma valise avant de partir. J'avais cependant oublié que le livre que j'avais emporté était l'agenda de mon père. Je faillis le reposer, mais comme il fallait vraiment que je dorme, je me remis au lit avec et pris une grande inspiration avant de l'ouvrir à une page au hasard – le 14 mai – et de commencer à lire les entrées manuscrites à côté du premier créneau horaire :

6:45 – Train E jusqu'à Battery Park City. Entre dans le lycée Stuyvesant.

Je devais être en train d'halluciner. C'était le train que je prenais et le lycée que je fréquentais... Je me figeai. Est-ce qu'il était question de moi ? Impossible. Ça n'avait aucun sens et il s'agissait certainement d'une énorme coïncidence.

Je décidai de poursuivre ma lecture, espérant constater qu'il parlait de quelqu'un d'autre qui se trouvait fréquenter le même lycée que moi. À moins que mes yeux fatigués me jouent simplement des tours. Je recommençai du début de la page en me concentrant.

6:45 – Train E jusqu'à Battery Park City. Entre dans le lycée Stuyvesant.

15:15 – Train E jusqu'à 42ⁿᵈ Street. PS 212. Vient chercher un garçon d'environ cinq ans.

Les poils de mes bras se hérissèrent. *Merde. Ce n'est pas une coïncidence. Il parle de moi.* Mon père m'avait *suivie* ? J'en avais le souffle coupé. PS 212 était l'école primaire de Wyatt et j'allais souvent le chercher là-bas.

Sous cette entrée, une phrase était écrite et soulignée deux fois.

Est-ce qu'elle a un enfant ?

Je réalisai que si j'allais chercher Wyatt, cette entrée avait été écrite dans son agenda *après* la mort de ma mère. Cette chronologie me sembla encore plus hallucinante que le fait qu'il m'ait suivie. Je revins à la couverture pour vérifier l'année, mais les chiffres dorés avaient été effacés par l'usure, comme sur la plupart des agendas. Je poursuivis donc ma lecture…

15:35 – Entre à l'American Folk Art Museum avec le garçon.

18:00 – Sort du musée. Marche jusqu'à Covenant House sur 41ˢᵗ Street. Toujours avec le garçon.

Je me souvenais de ce jour-là en particulier. Talia avait trouvé un nouveau boulot, alors j'avais commencé à aller chercher Wyatt à l'école tous les après-midi. Même si le foyer où on vivait acceptait les enfants, ce n'était pas l'endroit idéal pour eux. J'essayais donc de passer le moins de temps possible là-bas avec Wyatt. Le foyer avait des pass étudiants – que personne n'utilisait – qui permettaient d'entrer gratuitement dans n'importe quel musée de la ville de New York et je m'étais dit que ce serait amusant de tous les visiter. J'avais établi la liste des cent-quarante-cinq musées de la ville et on en visitait un par jour avec Wyatt. Ce jour-là, je croyais qu'il allait s'ennuyer au musée d'art populaire, mais finalement, ils avaient une exposition sur les talismans et on était restés jusqu'à la fermeture du musée à dix-huit heures – l'heure notée dans l'agenda de mon père.

Ce dernier avait encore quelques entrées pour ce jour-là, la dernière mentionnant mon retour au foyer à vingt-trois heures après quelques heures passées à étudier à la bibliothèque. En bas de la page, il y avait un espace réservé aux notes, avec des lignes déjà tracées. Deux phrases étaient griffonnées :

C'est le portrait craché de sa mère. Ne souris pas beaucoup, sauf quand elle est avec le garçon.

Sérieusement ?

Chapitre 9

Christian

Le lendemain matin, je repérai Bella assise seule à une table dans le hall de réception de l'hôtel, à côté de la machine à café en libre-service, alors que je revenais de la salle de sport.

Je tirai la chaise en face d'elle, la tournai, et m'assis dessus à l'envers.

— Je me demandais un truc. Et si tu faisais un de ces modèles de prédiction que tu aimes tant pour déterminer avec qui tu devrais sortir ? Tu pourrais entrer des données sur moi et Bozo pour voir avec lequel de nous deux tu passerais un meilleur moment. En te limitant à l'essentiel.

Je fléchis un bras pour lui montrer mes muscles, qui bien sûr étaient fraîchement gonflés à bloc après mon entraînement, et j'ajoutai :

— Comme la taille des biceps, l'endurance, la possibilité de s'adapter à ton emploi du temps pour voyager...

Je pensais la faire rire, ou au moins lever les yeux au ciel, mais Bella se contenta de me regarder fixement. Ses yeux étaient tournés vers moi, mais on aurait dit qu'elle ne me voyait pas.

— Bella ? Ça va ?

Elle cligna plusieurs fois des yeux.

— Oui. Désolée. Je n'ai pas beaucoup dormi la nuit dernière.

Je souris d'un air satisfait.

— Le fait que je dorme à côté t'a travaillée, hein ?

— Non. J'ai lu un des agendas de mon père.

Je redressai le dos.

— Ah, je vois. Ça t'a contrariée ?

— Non, je ne dirais pas contrariée, mais je me suis sentie vraiment confuse. Il m'a suivie.

— Comment ça, il t'a suivie ? Quand ?

— Peu de temps après la mort de ma mère.

— Tu veux dire qu'il a embauché un détective privé pour te retrouver ?

— Non. Il m'a suivie lui-même. Il m'a regardée entrer et sortir du foyer où j'ai habité pendant un moment. Il a en quelque sorte consigné ce que je faisais chaque jour et il a noté une remarque ou deux certains jours. Oh, je pense qu'il a peut-être aussi fait construire une bibliothèque pour moi.

— Pardon ?

Elle but une gorgée de son café.

— Quand j'ai commencé à vivre à Covenant House, j'allais à la bibliothèque pratiquement tous les soirs parce qu'il n'y avait aucun endroit tranquille pour étudier au foyer. Je restais jusqu'à la fermeture en général et après je m'asseyais sur les marches pour lire pendant un moment. Le retour au foyer n'était pas joyeux parce que je me faisais souvent embêter par des toxicos et des sans-abris qui traînaient autour de Times Square. Un jour où John m'a suivie jusqu'au foyer, il a noté en bas de page dans son agenda : *Dangereux. Besoin d'une bibliothèque plus proche.* Quelques jours après, il avait un rendez-vous noté dans son emploi du temps pour aller voir un bâtiment situé à trois portes du foyer. C'est dans ce même bâtiment que la bibliothèque annexe du centre d'accueil a vu le jour. Je crois qu'elle a ouvert environ deux mois après mon arrivée au foyer. Il y avait quelques pièces avec des livres en gros et un grand espace confortable avec des canapés où on pouvait étudier. J'adorais cet endroit. Il n'y avait pas grand-monde à l'utiliser, alors c'était comme si j'avais mon propre bâtiment privé pour faire mes devoirs et passer le temps. La nuit dernière, j'ai fait une recherche sur Google au sujet de la bibliothèque et j'ai trouvé un article qui disait qu'elle avait été financée par une donation anonyme. Je pense qu'elle devait provenir de John Barrett parce qu'il n'aimait pas que je rentre au foyer à pied tard le soir.

— Tu plaisantes ?

Elle soupira.

— Non. Ces dernières années, je me suis souvent demandé à quel moment il avait découvert mon existence. S'il était au courant quand j'avais quinze ans et qu'il se souciait assez de moi pour me suivre partout et me construire un endroit sûr où passer du temps, pourquoi ne m'a-t-il pas dit qui il était quand il était encore en vie ?

C'était une sacrée bonne question. Le John Barrett que j'avais connu était un homme droit dans ses bottes, pas du genre à laisser une ado de quinze ans vivre dans un centre d'accueil. J'aurais *presque* pu le comprendre s'il avait eu une aventure et qu'il n'avait pas voulu reconnaître cette enfant parce que ça aurait brisé son mariage, mais sa femme, Céleste, était déjà morte depuis longtemps à ce moment-là.

— Je ne sais pas, Bella. Ça n'a aucun sens.

— Il m'a épiée, en gros. Et j'ai eu toutes ces infos dans un seul agenda. C'est le seul que j'ai apporté. Il y en a d'autres. Pendant combien de temps m'a-t-il suivie ?

Je me frottai la nuque.

— J'ai du mal à imaginer où John Barrett a trouvé le temps de suivre quelqu'un pendant toute une journée, et encore moins pendant des mois.

— C'est flippant de réaliser que je n'avais pas du tout remarqué que quelqu'un m'observait. J'aime à penser que je suis plutôt vigilante quant à ce qui se passe autour de moi. Ça fait une heure que je suis assise ici et je n'arrête pas de regarder autour de moi pour voir si quelqu'un m'observe, même si à l'évidence, il n'est plus de ce monde.

Les yeux de Bella étaient rouges et cernés.

— Est-ce que tu as quand même dormi un peu la nuit dernière ?

Elle fronça les sourcils d'un air confus.

— Non. La lecture m'aide à m'endormir d'habitude, mais je ne pouvais pas m'empêcher de ressasser après avoir lu l'agenda. Mon corps est épuisé, mais mon cerveau carbure encore à plein régime.

Je jetai un œil à la tasse de café désormais vide dans sa main.

— La caféine et la lumière du jour ne vont rien faire pour arranger les choses. Tu peux dormir aujourd'hui ou tu as des réunions et des trucs à faire avant le match de demain ?

— J'ai quelques réunions, mais je peux les reporter ou me faire porter pâle.

Je souris.

— Ça a du bon d'être la patronne.

— Deux des réunions sont avec certains de nos gros annonceurs locaux, mais Tiffany et d'autres dirigeants y seront. Je suis sûre qu'elle sera ravie si je ne viens pas.

Elle soupira et me demanda :

— Et toi, qu'as-tu de prévu aujourd'hui ?

— Réunion d'équipe à neuf heures. Petit entraînement après sur le terrain, pendant lequel je serai sur la touche. Et puis dîner avec l'équipe ce soir. La rumeur dit que tu seras présente.

— Je ne veux pas rater ça. Je n'ai pas la prétention de pouvoir remplacer John Barrett, mais s'il y a bien une chose que tout le monde m'a dite au sein de l'organisation, c'est qu'il était accessible, alors je vais faire tout ce que je peux pour que tout le monde comprenne que c'est aussi mon cas.

— Je pourrais simplement demander au chauffeur du bus de l'équipe de passer devant ton appartement en rentrant de l'aéroport. Ça fera taire toutes les rumeurs selon lesquelles tu serais élitiste.

Bella rit.

— Tu me charries et tu n'as même pas encore vu l'intérieur.

— On pourrait remédier à ça. Je prendrai une bouteille de vin avant de venir lundi soir quand on sera rentrés.

Elle afficha enfin un véritable sourire.

— Merci.

— Pour quoi ?

— Pour m'avoir écoutée. C'est vraiment facile de discuter avec toi, même de choses dont il est difficile de parler.

— À ton service.

J'étais à deux doigts de lui proposer d'*autres services*, mais je parvins à me retenir étant donné que j'avais déjà réussi à flirter un peu durant un moment où son humeur était plutôt sombre.

— Bon, je dois sauter sous la douche avant d'aller au stade pour la réunion d'équipe. Tu remontes ou tu restes encore ici un moment ?

— Je crois que je vais aller marcher pour prendre un peu l'air et essayer de m'éclaircir les idées avant de retourner dans ma chambre.

— Bonne idée.

Je me levai et replaçai ma chaise sous la table.

— On se voit ce soir. J'espère que tu pourras dormir un peu d'ici là.

— Bonne journée, Christian.

———

— Merde alors ! J'ai cru que je voyais mon reflet dans un miroir, mais bon sang, je me disais bien que j'étais bien plus beau que ça, m'écriai-je en sortant du terrain après avoir regardé l'entraînement.

Mon frère jumeau était appuyé contre la paroi du tunnel qui menait aux vestiaires. Il me donna une grande accolade en me soulevant du sol.

— Tu aimerais bien être aussi beau que moi ! répondit-il.

Tous mes coéquipiers topèrent dans la main de Jake au passage.

— Qu'est-ce que tu fabriques ici ?

— C'est ma semaine de repos. On a eu un entraînement de bonne heure ce matin et après j'ai sauté dans un petit coucou pour venir te voir. Je me suis dit que tu aurais peut-être un peu de temps libre cet aprèm. Ma bijouterie préférée se trouve à Denver et je dois aller faire du shopping.

— Tu n'en as pas marre de tout ce bling-bling ?

— Ce n'est pas pour moi, frérot. Je vais acheter une bague spéciale pour Lara.

J'écarquillai les yeux.

— Spéciale comme une bague de fiançailles ?

— Oui. Il est temps. Ça fait deux ans maintenant qu'elle supporte mon caractère lunatique. En plus, je veux commencer à faire des enfants. On ne rajeunit pas, tu sais. Elle aura bientôt trente ans. Je lui prépare une grande fête surprise. Je me suis dit que ce serait le bon moment pour faire ma demande.

Je secouai la tête d'un air incrédule et entourai Jake de mes bras pour une autre accolade.

— La vache. Mon grand frère va se marier.

Il était tout souriant.

— Tu sais, ce n'est pas parce que je suis plus vieux que toi que tu dois mettre une éternité pour marcher dans mes pas. J'ai seulement trois minutes de plus que toi, pas huit ans. Quand est-ce que tu vas te trouver une femme bien ?

— J'y travaille.

— Oh, c'est vrai ? Qui est cette malchanceuse ?

Je passai un bras autour de ses épaules.

— Viens, je te parlerai d'elle sur le chemin de la bijouterie.

— Tu me fais marcher ? La nouvelle proprio ? Et pourquoi pas Miss America tant que tu y es ?

Jake et moi étions dans un Uber en direction du centre-ville pour aller choisir une bague.

— Non, je suis déjà sorti avec Miss Univers. Elle passait trop de temps à se faire belle pour moi.

— Qu'est-ce qu'il y a de mal à ça ? Je suis beau, moi aussi.

— Je ne peux pas le contester puisque tu me ressembles, mais je n'ai pas dit que c'était mal d'être belle. C'est juste que je n'aime pas ça quand une femme pense que c'est la chose la plus importante qu'elle ait à offrir.

— J'ai vu des photos de la nouvelle proprio aux infos. Elle a l'air d'avoir ce qu'il faut côté beauté.

— C'est vrai, oui. Bella est splendide, mais le meilleur dans tout ça, c'est qu'elle n'en est pas du tout consciente.

— C'est rare de nos jours. La plupart des filles le savent parce que quand elles postent une photo sur les réseaux sociaux, elles reçoivent des milliers de commentaires qui le leur disent. Je déteste l'Instagram de Lara. Elle a un demi-million de followers. Si elle poste une photo d'elle en maillot de bain, je ne peux même pas regarder parce que ça me donne envie de botter le cul de cinquante-mille mecs en mal d'amour qui commentent. Mais bon, elle gagne bien sa vie avec ça et elle prend plaisir à le faire. Ça la rend heureuse, alors je ne me plains pas.

Je souris.

— En plus, si tu lui interdisais de poster des trucs, elle te dirait d'aller te faire foutre. Ça joue aussi.

Mon frère s'esclaffa.

— C'est vrai. Dis-moi, comment se fait-il que cette femme ne sache pas qu'elle est belle ?

— Je m'exprime peut-être mal en disant qu'elle ne le sait pas. C'est plus qu'elle n'est pas centrée là-dessus.

— Elle est centrée sur quoi, alors ?

— En ce moment, elle s'est donné pour objectif de faire les choses bien vis-à-vis de l'équipe. Mais elle est intelligente et elle a toujours consacré son énergie à sa carrière et au fait d'aider ses amis et sa famille.

— Si elle est intelligente, qu'est-ce qu'elle pourrait bien faire avec un abruti comme toi ? demanda mon frère pour me charrier.

— Tu sais que les vrais jumeaux ont généralement à peu près le même QI, hein ? Tu t'insultes toi-même, là.

Il haussa les épaules.

— Tu lui as déjà demandé de sortir avec toi ?

— Je lui demande pratiquement chaque fois que je la vois. Elle ne veut pas sortir avec moi... pour l'instant.

Mon frère renversa la tête en arrière en riant.

— Merde alors, elle est insensible à ton charme ! Je l'aime déjà.

— La ferme.

La voiture se gara devant un immeuble de bureaux et mon frère tendit le bras vers la poignée de la portière.

— On y est.

Je balayai la rue du regard.

— Je ne vois pas de bijouterie.

— L'endroit où on va est un peu différent, dit-il en s'extirpant de la banquette arrière de la voiture. Allez, viens.

Le Diamond Vault était sans aucun doute à part. On nous fit entrer dans un immense bureau où on nous servit du champagne avant notre rendez-vous shopping privé en tête à tête. On nous gratifia ensuite d'un cours d'une heure sur l'achat d'un diamant, avant que les pierres commencent à rouler sur des présentoirs en velours noir. Je compris pourquoi ils servaient de l'alcool aux gens avant la séance shopping au moment où on nous annonça le prix de certains bijoux. Jake devait cependant savoir ce qui l'attendait avant de venir, car il demeura imperturbable. Trois heures après notre arrivée, il avait choisi un diamant et une monture.

— La vache, ma cabane dans le Maine était moins chère que ça ! m'exclamai-je en sortant.

Il s'arrêta sur le trottoir et se courba en deux, les mains sur les genoux.

— Je crois que je vais vomir.

Je ris.

— Et moi qui te trouvais si calme dans la bijouterie.

— J'ai dû faire comme si c'était un match pour traverser ça, petit frère. Ne jamais montrer un signe de faiblesse à son adversaire.

Je posai une main sur son épaule.

— Lara va l'adorer. Tu t'en es bien sorti.

Il poussa un soupir rauque.

— Merci. J'ai besoin d'un verre.

— Dans quel hôtel es-tu descendu ?

— Le même que le tien.

— Je vais te payer un coup. Tu ne peux plus te le permettre à mon avis avec ce que tu viens de leur lâcher là-dedans.

Chapitre 10

Bella

— Merci encore de m'avoir permis de dîner avec vous, coach Brown.

— Pas de problème. C'est quand vous voulez. Je vais peut-être même exiger que vous soyez présente avant les matchs les plus importants. Ça fait un bail que les gars ne se sont pas aussi bien comportés.

— Et moi qui pensais qu'ils se montraient toujours aussi gentlemen, dis-je en souriant. Bonne nuit, coach. Bonne chance pour demain.

Je balayai la pièce du regard à la recherche de Christian, espérant pouvoir discuter un peu avec lui avant de monter dans ma chambre pour la nuit. On s'était retrouvés à des tables différentes, chacun à un bout de la salle, et on n'avait pas eu l'occasion de se parler. Je voulais le remercier pour ce matin, pour m'avoir écoutée, mais Christian n'était nulle part en vue, alors je m'en allai.

Sur le chemin de l'ascenseur, je le vis debout devant le comptoir du bar et je décidai donc de faire un arrêt au stand.

— Hé, te voilà.

Il se tourna et sourit. Je trouvai ça pour le moins étrange qu'il ait ce qui ressemblait à un verre de scotch à la main alors qu'il m'avait dit qu'il buvait très peu d'alcool, mais qui étais-je pour juger ?

— Bella Keating, dit-il avant de boire une gorgée du liquide ambré dans son verre. La personne que j'espérais voir.

— Je voulais juste te remercier pour ce matin, pour m'avoir une fois de plus écoutée parler de John.

— Pas de problème. Est-ce que je peux aussi vider mon sac ?

Christian se comportait de façon un peu étrange et je me demandai s'il n'était pas éméché, quand bien même son élocution était normale. Je haussai les épaules.

— Bien sûr, vas-y.

Il prit une autre bonne gorgée de son scotch et reposa le verre vide sur le bar.

— Il y a dix ans, à Noël, j'ai embrassé le sein de ma cousine.

Je ris.

— Vraiment ?

— Oui. Elle venait d'avoir un bébé quelques mois auparavant et elle l'avait dans les bras. Je me suis penché pour embrasser la joue du bébé et c'est seulement au dernier moment que j'ai réalisé qu'elle était en train de lui donner le sein. J'ai aussitôt tourné la tête et je me suis retrouvé à faire un bisou sur le sein de ma cousine.

— Eh bien, dis donc.

— Une autre fois, ma mère m'a emmené faire du shopping pour acheter des chaussures pour la rentrée, mais rien ne me plaisait jusqu'à ce que j'en trouve une paire dans une boîte posée par terre. Je les ai essayées et je les adorais, alors j'ai supplié ma mère de me laisser les porter pour sortir du magasin. Je ne suis pas allé plus loin que la caisse avant que quelqu'un arrive en courant vers moi. Cette personne était en train d'essayer des chaussures et avait mis dans la boîte celles qu'elle portait en arrivant et que j'avais maintenant aux pieds. On pourrait croire à une simple erreur anodine, alors je tiens à préciser que les chaussures étaient vraiment sales et que la personne qui m'a couru après pour les récupérer était une fille.

Je m'esclaffai.

— C'est à mourir de rire !

Il doit effectivement être pompette.

— Ce n'est pas fini. Quand j'étais gosse, on habitait à côté d'un couple de personnes âgées, Dave et Marie. Ils vivaient là depuis plus de dix ans et j'avais toujours appelé Dave *Dave*. Mes parents ont fait une petite fête avant mon départ pour l'université et ils ont invité quelques voisins. À la fin de la soirée, Dave est venu me voir et m'a serré la main en me souhaitant bonne chance. Et là, il m'a dit qu'il s'appelait Anthony et pas Dave.

— Attends, tu t'es trompé de prénom pendant toutes ces années ?

Christian sourit.

— Oui, et aujourd'hui encore, je ne pense pas qu'il s'appelle vraiment Anthony, même si mon grand frère, qui est bien plus intelligent que moi, m'a traîné de force jusqu'à la boîte aux lettres le lendemain et m'a montré un courrier adressé à Anthony pour me le prouver.

Une voix masculine s'éleva derrière moi.

— Oh, ça sent mauvais ça.

Je me tournai vers cette voix et me trouvai face à... Christian. Ma tête fit aussitôt volte-face vers l'homme avec qui j'étais en train de discuter. Il arborait un sourire jusqu'aux oreilles.

— Oh, c'est pas vrai, j'ai l'impression de voir double !

Le second Christian me contourna pour venir se placer à côté du premier Christian. Il opina.

— Je te présente mon frère jumeau, Jake, et tout ce qu'il a pu te dire jusqu'à maintenant est certainement faux.

Incroyable !

— Alors tu n'as pas embrassé le sein de ta cousine ?

Christian baissa la tête et la secoua d'un air exaspéré.

— Franchement, Jake. C'est arrivé il y a au moins dix ans. Tu racontes encore cette histoire ? Tu n'as rien trouvé de mieux ?

Jake rit et me tendit la main.

— Jake Knox. Ravi de te rencontrer, Bella. Désolé, je n'ai pas pu m'empêcher de sauter sur l'occasion.

Je ris en lui serrant la main.

— Est-ce que toutes les histoires étaient vraies ?

— *Toutes* les histoires ? répéta Christian. Tu veux dire qu'il t'a raconté d'autres trucs ?

— Oh, ça va, dit Jake en claquant l'épaule de son frère. Je ne lui ai même pas parlé de la lettre d'amour que tu as écrite à Mme Swanson en sixième, celle qu'elle n'était pas censée lire. Tu sais, celle où tu lui disais à quoi tu pensais chaque fois que tu mangeais de la pastèque.

— Et elle ne l'aurait jamais lue si *tu* ne la lui avais pas donnée, crétin.

Jake me regarda.

— L'école l'a forcé à lire un livre sur les bonnes et les mauvaises façons de s'adresser aux femmes. Je crois que ça a été écrit dans les années soixante et que ça s'appelait *Comment séduire une femme*.

Je plaquai une main sur ma bouche pour tenter de contenir mon hilarité.

Christian mit les mains sur ses hanches en secouant la tête.

— C'est bon, c'est fini ?

— J'espère bien que non, j'aime beaucoup les histoires de Jake.

— Oui, eh bien, je me ferai un plaisir de t'en raconter aussi quelques-unes s'il ne la ferme pas.

Christian regarda son frère d'un air menaçant, mais il était clair qu'il n'était pas vraiment fâché.

J'eus l'impression que ce genre de chamailleries étaient monnaie courante entre eux.

— Jake, tu joues pour l'équipe d'Oklahoma City, donc tu n'as pas de match cette semaine, c'est ça ?

Il sembla impressionné.

— C'est ça, oui. D'où ma petite visite surprise à mon frère pour le forcer à venir faire du shopping avec moi. C'est top secret, mais j'ai acheté une bague pour ma petite amie aujourd'hui. Je vais bientôt lui faire ma demande.

— Oh, ouah ! Félicitations. La journée a dû être sympa.

— Sympa, mais vachement chère, ronchonna Jake.

— Eh bien, j'espère qu'elle dira oui.

Je regardai Christian et Jake tour à tour avant d'ajouter :

— Je vais vous laisser, vous devez avoir beaucoup de choses à vous raconter.

— Donne-moi juste une minute, dit Christian à son frère. Je vais raccompagner Bella jusqu'à l'ascenseur.

Jake m'adressa une petite courbette en ôtant un couvre-chef imaginaire.

— Ravi de t'avoir rencontrée, Bella. J'espère te revoir bientôt.

— Tout le plaisir était pour moi, Jake. Bonne fin de soirée.

Je me tournai pour partir, puis songeai soudain à quelque chose.

— Tu restes pour voir le match demain ? demandai-je en me retournant.

— Oui, j'y serai.

— Je ne sais pas où tu as prévu de t'asseoir, mais je dispose de la loge réservée au propriétaire de l'équipe visiteuse, donc si ça te dit de voir le match de là.

Les yeux de Jake se mirent à pétiller.

— Un peu, oui ! Merci.

— Tu séjournes dans cet hôtel ?

— Oui, m'dame.

— Je vais demander qu'on te fasse un pass et qu'il soit déposé à la réception.

Jake regarda son frère avec un sourire joueur.

— Pense à toutes les histoires que je vais pouvoir lui raconter pendant un match de trois heures.

— Oh, nom d'un chien !

Christian secoua la tête et posa une main dans mon dos pour me faire passer devant.

— Je reviens tout de suite, crétin.

On marcha côte à côte jusqu'à l'ascenseur.

— Tu n'étais pas obligée de faire ça. De l'inviter dans ta loge, je veux dire.

— Ça ne me dérange pas du tout.

— Oui, mais tu n'étais *vraiment pas* obligée.

Je ris.

— Ton frère est très drôle. Je ne me suis pas doutée un instant que ce n'était pas toi quand il m'a raconté toutes ces histoires. Pour être honnête, je me suis dit que tu étais peut-être un peu pompette.

— Eh oui, c'est mon frère, ça. C'est la version bourrée de moi, même quand il est tout ce qu'il y a de plus sobre.

— Vous devez être vraiment proches pour qu'il ait pris la peine de sauter dans un avion pour aller faire du shopping avec toi et pour assister au match pendant l'un de ses rares week-ends de libre durant la saison.

— Trop proches, parfois, mais c'est vrai qu'on est soudés.

— C'est chouette. J'ai toujours rêvé d'avoir un frère ou une sœur en grandissant.

— Et quelle veinarde, tu as maintenant deux sœurs qui n'ont jamais voulu de toi.

J'agrippai mon ventre comme si on venait de me donner un coup de poing dedans.

— Aïe, ça fait mal.

Christian sourit.

— Tu as dormi un peu aujourd'hui ?

— En fait, oui. J'ai marché pendant environ une heure avant de retourner dans ma chambre, j'ai tiré les rideaux, et j'ai dormi pendant trois heures.

— Bien. Tu te sens mieux ?

— Oui, même si je suis à peu près sûre que je vais regarder par-dessus mon épaule pendant un bon moment. Je n'arrive pas à occulter le fait que quelqu'un m'ait suivie pendant autant d'heures dans la journée, et au moins durant plusieurs mois, sans que je me doute de quoi que ce soit. Ça va sans doute te paraître bizarre, mais je me sens lésée, comme si quelqu'un m'avait pris quelque chose qui ne lui appartenait pas.

— C'est ce qu'il a fait. C'est une atteinte à ta vie privée.

— En quelque sorte, oui. Mais en même temps, j'ai aussi vraiment hâte de rentrer maintenant pour voir ce qu'il y a dans les autres agendas.

— J'imagine.

On arriva devant l'ascenseur. Je pressai le bouton pour monter et me tournai vers Christian.

— Je suis allée voir ton frère quand je l'ai vu au bar parce que je pensais que c'était toi et je voulais te remercier pour ce matin, pour m'avoir écoutée.

— Inutile de me remercier. C'est à ça que sert un compagnon.

Je haussai les sourcils.

— Compagnon ?

Il se tapota le torse.

— Je suis un homme et je te tiens compagnie, alors oui, compagnon. En plus, ce sera plus simple si tu penses à moi de cette façon dès le début, puisque ça finira inévitablement comme ça.

— Eh bien, je t'en dois une, compagnon. Si jamais tu as besoin de parler, je pense que tu sais où me trouver.

La porte de l'ascenseur s'ouvrit et je montai dedans. Christian posa les mains sur les montants des battants pour empêcher la porte de la cabine de se refermer.

— J'ai perdu mon chien quand j'avais dix ans. Il s'appelait Buddy. Ça me fait encore un peu mal quand j'y pense. Je devrais peut-être te prendre au mot et venir t'en parler. Disons dans cinq minutes, dans ta chambre ? Tu peux enfiler quelque chose de plus confortable et j'apporterai une bouteille de vin.

Je pressai le bouton sur le panneau de commande en souriant et regardai ma montre.

— Ton couvre-feu est dans vingt minutes.

Christian recula, les yeux brillants de malice.

— Je ne dirai rien si toi non plus.

— On va devoir reporter.

La porte de la cabine commença à se refermer. Christian se déplaça de façon à rester visible alors que l'ouverture devenait de plus en plus étroite.

— Reporter ? Ça veut dire que ce sera possible plus tard ? Ce n'est pas un non, alors ?

Je ris.

— Bonne nuit, Christian.

Chapitre 11

— Tu ne devrais pas être sur le terrain avec l'équipe ?

Je dus faire appel à tout mon sang-froid pour ne pas lever les yeux au ciel. À la place, j'affichai un sourire éclatant.

— Ce n'est pas Christian, Tiffany. C'est son frère, Jake.

— Oh. Receveur dans l'équipe d'Oklahoma City, c'est ça ?

Jake et moi étions assis depuis un moment sur le canapé dans la loge réservée au propriétaire de l'équipe visiteuse, attendant le début du match. Il se leva et se pencha en avant en tendant la main.

— Jake Knox, enchanté.

— Tiffany Barrett. Une des filles *légitimes* de John Barrett.

Au lieu de serrer sa main, elle posa la sienne dessus comme si elle était une princesse et qu'il était censé lui faire un baise-main.

Jake me regarda d'un air perplexe. Je ne savais pas trop si c'était dû à la façon dont elle s'était présentée ou à la poignée de main, mais quoi qu'il en soit, je haussai les épaules et Jake finit par serrer sa main mollassonne. Comme un malheur n'arrive jamais seul, Rebecca fit également son entrée. Elle lança un coup d'œil dans ma direction, la bouche tordue de dégoût, avant de se diriger d'un pas nonchalant vers l'hôtesse pour commencer à jacasser à propos de ce dont elle avait besoin pour la journée. Je me demandais ce qui était pire entre les propos dédaigneux de Tiffany à mon sujet et le fait que mon autre sœur pensait que ça ne valait même pas la peine de m'adresser la parole.

Les deux allèrent s'installer à l'autre bout de la pièce et Jake se rassit. Il regarda mes sœurs par-dessus son épaule.

— Tiffany a l'air vraiment charmante.

— Ce ne sont pas mes plus grandes fans.

— Et tu dois partager la loge des visiteurs avec elles ? C'est pareil avec celle à domicile ?

Je bus une gorgée du mimosa que l'hôtesse avait eu la gentillesse de me préparer à notre arrivée.

— On ne les partage pas, en fait. Les loges m'appartiennent, mais je les ai invitées.

Jake haussa les sourcils.

— Tu as un côté maso ?

Je ris.

— C'est possible. J'essaie surtout de me mettre à leur place. Leur père avait une enfant cachée et il les a dépossédées de la plus grosse partie de leur héritage. On ne peut pas vraiment les blâmer de détester le simple fait que j'existe.

— Peut-être, mais quelqu'un devrait leur rappeler que ce fait n'est pas non plus de ta faute. C'est celle des personnes qui t'ont conçue.

Je soupirai.

— Parlons de quelque chose de plus gai. Tu as un plan pour ta demande en mariage ?

— J'organise une fête surprise pour les trente ans de Lara. Je ferai ma demande devant nos familles et tous nos amis.

— Oh, ouah. *Donnez tout ou rentrez chez vous*, hein ?

Jake sourit.

— Et toi ? Tu as déjà été mariée ?

— Seulement à mon travail.

— Tu fais partie de ces gens-là, alors ? Tu as toujours été comme ça ou c'est seulement depuis que tu es à la tête de l'équipe ?

— Toujours comme ça. Même à l'école, je voulais réussir. Et on ne m'a jamais mis la pression pour que j'aie de bonnes notes. J'aime simplement travailler dur et accomplir des choses.

— Pas moi. Je préfère une sieste sous un arbre à une journée de boulot.

Je ris.

— Ma foi, tu dois quand même savoir mettre les bouchées doubles quand tu veux, sinon tu ne serais pas en NFL.

— C'est grâce à mon frère que j'ai réussi. Il me réveillait à cinq heures du matin pour qu'on puisse jouer au ballon avant d'aller à l'école. La seule raison pour laquelle je suis devenu bon en réception, c'est parce que mon frère s'est amélioré en lancer. C'est usant de courir après ses boulets de canon.

— J'ai comme l'impression que tu exagères un peu.

Jake se pencha en avant et prit une poignée de

cacahuètes dans le ramequin posé sur la table. Il en enfourna quelques-unes.

— Pas vraiment. Notre grande taille et notre rapidité sont des dons de naissance. Les jumeaux ont exactement le même ADN au départ, mais certains de leurs gènes subissent des mutations dans l'utérus après la séparation. Je suis quasiment certain que le gène de la volonté a muté chez moi, parce que même si on a l'air identiques, ce mec est largement au-dessus de moi dans ce domaine.

— Je pense que tu es injuste envers toi-même.

— Non. Si j'en suis là aujourd'hui, c'est grâce à ma famille – à la fois Christian et notre grand frère, Tyler. Ceux qui m'ont gardé dans le droit chemin.

Il se tut un instant et pointa mon verre de mimosa vide du doigt.

— Laisse-moi aller nous resservir un verre.

— D'accord. Merci.

J'avais invité tout le personnel dirigeant dans la loge, alors certains étaient déjà arrivés lorsque Jake revint. Je n'avais apparemment pas besoin de faire les présentations puisque tout le monde semblait déjà le connaître. Il discutait avec aisance à droite et à gauche, ce qui me permit de passer du temps avec le directeur des analyses pour lui montrer les ajustements que j'avais effectués au niveau de mon algorithme et les prédictions subséquentes.

Les prévisions de cette semaine se révélèrent être les meilleures jusqu'à présent. Une fois le match fini, j'avais même réussi à déterminer le score exact dans trois des quatre quart-temps.

Peu de temps après, Christian nous rejoignit en haut.

— Merci d'avoir gardé le gamin, dit-il en désignant Jake.

— Ton frère est très sympa.

— Est-ce qu'il t'a rebattu les oreilles avec d'autres histoires sur les bêtises que j'ai pu faire quand j'étais gosse ?

— Eh bien non, pas aujourd'hui. Il n'a fait que des compliments sur toi.

— La vache. Je ferais bien de m'assurer qu'il n'est pas fiévreux, dit-il en souriant. Je vais aller lui dire qu'il est temps de tirer sa révérence. Il a un avion à prendre et je vais le déposer à l'aéroport.

— Oh, d'accord.

Quelques minutes plus tard, Jake revint me voir.

— Lourde défaite aujourd'hui, mais merci de m'avoir invité ici.

— J'étais ravie que tu sois là.

Il se pencha et m'embrassa sur la joue.

— On se verra aux trente ans de Lara, je suppose ?

J'affichai un air confus.

Jake sourit.

— Je vois bien qu'il est dingue de toi parce qu'il n'a pas arrêté de parler de ça hier soir après ton départ. Tu te souviens de cette volonté dont je t'ai parlé tout à l'heure ? Elle n'est pas réservée au football.

Il m'adressa un clin d'œil, comme son frère le faisait souvent, et me salua en portant deux doigts à son front.

— À bientôt, Bella.

⸺

J'en étais à la moitié de ma quatrième lecture intégrale de l'agenda que j'avais ouvert deux soirs auparavant lorsque j'entendis toquer à ma porte.

Christian se trouvait de l'autre côté, une fois de plus trop beau pour son propre bien. Je défis le loquet et ouvris la porte.

— Le coach vient de m'appeler. Les résultats de l'IRM sont arrivés. Je peux reprendre l'entraînement demain matin.

— Oh, ouah. C'est une bonne nouvelle, Christian.

— Oui. Je me suis dit que tu pourrais venir m'aider à fêter ça.

Je baissais les yeux sur moi. Je venais d'enfiler un tee-shirt et un short, et je m'étais démaquillée.

— Je suis plutôt prête à aller au lit.

— C'est la seule raison pour laquelle tu ne veux pas fêter la nouvelle avec moi ?

— Oui, bien sûr.

Christian se pencha pour ramasser quelque chose posé par terre à côté de la porte. Il leva devant lui une bouteille de champagne et deux flûtes avec un sourire aux lèvres.

— Ta chambre ou la mienne, alors ?

Je ris.

— Tu m'as piégée. En plus, tu m'as dit que tu ne buvais pas.

Christian se pencha pour ramasser autre chose. Cette fois, il s'agissait d'une petite bouteille de jus de pomme.

— C'est ce qui ressemblait le plus à du champagne au bar.

— Tu ne devrais pas plutôt fêter ça avec tes coéquipiers ?

— Pourquoi ferais-je ça alors que ma voisine est si canon ?

Je me dis que c'était mon devoir en tant que propriétaire de l'équipe de fêter les bonnes nouvelles quand j'étais avec eux – j'essayai en tout cas de m'en convaincre alors que je m'écartais pour que Christian puisse entrer.

— Juste un verre.

Il sourit.

— Bien, m'dame.

Dès qu'il fut entré, ses yeux tombèrent sur l'agenda. Il était ouvert et posé à l'envers au milieu du lit.

— J'étais en train de le relire... pour voir si je ne serais pas passée à côté de quelque chose d'important.

Christian ôta l'aluminium recouvrant le bouchon de la bouteille de champagne.

— Quel est le verdict pour le moment ?

— C'est toujours un curieux résumé des événements qui se sont produits pendant qu'il me suivait, avec des notes ici et là.

Le *plop* sonore du bouchon au moment où il sauta me surprit, même si j'avais regardé Christian l'ouvrir. Je sursautai.

— Désolée, la lecture de ce truc me met un peu les nerfs à vif pour je ne sais quelle raison.

Il versa du champagne dans une flûte, puis il ouvrit la bouteille de jus de pomme et en versa dans l'autre verre. Après m'avoir passé la première flûte, il leva la sienne pour trinquer.

— À mon retour au boulot.

On fit tinter nos verres.

— Au retour de la star de l'équipe, ajoutai-je.

Chacun but une gorgée de son verre, puis je désignai l'agenda.

— Tu veux lire quelques pages ? Je t'ai raconté à quel point c'était bizarre, mais entre l'entendre dire et le voir de ses propres yeux, il y a une différence.

Christian haussa les épaules.

— Si ça ne te dérange pas.

J'étais plutôt curieuse d'avoir un avis extérieur sur la question. Je n'avais jamais tenu un agenda, alors ce genre de chose n'était peut-être pas si étrange que ça. Je saisis le livre sur le lit, tournai quelques pages, et le tendis à Christian.

— Commence par là.

Christian prit le livre et s'assit sur le bord du lit. Je me rongeai un ongle tandis qu'il lisait la première page, puis la suivante, avant de passer à celle d'après.

Après deux pages de plus, il s'arrêta et leva les yeux vers moi.

— Tu étais au lycée Stuyvesant ?

— Oui, et je faisais partie du club de maths. Tu as vu la note qui dit *Donation pour le Japon* ? Tous les quatre ans, le club allait au Japon pour les olympiades mondiales de mathématiques des lycées. C'était cher, mais les membres du club récoltaient des fonds chaque année pour financer le voyage. On vendait des bonbons. Quand ma mère était encore en vie, je lui donnai un bon de commande et tous ses collègues de travail m'en achetaient, mais après sa mort, je ne connaissais personne qui pouvait se permettre de gaspiller de l'argent pour acheter des bonbons hors de prix, alors j'ai fait du porte-à-porte. L'année d'après, ce n'était plus nécessaire. Quelqu'un avait payé le voyage pour tout le club. J'ai entendu dire que la donation stipulait que les membres du club n'avaient plus le droit de faire du porte-à-porte pour vendre des trucs.

— C'est John qui a fait cette donation ?

Je secouai la tête.

— Je n'en ai aucune idée, mais il m'a vue faire du porte-à-porte. Et puis il y a cette note. Je pense que ça pourrait bien être lui.

Christian feuilleta encore quelques pages sans les lire.

— C'est comme ça dans tout l'agenda ?

— Sur toutes les pages, oui.

— Je comprends maintenant pourquoi tu trouves ça flippant. Je crois que je n'avais pas réalisé à quel point c'était bizarre avant de le voir – des lignes et des lignes sur les endroits où tu es allée et tu n'avais aucune idée que quelqu'un te suivait.

— Je sais bien. J'aimerais vraiment pouvoir questionner Tiffany et Rebecca à ce sujet, mais je ne pense pas qu'elles étaient au courant de ce qu'il faisait étant donné qu'elle ne savait absolument pas que j'existais avant la lecture du testament. Elles devaient pourtant le connaître mieux que personne – c'était leur père et ils ont bossé ensemble pendant tant d'années.

— Pourquoi n'essaies-tu pas de leur poser la question ? Au pire, elles t'enverront promener, et de toute façon, elles prennent déjà un malin plaisir à le faire chaque fois qu'elles te voient.

— C'est vrai, mais elles me demanderaient probablement de leur donner les agendas. Mon père m'a laissé l'équipe et le stade. Mes sœurs ont reçu tout le reste, tout ce qui n'était pas spécifiquement mentionné dans le testament. Elles ont passé trois semaines à débattre devant le tribunal pour savoir si le mobilier, les installations et les équipements des bureaux allaient de pair avec la propriété de l'équipe ou s'ils faisaient partie de *tout le reste*. Je suis sûr que si elles savaient pour les agendas, elles me renverraient au tribunal.

— Tu as probablement raison.

— Je suis désolée. J'ai ramené les choses à moi. On est censés fêter ton retour sur le terrain. Je suis contente pour toi en tant qu'amie et en tant que propriétaire de l'équipe. La défaite d'aujourd'hui n'était pas amusante.

— C'est ce que nous sommes ? Des amis, Bella ?

Le regard de Christian descendit sur mes lèvres et mon cœur fit un petit salto. Il prit son temps pour relever les yeux vers les miens.

— Parce que je suis ami avec beaucoup de gars dans l'équipe, et pourtant, je ne suis pas allé directement dans leurs chambres pour leur annoncer la bonne nouvelle.

Je me dis soudain que j'aurais dû garder la grande suite dans laquelle je devais initialement séjourner. Cette chambre me semblait vraiment petite à cet instant. *Quand je pense que j'aurais pu placer ce piano à queue entre nous.*

Christian demeura silencieux, me regardant comme un joueur de poker pro jaugerait ses adversaires, essayant de déterminer s'il devrait tout miser ou non. Il se frotta le menton.

— Je peux te poser une question personnelle ?

— Qu'est-ce que tu veux savoir ?

— Dans l'avion, tu as dit que tu n'avais jamais eu de relation adulte sérieuse. Est-ce que tu en as eu une avant de devenir adulte ?

Cet homme était perspicace, je devais bien le reconnaître. Je désignai la bouteille de champagne.

— Tu peux me resservir, s'il te plaît ?

— Oui, bien sûr.

Christian me versa un verre, nos yeux se croisant plus d'une fois durant le processus. Après, il reposa la bouteille et attendit que je poursuive. J'avalai d'abord d'un trait la moitié de ma flûte.

— Je suis sortie avec un garçon pendant environ six mois quand j'avais dix-sept ans.

— Il avait le même âge ?

— Non. Il avait vingt-cinq ans.

Un muscle tressauta dans la mâchoire de Christian.

— Est-ce qu'il t'a fait du mal ?

— Oh, non, pas du tout. Pas physiquement, en tout cas, si c'est à ça que tu pensais. J'ai été blessée quand il a rompu avec moi, mais c'est seulement parce que je n'étais qu'une enfant qui pensait qu'on était amoureux.

— C'était ton premier ?

— Oui. C'est curieux, j'ai beaucoup repensé à cette relation ces derniers temps. C'est peut-être pour ça que j'ai toujours préféré les relations sans attaches depuis.

— Merci pour cette confidence.

— On est amis, non ? Les amis se font des confidences.

Son sourire était mitigé.

— Je ferais mieux d'y aller. Il est tard et l'équipe part de bonne heure demain matin.

— Oh, bien sûr, oui. Merci d'être venu pour m'annoncer la bonne nouvelle. J'ai hâte de te voir de nouveau sur le terrain.

Christian reposa son verre sur la table basse.

— Bonne nuit, Bella.

Je le raccompagnai à la porte. Il l'entrouvrit, puis

s'arrêta et la referma avant de se retourner. Comme je le suivais, on était à présent nez à nez.

— Je ne suis pas ami avec beaucoup de femmes, à part les épouses et les petites amies de mes potes, mais je suis à peu près sûr que les amis se donnent une accolade pour se dire au revoir.

Il ouvrit grand les bras avec un sourire enfantin. Lorsque j'hésitai, Christian me regarda en haussant les sourcils, l'air de dire : *qu'attends-tu, mon amie ?* Ça ressemblait à un défi et je n'allais certainement pas me débiner. Je m'avançai donc et passai mes bras autour de son torse aussi robuste qu'un tronc d'arbre.

La vache, ses pecs sont tellement... massifs. Comme tout le reste, je parie.

Au moment où je pensais ça, Christian m'entoura de ses bras. Je l'étreignis, mais ma poitrine ne faisait qu'effleurer son corps. Il remédia à cela. Il m'attira si fermement contre lui que je sentis chacun des renflements de ses carrés de chocolat pressé contre ma peau. J'étais certaine que lorsqu'il me relâcherait, j'aurais des abdos inversés à cause des empreintes qu'il allait laisser. Et il sentait sacrément bon, en plus. Non pas qu'il m'était facile de respirer avec sa prise de boa constricteur, mais chaque fois que mes narines parvenaient à inspirer un peu d'air, il y flottait une odeur des plus délicieuses – boisée, avec une note de cuir, et tellement masculine. Je sentis une main remonter le long de mon dos et ses doigts s'enfoncèrent dans mes cheveux. Les poils de mes bras se hérissèrent, et quand bien même je pouvais à peine respirer dans son étreinte, je sentis mes muscles se relâcher après quelques battements de cœur. Je n'avais pas réalisé avant cet instant que ça faisait bien longtemps que je ne m'étais pas détendue – ce qui était ironique puisqu'il avait fallu que je ne puisse plus respirer pour pouvoir mieux respirer. Je ne sais pas trop combien de temps cela dura, mais certainement plus longtemps qu'une accolade standard entre deux amis se disant au revoir.

Lorsqu'il desserra enfin sa prise mortelle, je savais déjà que cette sensation allait me manquer une fois qu'il aurait franchi la porte. Christian s'écarta, mais sans me relâcher entièrement. Il garda ses bras fermement ancrés autour de ma taille et baissa les yeux vers moi, ce qui m'obligea à pencher la tête en arrière pour croiser son regard.

— Je ne te verrai plus aussi souvent comme je vais reprendre l'entraînement. J'ai une routine plutôt stricte avec des séances de musculation en complément et je mange de bonne heure pour pouvoir me coucher tôt.

Il leva une main et repoussa une mèche de cheveux de mon visage avant d'ajouter :

— Mais je répondrai présent si tu as besoin de moi. Il te suffira de m'appeler.

Je lui adressai un sourire chaleureux.

— Je le ferai. Merci.

Il m'embrassa sur le front.

— Bonne nuit, ma non-amie.

Mon sourire partit aussi de travers que mes lunettes.

— Non-amie ?

Il me fit un clin d'œil.

— Tu n'as pas encore compris ce qu'on est, mais s'il y a bien une chose qu'on sait tous les deux, c'est qu'on n'est certainement pas *amis*.

Chapitre 12

Bella

Je n'avais pas vu Christian de la semaine et dès le jeudi, j'avais commencé à me sentir nerveuse.

Enfin, ce n'était pas entièrement vrai. Je l'avais vu à de nombreuses reprises. C'est juste que lui ne m'avait pas vue. En grande partie parce que je l'avais observé depuis la fenêtre de mon bureau. Que Dieu bénisse les vitres sans tain, car j'avais passé un temps anormalement long plantée là.

L'entraînement était terminé pour la journée, mais Christian jouait encore au ballon sur le terrain avec l'un de ses receveurs. Ce dernier rata sa réception et courut après la balle, qui se retrouva vingt yards plus loin. Alors que Christian attendait, il se tourna et mit l'une de ses mains en visière en levant la tête vers l'endroit où je me trouvais. Je savais qu'il ne pouvait pas me voir, mais je sursautai et m'écartai de la fenêtre.

Mon cœur cognait contre mes côtes tandis que je demeurais plaquée contre le mur, me sentant comme une voyeuse prise sur le fait. *Il faut vraiment que je me ressaisisse.*

Je n'avais pas encore retrouvé une contenance lorsque la porte de mon bureau s'ouvrit brusquement. Tiffany grimaça quand elle me vit plaquée contre le mur.

— Mais qu'est-ce que tu fous ?

— Je... euh...

Je désignai l'autre bout de la pièce.

— J'ai vu une souris.

Elle repassa de l'autre côté du seuil de la porte.

— Tu plaisantes, j'espère ? Je n'ai jamais vu un rongeur là-dedans. Tu as dû rapporter cette bestiole de chez toi.

Son attitude ridicule me ramena subitement à la réalité et je m'éloignai du mur. Je soupirai en rejoignant mon bureau.

— Oui, Tiffany. Je m'appelle Marie et elle m'a suivie au bureau un jour.

Tiffany plissa le front et les yeux.

— Tu as bu ou quoi ?

Je supposai qu'elle n'avait pas compris la référence à *Marie avec un petit agneau*.

— Qu'est-ce que je peux faire pour toi ?

— En dehors du fait de nous transférer la propriété de l'équipe qui nous revient de droit, à ma *vraie* sœur et moi ? J'ai besoin de ta signature sur mon nouveau contrat de location.

— Une location ?

— De voiture, oui.

— Ah. Et pourquoi as-tu besoin de ma signature ?

— Parce que notre charmant DG n'autorise aucune dépense de plus de cinquante-mille dollars sans une seconde autorisation. Donc il me faut la signature du manager général ou la tienne. Tu sais, pour un DG qui est aussi président par intérim, il n'agit pas de façon très présidentielle.

Je ne connaissais peut-être pas très bien ma sœur, mais j'étais certaine qu'elle ne viendrait ici pour me demander mon aide qu'en dernier recours. Je penchai la tête de côté.

— Y a-t-il une raison particulière pour laquelle le manager général n'a pas voulu signer ce document ?

Elle fit la moue.

— C'est un abruti.

J'interprétai ça comme une confirmation du fait qu'il avait refusé de signer, mais comme je voulais maintenir la paix entre nous, je tendis la main.

— C'est la facture ?

Elle s'avança et me remit le papier avec un regard noir.

Je chaussai mes lunettes et mes yeux faillirent sortir de leurs orbites lorsque je vis le chiffre en bas de la page.

— Trois-cent-soixante-sept-mille dollars ? Je croyais que tu avais parlé de location, pas d'un achat.

Tiffany inspecta ses ongles.

— C'est le prix de la location. C'est un contrat pour trois ans, alors ils ont mis le total de tous les paiements.

— Tu veux dépenser plus de dix-mille dollars par mois pour une voiture ? Tu vis à Manhattan et tu as une voiture avec chauffeur pour aller au bureau. Est-ce que tu vas vraiment te servir de cette voiture ?

— Contente-toi de signer ce foutu bout de papier. Personne ne t'a demandé ton avis.

— Est-ce que tu dépenses toujours autant pour la location d'une voiture ?

— La dernière était peut-être un peu moins chère.

— Combien de moins ?

Elle haussa les épaules.

— Je ne suis pas comptable. Les détails ne sont pas de mon ressort. Tu vas me signer ce papier ou quoi ?

Je ne savais pas trop comment gérer ça. Si je refusais de signer, elle allait faire de ma vie un enfer à la moindre occasion, mais si je donnais mon aval, est-ce que ce ne serait pas la porte ouverte à toutes sortes d'excès de sa part ? Je la regardai dans les yeux.

— Tu me laisses le week-end pour y réfléchir ? L'équipe est détenue à vingt-cinq pour cent par des investisseurs, et vis-à-vis d'eux, on se doit de ne pas gonfler les dépenses puisqu'on partage le résultat net.

Elle mit les mains sur ses hanches.

— Tu es ridicule.

— Je ne suis visiblement pas la seule dans ce cas si ni Tom ni le manager général n'ont voulu signer.

Tiffany soupira et sortit de mon bureau d'un pas furieux, claquant la porte derrière elle pour ponctuer son emportement. Je m'assis, les yeux rivés sur la facture, toujours dans l'incrédulité. La valeur déclarée de la voiture était d'une virgule deux millions de dollars. Combien coûtait l'assurance pour ce type de véhicule ? Plus que mon loyer annuel, j'en étais certaine.

J'étais toujours penchée sur la facture lorsque quelqu'un toqua à ma porte. Au moins, je savais que ce n'était pas Tiffany qui était revenue, car elle ne m'aurait jamais fait la courtoisie de ne pas entrer comme une furie.

— Entrez ! m'écriai-je.

Christian ouvrit la porte. Il portait une casquette de baseball à l'envers, un jogging gris et un tee-shirt qui moulait ses pectoraux – ceux auxquels je ne pouvais pas m'empêcher de penser depuis notre étreinte pour nous dire au revoir dimanche dernier. Il tenait aussi un ballon de football dans une main.

Je souris.

— Salut. Qu'est-ce que tu fais là-haut ? Tu viens livrer une pizza ?

— Je me suis juste dit que j'allais passer dire bonjour.

Il ferma la porte derrière lui et s'avança jusqu'au centre de la pièce. Cloué là, il frotta sa lèvre du pouce d'un air pensif, ses yeux faisant des allers-retours entre la fenêtre et moi.

— Est-ce que tu étais en train de regarder le terrain tout à l'heure ?

— Non, répondis-je d'une voix qui était montée de quelques octaves. Pourquoi me demandes-tu ça ? Tu as vu quelqu'un ? Je croyais que la vitre était sans tain et qu'on ne pouvait rien voir depuis l'extérieur.

— C'est le cas, mais j'ai cru sentir ta présence, dit-il en haussant les épaules.

Je ris nerveusement.

— Tu as cru me *sentir* te regardant ?

Il me regarda droit dans les yeux.

— Donc tu n'étais pas en train de me regarder ?

Zut. Je ne savais vraiment pas mentir et c'était l'homme le plus observateur que j'avais jamais rencontré. Il pourrait le voir sur mon visage. Je rapprochai ma chaise du bureau et me penchai à nouveau sur la facture que Tiffany m'avait laissée.

— Non. J'étais en pleine réunion avec ma sœur. Elle veut louer une voiture pour un coût qui dépasse ce que la plupart des gens dépensent pour acheter leur première maison.

Christian ne me quitta pas des yeux. Lorsque je me hasardai à lever la tête, on aurait dit qu'il était toujours en train d'essayer de déchiffrer mon expression. Je souris.

— Comment s'est passée ta première semaine de reprise de l'entraînement ?

Ses yeux se mirent à pétiller et j'eus la sensation qu'il savait exactement ce que je venais de faire. Quoi qu'il en soit, il me laissa m'en tirer comme ça pour cette fois. Il s'assit de manière décontractée sur la chaise placée de l'autre côté de mon bureau.

— C'était bien. Mon genou va mieux que jamais. Et toi, ta semaine s'est bien passée ? Tu as continué à lire les agendas ?

— Oui. J'en ai lu quelques-uns, mais j'ai arrêté quand je suis tombée sur une entrée où il disait qu'il était allé sur la tombe de ma mère. Ça a fait remonter des émotions que je n'avais pas ressenties depuis un moment, alors j'ai décidé de faire un break. Peu importe ce qui se trouve là-dedans, ça ne changera pas les choses, donc je préfère attendre d'être dans un bon état d'esprit pour continuer.

Christian fronça les sourcils.

— Je suis désolé. J'aurais dû venir voir plus tôt comment tu allais, mais je voulais te laisser respirer.

— Ça va, ne t'en fais pas. J'aurais pu le dire à Miller si j'avais besoin d'en parler à quelqu'un. Je ne sais pas trop pourquoi je ne lui ai pas encore parlé des agendas, d'ailleurs. Ça ne me ressemble pas de ne pas lui rapporter aussitôt les derniers potins. Mais je suis allée sur la tombe de ma mère l'autre jour et je me suis sentie mieux après.

— Bien, je suis content d'entendre ça.

Christian désigna ma porte du pouce.

— Je dois filer, j'ai un rendez-vous en bas à dix-sept heures pour faire de la kiné. Ils m'ont autorisé à reprendre l'entraînement, mais je suis obligé de continuer les séances de laser pour réduire l'inflammation au minimum et augmenter la circulation sanguine.

— Oh, je n'étais pas au courant de ça. Je vais sans doute devoir ajuster mon algorithme si tu as encore des soins. Les résultats montrent un pourcentage de passes complétées agressif.

Christian afficha un sourire en coin qui creusa sa fossette.

— Ajuste-le seulement pour faire grimper encore plus ce taux, boss.

— J'espère que ton optimisme paiera. Il nous faut une victoire ce week-end.

— Je vais me donner à fond.

— Je sais bien.

— Tu es là pour un moment encore ? On va manger un morceau ensemble après ma séance ?

— J'ai quelque chose de prévu, en fait.

Christian hocha la tête.

— Bozo ?

Je n'étais pas étonnée qu'il s'en souvienne.

— Julian, oui.

— Vous allez dans un endroit sympa ?

— Un resto italien que je ne connais pas, sur Bleeker Street.

— Tu y vas directement après le boulot ?

— Oui. On se retrouve là-bas.

Christian contourna mon bureau. Je restai assise, mais mon expression devait trahir ma nervosité parce qu'il sourit et ouvrit grand les bras.

— Je veux juste donner une accolade à mon amie...

— Oh.

Comme la dernière fois, il m'enveloppa si fermement dans ses bras que je pouvais à peine respirer. Pourtant, mon corps soupira et se détendit. Christian était simplement si grand et si chaleureux. Ses bras me semblaient être le seul endroit sûr où je pouvais baisser ma garde, ne serait-ce que pour un court instant. Sans parler du fait qu'il sentait une fois de plus divinement bon, même après un long entraînement. Je serais bien restée comme ça encore un moment, mais Christian s'écarta, bien trop tôt. Il déposa un petit baiser sur mon front et baissa les yeux vers moi.

— Ça devrait faire l'affaire...

Je plissai le front.

— De quoi parles-tu ?

— De laisser mon odeur sur toi pour tenir les autres animaux à distance.

Je ris.

— Tu es cinglé.

Il m'adressa un clin d'œil et me lâcha.

— À bientôt, boss.

⌒

— Alors, ça se passe comment avec l'équipe ? Tu travaillais sur un algorithme la dernière fois qu'on s'est vus, c'est bien ça ?

Julian but une gorgée de son vin.

Notre table n'était pas prête à notre arrivée, alors on avait pris un verre au bar en attendant de pouvoir aller s'asseoir. Comme je n'avais rien mangé depuis le petit-déjeuner, je me sentais déjà un peu éméchée après un verre et demi.

— C'est ça, oui. Tout se passe bien. J'ai fini d'écrire le code pour l'algorithme et j'ai entré toutes les stats de l'équipe par joueur. Mes premiers résultats n'étaient pas terribles, mais j'ai fait des ajustements avec l'aide de Christian et ma marge d'erreur est de plus en plus faible.

— C'est le directeur des analyses, Christian ?

— Non, Christian est un joueur de l'équipe.

Julian fronça les sourcils.

— Knox ?

— Oui, tu sais qui c'est.

— Évidemment. Tout le monde sait qui c'est. Même un geek de l'IA comme moi.

Je me retins de mentionner que je portais actuellement l'eau de parfum Knox… et qu'il se pourrait bien que j'ai reniflé mon chemisier dans la voiture en venant ici. J'avais cependant passé assez de temps à penser à Christian Knox durant les deux dernières semaines. Ce soir, il était seulement question de l'homme qui me correspondait parfaitement et j'avais bien l'intention de rester concentrée là-dessus.

— Je préférerais ne pas parler de l'équipe, si ça ne te fait rien. Ça demande beaucoup d'énergie et un petit break mental me ferait du bien.

— Pas de problème, je comprends.

Je bus une gorgée de vin.

— Dis-moi plutôt ce qui se passe de ton côté.

Il sourit fièrement.

— On m'a demandé de faire une présentation à la conférence sur les technologies innovantes en matière d'intelligence artificielle.

— Oh, ouah. C'est énorme. Félicitations. De quoi vas-tu parler ?

— De la révolution de l'informatique quantique dans le repérage des schémas.

Durant les vingt minutes suivantes, Julian discourut sur la manière dont le dernier code qu'il avait développé allait intégrer de multiples bases de données et effectuer des recherches parmi des millions d'entrées en seulement quelques secondes pour détecter des similarités dans les données, alors qu'il aurait auparavant fallu des années de travail pour en arriver là. Quelques mois auparavant, ce genre de conversation était ce pour quoi je vivais, pourtant, je constatai que j'avais un peu l'esprit ailleurs.

— Je pensais commencer avec un hologramme d'un modèle informatique de réseau neuronal artificiel superposé à l'image d'un cerveau pour donner l'impression que ça se déroule à l'intérieur. Qu'est-ce que tu en penses ?

Je plissai les yeux en regardant un couple debout au bar.

— Bella ?

— Hmm ?

— Qu'est-ce que tu en penses ?

— Qu'est-ce que je pense de quoi ?

— Est-ce que tu trouves que c'est une bonne idée d'utiliser un hologramme pour commencer ma présentation ?

Je tournai de nouveau les yeux vers le bar. L'homme qui se tenait à côté de cette femme ressemblait à Christian.

Ou bien pas du tout ? Est-ce que mon cerveau me jouait des tours ?

Julian pivota sur son siège pour suivre mon regard.

— Tu as vu quelqu'un que tu connais ?

L'homme était dos à moi et la femme avec qui il était posa les deux mains sur son torse en riant. Oui, j'avais sûrement trop d'imagination.

— Désolée, Julian. Je croyais avoir vu une connaissance, mais non.

— Ah.

— Tu m'as posé une question. C'était quoi déjà ?

Il fronça les sourcils.

— Ce n'est pas important.

Zut. J'allais faire foirer ce rencard si je ne me ressaisissais pas. Je me rajustai sur ma chaise et me penchai en avant, accordant toute mon attention à Julian.

— Si, c'est important. Ton travail est important et je veux vraiment que tu m'en parles. Je suis désolée si j'ai été distraite.

Julian me gratifia d'un sourire chaleureux. Mon intérêt renouvelé semblait avoir apaisé les choses. Pendant quelques minutes du moins, avant que je voie le type du bar se diriger vers notre table. Je croyais toujours avoir affaire au sosie de Christian Knox... jusqu'à ce que le gars affiche un sourire aux fossettes aussi creusées qu'un canyon et m'adresse un signe de la main.

Oh.

Mon.

Dieu.

C'est bien Christian, bon sang !

Son sourire jubilatoire était plus rayonnant que le soleil tandis qu'il approchait.

— Bella ? Je me disais bien que c'était toi.

— Qu'est-ce que tu fais ici, Christian ?

Il haussa les épaules.

— Je viens dîner.

— Dans *ce* restaurant-là ?

— C'est l'un de mes préférés.

Est-ce qu'il pouvait s'agir d'une simple coïncidence ? Je ne me rappelais pas lui avoir donné le nom de l'endroit où je devais dîner ce soir, même si j'avais mentionné qu'il se trouvait sur Bleeker Street.

La femme debout à côté de lui enlaça son biceps.

— C'est l'un de ses préférés et pourtant il n'arrivait pas à se rappeler le nom de cet endroit. On a dû s'arrêter dans quatre restaurants dans le coin pour qu'il puisse jeter un œil et voir si c'était bien là.

Elle pointa ses talons aiguilles du doigt.

— Ces trucs-là sont faits uniquement pour descendre de la voiture et y remonter après.

Je penchai la tête de côté et lançai un regard inquisiteur à Christian.

— Et comment as-tu su que tu étais au bon endroit, exactement ?

Christian afficha un sourire d'autosatisfaction et mit les mains dans ses poches.

— Je ne sais pas trop. Je suppose que j'ai vu ce que je cherchais quand je suis entré – les tables et tout le reste, je veux dire.

Je plissai les yeux.

— Je vois...

Christian regarda Julian et tendit la main.

— Bonsoir. Je suis Christian Knox.

Julian se leva et lui serra la main.

— Julian Morehouse. Je suis un grand fan.

Christian sourit de plus belle et me regarda en pointant mon rencard du doigt.

— C'est un grand fan.

Je roulai des yeux.

— Sacrée poigne que vous avez là, dit Julian dont la main était toujours enserrée dans celle de Christian. Mais vous croyez que je pourrais récupérer ma main ? J'ai besoin de mes doigts pour pianoter sur mon clavier demain.

— Oh, bien sûr, pardon, répondit Christian avec les yeux brillants de malice. Je ne fais plus attention à force de serrer un ballon toute la journée à l'entraînement.

Il se tourna vers son rencard.

— Candice, voici Bella Keating, ma patronne.

Il désigna ensuite Julian d'un geste manquant d'enthousiasme.

— Et voici Julius.

Julian tendit la main vers le rencard de Christian.

— C'est Julian, en fait.

— Oh, pardon, c'est vrai. Bella vous a mentionné. Vous travaillez dans l'IA, c'est ça ?

— Oui, en effet.

Christian pointa Candice du doigt.

— Le monde est vraiment petit. Candice aussi.

Est-ce qu'il plaisante, là ? Il s'était pointé au restaurant où j'avais un rendez-vous et avait amené une superbe femme qui s'accorderait bien avec *mon* lui ?

— Et si on se joignait à vous ? demanda Christian. On a pas mal de choses en commun, finalement.

Avant que je puisse dire que ce n'était pas une bonne idée, Julian acquiesça.

— Avec grand plaisir.

Il se tourna vers moi avant d'ajouter :

— N'est-ce pas, Bella ?

J'affichai mon meilleur sourire forcé et répondis en serrant les dents :

— Bien sûr.

Sans grande surprise, Christian atterrit à côté de moi et son rencard prit place près de Julian. Ces deux-là commencèrent immédiatement à discuter de leurs branches respectives dans l'intelligence artificielle. J'en profitai pour me pencher vers Christian et lui murmurai :

— Tu joues à quoi, là ?

— Je passe une bonne soirée, répondit-il en haussant les épaules. C'est mon restaurant préféré, tu sais.

— Je serais prête à parier l'équipe que tu n'avais jamais mis les pieds ici avant ce soir. Tu essaies de saboter mon rendez-vous.

Christian fit de son mieux pour avoir l'air offensé.

— Et pourquoi ferais-je ça ?

— Parce que tu ne sais absolument pas ce que *non* implique.

— Je sais parfaitement ce que *non* implique, quand la personne le pense vraiment.

— J'hallucine. Tu es vraiment gonflé.

Il se pencha plus près et me murmura à l'oreille :

— À bloc, et j'aimerais bien t'en faire profiter.

J'écarquillai les yeux. J'aurais dû gifler cet abruti, mais j'étais trop occupée à m'imaginer en train de *profiter* de son corps.

J'avais envie de le frapper. Ou de le chevaucher. La limite entre les deux était ténue à cet instant.

— Cet Elliott n'est pas à la hauteur face à toi.

— Premièrement, son nom est Julian, et tu le sais. Deuxièmement, pourquoi ne serait-il pas à la hauteur ? Tu ne le connais même pas, donc tu le juges à son apparence ?

— Je ne parlais pas de son apparence. Ce type a une poignée de main mollassonne. Il te faut un homme avec plus d'assurance que ça.

— Oh, et comme toi tu en as à revendre, je suppose que tu ferais l'affaire ?

Il sourit d'un air suggestif.

— J'ai de quoi te le prouver...

Je jetai ma serviette sur la table et me levai, avant de dire à mon véritable rencard :

— Excuse-moi un moment, Julian. Je dois aller aux toilettes.

— Pas de problème.

Je m'éloignai rapidement de la table. Je n'avais pas besoin d'aller aux toilettes, mais il me fallait quelques minutes pour reprendre mes esprits. Ou pour me parler à moi-même, apparemment...

— Julian est parfait pour toi, dis-je en me regardant dans le miroir. Il est intelligent, gentil, gentleman, et beau.

Je parie qu'il ne dit pas de cochonneries, répondit mon reflet dans ma tête.

Je plissai les yeux face au miroir.

— Et alors ? Ça te plaît uniquement parce que ça fait longtemps que tu n'as pas eu un homme dans ta vie.

Bien sûr, c'est à cause de ce désert sentimental que ta culotte est mouillée en ce moment même. Ça n'a rien à voir avec la largeur des épaules de cet homme, ou l'étroitesse de sa taille, ni même avec les muscles bien dessinés qui s'étirent entre les deux. Et encore moins avec son sourire vantard, ou la façon dont il te montre ouvertement qu'il te veut...

— On a tellement de choses en commun, Julian et moi.

Tu possèdes une équipe de football américain et Christian ne vit que pour ce sport.

Je fis la moue.

— Je suis sa patronne.

La belle affaire. Tu laisses l'équipe de direction prendre toutes les décisions importantes en matière de recrutement, de toute façon.

Je me penchai vers le miroir.

— Ferme-la. Vraiment, ferme-la.

J'étais tellement accaparée par ma conversation avec moi-même que je n'avais même pas remarqué que la porte des toilettes s'était ouverte jusqu'à ce qu'une femme se tienne derrière moi, paraîssant préoccupée.

— Est-ce que tout va bien ?

— Oui. J'étais en train de, euh... pratiquer mon espagnol.

Pratiquer ton espagnol ? Vraiment ? C'est tout ce que tu as réussi à inventer ? Tu parlais en anglais, nom d'un chien !

Je pris un rouge à lèvres dans mon sac à main et m'en remis sur les lèvres, même si ce n'était pas nécessaire. Lorsque la femme disparut dans une stalle, je pris une grande inspiration et agitai un doigt menaçant en direction de la crétine dans le miroir avant de sortir.

Malheureusement, ces quelques minutes dans les toilettes n'avaient rien fait pour me remettre la tête à l'endroit et j'entrai en collision avec quelqu'un après avoir fait seulement deux pas. Je perdis l'équilibre en rebondissant contre cette personne.

— Je suis vraiment dés...

J'avais commencé à m'excuser avant même d'avoir retrouvé l'équilibre, mais je m'interrompis après avoir jeté un œil à la personne que je venais de percuter. Mettre un visage sur ladite personne n'aurait cependant pas dû être nécessaire, étant donné que son corps dur comme un roc était sans nul doute un indice suffisant.

Christian agrippa mes épaules pour me remettre d'aplomb.

— Ouh là ! Du calme. Il y a le feu dans la baraque ou quoi ?

— C'est toi qui mets le feu aux poudres, Christian ! Qu'est-ce que tu fabriques ici ?

— C'est vrai que je suis chaud bouillant.

Je chassai ses mains de mes épaules.

— Je suis sérieuse. Pourquoi es-tu venu ici ?

— Pour la même raison que toi, répondit-il en haussant les épaules. Pour dîner.

Je mis les mains sur mes hanches.

— Regarde-moi dans les yeux et dis-moi que c'est juste une énorme coïncidence, dis-moi que tu n'es pas venu ici parce que tu savais que je serais là.

Christian soutint mon regard noir. Ses magnifiques yeux bleus restèrent plongés dans les miens pendant quelques secondes, puis il porta une main à ma joue.

— Tu es si belle. Il y a un cercle doré dans tes iris et ils deviennent presque gris quand tu te fâches.

Ma colère céda la place à des papillons dans le ventre.

Et cette fichue montée d'hormones qui se produisit à l'instant où il me toucha la joue causa un court-circuit immédiat dans mon cerveau. Je ne me rappelais même plus de quoi on était en train de parler. Le moment devint cependant trop intense pour que je demeure silencieuse, alors je dis la première chose qui me passa par la tête.

— C'est une hétérochromie centrale. C'est génétique et plus visible quand l'iris contient une faible quantité de mélanine.

Christian me regarda d'un air perplexe.

— L'anneau doré, ça s'appelle de l'hétérochromie centrale. En général, c'est concentrique – comme chez moi – plutôt que sectoriel, mais certaines personnes ont des quarts de cercle de couleur différente.

Christian esquissa un sourire en coin.

— Je me coucherai moins bête. Viens dormir avec moi ce soir.

— Je suis accompagnée, Christian.

— Seulement parce que tu essaies d'oublier ce qui se passe entre nous.

— Tu es vraiment égocentrique, ma parole !

Il caressa ma joue du pouce. La sensation était rugueuse sur ma peau et je mentirais si je disais que je ne l'avais pas ressenti entre mes cuisses.

— Soyons honnêtes tous les deux. Je vais commencer, déclara-t-il. Je ne suis pas là par hasard. Je te cherchais. Je n'en suis pas très fier, mais ça me rendait dingue de t'imaginer à un rencard avec ce type.

Les papillons dans le ventre cédèrent la place à la guimauve.

Christian releva le menton.

— À ton tour. Il est temps d'être honnête.

Il fit glisser sa main de ma joue sous mon menton et m'incita à lever la tête pour que nos regards se croisent.

— Dis-moi que tu ne ressens rien à cet instant, que je suis le seul à avoir l'impression que tu es un aimant et moi une pépite d'or.

Je me mordis la lèvre.

— Les aimants n'attirent pas l'or – pas l'or pur, en tout cas. Le fer, le nickel, et le cobalt, oui. Ce sont des éléments ferromagnétiques.

Christian baissa les yeux sur mes lèvres et sourit.

— Même les trucs que tu dis sans réfléchir quand tu es nerveuse te rendent sexy.

— Christian...

Il plaqua deux doigts sur mes lèvres.

— Ne viens pas dormir chez moi, alors. Laisse-moi t'emmener prendre un dessert, un café, ou ce que tu veux. Je te raccompagnerai chez toi après et je me comporterai en parfait gentleman, promis.

Ma lèvre inférieure allait enfler à force de la mordiller.

Christian me surprit lorsqu'il recula de deux pas en levant les mains devant lui, comme pour calmer le jeu.

— Réfléchis-y, c'est tout ce que je te demande. Pèse le pour et le contre pendant le dîner. Si ce type est vraiment plus ton élément ferragamo que moi, je vous laisserai tranquilles.

Je souris sans grande conviction.

— Ferromagnétique.

— La vache, c'est vraiment sexy l'intelligence, dit-il en m'adressant un clin d'œil. Qui l'aurait cru ?

Je pris une minute supplémentaire pour retrouver une contenance après que Christian fut retourné à la table, mais je ne me sentais pas moins désarçonnée lorsque je rejoignis les autres. Néanmoins, nous parvînmes finalement à converser tous les quatre de manière détendue. À un moment, Julian parlait de son travail et j'eus cette vision de nous deux installés sur mon canapé, chacun à une extrémité, portant tous les deux des pyjamas assortis. Julian lisait un livre et je bossais sur mon ordinateur. Il me regarda et me sourit d'un air chaleureux avant de se replonger dans son livre de non-fiction à la couverture rigide.

Revenant à la réalité, je n'avais aucune idée de ce que Julian venait de dire, alors je le gratifiai d'un sourire lorsqu'il marqua un temps d'arrêt. Heureusement, Candice était attentive. Tandis qu'elle continuait à blablater, je finis mon verre de vin et jetai un œil en direction de Christian. Il n'y avait aucune chance que ce dernier soit assis à l'autre bout de mon canapé s'il se trouvait dans mon appartement après avoir passé la nuit chez moi. Je tenterais peut-être de travailler, assise à mon extrémité du canapé, mais après un regard échangé, il sourirait d'un air suggestif et me délogerait de l'endroit où je me trouverais pour me placer à califourchon sur lui. Et on ne serait certainement pas en pyjama. Le lendemain d'une nuit avec Christian, je porterais son tee-shirt de la veille, sans culotte, sans doute parce qu'il me l'aurait arrachée.

Lorsque je regardai de nouveau Christian, ses yeux brillaient comme s'il savait à quoi je pensais et il se pencha pour me murmurer à l'oreille :

— Tu es grillée quand tu suçotes ta lèvre comme ça.

Un peu plus tard, le serveur se présenta à la table avec un petit porte-menu en cuir.

— Voulez-vous voir la carte des desserts ? Des cafés ou des cappuccinos, peut-être ?

Christian fit signe que non de la main.

— Rien pour moi, merci. Je vais rentrer. Je me lève de bonne heure demain.

Il se tourna vers moi et haussa un sourcil.

— Et toi, Bella ? Un dessert ?

Une sensation de panique m'assaillit. Mes yeux se tournèrent vers Julian, qui attendait également ma réponse, puis vers Christian, avant de revenir sur Julian. Contrairement à Christian, ce dernier ne m'inciterait sans doute pas à venir dormir chez lui, mais s'il m'embrassait pour me dire au revoir ce soir ? Est-ce que j'en avais envie ? Je *devrais* en avoir envie...

Je regardai de nouveau Christian, qui m'observait avec attention. Est-ce que j'avais envie que lui m'embrasse ? Le fait que j'étais attirée par lui était incontestable, et pourtant l'idée de l'embrasser me fichait carrément la trouille. Je ne savais pas du tout ce que je voulais faire, mais lorsque je croisai le regard de Christian, je compris une chose. Si j'embrassais Julian, je me sentirais coupable. Que ce soit justifié ou non n'avait pas d'importance, c'était ce que je ressentirais et je le savais au plus profond de moi. Je soupirai.

— Je me lève de bonne heure aussi, alors pas de dessert pour moi non plus. Merci.

Christian sourit jusqu'aux oreilles. Son empressement à clore la soirée après ça était comique.

— Juste l'addition, dit-il au serveur, oubliant complètement qu'il y avait deux autres personnes à table qui auraient peut-être voulu un dessert. Il insista ensuite pour régler l'addition pour tout le monde et se leva avant même d'avoir reposé le stylo qu'il avait utilisé pour signer le reçu. Il déposa ensuite une liasse de billets sur la table en guise de pourboire.

— Vous êtes venu en voiture ? demanda-t-il à Julian.

— Non, en métro.

— J'ai une voiture qui attend au coin de la rue. On va vous déposer tous les deux.

Il sortit son téléphone de sa poche et commença à taper un message.

— Le chauffeur va nous prendre juste devant.

— J'habite beaucoup plus au nord, dit Julian. Ça vous ferait un sacré détour.

— Aucun problème.

À l'extérieur, Christian ouvrit la portière pour Candice, puis m'invita à monter ensuite.

— Julian, on va être un peu serrés derrière à quatre. Vous voulez bien monter à l'avant ? On vous déposera en premier.

— Ah... d'accord.

Lorsque la voiture s'arrêta devant l'appartement de Julian, Christian ne bougea pas d'un pouce. Il n'avait nullement l'intention de proposer de me laisser sortir afin que Julian et moi puissions nous dire au revoir en privé. Il se contenta de baisser la fenêtre. Julian se baissa et nous salua de la main.

— Merci encore pour le dîner. J'ai été ravi de vous rencontrer, Christian.

Il hocha poliment la tête pour dire au revoir à Candice, puis me regarda.

— Je t'appellerai.

Le temps que je dise *d'accord*, Christian était déjà en train de remonter la vitre au nez de Julian. Il se pencha ensuite vers le chauffeur.

— Vous pouvez déposer Candice après.

Le chauffeur opina.

— À votre service.

Pour la première fois de la soirée, Candice sembla un peu perturbée.

— Tu pourrais déposer Bella d'abord ? Comme ça, tu pourras monter boire un verre de vin ou autre chose.

Je me sentis un peu nauséeuse à l'idée que ces deux-là avaient probablement déjà consommé *autre chose* avant.

— Non, la première semaine de reprise de l'entraînement m'a mis sur les rotules et je me lève de bonne heure demain.

— Ah... d'accord.

Il régna un calme malaisant à l'arrière de la voiture durant le reste du trajet jusqu'à l'appartement de Candice. Elle se pencha en avant avec un sourire forcé lorsque la voiture s'arrêta le long du trottoir.

— Ravie de vous avoir rencontrée, Bella.

— Moi aussi.

Christian croisa mon regard alors qu'elle sortait de la voiture.

— Je reviens dans une minute. Je vais la raccompagner jusqu'à sa porte.

Je les regardai marcher côte à côte jusqu'à l'immeuble de Candice. Lorsqu'ils s'engouffrèrent à l'intérieur, mon ventre se serra.

Qu'est-ce qu'ils font là-dedans ? Qu'est-ce que je fais ici ?

Quelques minutes plus tard, Christian courba sa grande carcasse pour remonter dans la voiture.

— Un dessert ?

— Tu l'as embrassée pour lui dire au revoir ?

Les mots m'avaient échappé.

Christian sourit.

— Sur la joue, comme j'aurais embrassé ma mère.

Il se pencha vers moi.

— Pas comme je t'embrasserai *toi* quand tu seras enfin prête.

Je le regardai droit dans les yeux.

— Je ne sais pas quand ça arrivera...

Il me prit la main et entrelaça nos doigts.

— Ce n'est pas grave. Tu es là avec moi et pas avec cet autre gars. Étape par étape.

Chapitre 13

— Dis-moi, Candice et Bozo iraient bien ensemble, non ? On pourrait leur donner un coup de pouce pour qu'ils échangent leurs numéros.

Bella plissa les yeux.

— N'exagère pas. Tu t'es déjà incrusté à mon rendez-vous, tu as jeté Julian sur le trottoir, et tu m'as convaincue de venir ici avec toi. Étape par étape, tu disais ?

Je tendis la main par-dessus la table et entrelaçai de nouveau mes doigts à ceux de Bella. Je l'avais fait dans la voiture et elle n'avait pas retiré sa main. Tristement, ça m'avait davantage plu que de passer la nuit avec les femmes que j'avais fréquentées dernièrement.

— Je plaisante, c'est tout.

Elle secoua la tête d'un air incrédule.

— Je n'arrive pas à croire que tu sois venu avec une femme qui travaille dans l'IA pour saboter mon rencard. Je suis impressionnée que tu aies réussi à en dégoter une en si peu de temps. Elle était très belle, en plus.

Je pressai les doigts de Bella.

— Elle ne t'arrive pas à la cheville.

La serveuse arriva et on n'avait même pas encore regardé le menu. Elle marqua un temps d'arrêt quand elle me vit.

— Vous êtes... Christian Knox, le joueur de football américain.

Je regardai son badge nominatif.

— Et vous êtes Francine. Enchanté.

La femme écarquilla les yeux.

— Vous connaissez mon nom ?

Je désignai le badge épinglé à son uniforme de travail.

— Il est écrit juste là.

Elle éclata d'un rire nerveux et lissa ses cheveux.

— Ah, oui. Bien sûr. Que je suis bête ! Je suis une immense fan, monsieur Knox.

— Juste Christian, lui dis-je.

— Je regarde le football rien que pour vous voir, poursuivit-elle avant de plaquer une main sur sa bouche. Oh mon Dieu, quand je vais dire ça à mon Freddy ! Il va halluciner. Il fermerait même les yeux si je couchais avec vous !

Je jetai un œil à Bella, qui avait les siens ronds comme des soucoupes. Si elle trouvait ça choquant, je ferais mieux de m'assurer qu'elle reste à l'écart de la sortie du stade après les matchs. Ce n'était pas inhabituel qu'une femme me demande un autographe, puis qu'elle lève son tee-shirt pour me montrer ses seins en me tendant un marqueur.

La serveuse devint rouge comme une pivoine.

— Oh, mon Dieu, je n'arrive pas à croire que j'aie dit ça ! Elle se tourna vers Bella et ajouta :

— Je suis désolée. Ce n'était pas une proposition. Enfin, à moins que vous soyez juste amis tous les deux, peut-être ?

Francine leva les mains devant elle dans un geste d'excuse et recula de deux pas.

— Je vais la fermer maintenant. Et si j'allais vous chercher deux verres d'eau ?

Je souris.

— Ce serait super. Merci.

Bella secoua la tête lorsque la serveuse disparut.

— Est-ce que ce genre de chose... arrive souvent ?

Le connard arrogant en moi voulait lui dire que oui, mais je ne voulais pas donner une autre raison à Bella de se méfier. Je me contentai donc de hausser les épaules et de répondre :

— On me reconnaît parfois.

— Et on te fait des propositions sexuelles...

— Ce n'était pas une proposition. Ça marche aussi dans l'autre sens, tu sais. Tu peux aller dans n'importe quel bar dans cette ville et un homme te proposera de coucher avec lui.

Bella renâcla de rire.

— Ça ne m'est jamais arrivé un truc pareil.

— Un homme ne t'a jamais proposé de te payer un verre ?

— Si, bien sûr, mais il était question d'un verre, pas de sexe.

— On ne paye jamais un verre à une femme juste pour payer un verre à une femme. Si tu leur répondais de laisser tomber le verre pour passer directement aux choses sérieuses, la majorité des hommes ne diraient pas non.

— Donc tous les hommes qui payent un verre à une femme cherchent juste à se la faire ?

— En gros, oui.

— Tu nous as payé un resto tout à l'heure, à Julian, Candice et moi. Ça veut dire que tu veux coucher avec nous trois ?

— J'ai réglé l'addition parce que le crétin que je suis ne voulait pas que Bozo te paye ton repas, pour que ça ait moins l'air d'un rencard.

— Ah, je vois. Alors tu ne voulais pas coucher avec Julian, juste Candice et moi ?

Bella était plus intelligente que moi. J'étais certain qu'elle pourrait retourner tout ce que je dirais contre moi, mais je savais comment clore une conversation avec elle. Je me penchai vers elle.

— Tu es la seule avec qui j'ai envie de coucher, Bella. N'importe quelle femme pourrait me proposer d'ouvrir les cuisses pour moi, j'attends seulement de pouvoir mettre ma langue entre les tiennes.

Elle ouvrit la bouche pour répondre, puis la referma, avant de l'ouvrir de nouveau.

Je souris d'un air satisfait.

— Tu veux regarder le menu maintenant ?

Elle se cacha aussitôt derrière le grand porte-menu en cuir, mais je pouvais toujours voir ses yeux. Ils étaient dans le vague, comme si elle était en train de visualiser ce que je venais de déclarer vouloir faire. Lorsque les coins de ses yeux se plissèrent, je sus qu'elle tentait de dissimuler un sourire. Bella aimait mes propos grivois, qu'elle veuille jamais l'admettre ou non.

Elle leva les yeux du menu.

— Qu'est-ce qu'il y a ? demanda-t-elle.

Je ne parvenais pas à cesser de sourire.

— Rien. Tu as choisi ?

Elle passa de nouveau le menu en revue.

— Le tiramisu me dit bien, mais le cheese-cake au caramel salé aussi. Oh, et le sundae au brownie. Tu as envie de quoi, toi ?

Je parvins je ne sais comment à lui épargner la description détaillée de ce que j'avais envie de manger.

— Tout a l'air bon.

La serveuse revint avec deux verres d'eau. Elle évita tout contact visuel avec moi cette fois et garda les yeux rivés sur son carnet.

— Vous avez fait votre choix ?

— On va prendre un tiramisu, un cheese-cake au caramel salé et un sundae au brownie.

— Je vous apporte ça tout de suite.

Bella rit.

— Je ne voulais pas dire qu'il fallait commander les trois. J'ai encore le ventre plein du dîner.

— Je mangerai tout ce que tu laisseras. La nourriture n'est jamais gaspillée avec moi pendant les périodes d'entraînement. J'ai besoin de ces calories.

— J'aimerais bien pouvoir en dire autant. Il faudrait vraiment que je me mette au sport, mais je n'aime pas courir ou faire du vélo d'appartement.

— Il y a plein de façons de faire du sport. Qu'est-ce que tu aimes faire ?

— Aucune idée.

— Quels sports pratiquais-tu au lycée ?

Bella sourit.

— Des sports ? J'étais dans l'équipe de débat, présidente du club de maths, et je jouais du violoncelle.

Je ris.

— Tu as déjà essayé le yoga ?

— J'ai suivi un cours une fois, mais je n'arrivais pas à suivre. C'était un cours débutant, mais tous les autres semblaient pourtant déjà connaître tous les mouvements, alors je n'y suis jamais retournée.

— La natation ?

— Je me pince le nez quand je suis dans l'eau. Je n'aime pas l'odeur du chlore.

— L'escalade ?

Elle fronça le nez.

— Le vélo ?

— J'aimais beaucoup le vélo avant, en fait, mais j'aurais trop peur d'en faire en ville. Les chauffeurs de taxi et d'Uber sont cinglés.

— Pourquoi pas du spinning, alors ?

— Je n'ai jamais essayé, mais ils mettent la musique à fond pour ça, non ?

— En général, oui.

— La musique à fond, ça me stresse. Je n'aime pas sentir que je ne m'entends plus penser. J'aimais faire du vélo, mais seulement à l'extérieur. Quand j'étais gosse, ma mère m'emmenait souvent dans ce camping dans le Vermont, celui où ses parents l'emmenaient quand elle était petite – le camping de Green Mount. On y allait toujours pendant une semaine en été, et d'autres fois, elle me faisait la surprise et on s'échappait de la ville le temps d'un week-end. Le camping louait des vélos et on passait notre temps à rouler sur les allées bitumées, du matin au soir. C'était mon activité favorite.

— Tu le fais encore ?

— Non, le camping a fermé il y a quelques années.

— Et que dirais-tu de faire du vélo sur une piste ? Le stade en possède une, évidemment. C'est bitumé et c'est à l'extérieur. Il y a beaucoup d'employés de l'organisation qui l'utilisent avant ou après l'entraînement.

— Je vais peut-être essayer ça. Le problème, c'est qu'il faudrait d'abord que j'achète un vélo et je n'ai vraiment pas la place de le ranger dans mon appartement.

— Je suis sûr que ça ne dérangera pas le responsable des équipements de le mettre dans un local pour toi, et si tu veux, je peux t'emmener en acheter un.

La serveuse apporta nos desserts. Bella posa les yeux sur le tiramisu et sa langue sortit pour humecter ses lèvres pulpeuses. *Qu'est-ce que je ne donnerais pas pour passer ma langue sur ces lèvres, pour suçoter et mordiller celle du bas comme elle le fait quand elle est nerveuse... Je suis sûr qu'elle aimerait ça.*

Bella s'empara d'une cuillère et se demanda lequel de ces desserts elle allait attaquer en premier, avant de se décider pour le tiramisu. Elle s'arrêta après avoir pris une grosse cuillerée de gâteau et me regarda.

— Tu ne vas pas en manger ?

J'avais l'intention de me servir, mais à cet instant, j'étais trop concentré sur le fait de la regarder glisser ça dans sa bouche et de m'en délecter.

— Je vais te laisser jouer le rôle du cobaye pour que tu me dises si c'est bon avant.

— Merci bien !

Je ne parvins pas à détacher mes yeux de sa bouche lorsqu'elle l'ouvrit et glissa le monticule de gâteau dedans. Du mascarpone resta accroché à sa lèvre supérieure et lorsqu'elle la lécha pour l'ôter, je dus changer de position sur ma chaise pour composer avec un pantalon où je me sentais de plus en plus à l'étroit. Ma parole, j'étais sur le point d'avoir une érection juste en regardant cette femme manger. J'avais l'impression d'être de nouveau un collégien, incapable de me contrôler lorsque je voyais les tétons d'une fille à travers son tee-shirt après une séance d'entraînement dans le froid. Bella ferma les yeux en avalant et je ne parvins pas à m'empêcher d'imaginer que c'était ma queue qu'elle savourait. Heureusement qu'on avait commandé trois desserts parce que mon corps allait mettre un petit moment à se calmer.

Elle ouvrit les yeux et sourit.

— C'est trooop bon.

Je ne pourrais pas être plus d'accord.

Lorqu'elle vit que je n'avais toujours pas l'intention de me servir de ma cuillère pour me joindre à elle, Bella pencha la tête de côté d'un air interrogateur.

— J'ai validé. Tu ne vas pas le goûter ?

Je soutins son regard et ouvris la bouche en guise de réponse.

— Tu me fais confiance pour te nourrir ?

Elle prit une gigantesque cuillerée de gâteau. Sans plaisanter, il y avait au moins les trois quarts de la grosse part en équilibre sur cette cuillère.

— Dieu sait qu'avec la grande gueule que tu as, tu devrais pouvoir avaler ça.

Alors que j'avais toujours la bouche pleine, Bella sourit.

— Quoi ? Pas de répartie du genre, *je peux avaler tout ce que tu me donneras* ?

Je pointai mes joues du doigt et répondis avec la bouche pleine :

— Tu pourrais me laisser une chance de te répondre.

Elle rit et on passa la demi-heure suivante à manger des desserts et à tout oublier du fait qu'elle avait eu un rencard avec un autre type une heure auparavant. À un moment donné, une famille passa devant notre table – ils avaient des jumeaux qui devaient avoir environ treize ans. Bella les regarda, avant de retourner les yeux vers moi.

— Comment étais-tu à l'adolescence ? Je parie que les gamins s'écartaient comme la mer devant Moïse dans les couloirs quand tu arrivais. Est-ce que tu étais le garçon le plus populaire ?

Je haussai les épaules.

— J'avais beaucoup d'amis.

— Et les filles ? Je suis sûre que tu avais du succès auprès d'elles aussi. Tu m'as déjà parlé de cette fille du Colorado de vingt-trois ans avec laquelle tu pensais avoir une chance quand tu en avais quinze, donc ta confiance en toi devait bien venir de quelque part.

Je savais depuis longtemps que lorsqu'une femme me posait des questions sur mon passé sentimental, elle ne voulait pas réellement connaître les réponses, pas en détail du moins.

— J'ai eu quelques petites amies. Rien de très sérieux.

— Tu les emmenais dans ta chambre remplie de trophées de football pour les séduire ?

— Je n'ai jamais ramené une fille à la maison, figure-toi. J'invitais aussi rarement mes amis à venir chez moi, en fait.

— Pourquoi ça ?

— Je t'ai parlé du problème de mon père avec l'alcool, mais ce que je ne t'ai pas dit, c'est que l'alcool le rend violent. Je ne savais jamais de quelle humeur j'allais le trouver, alors j'ai toujours fait en sorte de passer le moins de temps possible chez moi et j'ai caché à la plupart de mes amis qu'il était alcoolique.

Bella fronça les sourcils.

— Je compatis.

— Merci. Pour finir, ça m'a servi. Comme je ne voulais pas rentrer chez moi, je passais plus de temps à m'entraîner au football au lycée. C'est ce qui m'a permis d'acquérir les compétences nécessaires pour me faire remarquer par les universités. Enfin, ça et ton grand-père. Il venait me rejoindre à la fin de l'entraînement habituel et on enchaînait les exercices techniques et les lancers jusqu'à la tombée de la nuit.

— Je suis très contente d'avoir pu faire sa connaissance. Il a vraiment l'air chouette.

— Il est formidable.

Pour la première fois, je cherchai une ressemblance entre Bella et son grand-père – ou même John Barrett. N'en trouvant aucune, je demandai :

— Est-ce que tu ressembles à ta mère ?

— Oui. Quand j'étais petite, les gens me disaient que j'étais son portrait craché, mais je ne le voyais pas. Il n'y a pas longtemps, par contre, je cherchais des papiers et je suis tombée sur de vieilles photos. J'ai cru que c'était moi dessus, mais c'était elle finalement.

La lumière émise par la lampe au-dessus de nous fit scintiller l'anneau doré dans les yeux de Bella. Je pouvais vraiment me perdre dans ce genre de détails, même si ça faisait très cliché.

— Est-ce qu'elle avait aussi des yeux de deux couleurs ?

— Non. Et mon père ?

Je tentai d'invoquer l'image de John Barrett.

— Je ne sais pas vraiment. Je n'ai pas passé beaucoup de temps à observer ses yeux.

— Je devrais me considérer comme chanceuse que tu aies remarqué les miens, alors ?

— Non. C'est moi qui ai de la chance de pouvoir les admirer.

———

Il était presque minuit lorsque la Town Car s'arrêta devant l'appartement de Bella, mais je n'étais pas encore prêt à mettre un terme à cette soirée. Je dis au chauffeur de se garer en double file dès que possible, puisqu'il n'y avait aucune place de stationnement de libre dans cette rue.

— Tu veux... qu'on fasse un petit tour dans le quartier ? demandai-je.

Bella baissa les yeux sur ses talons aiguilles.

— Ces chaussures ne sont pas idéales pour marcher. En plus, ce quartier n'est pas des plus agréables pour se balader. Les trottoirs sont pratiquement tous fissurés et on trouve des créatures fouillant les poubelles à tous les coins de rue.

— Ah, d'accord.

Je frottai nerveusement mes cuisses.

Bella me regarda et sourit.

— Tu es mignon quand tu essaies d'être sage.

— Oh, vraiment ? Assez mignon pour avoir un bisou de bonne nuit ?

Elle rit.

— Tu n'auras pas tenu longtemps, hein ?

— C'est physiquement éprouvant d'essayer de ne pas précipiter les choses avec toi.

— Eh bien, je ne voudrais pas que tu souffres trop. Tu peux au moins me raccompagner jusqu'à la porte, peut-être ?

On était à peine descendus de la voiture qu'un paparazzi sortit de nulle part. Son flash se déclencha et Bella recula en titubant. Je la remis d'aplomb avant d'empoigner l'appareil photo, qui était juste sous notre nez.

— Mais qu'est-ce que vous foutez devant son appartement à minuit ? m'écriai-je avec hargne.

— Monsieur Knox, est-il vrai que Mme Keating et vous sortez ensemble ?

Ce merdeux se souciait plus d'obtenir une déclaration que de l'appareil photo coûteux auquel j'étais toujours agrippé.

Je me positionnai devant Bella et tirai de manière brusque sur la sangle de l'appareil photo autour du cou du paparazzi, suffisamment fort pour obliger ce dernier à se courber, mais pas assez pour casser son matériel.

— Barrez-vous d'ici avant que je vous étrangle avec cette sangle.

— Mais sortez-vous ensemble tous les deux ?

Bella posa une main sur mon biceps.

— Christian, ne lui fais pas de mal. Ce n'est pas grave.

— Si, c'est grave. On ne se camoufle pas dans les buissons en pleine nuit pour surprendre une femme. Il n'y a que les voleurs et les violeurs qui font ça.

— Je sais bien. Je ne voulais pas dire qu'il avait raison de faire tout le temps ça, mais on devrait simplement l'ignorer.

Je jetai un œil au gars, qui était toujours courbé en deux puisque j'empoignais toujours la sangle de l'appareil photo autour de son cou.

— Vous faites tout le temps ça ?

— J'essaie de gagner ma croûte, ma foi.

— Vous pouvez poser les mêmes questions et prendre des photos d'elle en journée, quand elle vient travailler au stade, pas devant chez elle à minuit.

Je tirai un peu plus fort sur la sangle de l'appareil photo.

— C'est compris ?

Il acquiesça d'un hochement de tête, alors je le relâchai.

— Vous pouvez juste me dire si vous sortez ensemble ou non.

Je plantai un index menaçant dans sa poitrine.

— Si vous êtes encore là quand je ressortirai, on va avoir un problème. Pigé ?

Je passai un bras autour de la taille de Bella et l'attirai contre moi alors qu'on se dirigeait vers le primeur.

— Il faut vraiment que tu te trouves un endroit avec un système de sécurité.

— Je sais. L'autre jour, un type est entré dans le bâtiment et il est venu frapper à la porte de mon appartement.

Je me figeai sur place.

— Tu plaisantes ?

— Rien de bien méchant. J'ai vu à travers mon judas que le gars avait un appareil photo et je lui ai crié de s'en aller avant que j'appelle les flics, et il est parti.

Je secouai la tête d'un air contrarié.

— Je te raccompagne jusqu'à la porte de ton appartement.

Bella salua un homme plus âgé en train de regarder la télévision derrière le comptoir tandis qu'on se dirigeait vers une porte à côté des armoires réfrigérées. Elle n'était même pas verrouillée et la cage d'escalier était plongée dans le noir.

— Il n'y a pas de lumière ?

Bella tritura son téléphone et activa la lampe torche pour éclairer le couloir sombre.

— Elle est cassée.

Je maugréai pendant la moitié de la montée de l'escalier grinçant. Lorsqu'on arriva sur le palier après avoir monté deux volées de marches, Bella s'arrêta et désigna la seule porte présente.

— Voilà, c'est chez moi.

Je posai les mains sur mes hanches en secouant la tête d'un air incrédule.

— Je suis tellement atterré par le manque de sécurité ici que je ne peux même pas apprécier le fait d'être seul avec toi dans un couloir sombre.

— Ce n'est pas si terrible que ça...

— Ta seule sécurité est un vieillard frêle de quatre-vingts ans qui regarde des feuilletons à l'eau de rose et un type vient de bondir hors des buissons devant chez toi.

Elle sortit des clés de son sac à main, puis dirigea son téléphone vers la poignée de la porte pour localiser la serrure. Lorsque la porte s'ouvrit, elle passa une main à l'intérieur et alluma, ce qui nous permit d'y voir un peu plus clair.

— Merci pour le dessert.

J'opinai et pris sa main dans la mienne.

— Est-ce que tu regrettes que j'aie saboté ton rencard ?

Elle demeura silencieuse pendant un moment, avant de faire non de la tête.

— Pas vraiment. J'aime bien passer du temps avec toi.

— Tu devrais le faire plus souvent alors.

Bella rit.

— Tu ne perds pas le nord.

Je donnai un mouvement de balancier à nos mains jointes.

— Tu veux bien sortir avec moi, Bella ?

— Je pense que c'est déjà fait, techniquement. On était assis à côté pendant le dîner, tu as payé l'addition, et tu m'as ramenée chez moi.

— Je veux un vrai rencard. Juste toi et moi.

Elle baissa les yeux et resta une nouvelle fois silencieuse pendant un moment, avant de croiser mon regard.

— Ton contrat arrive à échéance cette année, non ? Et s'il n'était pas renouvelé ?

— Parce qu'on aurait commencé à sortir ensemble ?

— Cette raison-là ne serait jamais invoquée de manière officielle, mais la réunion pour décider de tous les contrats aura lieu dans seulement quelques semaines. Admettons qu'on sorte ensemble à ce moment-là. Qu'est-ce qui se passera si le manager général nous recommande de ne pas renouveler ton contrat à cause de ta blessure ou pour toute autre raison ?

Je souris.

— Ça n'arrivera pas.

— Mais ça pourrait...

— Impossible, mais si je me fais saquer parce qu'ils estiment que je ne pourrai plus jouer au même niveau qu'avant, ce sera ma faute, pas la tienne.

Elle secoua la tête et soupira.

— Qu'est-ce que tu attends de moi, Christian ? C'est juste pour le sexe ou tu veux plus ? Parce que pour être honnête, je pourrais gérer une relation physique, mais je ne suis pas sûre que ce soit une bonne idée d'aller plus loin que ça. Entre ma position vis-à-vis de l'équipe et le fait de ne pas trop savoir où j'en suis avec Julian...

Cette femme venait de me dire qu'une relation basée uniquement sur le sexe lui conviendrait et au lieu de sauter sur l'occasion, je me sentis légèrement offensé.

— Je ne veux pas juste coucher avec toi, Bella.

Elle soupira.

— Ce serait tellement plus simple pour tous les deux. Tu es toujours en déplacement et ma vie est chaotique en ce moment.

Au fond de moi, je savais que son hésitation n'avait rien à voir avec le fait que les relations sérieuses étaient compliquées, ni même avec le fait que je joue dans l'équipe dont elle était propriétaire. Bella était nerveuse. Peut-être parce que beaucoup de gens l'avaient abandonnée dans sa vie ou parce qu'elle était habituée à vivre de façon indépendante. Je n'en étais pas certain, mais il me sembla lire de la peur dans ses yeux.

— Les relations faciles ne m'intéressent plus, Bella. Je veux quelque chose de vrai.

Elle réfléchit un long moment à ce que je venais de dire, puis elle finit par opiner en prenant une grande inspiration.

— D'accord.

— D'accord ? Ça veut dire que tu acceptes de sortir avec moi ?

Elle sourit.

— *D'accord* veut généralement dire oui.

Je renversai la tête en arrière et regardai le plafond.

— Hourra !

Elle rit et ce son résonna dans ma poitrine. Utilisant ma main toujours jointe à la sienne, je l'attirai brusquement contre moi. Elle faillit perdre l'équilibre avant que j'enroule mes deux bras autour de sa taille.

— Samedi. C'est notre seul week-end de libre cette saison.

— OK.

Je levai une main et caressai ses cheveux.

— Merci.

Elle opina.

— On va prendre notre temps, d'accord ?

— Loin de moi l'idée de me plaindre, mais dis-moi si j'ai bien compris. Ça ne t'aurait pas dérangée qu'on soit *sex friends*, ce qui est à l'opposé de l'idée de prendre son temps, mais si je veux plus que ça, on y va tout doucement ?

— Je sais que ça ne semble pas logique. Je suppose que j'ai l'habitude de cloisonner les choses dans ma vie et que le sexe pour le sexe, c'est simple, mais quand c'est plus sérieux, ça se complique.

Je n'étais pas certain de comprendre, mais peu importe.

— Je peux y aller doucement.

Bella sourit.

— Je ne suis pas sûre que ce soit vrai, mais je veux bien essayer.

J'embrassai le sommet de son crâne et me forçai à la lâcher.

— Tu ne le regretteras pas. Tu ferais quand même mieux d'aller à l'intérieur maintenant.

— Pourquoi ça ?

— Parce que même si mon cerveau comprend le mot *doucement*...

Je désignai le renflement de plus en plus proéminent dans mon pantalon après seulement dix secondes passées à l'enlacer.

—... ce n'est pas le cas de mon corps.

Elle plaqua une main sur sa bouche.

— Ah oui, quand même !

— Tu devrais sans doute fermer la porte à clé aussi.

Bella se hissa sur la pointe des pieds pour m'embrasser sur la joue.

— Bonne nuit, Christian.

— Bonne nuit, boss. À samedi.

Chapitre 14

Bella

— C'est votre anniversaire aujourd'hui ?

Josh entra avec une seconde composition florale et la déposa sur mon bureau. Celle-là faisait trois fois la taille de celle livrée une heure auparavant et incluait des fleurs aux couleurs plus vives que tout ce que j'avais jamais vu jusque-là.

Je me levai.

— Non, mon anniversaire est en mars, mais ouah, elles sont magnifiques.

Il sourit.

— On dirait bien que vous avez un admirateur...

J'ouvris la carte épinglée sur le côté. Ouh là là. Les compositions ne venaient pas d'un admirateur, mais *d'admirateurs*. Contrairement à celui qui accompagnait les fleurs que Julian avait envoyées, ce message avait été écrit à la main, et pour une raison inconnue, je sus avant même de l'avoir lu qu'il provenait de Christian.

Bella,
Vivement demain...
X
Christian

La sonnerie de mon téléphone retentit et le nom qui s'afficha était juste ce dont j'avais besoin à cet instant. Miller. Je décrochai.

— Comment as-tu deviné que j'avais besoin de te parler ?

— Je l'ai lu dans le *Post*. Et je suis fâché de l'avoir appris comme ça. Je veux tous les détails, ma grande.

Je plissai le front.

— De quoi parles-tu ?

— Tu n'as pas lu le *New York Post* de ce matin ?

— Je ne lis pas le *Post*. Ils parlent trop de sport là-dedans.

— Hmm, tu es propriétaire d'une équipe de football maintenant, trésor, mais ce n'est pas le sujet. Vous êtes en page six, *Hunka Hunka Burning Love* et toi.

— Tu es toujours à fond sur Elvis ?

— Oui, et je suis quasiment sûr qu'Elvis parlait de Christian Knox quand il chantait ça.

Comme toujours, notre conversation avait déraillée.

— Revenons à nos moutons. Christian est dans le *Post* ?

— Vous êtes *tous les deux* dans le *Post*. Et la façon dont sa grande main est enroulée autour de ta taille pour t'attirer vers lui, c'est vraiment chaud !

Merde. Le paparazzi de l'autre nuit.

— Tu peux m'envoyer l'article ?

— Bien sûr, attends.

Trente secondes plus tard, mon téléphone vibrait pour m'annoncer la réception d'un texto. Je l'ouvris pour découvrir exactement ce que Miller venait de me décrire. Christian et moi nous dirigions vers le bâtiment où j'habitais, son bras entourant ma taille de façon intime. On ressemblait à un couple, mais au cas où les gens ne l'auraient pas vu sous cet angle, le texte qui accompagnait la photo entendait bien y remédier.

Une négociation de contrat à minuit ?

Le contrat du quarterback *vedette des New York Bruins arrive à échéance cette année. Christian Knox et la nouvelle propriétaire de l'équipe, Bella Keating, sont-ils en pleine négociation à minuit ?*

Argh. Comme si je n'avais pas déjà assez de mal à me faire prendre au sérieux ici.

— Mince. Ils n'ont rien de mieux à faire ces gens-là ?

— La dernière fois que je t'ai parlé, tu étais censée avoir un deuxième rencard avec Julian hier soir. Tu es sortie avec Christian à la place ?

Je m'adossai à mon fauteuil de bureau avec un soupir.

— Je suis bien sortie avec Julian hier soir, mais Christian s'est pointé et il a plus ou moins saboté mon rendez-vous.

Miller s'esclaffa.

— J'adore ce mec ! Il n'y a rien de plus sexy qu'un homme qui sait ce qu'il veut et qui se démène pour l'obtenir. À part peut-être un homme qui sait ce qu'il veut, qui se démène pour l'obtenir *et* qui est bien monté, ce que je serais prêt à parier. Oh bon sang, tu as intérêt à ne pas faire encore ta radine avec les infos. Tu dois cracher le morceau sur ce coup-là. Elle est grosse comment ? Je parie qu'elle fait au moins vingt centimètres. Il est circoncis, pas vrai ? Je n'aime pas les popauls cagoulés, perso. Et côté épilation ? J'ai vu une photo de lui sur Internet l'autre jour et les poils de son torse sont rasés. Le bas est assorti en général et...

— Reprends ton souffle, fada, l'interrompis-je.

J'aurais sans doute dû commencer par le fait que je ne savais absolument pas quelle taille faisait le sexe de Christian, mais j'étais trop curieuse à propos d'autre chose.

— Tu es tombé *par hasard* sur une photo de Christian torse nu sur Internet l'autre jour ?

— Oui, répondit aussitôt Miller. Je ne la cherchais même pas. Je voulais ajouter quelque chose dans mon dossier *Redécoration de la cuisine* sur Pinterest et mon dossier *Christian* s'est ouvert à la place.

— Tu as un dossier sur Christian sur Pinterest ?

— C'était une idée de Trent. On voulait collecter des photos pour toi, mais après on s'est rendu compte que c'était un passe-temps sympathique pour nous. Regarder des photos de lui, c'est encore plus stimulant pour nos préliminaires que de se mater *The Vampire Diaries* pour la huitième fois.

Je ris.

— Tu sais que tu es vraiment dérangé, hein ?

— Ne change pas de sujet. Il fait quelle taille l'attirail de *Hunka Hunka Burning Love* ?

— Aucune idée. Il a saboté mon rencard, on est allés manger un dessert, et après il m'a raccompagnée chez moi. Je n'ai pas couché avec lui.

Miller soupira.

— Oh, que tu peux être rasoir !

Je m'adossai à mon fauteuil.

— Je suis vraiment pommée, Miller. Julian est la bonne personne pour moi. Je sais que la façon dont je l'ai choisi n'est sans doute pas très orthodoxe, mais je commençais à m'habituer à l'idée d'avoir une vraie relation pour une fois. On était déjà tellement bons amis que passer à l'étape suivante n'aurait pas dû être si compliqué, mais ça ne m'a même pas énervée que Christian sabote notre rendez-vous.

— Les choses changent.

— Mais on est parfaits l'un pour l'autre, Julian et moi.

— Ce n'est pas parce que ça a l'air parfait sur le papier que ça va forcément déboucher sur une relation amoureuse, trésor. Je sais que tu vas avoir du mal à le croire, mais tu ne peux pas entrer un paquet de données dans une formule mathématique pour savoir de qui tu devrais tomber amoureuse. L'amour est illogique.

Je fronçai les sourcils.

— Je déteste tout ce qui n'est pas logique.

Miller pouffa.

— Je sais bien. Tu aimes les choses ordonnées et sensées. Tu as horreur de l'imprévu, mais parfois, les meilleures choses dans la vie sont celles qu'on n'attendait pas.

— Julian m'a envoyé des fleurs ce matin. Et Christian aussi.

— Qui a envoyé le plus gros bouquet ?

Je jetai un œil aux deux vases posés sur mon bureau. Le bouquet gargantuesque de Christian faisait de l'ombre à celui du pauvre Julian – en matière de taille, d'éclat, et même de caractère. Il existait un parallèle entre les fleurs et les hommes.

— Christian peut avoir toutes les femmes qu'il veut. Tu aurais dû voir la serveuse qui est venue prendre notre commande l'autre soir. Elle n'arrêtait pas de bafouiller.

— Peut-être, mais on dirait bien que c'est toi qu'il veut.

Je pris une grande inspiration et relâchai mon souffle de manière audible.

— J'ai accepté de sortir avec Christian demain.

— Il faut qu'on aille faire du shopping. Je passe te prendre au bureau à dix-huit heures. Où avez-vous prévu d'aller ?

— Aucune idée.

— Bon, tu es riche maintenant. On va acheter plusieurs tenues pour que tu sois parée à tout.

— J'ai plein de vêtements à la maison.

— Tu as plein de vêtements pour sortir avec Julian Morehouse. Tu n'as rien dans ton placard qui pourrait être digne de Christian Knox, crois-moi.

J'aurais dû me sentir offensée par cette remarque, mais il avait sans doute raison.

— Viens plutôt à dix-huit heures trente. J'ai une réunion à dix-sept heures et elle pourrait bien durer plus d'une heure.

— Tes désirs sont des ordres, ma belle. À tout à l'heure.

L'un des avantages de ce poste, c'était que je n'avais pas le temps de trop réfléchir. Après avoir raccroché avec Miller, je dus filer à une réunion, avant d'en enchaîner trois autres. Lorsque je revins dans mon bureau, il était presque seize heures. Je marchai jusqu'à la baie vitrée et regardai le terrain en contrebas. Les joueurs étaient éparpillés sur la pelouse et l'entraînement semblait tirer à sa fin. Christian était dans la zone d'en-but, lançant le ballon à l'un de ses receveurs. Je l'observai durant quelques minutes, émerveillée par la grâce qui pouvait émaner d'un homme avec une telle carrure. Ce qu'il effectuait semblait si facile avec lui aux commandes – comme si moi aussi je pourrais lancer un ballon à soixante yards de distance. Après quelques minutes de plus, il topa dans la main du joueur avec qui il venait de s'entraîner et se dirigea vers le tunnel, tout en discutant avec le coordinateur offensif.

— Pourquoi n'as-tu pas signé le contrat de sponsoring que je t'ai donné la semaine dernière ?

La voix de ma sœur Tiffany me fit sursauter. Je me tournai pour la trouver déjà sur le pied de guerre, les pieds campés au sol et les bras croisés.

— Et où est mon contrat de location de voiture ?

Je soupirai.

— Bonjour, Tiffany. Comment vas-tu ?

— Mal. Pourquoi le contrat avec Foreman n'est-il pas signé ?

Comme si sa mauvaise humeur permanente pourrait miraculeusement s'envoler suite à la signature d'un contrat...

— J'ai demandé au département des relations publiques de creuser un peu la question. L'une des entreprises détenues par Foreman fabrique des vêtements pour enfants et je me suis rappelé avoir lu un article il y a quelques mois à propos de rumeurs selon lesquelles ladite entreprise ferait travailler des enfants dans des conditions discutables au Myanmar.

— Tous nos partenaires sont audités avant qu'on fasse des affaires avec eux.

— D'accord, mais on ne fait pas de mise à jour annuelle des données pour chacun d'entre eux. J'ai vérifié et ça fait dix ans qu'on fait des affaires avec Foreman. La façon dont il gère ses entreprises a pu radicalement changer depuis tout ce temps.

— Il est à la tête d'un groupe à la réputation solide.

— Je suis sûre que tu as raison, mais ça ne peut pas faire de mal de revérifier. Les relations publiques ne vont sans doute pas tarder à me remettre leur rapport. Je me dis que mieux vaut prévenir que guérir. On ne voudrait pas que quoi que ce soit vienne entacher le nom des Bruins.

Tiffany afficha un sourire sournois.

— Oui, on ne voudrait pas que qui que ce soit *d'autre* vienne entacher le nom de l'équipe, pas alors que la charmante nouvelle propriétaire le fait déjà très bien toute seule.

Je plissai les yeux.

— En quoi est-ce que j'entache le nom de l'équipe ?

— Se faire passer dessus par les joueurs plus souvent qu'ils ne se passent le ballon entre eux pendant un match ne donne pas vraiment une bonne image de nous.

— Passer dessus ? De quoi parles-tu ?

— J'ai vu la photo dans le *Post*.

Je soupirai. Il s'agissait bien évidemment de cela.

— Tu voulais me parler d'autre chose ?

Elle se contenta de tourner les talons en guise de réponse, mais elle s'arrêta sur le seuil.

— Il t'aura larguée d'ici les *playoffs*, sans doute bien avant, même. Demande donc à Salma de la compta.

Et moi qui pensais m'en être vraiment bien sortie dans l'affrontement du jour avec ma sœur. Cette dernière remarque me laissa pantoise. Salma de la compta ? Avec les gros seins et la superbe chevelure brillante ? Heureusement, ma sœur était déjà partie depuis longtemps et ne vit donc pas qu'elle avait fait mouche. Même si je soupçonnais qu'elle le savait.

Cinq minutes plus tard, je ne m'en étais pas encore tout à fait remise, mais je savais que Josh allait bientôt toquer à ma porte pour me rappeler qu'il était l'heure d'aller à une énième réunion. Je me forçai donc à me remettre au travail et ouvris mon agenda sur mon ordinateur. J'eus à peine le temps de lire quelques lignes avant qu'on toque à ma porte. Je levai les yeux pour me trouver face à Christian.

Il avisa les deux vases de fleurs sur mon bureau et fronça les sourcils.

— Tu as une minute ?

— Oui, mais pas plus. J'ai une réunion qui commence bientôt.

Christian referma la porte derrière lui et s'avança jusqu'à mon bureau. Il désigna les fleurs.

— Le fleuriste en a envoyé deux par erreur ?

— Non. Julian m'en a envoyé un.

Christian semblait prêt à dire quelque chose, mais il referma la bouche et sa mâchoire crispée parla pour lui. Je n'avais jamais été du genre jalouse avant, mais je savais ce qu'il ressentait à présent. Je n'allais cependant pas me taire comme lui.

Je jetai mon stylo sur le bureau.

— Tu as couché avec Salma de la compta ?

Il me regarda en plissant les yeux.

— Où as-tu entendu ça ?

— Est-ce que c'est important ?

Il croisa les bras.

— Seulement parce que je serais curieux de savoir qui te raconte des conneries pareilles.

— Tu n'as pas couché avec elle, alors ?

— On s'est rencontrés à la fête de Noël de l'équipe il y a deux ans. J'ai bu quelques verres, ce que je fais rarement. On a discuté un moment et puis elle m'a pris de court quand elle m'a demandé de sortir avec elle. J'ai dit oui. Le lendemain matin, j'ai réalisé que c'était stupide, alors j'avais prévu de lui parler et de lui dire que je ne sortirais pas avec elle, mais je devais prendre l'avion pour aller passer Noël chez mon frère. Le temps que je revienne, elle avait déjà raconté à la moitié du personnel dans les bureaux qu'on sortait ensemble. Quand je lui ai dit que je n'allais pas sortir avec elle, elle a dit à tout le monde que je l'avais larguée parce que j'avais eu ce que je voulais. Je n'ai pas démenti. Je me suis dit qu'elle s'était sans doute sentie gênée quand j'avais changé d'avis et que ce n'était pas la peine d'aller surenchérir pour clarifier les choses.

— Ah...

— Tu vas me dire qui essaie de faire capoter notre relation avant même qu'elle ait commencé ?

Je fronçai les sourcils.

— Tiffany. Elle m'a dit que je ne serais qu'une femme de plus sur ton tableau de chasse, en gros. Je ne sais pas si tu as lu le *Post* ce matin, mais ils ont publié une des photos que le paparazzi a prises hier soir, avec un gros titre suggestif.

Le regard de Christian s'adoucit. Il décroisa les bras et mit les mains dans les poches de son jogging en haussant les épaules.

— J'en ai entendu parler. Tu sais bien que ta sœur essaie juste de t'embrouiller l'esprit. Ça l'amuse de t'énerver.

Je soupirai.

— Je sais bien.

Christian me regarda dans les yeux.

— Tout va bien entre nous, alors ? Tu me crois à propos de Salma ?

— Bien sûr, oui. Contrairement à ma sœur, tu ne m'as jamais donné aucune raison de douter de ta parole.

— Bien, dit-il avec un sourire mitigé. C'est à mon tour d'être jaloux maintenant ?

Christian regarda les roses qu'ils n'avaient pas envoyées.

— Il t'a encore demandé de sortir avec lui ?

— Il a écrit qu'il avait passé un bon moment et qu'il espérait qu'on pourrait bientôt remettre ça, juste tous les deux.

Je désignai la carte.

— Tu peux la lire toi-même si tu veux.

— Merci, mais je n'ai pas besoin de le faire.

Il baissa les yeux pendant un instant.

— Est-ce que tu as envie de ressortir avec lui ?

Je haussai les épaules.

— Je ne sais pas trop ce que je ressens pour Julian. Je pensais que c'était l'homme parfait pour moi.

Christian afficha un sourire vantard. Je m'attendais à une répartie du même acabit, mais on toqua à ma porte. Josh l'entrouvrit et passa la tête par l'embrasure.

— Oh, désolé. Je pensais que vous étiez seule. Je venais juste vous prévenir que votre prochaine réunion débutera dans cinq minutes.

— Merci, Josh. J'y serai.

— Parfait.

Il salua Christian d'un hochement de tête.

— Knox.

Christian leva le menton.

— Sullivan.

Une fois que Josh eut refermé la porte, Christian ramassa un pétale tombé d'une rose. Il le frotta entre ses doigts.

— Tu es occupée, alors je vais te laisser tranquille. J'étais juste venu te demander si on pouvait se retrouver à huit heures demain matin. Ça te va ?

J'avais supposé qu'on sortirait le soir, mais peu importe.

— Oui, ça me va.

— Je viendrai te chercher.

— D'accord.

— Porte quelque chose de confortable.

— Ah... qu'est-ce qu'on va faire ?

— C'est une surprise.

Je fronçai le nez.

— Je suis plus du genre à planifier qu'à me laisser surprendre.

Christian sourit.

— Tu croyais aussi que Bozo était l'homme idéal pour toi. Garde l'esprit ouvert.

Il me fit un clin d'œil.

— À demain, ma belle.

Chapitre 15

Bella

Je m'étais changée quatre fois.

Sans parler du fait qu'avant d'enfiler la tenue que je portais en ce moment même, j'avais googlé *vêtements confortables*. L'éventail de photos qui s'étaient affichées allait du pantalon de yoga à la jolie petite robe, en passant par le jean troué et les baskets. La définition écrite que j'avais trouvée n'était pas mieux : *vêtements dans lesquels on se sent détendu*. Détendue, moi ? Ils avaient perdu la tête ou quoi ? Ils ne savaient manifestement pas qui j'étais. Ce mot n'apparaissait pas fréquemment dans mon vocabulaire durant une semaine normale et encore moins alors que *Christian Knox* devait passer me prendre dans quinze minutes.

C'est ce que je croyais, en tout cas...

Toc, toc, toc.

Oh là. Je me regardai dans le miroir. Je portais une robe plissée à manches longues que Miller m'avait fait acheter hier soir et j'avais encore envie de me changer. J'allais pourtant devoir inviter Christian à entrer avant.

Devant la porte, je pris une grande inspiration avant d'ouvrir.

— Salut…

Mon visage se décomposa lorsque j'avisai la tenue de Christian. Il portait un jogging noir et un maillot thermique moulant.

— Je suis trop habillée, pas vrai ?

Christian me scruta de la tête aux pieds.

— Tu es splendide, mais tu seras plus à l'aise en pantalon.

Je soupirai et m'écartai pour le laisser entrer.

— Je savais bien que j'étais trop habillée. Entre. Je dois me changer. Et je te préviens, je vais sûrement le faire plusieurs fois.

Les yeux de Christian balayèrent mon petit appartement du regard, s'arrêtant sur le canapé qui était recouvert d'un amas désordonné de vêtements, la plupart encore avec leurs étiquettes puisqu'ils provenaient de ma sortie-shopping de la veille.

— Je devine que ce n'est pas la première tenue que tu as enfilée.

— Les vêtements dits *confortables* couvrent un large spectre.

— Tu n'as pas un de ces pantalons de yoga que les femmes portent pour faire du sport ?

— Si. C'est ce qu'il faut pour aujourd'hui ?

Christian haussa les épaules.

— Ça fera l'affaire. En plus, j'aimerais bien voir tes fesses là-dedans.

Je pouffai.

— Laisse-moi voir ce que je peux faire.

J'allai jusqu'à ma commode et ouvris le tiroir où je rangeais mes vêtements de sport rarement utilisés tandis que Christian jetait un œil à la ronde.

Il observa la bibliothèque de plus près.

— C'est quoi tout ça ?

— Des métronomes anciens. Je les collectionne.

— Les trucs qui battent la mesure pour que les musiciens puissent rester dans le tempo ?

— Tout à fait.

— Tu joues d'un instrument ?

— Non, pas depuis le lycée. Quand je vivais au foyer, je jouais dans l'orchestre et ma prof nous avait donné un métronome chacun pour qu'on puisse répéter. Elle disait qu'apprendre à jouer pendant qu'il battait la mesure était un bon entraînement pour pouvoir suivre les mains d'un chef d'orchestre. Je ne l'ai jamais vraiment utilisé pour m'exercer, mais le cliquetis m'aide à me détendre. Après la mort de ma mère, je faisais souvent des crises de panique et j'ai découvert que le fait de mettre le métronome en route et de me concentrer dessus m'apaisait. Un jour, je suis passé devant un magasin d'antiquités et j'en ai vu un dans la vitrine. Je suis entrée et je l'ai acheté, et c'est comme ça que j'ai commencé à collectionner les métronomes anciens.

Christian en mit un en marche et le cliquetis rythmé débuta. Il le laissa poursuivre pendant environ dix secondes avant de l'éteindre.

— Ça me rendrait maboul.

Je ris.

— Miller dit la même chose.

Je levai devant moi un legging Lululemon, un haut court et un sweat zippé assorti.

— C'est bien, ça ?

Il sourit.

— Absolument. C'est super sexy. J'ai hâte de te voir dedans.

— Mais est-ce que c'est aussi approprié pour l'endroit où on va ? Encore mieux, tu pourrais me dire où on va, étant donné que je ne vais pas tarder à le savoir de toute façon. Comme ça, je pourrai prendre une décision éclairée sur la tenue à porter.

— Non, répondit Christian avec un haussement d'épaules. On travaille sur ta capacité à lâcher prise.

— Oh, vraiment ?

— Oui. Va te changer.

Je lui lançai un regard noir avant de me diriger vers la salle de bain.

— Tyran.

Lorsque je ressortis, Christian était assis sur le canapé, qui était en réalité une causeuse de la taille requise pour pouvoir tenir dans mon minuscule appartement. Il occupait plus de la moitié de l'assise. Mes yeux se tournèrent vers la pile ordonnée à côté de lui.

— Tu as plié mes vêtements ?

— Je me suis dit que tu serais capable de refuser de partir avant qu'ils soient pliés, alors j'ai décidé de le faire pour qu'on puisse se mettre en route. On a un long trajet devant nous.

C'était curieusement adorable, et également très vrai. J'écartai les bras pour exposer ma nouvelle tenue.

— Ça ira pour aujourd'hui, alors ?

Christian fit tourner son index en l'air.

— Tourne-toi. Laisse-moi voir le tout.

Je pivotai sur moi-même.

— Alors ?

Il se leva.

— Tu as de belles fesses.

— Merci... mais la tenue, ça va pour aujourd'hui ?

— Oui, tu peux porter ce que tu veux.

— Si je peux porter ce que je veux, pourquoi m'as-tu fait tourner pour voir ma tenue ?

— Juste pour le plaisir des yeux.

Je suivis Christian à l'extérieur, jusqu'à son SUV noir garé en bas de la rue. Une fois montée, j'attachai ma ceinture de sécurité et regardai autour de moi.

— Ce truc a autant de mètres carrés que mon appartement. Où est-ce que tu le gares ?

— Dans un parking en face de chez moi.

— Tu le conduis souvent ?

— J'ai aussi un deux-roues. C'est ça que j'utilise la plupart du temps parce que c'est plus facile de se déplacer en ville avec.

— Tu fais du vélo en ville ?

Christian démarra la voiture.

— De la moto.

— Oh. Ce n'est pas dangereux, ça ?

— Mon frère Tyler habite dans le New Jersey. Il est venu passer le week-end chez moi à Noël l'an dernier. Une voiture est montée sur le trottoir et il a fini avec un orteil cassé. Cette ville est une jungle, quel que soit ton moyen de transport.

On roula en direction du nord sur l'I-95 pendant des heures. Christian refusait toujours de me donner le moindre indice sur notre destination, mais je commençais à me dire qu'il pourrait bien m'emmener jusqu'à sa cabane dans le Maine – du moins jusqu'à ce qu'il quitte l'autoroute sur laquelle on roulait et qu'il en prenne une autre en direction de l'ouest. Lorsqu'il finit par emprunter une sortie dans le Vermont, je reconnus les lieux.

— Mince alors, ça fait des années que je ne suis pas venue ici. On n'est pas loin du camping dont je t'ai parlé, là où ma mère m'emmenait souvent faire du vélo.

Christian sourit.

— Je sais. On y sera dans cinq minutes.

— C'est là qu'on va ?

Il pointa l'arrière du véhicule du doigt par-dessus son épaule.

— Les vélos sont dans le coffre.

— Des vélos ?

— Oui. Je t'ai pris un vingt-six pouces. Je pense que c'est la bonne taille pour toi.

— Mais le camping est fermé depuis des années.

— C'est vrai, mais on peut y accéder pour la journée.

— Comment ça se fait ?

— J'ai fait une recherche sur le camping de Green Mount. La propriété est à vendre, figure-toi. J'ai appelé et j'ai dit à l'agente immobilière que j'étais intéressé. Elle m'a proposé de me faire visiter, mais j'ai répondu que je préférais le faire par moi-même. Elle a hésité, alors je lui ai dit qui j'étais et je lui ai offert deux billets pour le match de la semaine prochaine. On devrait avoir l'endroit pour nous tout seuls pour l'après-midi.

Je le regardai d'un air éberlué.

Christian sentit mes yeux sur lui et tourna les siens vers moi.

— Qu'est-ce qu'il y a ?

— Je n'arrive pas à croire que tu m'emmènes faire du vélo dans ce camping. Je ne m'imaginais pas ça pour un rendez-vous avec toi.

— Qu'est-ce que tu imaginais ?

— Oh, je ne sais pas. Je me disais que tu m'emmènerais peut-être dans un restaurant hors de prix, puis que tu essaierais de me convaincre de venir chez toi pour pouvoir me peloter.

Christian sourit d'un air malicieux.

— Tu viens de ruiner la surprise pour la seconde partie du rencard.

Je ris.

— Sérieusement, Christian. C'est la chose la plus adorable qu'on ait jamais faite pour moi. Le fait que tu m'aies écoutée l'autre jour quand je t'ai parlé du camping en dit vraiment long sur toi.

— Ne te fais pas trop d'illusions sur moi, sinon tu seras déçue quand je passerai la moitié de la journée derrière toi, à regarder tes fesses monter et descendre.

Je n'aurais jamais pris Christian Knox pour quelqu'un de modeste, mais cette facette de lui était bien présente juste derrière ce côté vantard qu'il affichait.

Il tourna à gauche et on arriva en vue de l'entrée du camping. La grande pancarte de bienvenue en bois dont je me souvenais avait été remplacée par une grosse chaîne bloquant le passage et un panneau *Privé – Interdiction d'entrer*. Christian gara le SUV.

— L'agente immobilière m'a donné le code du cadenas. Je reviens tout de suite.

Je demeurai en observatrice dans le SUV tandis que Christian bondissait à bas du véhicule pour aller s'occuper du cadenas au centre de la chaîne. Il déposa ensuite cette dernière à terre, puis revint et nous fit entrer, avant d'y retourner pour remettre la chaîne en place afin que personne d'autre ne puisse entrer.

— Tu te souviens d'où partait la piste cyclable ?

Je désignai un endroit un peu plus loin, sur la droite.

— Oui. Elle doit se trouver à environ cinq-cents mètres, par là.

Christian gara la voiture sur l'herbe devant le départ du sentier. Malheureusement, ce dernier avait connu de meilleurs jours. Les racines des arbres avaient transpercé le bitume et de hautes herbes décoraient ce qui était auparavant une piste cyclable bien entretenue. Christian observa les alentours.

— Faire du vélo dans la rue n'aurait pas été si mal finalement, mais bon, il ne devrait pas y avoir de voitures ici, au moins.

— Oui, c'est parfait.

Christian ouvrit le coffre de son SUV où les deux vélos étaient rangés. Il déchargea le plus grand qui se trouvait au-dessus, puis le blanc, qu'il déposa à côté de moi.

— C'est la bonne taille apparemment.

— Oui. Il est à qui, ce vélo ?

Christian haussa les épaules.

— C'est le tien. Je l'ai acheté hier soir.

— Tu as *acheté* ce vélo ?

— Tu as dit que tu voulais te mettre au sport, donc tu pourras sans doute lui trouver une utilité.

Je baissai les yeux vers le vélo d'un air incrédule.

— Je ne sais pas quoi dire.

Christian prit un sac de sport dans le SUV et en sortit deux casques et deux gourdes. Il me passa un de chacun.

— Tu me fais visiter cet endroit ?

Je souris.

— Avec grand plaisir.

Pendant l'heure et demie qui suivit, Christian et moi fîmes du vélo à travers tout le camping. Le terrain était cabossé et envahi par la végétation, mais ce n'était pas grave du tout. Le soleil brillait, le vent soufflait sur mon visage et j'avais le cœur joyeux, comme chaque fois que j'étais venue ici avec ma mère. C'était comme si tous mes soucis s'étaient envolés. Je ne me souviens pas de la dernière fois où j'ai pu dire ça. Lorsqu'on arriva près d'un endroit avec des tables de pique-nique, Christian le pointa du doigt.

— On fait une petite pause ?

— OK.

On descendit des vélos pour aller s'asseoir, les fesses sur la table et les pieds sur le banc. Je soupirai de contentement.

— Je n'ai pas passé une aussi bonne journée depuis bien longtemps.

Christian sourit.

— Tant mieux. Je suis content que ça te plaise.

— Je crois que je n'avais pas réalisé à quel point j'étais sous pression. Vivre dans un état permanent de stress m'a fait oublier ce que c'était que d'être détendue.

— Le sport, c'est bon pour la santé physique, mais pour la santé mentale aussi.

Il avait raison, bien entendu, mais le sport à lui seul ne suffisait pas à justifier la façon dont je me sentais. C'était également dû à l'homme assis à côté de moi. Je voulus soudain lui montrer ce qu'il avait éveillé en moi, alors je me mis debout sur le banc, levai une jambe, et allai m'installer à califourchon sur ses genoux, face à lui. Je passai mes bras autour de son cou.

— Ce n'est pas seulement grâce au sport que je me sens comme ça, Christian.

Il entoura ma taille de ses bras.

— Ah bon ?

Je hochai la tête.

Les yeux de Christian se posèrent sur ma bouche et on bougea en même temps, réduisant la distance entre nous. À la seconde où nos bouches fusionnèrent, tout mon corps s'embrasa. Il ne fallut pas plus de cinq secondes pour que notre envie commune d'y aller étape par étape parte en fumée. Christian fit remonter une de ses mains jusqu'à ma nuque, qu'il enserra fermement, tandis que l'autre m'attirait contre lui. Chacun de nous voulait être au plus proche de l'autre. On avait mis trop longtemps à en arriver là et il y avait beaucoup de frustration accumulée à évacuer. Mes mains empoignèrent l'arrière du tee-shirt de Christian alors que ce dernier se servait de sa main sur ma nuque pour me faire pencher la tête afin d'approfondir notre baiser. *Mon Dieu.* On avait vraiment attendu trop longtemps. *Bien trop longtemps.* J'avais envie de déshabiller cet homme ici même, en pleine nature, et de le monter pour une folle chevauchée. Christian gémit et ce son se répercuta à travers nos lèvres jointes et directement entre mes cuisses. Son corps se raidit sous moi et je savais que quelques va-et-vient seraient suffisants pour que la friction me fasse jouir. J'étais en train de songer à le faire, jusqu'à ce que Christian arrache sa bouche de la mienne.

— Non... ne t'arrête pas maintenant, dis-je en haletant.

Christian avait le souffle court. Il posa son front contre le mien.

— On a de la compagnie.

— Quoi ?

Je tournai la tête et vis une voiture se diriger vers la table de pique-nique où on était en pleins ébats. Je ne l'avais même pas entendue arriver.

— Merde...

Je descendis des genoux de Christian, mais il me ramena vers lui et me fit asseoir entre ses jambes.

— Ne bouge pas d'un pouce, ma belle, murmura-t-il, ou on pourra saluer cette inconnue avec un bras en plus.

Une femme blonde se gara et sortit de la voiture. Dotée de talons aiguilles et d'un sac à main suspendu à son avant-bras, elle s'avança vers nous comme si elle se prenait pour Elle Woods.

— Bonjour. Désolée de vous interrompre. Je suis Cat Block, l'agente immobilière que vous avez eue au téléphone.

Christian baissa la tête et grommela dans sa barbe.

— Génial.

Je me levai et tendis la main.

— Bonjour. Je suis Bella et voici Christian.

Christian se leva et lui serra également la main, prenant cependant soin de rester derrière moi.

Elle regarda les vélos.

— Ils sont à vous ?

Christian acquiesça.

— Je voulais voir toute la propriété, y compris les endroits inaccessibles en voiture.

Cat sourit.

— Bonne idée. Je suis juste venue faire un petit saut au cas où vous auriez des questions à me poser. Qu'est-ce que vous pensez de la propriété pour l'instant ?

Christian agrippa mes hanches.

— Elle me plaît beaucoup.

— J'en suis ravie. Je vais vous laisser terminer votre visite et je vous appellerai demain pour savoir si vous êtes toujours intéressé.

Christian hocha la tête.

— Merci.

On la salua de la main alors que la voiture repartait.

— Son petit saut nous a empêchés d'en faire un grand, ronchonna Christian.

Je ris.

— Je ne l'ai même pas entendue arriver.

Je me tournai vers Christian et posai mes mains à plat sur son torse en soupirant.

— C'était un sacré baiser.

Christian m'adressa un sourire chaleureux et écarta une mèche de cheveux de mon visage.

— J'avais envie de faire ça depuis le premier jour où je t'ai vue.

— Euh, la première fois que tu m'as vue, je t'ai fait un sermon sur le harcèlement sexuel envers les femmes.

Il sourit d'un air amusé.

— Je sais. Tu étais si mignonne avec ton air sérieux. Et tes lunettes étaient de travers. Un peu comme maintenant.

— C'est vrai ?

Je les remis en place, ou j'essayai du moins.

— Je les ai toujours sur le nez quand je m'endors et les branches sont un peu tordues à force. Je devrais simplement porter des lentilles.

Christian se pencha et me fit un petit bisou sur le bout du nez.

— Pas la peine. Ce petit côté tordu te va bien.

On passa une heure de plus à faire du vélo avant de rejoindre la voiture de Christian. Alors qu'on était sur l'autoroute pour retourner à Manhattan, Christian entrelaça nos doigts et porta nos mains jointes à ses lèvres pour embrasser tendrement la mienne.

— Tu as faim ?

— Oui, je suis même affamée.

— Tu serais d'accord pour venir chez moi ? On pourrait commander un truc. J'ai envie de te garder pour moi tout seul aujourd'hui.

Comment aurais-je pu refuser quand c'était demandé comme ça ? En plus, je voulais aussi le garder pour moi toute seule et il y avait peu de chances que ça arrive si on sortait vu sa popularité. Je le regardai en souriant et fis quelque chose que je ne faisais jamais, à savoir répondre sans tergiverser.

— Oui, ça me plairait bien.

Chapitre 16

Le bâtiment où vivait Christian n'avait rien de comparable au mien. Il vivait dans un gratte-ciel moderne avec un portier et un hall d'entrée avec un plafond de presque dix mètres de haut. On était arrivés en même temps qu'un type en costume qui devait être dans nos âges. J'avais bien noté que le portier l'avait appelé M. Waxman, tandis qu'il avait salué Christian par son prénom.

Dans l'ascenseur, Christian inséra une carte magnétique dans le panneau de commande et le chiffre trente-quatre devint lumineux sans qu'on ait eu besoin d'appuyer sur le bouton. Lorsqu'on arriva à cet étage, Christian posa sa main au bas de mon dos pour m'inviter à passer devant. Je m'attendais à arriver dans un couloir, mais le vestibule dans lequel on pénétra faisait actuellement partie de son appartement et offrait une vue époustouflante sur Manhattan.

— Mince alors, dis-je en riant nerveusement. Je n'ose pas imaginer ce que tu dois penser de mon appartement si tu habites ici.

Christian jeta son trousseau de clés sur une table ronde.

— Je pense simplement qu'il est à ton image. J'aime le fait que tu n'aies pas changé malgré tout l'argent que tu as reçu. Par contre, je suis quand même d'avis qu'il te faut un endroit plus sûr maintenant.

Il me guida à travers la cuisine et jusqu'au salon, doté d'une baie vitrée. Je regardai la vue sur Manhattan d'un air éberlué.

— Ça ne ressemble même pas à l'endroit où j'ai grandi. Ça paraît si propre et si scintillant.

— La plupart des choses semblent plus belles vues de loin. On ne voit pas les petites fissures et la crasse.

— On pourrait dire la même chose à propos de beaucoup de gens.

— C'est vrai.

Il se plaça derrière moi et se pencha pour embrasser mon épaule.

— Sauf de toi. Plus je m'approche de toi, plus j'aime ce que je vois.

Mon cœur sembla se mettre à battre plus fort. Je tapotai la vitre du doigt.

— Tu sais qu'une personne sur trente-huit dans tous les États-Unis vit là en bas ? Notre petite île de presque soixante mètres carrés est plutôt bondée.

Christian esquissa un sourire. J'eus l'impression qu'il avait compris ce que j'étais en train de faire – déballer des faits anecdotiques parce que j'étais nerveuse – avant même que j'en sois moi-même consciente. Il désigna la cuisine d'un geste de la tête.

— Les menus sont là-bas. Je te ferai visiter quand on aura commandé. Qu'est-ce que tu as envie de manger ?

— Tu aimes la nourriture thaï ? Mon endroit préféré est à seulement quelques pâtés de maisons de chez toi. Le propriétaire avait un food truck au bord de l'eau avant, mais il a ouvert un petit restaurant l'an dernier.

Christian fronça les sourcils.

— Tu parles du Uncle Moon's Thai House ?

Je souris.

— Oui, c'est ça.

— J'adore cet endroit ! C'est John Barrett qui me l'a fait découvrir, en fait. Quand on avait fait une bonne semaine, il invitait un paquet de food trucks à venir après l'entraînement. C'était toujours mon préféré.

— Vraiment ?

— Oui.

— Ouah, c'est drôle.

— Vous aviez quelques points communs apparemment, John et toi.

Les fossettes de Christian firent une apparition.

— Il m'aimait bien, après tout.

Une fois nos plats commandés, Christian me versa un verre de vin et m'emmena visiter son appartement. Le premier arrêt dans le long couloir était un bureau sur la droite. Il ressemblait à une version plus petite de mon bureau au stade, avec les mêmes *playbooks* reliés et des photos de l'équipe au mur. Après ça, il y avait deux chambres d'amis presque l'une en face de l'autre, chacune avec une salle de bain privative, puis des toilettes avec un lavabo sur la gauche. Au bout du couloir, Christian ouvrit la porte et m'invita à entrer.

— Ma chambre.

Je pensais que rien ne pouvait rivaliser avec la vue depuis le salon, mais je m'étais apparemment trompée. Sa chambre donnait à l'ouest et le soleil était en train de se coucher, parant le ciel de lueurs mauves et orangées. J'avançai aussitôt vers une porte-fenêtre donnant sur un balcon, émerveillée par ce spectacle.

— Je crois que je ne pourrai plus jamais quitter cette chambre.

— On peut trouver un arrangement...

Christian était derrière moi, mais je perçus son sourire dans sa voix.

Sur le balcon, je souris à mon tour en avisant une longue bande de gazon.

— Voilà donc ton petit coin de paradis. Tu as aussi un stock de Chipwichs dans le congélateur à tout moment ?

— Oui.

Je passai encore une minute à admirer la vue avant de retourner à l'intérieur pour voir le reste de la chambre. Je pensais que Christian n'était pas loin, mais je le trouvai appuyé contre le chambranle de la porte.

— Que fais-tu tout là-bas ?

— J'admire la vue.

Il était clair qu'il ne parlait pas de celle dont je venais de profiter.

Je posai les yeux sur son immense lit.

— C'est un bien grand lit que tu as là...

— Il est proportionnel à ma taille.

Je n'en doute pas une seconde...

Il se tenait toujours dans l'embrasure de la porte. Je penchai la tête d'un air interrogateur.

— Ma visite n'inclut pas la salle de bain de la chambre principale ? Tu m'as montré les autres pourtant.

Christian la désigna du menton.

— Elle est juste là.

Je plissai les yeux.

— Tu ne veux pas venir me la montrer ?

— Je pense qu'il vaut mieux que je reste où je suis.

Bon sang, il était encore plus sexy lorsqu'il jouait les timides. Il y avait quelque chose d'émoustillant dans la façon dont il était appuyé avec nonchalance contre le chambranle, les manches de sa chemise remontées, ses yeux me suivant partout. C'était comme s'il devait maîtriser la distance entre nous parce qu'il était incapable de réfréner son désir.

— Si tu le dis...

Je me rendis dans la salle de bain en roulant davantage des hanches, mais j'avais déjà perdu tout intérêt pour la grande douche à l'italienne, le meuble double vasque et la baignoire îlot. J'étais trop distraite par les fourmillements que je ressentais dans presque tout le corps. Le souvenir du baiser échangé plus tôt me donnait envie de briser la détermination dont Christian faisait actuellement preuve. Je retournai donc dans la chambre et m'arrêtai au pied du lit.

— Il est confortable ?

Christian déglutit.

— Je t'invite à le constater par toi-même.

Il ne faudra pas me blâmer après...

Je m'assis au bord du lit et testai le niveau de fermeté du matelas en rebondissant deux ou trois fois dessus.

— Il a l'air bien.

Je bus une gorgée de vin et tapotai la place à côté de moi.

— Viens t'asseoir avec moi.

Il secoua lentement la tête.

— J'essaie de faire comme tu m'as demandé... doucement.

Je me mordis la lèvre de façon suggestive.

— Ça me va, doucement...

Christian poussa un grognement.

— Tu veux ma mort, Bella.

Je me penchai et déposai mon verre de vin sur la table de nuit, avant de tapoter de nouveau le lit.

— S'il te plaît...

J'observai sur son visage le reflet de son dilemme intérieur, puis il me regarda pour obtenir une confirmation. Lorsqu'il vit que j'étais résolue, il soupira, s'avança jusqu'au lit, et s'assit à côté de moi. J'eus l'impression d'être en pleine partie d'échecs et que c'était à mon tour de jouer.

Je m'installai à califourchon sur lui.

— Et là, on n'est pas bien ?

— Si, c'est agréable. Comme tout aujourd'hui.

Je me rapprochai de lui de façon à me caler sur son entrejambe et j'ondulai un peu des hanches ce faisant.

Christian jura dans sa barbe.

— Continue à bouger comme ça et ça ne finira ni bien ni doucement.

— C'est peut-être ce que je veux...

Il secoua la tête.

— Je ne sais pas ce que tu cherches, Bella, mais je ne veux pas d'un simple plan cul. Je veux la totale. Je veux passer des après-midi à faire des trucs ensemble et te ramener chez moi le soir pour te déshabiller dans mon lit.

— C'est exactement ce qu'on est en train de faire, non ?

— C'est ce que moi je fais, mais toi ? Tu voulais y aller doucement.

J'effectuai plusieurs mouvements de va-et-vient sur lui, avant de me pencher pour l'embrasser dans le cou.

— Je fais ça, moi.

Mais la mâchoire de Christian demeurait crispée, alors je lui susurrai à l'oreille :

— Tu n'as pas envie de moi ?

— Je te veux plus que n'importe quoi auparavant, grogna-t-il, mais tu m'as demandé de prendre mon temps et si je me laisse aller maintenant, je ne pourrai plus m'arrêter. Il faut que tu sois d'accord avec ça.

Ma réponse fut audacieuse. Je glissai une main entre nos deux sexes pour enserrer fermement le sien.

Ce fut suffisant. Dans un rugissement, Christian empoigna mes cheveux à l'arrière de ma tête et attira ma bouche vers la sienne. Ça n'avait rien de tendre et c'était exactement ce dont j'avais besoin. Son bras libre s'enroula autour de ma taille de façon possessive et il me plaqua contre lui tandis que sa bouche assaillait la mienne. Il y avait une forme de désespoir dans la manière dont on s'agrippait l'un à l'autre, quelque chose dont je n'avais jamais fait l'expérience avant. Christian se servit de mes cheveux pour faire basculer ma tête en arrière, puis sa bouche quitta mes lèvres pour venir sucer mon cou, juste au-dessus de ma clavicule.

— Enlève ça...

Nos corps se séparèrent juste le temps pour lui de m'ôter mon sweat zippé de manière frénétique. Il se servit ensuite de ses pouces pour tirer le haut que je portais en dessous vers le bas et sa bouche s'empara de l'un de mes tétons. Christian fit tourner sa langue autour, le suça, et termina avec mon téton durci entre ses dents, tirant brièvement dessus sans délicatesse avant de passer à l'autre sein.

— Laisse-moi te goûter...

J'étais sur le point de lui demander si ce n'était pas déjà ce qu'il faisait, mais les mots se transformèrent en un petit cri strident lorsque je me retrouvai soudain dans les airs. Christian s'était levé alors que j'étais toujours sur ses genoux, mettant une main sous mes fesses pour m'empêcher de tomber. Il me déposa ensuite au bout du lit et se laissa tomber à genoux par terre devant moi.

Ouah !

Il fit glisser mon pantalon le long de mes jambes et fronça les sourcils en constatant que ma culotte n'avait pas suivi.

— Désolé. Je t'en achèterai une autre.

Une fois qu'il l'eut arrachée, je me retrouvai les fesses nues sur son lit. Christian me fit écarter les cuisses et humecta ses lèvres.

— Tu es luisante d'excitation.

Il s'installa entre mes cuisses et ne perdit pas de temps pour commencer à sucer mon clitoris. Je me cambrai sur le lit. C'était si bon et mon corps avait envie de sentir les mains de Christian sur lui depuis si longtemps. Il ne me faudrait pas grand-chose pour jouir.

Christian lécha plusieurs fois mon sexe avant de passer à la vitesse supérieure. Le nez plaqué contre mon clitoris, il me pénétra avec sa langue. Ce fut néanmoins la sensation de friction due à sa barbe naissante qui me fit gémir.

Oooh. Je me contorsionnai alors qu'il me dévorait. Christian tendit le bras et me plaqua sur le matelas d'une main. Je répondis en empoignant fermement ses cheveux, ce qui ne le dissuada pas une seconde de poursuivre.

Sa langue, ses dents, son nez, son visage entier étaient inarrêtables.

Puis il enfonça un doigt en moi.

— *Christian !*

— Continue à crier mon nom, bébé. Ça fait longtemps que je rêvais d'entendre ça.

Ses mots me firent vibrer d'une extase nouvelle, et soudain, c'en était trop.

Beaucoup trop.

Et pourtant, j'en voulais tellement plus.

Oh oui.

Oooh.

Mon orgasme fusa à travers moi et je gémis en l'accueillant.

C'était comme basculer dans le vide au sommet des montagnes russes.

En chute libre.

— C'est ça, ma belle, jouis partout sur ma langue. Tu es vraiment délicieuse...

Au moment où la vague sur laquelle je surfais allait déferler, Christian recourba ses doigts en moi et me pénétra avec plus de vigueur.

— Oh mon Dieu... oui... oui !

Mon corps se relâcha entièrement après cet orgasme et je pantelais, sans plus aucune sensation dans les jambes. Je crus même que j'allais m'endormir, du moins jusqu'à ce que j'entende une voix masculine résonner dans la chambre.

— Christian ?

Je me redressai brusquement avec des yeux effarés, mais Christian se contenta de sourire en me faisant signe de me taire d'un index plaqué sur sa bouche.

— Activer l'intercom. Oui, George ?

— J'ai une livraison du Uncle Moon's Thai House. Je vous fais monter ça ?

— Non, merci. J'ai trouvé quelque chose de mieux à manger ici. Gardez tout. C'est payé. Le pourboire aussi.

— Vous êtes sûr ?

Christian regarda mon corps à moitié nu.

— Absolument. Merci. Désactiver l'intercom.

— J'ai vraiment eu peur ! J'ai cru qu'il y avait quelqu'un dans l'appartement.

Christian ôta son maillot thermique.

— Je ne permettrais à personne de voir ce que j'ai sous les yeux à cet instant, crois-moi.

Il se remit debout, avant de se pencher et de placer deux doigts sous mon menton afin de me faire relever la tête pour que je le regarde dans les yeux.

— Ça va ?

— J'ai le cœur qui bat encore un peu fort après avoir entendu une voix inconnue, mais oui, ça va.

— Je voulais plutôt savoir si tu es OK avec ce qui se passe entre nous.

Je souris d'un air béat.

— Oh, oui. C'était incroyable.

— Tu veux qu'on arrête ?

— Certainement pas. Je pourrais bien te virer de l'équipe si tu t'arrêtes maintenant.

Christian rit.

— OK.

Il ouvrit le tiroir de la table de nuit et en sortit une enfilade de capotes, qu'il jeta sur le lit.

J'écarquillai les yeux.

— Tu ne serais pas un peu prétentieux ?

— Pas du tout, ma belle.

Il baissa les yeux et empoigna le renflement intimidant dans son pantalon.

— Je pense que ça va prendre un moment pour faire redescendre ça. Tu ne te rends pas compte de l'effet que tu me fais.

Christian était un bel homme avec un corps incroyable, et à l'évidence, les parties que je n'avais pas encore vues allaient être à la hauteur du reste de sa personne, mais ce qui faisait battre mon cœur si fort, c'étaient la façon dont il me regardait et les choses qu'il disait. Le sexe ne m'effrayait pas en temps normal, car je savais exactement de quoi il retournait – deux personnes profitant d'une alchimie physique. Avec Christian cependant, des émotions étaient impliquées, que je veuille bien l'admettre ou non.

Mes ruminations intérieures furent interrompues lorsque la main enserrant le renflement dans le pantalon de Christian commença à effectuer des va-et-vient. *Oh là là.* J'étais là en train de perdre du temps à me poser des questions sur l'intimité alors que *cette chose* était ce qu'il y avait de plus préoccupant pour l'heure. Christian se caressa encore un moment, puis il passa ses pouces dans la ceinture de son boxer et se courba en deux pour l'ôter. Lorsqu'il se redressa, j'en restai bouche bée. Elle était longue. Et large. Aussi rigide qu'un tronc, elle rebondissait contre son ventre tout aussi ferme, atteignant presque son nombril.

J'humectai mes lèvres et Christian gémit.

— Oooh, Bella, je veux te sentir autour de moi, je ne peux plus attendre.

Il arracha une capote du lot et ouvrit l'emballage avec ses dents avant de l'enfiler sur son sexe. Puis il m'enlaça un moment avant de me placer avec délicatesse au centre du lit. Lorsqu'il s'allongea sur moi et entrelaça nos doigts, plaçant mes mains au-dessus de ma tête, mon bas-ventre papillonna de nouveau. Il m'embrassa, tendrement au début, mais ce baiser devint rapidement brusque et frénétique. Et j'adorais ça. J'adorais le fait qu'il soit incapable de se maîtriser, parce que je ressentais la même chose. Et j'adorais goûter ma propre saveur sur sa langue.

Christian rompit le baiser et s'écarta pour pouvoir me regarder dans les yeux au moment où il me pénétra. J'étais excitée et prête pour lui, mais même dans cet état, son sexe emplissait tout l'espace. Une sensation proche du soulagement m'envahit tandis qu'il prenait possession de mon corps et je fermai les yeux dans un battement de cils.

— Ne me lâche pas, ma belle, murmura Christian d'une voix rauque. Ressens l'instant présent avec moi.

J'ouvris les yeux et soutins son regard, mais c'était tellement intense entre nous que je sentis des larmes me picoter les yeux.

— Tu veux bien… aller plus vite ?

Christian sourit.

— Pour que tu puisses en finir et te dire que ce n'était que du sexe ? Aucune chance, bébé.

Il me caressa la joue en continuant à me pénétrer à un rythme lent.

— Je suis fou de toi. Je te promets que je te baiserai comme une bête plus tard, probablement en levrette pendant que je te plaquerai la tête sur l'oreiller, mais pour l'instant, je veux que tu ressentes les choses.

Il se pencha et déposa un baiser au-dessus de mon cœur.

— Je veux que tu les ressentes *ici*.

Lorsqu'il replongea ses yeux dans les miens, tout le reste s'estompa dans la chambre, excepté le courant qui passait entre nous. On demeura comme ça un long moment, les yeux dans les yeux alors que Christian effectuait des va-et-vient sensuels. Il finit néanmoins par avoir du mal à se maîtriser. Ses bras tremblaient et sa mâchoire était crispée. Ses pénétrations se firent plus bestiales et il inclina mes hanches afin de pouvoir s'enfoncer plus profond en moi. Lorsque je me mis à gémir, Christian plaqua ses lèvres contre les miennes. J'enroulai mes jambes autour de sa taille et griffai son dos. Mon cœur sprintait vers la ligne d'arrivée en même temps que le reste de mon corps.

— Christian...

Mon deuxième orgasme montait plus vite en puissance que le premier et je commençai à trembler d'anticipation.

— Je suis juste là, avec toi. Jouis autour de ma queue, bébé.

Il ne m'en fallut pas plus. Tendre et cochon, la combinaison fit exploser la bombe en moi. Mon corps se convulsa alors que je criais son nom sans relâche. Christian se mit en branle, accélérant le rythme et me pénétrant en profondeur. Enfin, dans un grognement de plaisir, il s'enfonça jusqu'à la garde et s'immobilisa. Je sentis sa queue tressauter tandis qu'il se déversait en moi.

Éreintée, j'attendais le moment où il allait s'écrouler sur moi ou rouler sur le côté... mais il ne vint jamais. Au lieu, Christian me sourit en m'embrassant et en effectuant de lents va-et-vient en moi, jusqu'à ce qu'il soit obligé de se lever pour aller jeter la capote. Il revint avec un gant de toilette qu'il avait passé sous l'eau chaude. Lorsque je voulus le prendre, il insista pour me nettoyer lui-même. Cela ne fit qu'ajouter à l'intimité qu'on venait de partager.

— Merci, dis-je.

Christian se pencha au-dessus de moi et jeta le gant de toilette. Ce dernier vola à travers la chambre et franchit la porte entrouverte de la salle de bain pour atterrir quelque part à l'intérieur.

— Eh bien, je n'avais jamais songé qu'avoir un bras de *quarterback* pouvait aussi être utile pour ça.

Christian me prit dans ses bras et me repositionna de façon à ce que ma tête repose sur son torse. Allongé sur le dos, il caressait mes cheveux humides.

— Merci.

Je me tournai pour le regarder, le menton dans la main, et souris.

— C'est plutôt à moi de te remercier.

Il écarta une mèche de cheveux de mon visage.

— Ce que je voulais dire, c'est merci de m'avoir donné plus que ton corps. Tu es restée avec moi malgré ton envie de courir dans l'autre sens, en quelque sorte.

J'opinai.

— J'ai moins de mal à donner mon corps à quelqu'un que ma confiance.

— Je sais, mais je te promets que je ne suis pas comme ce type avec qui tu es sortie au lycée ou comme tous ceux que tu as pu aimer et qui n'ont pas été là pour toi. Je ne suis pas non plus comme ton père. Je n'irai nulle part.

Je ressentis un malaise au plus profond de moi.

— Pour combien de temps ?

Christian sembla perplexe.

— Combien de temps je serai dans les parages, tu veux dire ?

J'acquiesçai.

— Je ne vais pas te faire une promesse en l'air en te répondant *pour toujours*, parce qu'il est trop tôt pour ça. Par contre, je peux te promettre que je ne m'évanouirai pas dans les airs sans une explication en te laissant te demander ce qui cloche chez *toi* alors que tu n'aurais rien fait de mal. On est des adultes et si jamais quelque chose ne va pas, on en discutera.

Je pris une grande inspiration puis relâchai mon souffle.

— OK.

— En plus, je suis presque certain que si quelqu'un devait se retrouver avec le cœur brisé dans cette affaire, ce serait moi, pas toi.

Chapitre 17

Christian

— J'adore t'entendre crier mon nom quand tu jouis.

Je passai le gant de toilette entre les cuisses de Bella pour la deuxième fois en autant d'heures et la nettoyai avec des gestes doux.

Elle roula sur le côté.

— Comme si ça ne suffisait pas que des millions de gens portent ton nom sur le dos et qu'ils le célèbrent tous les dimanches.

Je lançai le gant en direction de la salle de bain et il atterrit directement à l'intérieur.

— C'est différent. Quand ça vient de toi, c'est comme si tu ne pouvais pas te contrôler. C'est une facette de toi que tu ne montres pas souvent. Ça doit me rassurer un peu aussi, parce que mes sentiments pour toi sont bel et bien incontrôlables.

Un grondement se fit entendre et semblait émaner de l'estomac de Bella. Je haussai un sourcil.

— Ça venait de toi ?

Elle se couvrit la bouche pour dissimuler son rire.

— Tu t'attendais à quoi ? Tu as refilé mon dîner au portier. Tu vas me nourrir un jour ou quoi ?

Je tendis le bras vers elle.

— Oh, je vais te nourrir, t'inquiète...

Bella pointa le bas de mon corps du doigt.

— Avec cette chose... c'est un peu intimidant de songer à... tu sais quoi.

— Non, je ne sais pas. De quoi parles-tu, Bella ?

Elle me regarda d'un air suspicieux.

— Tu sais très bien de quoi je parle.

Je nous fis rouler sur le lit de sorte qu'elle se retrouve allongée sur le dos, rassemblai ses mains dans l'une des miennes, et les maintins loin au-dessus de sa tête. Mon autre main agrippa sa taille.

— Dis-le. Qu'est-ce que tu trouves intimidant ? Si tu ne le dis pas, je vais te chatouiller jusqu'à ce que tu craches le morceau.

— Que tu peux être égocentrique, ma parole.

Je la chatouillai et elle se tortilla sous moi.

— Arrête... Christian, arrête ! Je vais me faire pipi dessus.

— Dis-le.

— Non !

Je la chatouillai avec plus d'ardeur.

— Arrête !

— Dis-le !

— D'accord, d'accord ! C'est un peu intimidant de songer à te sucer.

Était-ce fou de ma part de commencer à bander juste en l'entendant prononcer le mot *sucer* ? Peut-être, mais je m'en fichais royalement. Je suivis le contour de ses lèvres du doigt.

— Dis-moi encore que tu songes à me *sucer*.

Elle roula des yeux, mais souriait jusqu'aux oreilles.

— Tu me laisseras me lever pour aller faire pipi si je m'exécute ?

— Oui.

— Très bien. Je ne vais jamais te *sucer* si tu continues à me faire dire que je songe à te *sucer*.

Elle rit.

— Tu n'as pas précisé que je ne pouvais rien ajouter à ma déclaration, alors laisse-moi aller aux toilettes, espèce de mufle.

Pendant que Bella était dans la salle de bain, j'attrapai mon téléphone et commandai la même chose que ce qu'on avait demandé quelques heures auparavant. *Je ne peux pas laisser l'estomac de ma copine gronder.* Lorsqu'elle revint en se dandinant, les fesses à l'air, mon sexe reprit vie, comme s'il ne s'était pas trouvé enfoui en elle dix minutes plus tôt. Je me raclai la gorge et tentai d'ignorer cet élan de désir pour la préserver.

— Je viens de commander la même chose que ce qu'on n'a pas eu l'occasion de manger tout à l'heure.

— Ah, super, je meurs de faim.

— Moi aussi.

Je reposai mon téléphone sur la table de nuit.

— Tu as quelque chose de prévu demain ?

Elle fit non de la tête.

— Juste quelques trucs en retard pour le boulot.

— Tu crois que tu pourrais faire ça dans un avion ?

— Dans un avion ? Pour aller où ?

— À Oklahoma City. Mon frère organise une fête surprise pour sa petite amie demain soir.

— Oh, c'est vrai. Il va lui faire sa demande pendant la soirée, c'est ça ?

— Oui. Je prends un vol en début d'après-midi.

— Son équipe joue contre San Francisco demain à treize heures, non ? Je suis étonnée qu'il donne une fête un jour de match.

— Lara sera tout aussi étonnée. C'est pour ça qu'il a choisi un dimanche soir. Elle n'irait jamais imaginer qu'il puisse prévoir quoi que ce soit un jour de match. D'après lui, elle ne se doute pas un instant qu'il va y avoir une fête ou une demande en mariage.

Bella sourit.

— C'est génial.

— Tu vas venir, alors ?

Elle sembla hésiter un moment.

— Je ne sais pas si c'est une bonne idée au vu de notre relation professionnelle. Je sais qu'on n'en a pas encore parlé, mais on devrait peut-être garder notre relation secrète.

Contrairement à elle, je ne me posais aucune question à ce sujet. Je me redressai en position assise.

— Non.

Bella plissa le front.

— Comment ça, non ?

— Je ne cacherai pas la nature de notre relation. Comment serait-on censés faire ça ? En restant tout le temps cloîtrés ?

Elle sourit de façon aguichante.

— Il y a des choses bien pires.

Je sortis du lit et remis mon caleçon, étant donné qu'il n'était pas facile de faire valoir une opinion avec un sexe flasque à l'air libre.

— Ce n'est pas que pour le sexe entre nous, Bella.

— Je sais, mais ce n'est pas la question.

Elle se mit à genoux au bord du lit et me regarda droit dans les yeux.

— Vraiment pas. C'est à propos de mon combat quotidien pour que les gens me traitent de façon professionnelle au sein de l'organisation. C'est encore tout nouveau et je n'ai pas besoin que des ragots viennent ruiner les minces progrès que j'ai pu faire. Les gens parlent déjà de nous à cause de la photo dans le *Post*.

Je la regardai dans les yeux. Elle disait la vérité. Ce qui, bien entendu, me poussa à céder.

— Bon, d'accord. On gardera ça secret… pour l'instant. Mais il n'y a aucune raison que tu ne viennes pas avec moi à la fête. Je ne peux pas risquer de manquer l'entraînement lundi matin, alors je prends un vol privé, pas commercial, et je reviens le soir même. Et ce ne sera pas une si grande fête que ça. Il y aura juste la famille et quelques amis proches. Je m'assurerai que personne ne dise rien à propos de nous.

Elle ne semblait toujours pas convaincue, mais elle acquiesça.

— D'accord.

Je souris.

— Ah, j'aime mieux ça.

Elle tendit le bras et suivit le contour de mon sexe du doigt à travers mon boxer.

— Merci de te montrer compréhensif pour le reste.

— Tu devrais garder tes mains pour toi ou on ne pourra encore pas manger.

Bella se mordit la lèvre d'un air boudeur.

— On a combien de temps devant nous avant que la commande arrive ?

— Trente minutes, d'après l'application.

— Ça me laisse largement le temps de *te* goûter avant ma nourriture.

Elle se pencha en avant et agrippa mes hanches, avant de faire un bisou sur mon gland à travers mon boxer.

Oooh. Je bandai aussitôt.

— Je croyais que tu avais peur de faire ça.

— J'ai un élan de bravoure et j'aimerais te montrer comme je te suis reconnaissante de comprendre pourquoi je veux taire les choses.

Elle baissa mon caleçon sur mes cuisses et me regarda avec les yeux mi-clos.

— Est-ce que tu vas me laisser la dévorer lentement ?

La dévorer.

Mammamia !

Si une femme dit à un homme qu'elle va *dévorer sa queue*, il va se mettre à bander comme un âne, quel qu'il soit, même un homme de quatre-vingts ans qui serait incapable d'y arriver sans Viagra en temps normal.

Je déglutis et hochai la tête pour acquiescer, incapable de prononcer un mot.

Bella agrippa mon sexe et sa jolie langue rose vint lécher les gouttes trahissant mon excitation au sommet de mon gland. Elle releva la tête, me les montrant sur le bout de sa langue, avant de refermer sa bouche et ses yeux avec un sourire de contentement.

Je m'imaginai aussitôt me déversant sur cette langue aguicheuse.

Doucement.

Doucement, bordel.

Allez dire ça à mon cœur, qui bondissait déjà comme un fou dans ma poitrine.

Elle rouvrit les yeux pour s'assurer que je la regardais et accueillit mon sexe dans sa petite bouche chaude. Elle enroula ses doigts autour de la base et continua à descendre jusqu'à ce qu'elle atteigne sa main, puis elle remonta, plaquant sa langue sur ma queue tout du long. Bella leva de nouveau les yeux vers moi, les yeux pétillants alors qu'elle prenait ma main et la plaçai à l'arrière de sa tête. Mes doigts agrippèrent ses cheveux et elle n'eut pas besoin de me guider pour que mon autre main suive. Elle se remit à l'œuvre, montant et descendant, effectuant des va-et-vient avec sa main tout en me suçant. Mais dans l'état d'excitation où je me trouvais, ses mouvements étaient trop lents à mon goût. J'empoignai donc ses cheveux des deux mains pour lui imposer mon rythme, allant plus vite et plus profond, jusqu'à baiser entièrement son visage.

En peu de temps, je sentis l'orgasme monter. Mes bourses se resserrèrent, mes membres commencèrent à fourmiller, et je compris bien vite que le point de non-retour arrivait plus vite que d'habitude. Je me forçai donc à lâcher sa tête et tentai de me retirer, mais Bella était fermement agrippée à mes hanches.

— Bébé...

Ma voix était éraillée.

— Je vais... Il faut que tu t'écartes.

En guise de réponse, Bella me regarda pour me faire savoir qu'elle m'avait entendu, puis elle se remit à me sucer avec encore plus d'ardeur.

Oh la vache, elle va me laisser jouir dans sa bouche.

Ma tête bascula en arrière, mon cou n'étant plus capable de supporter son poids alors que je perdais ma dernière once de contrôle. Je criai son nom en gémissant au moment où j'effectuai une dernière poussée avant de me figer, me déversant dans sa gorge en un flot qui semblait sans fin.

Après coup, j'eus à peine la force d'ouvrir les yeux et je haletais comme si je venais de traverser tout le terrain en courant, même si c'était Bella qui avait fait tout le boulot.

— La vache ! C'était...

Bella s'essuya la bouche et termina ma phrase.

— Bien ?

— Non, bébé. On est loin du compte avec *bien*. C'était comme inscrire le touchdown assurant la victoire à deux secondes de la fin du match, c'est-à-dire *spectaculaire*. Fini le gazon et la glace. Ta petite bouche chaude comme la braise est mon nouveau petit coin de paradis.

Elle sourit.

— Contente que ça t'ait plu, mais on devrait probablement se tenir à trois mètres l'un de l'autre pendant les vingt prochaines minutes. Sinon on n'est pas près de manger.

Je fis courir un doigt à la base de son cou.

— Je ne sais pas si ça va être possible.

Elle pouffa.

— Je pense qu'on devrait s'habiller. Tu pourrais me prêter un tee-shirt ou autre chose ? Je n'ai pas envie de remettre les vêtements que j'ai portés toute la journée.

— Oui, bien sûr.

J'allai jusqu'à mon placard avec l'intention de lui prêter un tee-shirt, mais mes yeux se posèrent sur ma pile de maillots. J'en sortis donc un à la place et le lui lançai.

— Un maillot ?

Elle le déplia et regarda au dos, où mon nom était floqué.

— C'est habituel chez toi ? Tu donnes un maillot à toutes les femmes avec qui tu couches ? Est-ce qu'elles peuvent l'emmener à la maison comme cadeau d'adieu ?

Je me penchai et déposai un baiser sur le sommet de son crâne.

— Ton grand-père m'a toujours dit que cela portait malheur à un joueur de laisser une femme mettre un maillot avec son nom dessus, à moins d'être sûr qu'elle deviendrait sa femme et qu'elle prendrait ce nom.

Bella rit.

— Les athlètes et leurs superstitions ! Je suis étonnée que tu ne croies pas à celle-là.

Je lui adressai un clin d'œil tandis qu'elle enfilait le maillot.

— Qui te dit que je n'y crois pas ?

Le jour suivant, on passa à l'appartement de Bella avant de prendre notre vol afin qu'elle puisse se préparer. Cela semblait incroyable que seulement vingt-quatre heures se soient écoulées depuis que j'étais venu la chercher ici pour aller faire du vélo. On se serait plutôt cru un an après, au regard de notre relation du moins. Les choses se passaient peut-être toujours comme ça quand on était ami avec une femme avant d'aller plus loin. Je ne pouvais pas le savoir, car je n'avais jamais connu ça par le passé, mais ça me plaisait bien. C'était comme si on était déjà proches avant et que l'ajout de la partie sexuelle n'avait fait que nous rapprocher davantage.

Bella ouvrit la porte de la salle de bain et en sortit vêtue d'une robe moulante, les cheveux mouillés et lissés en arrière après la douche. Les lunettes qu'elle portait n'étaient pas les mêmes que d'habitude – couleur écaille de tortue au lieu de noir mat. Elle ressemblait à un rêve érotique devenu réalité.

— C'est nouveau ?

Elle baissa les yeux sur sa robe.

— Ça ?

Je pointai son visage du doigt.

— Les lunettes. Je les aime bien.

— Non, elles ne sont pas neuves, mais celles que j'utilise d'habitude étaient vraiment de travers aujourd'hui. J'ai mis celles-ci pour ne pas me faire chambrer.

Je me levai.

— Eh bien, j'ai plus envie de te sauter qu'autre chose en te voyant avec ça sur le nez.

Bella leva une main devant elle pour m'arrêter.

— Reste où tu es, Knox. Tu ne m'as déjà laissé que quarante-cinq minutes pour me préparer et j'ai dû en passer quinze à me frotter pour me débarrasser de ce sirop d'érable poisseux après ce matin.

On avait fait des pancakes ensemble pour le petit-déjeuner, mais elle était si sexy avec mon maillot sur le dos que j'avais fini par la hisser sur l'îlot de cuisine avant de verser tout le sirop sur elle pour pouvoir le lécher sur son corps. Je souris et me léchai les babines.

— S'il en reste entre tes cuisses, je peux m'en occuper pour toi.

— Je pense que ça va aller.

— Quel dommage !

Bella alla rassembler quelques affaires dans sa chambre, mais comme son appartement était un studio, cette dernière était également son salon et sa cuisine. C'était juste une grande pièce ouverte. Je pris place sur le canapé et l'observai.

Elle sortit une paire de chaussures d'un placard et se tourna vers moi.

— Tu vas me regarder me préparer ?

Je haussai les épaules.

— Je n'ai rien d'autre à faire.

— Eh bien, tu me rends nerveuse. Il faut que tu trouves autre chose pour t'occuper.

— OK.

Je regardai autour de moi.

— Où est ta télé ?

— Je n'en ai pas.

Je grimaçai.

— Tu n'as pas de télé ?

— Je ne la regardais pas souvent et je n'ai pas beaucoup de place, alors quand la dernière que j'ai eue a rendu l'âme il y a deux ans, je ne me suis pas embêtée à la remplacer.

— Ça fait deux ans que tu n'as pas du tout regardé la télé ?

— Je regarde des films avec Miller chez lui parfois. On a aussi regardé tous les matchs des Bruins pendant les deux ans du procès en appel pour l'héritage, avant que je devienne officiellement propriétaire de l'équipe. En dehors de ça, je me sers de mon ordi si je veux regarder quelque chose.

Je jetai un autre coup d'œil à la ronde.

— Comment veux-tu que je m'occupe, alors ?

— Il y a des livres dans la bibliothèque.

Je souris.

— Je vais plutôt jouer à un truc sur mon téléphone.

Quelques minutes plus tard, Bella se séchait les cheveux dans la salle de bain. Je m'ennuyais sur mon téléphone, alors j'allai jeter un œil à ses bouquins. Je ne lisais pas beaucoup, hormis des *playbooks* ou une biographie de temps à autre, mais je me disais que c'était l'occasion de voir ce qui intéressait Bella. L'une des étagères était entièrement dédiée aux langages de programmation informatique – c'était du moins ce qu'il me semblait sans en être vraiment certain. Il y avait également quelques étagères de thrillers judiciaires et autres romans divers. Sur la dernière étagère du bas, c'était sensiblement la même chose, à l'exception d'un livre qui dépassait à une extrémité. Comme il avait une reliure avec des anneaux dorés, je me dis qu'il pourrait bien s'agir d'un album photo et m'en emparai. J'avais vu juste. Une photo était enchâssée dans une petite fenêtre carrée découpée dans la couverture. Je levai l'album vers moi et regardai de plus près la petite fille avec des nattes et des lunettes de travers. Oui. Il s'agissait sans aucun doute de Bella.

J'allai jusqu'à la porte de la salle de bain avec l'album et toquai à cette dernière.

— Entre !

J'ouvris la porte.

— Hé. J'ai trouvé un bouquin qui m'intéresse, finalement. Ça ne te dérange pas si je le feuillette ?

Elle répondit à mon reflet dans le miroir.

— Bien sûr que non. Vas-y.

Mon sourire espiègle avait cependant dû me trahir, car Bella se tourna ensuite vers moi.

— Attends une minute. De quel livre parles-tu ?

— Je ne sais pas. Il n'y a pas de titre.

Elle sembla perplexe.

— Tu as déjà vu un livre sans titre ?

Je souris.

— Oui, j'en ai vu un avec une adorable petite fille avec des nattes sur la couverture.

— Oh, c'est pas vrai !

Elle pouffa.

— J'avais oublié que cet album était dans la bibliothèque.

— Je peux le regarder ?

— Oui, mais on ne parlera pas des photos où j'avais entre dix et douze ans. C'était ma période Hypatia.

— Hypa-quoi ?

— Hypatia. C'était une astronome et une mathématicienne. J'ai fait un résumé de lecture sur elle au collège et j'ai demandé à ma mère de me coiffer comme elle pendant un temps.

— Et elle ressemblait à quoi sa coiffure ?

— Oh, tu verras bien.

Je m'installai de nouveau sur le canapé. Les deux premières pages de l'album comportaient des photos de Bella quand elle était bébé. C'était une petite crevette avec de grands yeux verts alertes et un sourire qui semblait perpétuel sur le visage. Lorsque je passai à la page suivante, je me trouvai momentanément confus. On aurait dit une photo récente de Bella, mais ses cheveux étaient plus foncés et quelque chose semblait différent chez elle. Puis je réalisai que le bébé sur la photo était Bella et que la femme qui la tenait dans ses bras devait être sa mère. *Elle ressemble vraiment à sa mère, ma parole.*

Je regardai Bella grandir au fil des pages. Lorsque j'arrivai aux photos où elle devait avoir environ dix ans, j'en vis une où elle se tenait debout devant une salle de classe, levant une photo d'une femme avec une coiffure à l'ancienne qui avait fait son grand retour parmi les adeptes du style bohème d'aujourd'hui. Ses propres cheveux étaient coiffés en palmier et un bandeau doré ceignait son front, un peu à la manière d'une déesse grecque. La photo n'était pas de très bonne qualité, mais Bella arborait la même coiffure rétro sur les photos des quelques pages suivantes, donc je devinai que la femme sur la photo qu'elle avait alors en main était la mathématicienne sur laquelle elle avait fait un résumé de lecture. Je ne pus m'empêcher de rire en feuilletant les pages correspondant aux deux années suivantes.

Je m'amusais bien jusqu'à ce que l'album se termine brusquement alors qu'il n'était qu'à moitié rempli. Mon cœur vacilla lorsque je réalisai pourquoi. Il n'y avait plus personne pour prendre les photos. Plus personne pour payer pour les faire développer. Plus personne pour se soucier du fait que Bella soit bien rentrée à la maison le soir. Je reposai les yeux sur l'album et vit une jeune ado sur la dernière photo. Bella venait sans doute d'entrer au lycée. Comme sur la plupart des autres photos, elle affichait un sourire aussi rayonnant que ses yeux. Je me sentis mal à l'idée qu'elle n'avait alors aucune idée de ce qui allait arriver.

Étant donné que les photos m'avaient mis mal à l'aise, je me dis que le fait de revoir des photos de sa mère et elle minerait également le moral de Bella. Je décidai donc de me lever pour aller reposer l'album sur l'étagère avant qu'elle sorte de la salle de bain. Ce faisant, un article découpé dans un journal s'en échappa et tomba à terre. Il avait sans doute été plié et rangé entre deux pages vierges ou entre la dernière page et la couverture. Je le ramassai et lus le titre.

Une femme de 34 ans tuée par un chauffard devant le Bruins Stadium

Et moi qui pensais me sentir mal à cause de la fin prématurée de l'album…

Le sèche-cheveux était toujours en marche, alors je laissai ma curiosité l'emporter.

La police d'East Rutherford, dans le New Jersey, est à la recherche d'un chauffard qui a pris la fuite après avoir mortellement blessé une femme de trente-quatre ans. Selon la police du comté de Bergen, la femme était une employée des New York Bruins et marchait vers l'est sur Tremont Avenue, à environ cinquante mètres de l'entrée ouest du Bruins Stadium. Elle a été percutée par un véhicule se dirigeant vers l'ouest et a été déclarée morte sur les lieux. L'accident s'est produit vers une heure du matin, alors que l'employée rentrait chez elle à la fin de son service après le match du soir des Bruins. D'après un témoin, la voiture, décrite comme une voiture de collection rouge, possiblement des années 50, a accéléré et quitté les lieux. Toute personne susceptible de détenir des informations est priée de contacter le département de police du comté de Bergen au 201-557-9999.

Ouah. Bella avait dit que sa mère était morte, mais je ne savais pas qu'elle avait été renversée par un chauffard. À cette époque, je vivais toujours dans l'Indiana et je finissais ma dernière année à Notre-Dame. Je me dis que la nouvelle n'avait pas dû passer aux infos nationales ou que j'étais alors trop centré sur moi-même pour y avoir prêté attention. Bon sang… Bella n'avait même pas un visage à mettre sur le responsable de sa perte. Ce devait être encore pire. Le bruit du sèche-cheveux s'arrêta, alors je replaçai la coupure de presse dans l'album puis ce dernier sur l'étagère, avant de retourner m'asseoir sur le canapé.

Bella arriva enroulée dans une serviette quelques minutes après. Elle regarda autour d'elle.

— Je croyais que tu voulais regarder mes vieilles photos.

— J'ai commencé un jeu sur mon portable et je n'ai pas vu le temps passer, mentis-je.

— Eh bien, je n'aurai pas à me sentir gênée comme ça.

Elle prit un flacon de crème hydratante sur sa table de nuit et retourna dans la salle de bain.

— J'en ai pour environ quinze minutes pour me maquiller et m'habiller.

— Pas de problème.

Vingt minutes plus tard, Bella revint dans une robe de type fourreau vert émeraude avec un décolleté légèrement plongeant et une paire de sandales à lanières argentées. C'était simple, mais ma parole, elle avait l'air phénoménale.

— La fête aura lieu dans quel genre d'endroit ? demanda-t-elle en baissant les yeux sur sa tenue. Je ne savais pas trop quoi mettre. Ce n'est pas trop habillé ?

— Tu es splendide, répondis-je en me levant. Elle se froisse facilement, cette robe ?

— Je ne sais pas. C'est la première fois que je la mets. Je devrais me changer, tu crois ?

— Non. On l'enlèvera, c'est tout.

— L'enlever ?

— Quand j'essaierai de te sauter dans la voiture, et dans l'avion, et sans doute dans les toilettes du restaurant où la fête aura lieu. Tu ne peux pas t'habiller comme ça et t'attendre à ce que je ne te touche pas pendant un long moment.

Elle sourit.

— Je suppose que la robe te plaît, alors ?

— La femme qui la porte me plaît dans n'importe quelle tenue, mais tu es époustouflante avec ça. Tu gardes tes lunettes ?

— C'est ce que j'avais prévu. Tu as dit qu'elles m'allaient bien.

— Et je le redis.

Je la déshabillai du regard de la tête aux pieds avant d'ajouter :

— Tu vas te faire sauter avant qu'on arrive là-bas, c'est sûr et certain...

Chapitre 18

Bella

— Ma mère et mon frère Tyler sont là-bas.

Christian commença à s'avancer dans la salle, mais je restai clouée sur place. On était arrivés au restaurant vingt minutes auparavant, mais il nous avait fallu tout ce temps pour parvenir à entrer, car tout le monde s'était agglutiné autour de Christian pour le saluer. Lorsqu'il sentit une résistance au niveau de nos mains jointes, il se retourna.

— Qu'est-ce qu'il y a ?

— Ta mère est ici ?

Il sembla confus.

— Oui. Pourquoi ?

— Je... je suppose que je n'avais pas pensé au fait que tes parents seraient là.

— Il n'y a que ma mère. Mon père ne viendrait pas à une fête comme ça.

— Mais ta mère est bien là.

— Ça pose un problème ?

— Non, sauf que je vais *rencontrer ta mère.*

Christian esquissa un sourire en coin.

— Oui, ça marche comme ça en général. Deux

personnes se trouvent dans la même pièce et parfois, elles se rencontrent.

— Ce n'est pas drôle, Christian.

— Vu que tu es presque livide, j'en déduis que l'idée de rencontrer ma mère te rend nerveuse ?

— Je n'ai jamais rencontré la mère de personne, Christian.

— Jamais, vraiment ? Tu n'as rencontré que des jeunes dans ta vie ?

Je le regardai de travers.

— Tu sais bien ce que je veux dire.

Christian revint vers moi et me frotta les épaules d'un geste rassurant.

— D'accord, dis-moi tout. Qu'est-ce qui te rend nerveuse dans le fait de la rencontrer ?

— Je ne sais pas. Tout ?

— Tu crois que tu pourrais être un peu plus spécifique ?

— Et si elle ne m'appréciait pas, par exemple ?

— Arrête de cogiter. Elle va t'adorer.

— Comment le sais-tu ?

— Je le sais parce que je t'adore, moi. Et ma mère ne souhaite que mon bonheur. En plus, je ne lui ai jamais présenté une petite amie avant, alors elle va être vraiment ravie de faire ta connaissance.

Les yeux me sortirent de la tête.

— Tu crois que ça va m'aider à me sentir mieux de savoir que tu ne lui as jamais présenté quelqu'un avant ? Ça me met encore plus la pression. Imagine qu'elle me dise bonjour et que je me lance dans un discours à propos des avancées dans le domaine des algorithmes de cryptage.

— Pourquoi ferais-tu ça ?

— Tu sais bien ce qui arrive quand je suis nerveuse.

Christian sourit.

— Oui, je sais. Tu es adorable.

— Christian...

Je jetai un œil par-dessus son épaule et vis sa mère se diriger vers nous avec un grand sourire aux lèvres.

— Oh, là là, elle arrive...

Christian se tourna et sa mère ouvrit grand les bras.

— Te voilà !

Elle étreignit son fils pendant un long moment, avant de tourner les yeux vers moi.

— Vous devez être Bella ?

Je regardai Christian, qui lut la confusion sur mon visage.

— Je lui ai envoyé un message pendant que tu te préparais pour lui dire que je viendrais accompagné.

Je lui adressai un sourire mielleux qui n'allait pas de pair avec mon regard noir.

— Oh. Tu as bien fait de la prévenir.

Je tendis la main à sa mère.

— Ravie de vous rencontrer, madame Knox.

Elle ouvrit les bras et m'attira dans une étreinte.

— Juste Priscilla. Je suis vraiment contente de vous voir. Christian est généralement très discret à propos de sa vie privée. Vous êtes comme ça aussi ? Je me dis que les filles se confient certainement plus à leurs mères.

Comme j'avais sans doute l'air d'un lapin pris dans les phares, Christian intervint. Il passa un bras autour des épaules de sa mère et désigna d'un geste du menton l'homme debout à côté d'elle.

— Avant que tu étouffes Bella, maman, laisse-moi lui présenter l'officier Knox.

Le frère de Christian tendit la main vers moi avec un sourire chaleureux.

— Tyler. Enchanté, Bella.

— Alors, c'est quoi l'histoire avec cette demande en mariage, maman ? Ce sera avant le dîner ou après ?

— Je ne sais pas trop. Pourquoi ?

Christian regarda sa montre.

— Parce qu'il n'est pas loin de dix-huit heures ici, et donc de vingt heures à New York, et j'ai un entraînement demain matin.

Sa mère parut étonnée.

— Tu ne peux pas le rater pour une fois ?

Il me regarda.

— Je pourrais, mais la nouvelle proprio est du genre tyrannique.

Priscilla sembla encore plus étonnée, puis elle comprit la blague et rit.

— Oh, j'avais oublié que tu m'avais dit que Bella était la nouvelle propriétaire. Est-ce que ça ne veut pas dire qu'elle peut te donner la permission de rester un peu plus longtemps et de manquer un entraînement ?

— C'est plutôt le coach qui décide de ça, maman, mais il faut que j'aille à l'entraînement. J'en ai déjà raté assez comme ça avec ma blessure au genou.

Une femme en chemise blanche avec une veste et un pantalon noirs arriva à notre hauteur.

— Madame Knox, nous avons un invité qui est sur la liste, mais pas sur le plan de table. Pourriez-vous nous aider à lui trouver une place adéquate ?

— Oui, bien sûr.

Elle se tourna vers nous.

— Le devoir m'appelle. Je reviens tout de suite. Ton frère est un peu en retard. Il devrait arriver d'ici quinze minutes. Tyler, tu veux bien venir m'aider avec le plan de table, s'il te plaît ?

— Pas de problème, maman.

Je poussai un soupir de soulagement tandis qu'ils s'éloignaient.

Christian me regarda d'un air surpris.

— C'était si terrible que ça ?

— Non, pas du tout. Ta mère est très gentille. Je suis juste… nerveuse.

Christian me prit par la main.

— Viens, on va prendre un peu l'air avant que Jake arrive, ou avant que quelqu'un d'autre nous alpague et que tu finisses par t'enfuir en courant.

On emprunta un couloir à l'arrière du restaurant et Christian ouvrit la porte qui se trouvait au bout. On se retrouva alors dans une petite cour abritée et il sortit quelque chose de sa poche pour le coincer entre le pêne et le chambranle afin d'empêcher la porte de se refermer.

— C'est la carte que tu as apportée pour ton frère que tu viens de coincer dans la porte ?

— Oui.

— Elle va être toute froissée. On pourrait plutôt trouver une pierre ou autre chose, non ?

Christian réfuta cette idée d'un geste de la main.

— Il s'en fichera royalement si elle est froissée avec un peu de graisse de serrure dessus. Surtout quand il aura vu le cadeau que je lui ai apporté. Il va sûrement faire sa chochotte et se mettre à chialer.

Je n'avais pas vu Christian descendre de l'avion avec un quelconque cadeau.

— Qu'est-ce que tu lui as pris ?

— Un dollar.

Je ris.

— Ton frère va fondre en larmes pour un dollar ?

— C'est un dollar spécial.

— Qu'est-ce qui le rend si spécial ?

— C'est notre dollar de la victoire. Quand on avait onze ou douze ans, on était les deux meilleurs de l'équipe d'athlétisme. Chaque semaine, l'un de nous battait le record de l'autre. On est super compétitifs et pratiquement identiques physiquement, alors c'était la chaise musicale pour la place du vainqueur, selon la volonté de chacun. Un jour, à la fin de l'entraînement, on a vu un dollar dans l'herbe au même moment. On a plongé pour l'attraper et il a fini déchiré en deux.

Je souris.

— Je vous vois bien le faire encore aujourd'hui...

— Aucun doute là-dessus. Bref, on s'est disputés pendant plusieurs jours pour savoir qui devrait donner sa moitié de dollar à l'autre, jusqu'à ce que j'ai l'idée de génie de faire la course pour nous mettre d'accord. Le perdant devrait céder sa moitié de dollar au vainqueur. J'ai gagné et il a dû s'asseoir à table et me regarder scotcher les deux moitiés ensemble ce soir-là. Mais je n'ai jamais dépensé ce dollar. On jouait tous les deux au volley au printemps et Jake a remporté le titre de meilleur joueur à la fin de la saison, alors je lui ai redonné le dollar. En vingt ans, ce dollar a fait plusieurs allers-retours entre nous. Aucun de nous n'est vraiment doué pour faire des compliments à l'autre, alors quand on se passe ce dollar, c'est comme si on disait : *Je suis fier de toi. Tu t'es bien débrouillé.* Mais jusqu'à maintenant, on ne l'a remis à l'autre que pour des événements sportifs.

— Oooh... c'est vraiment adorable.

Christian tenta de jouer les modestes.

— C'est surtout parce que je suis radin.

Je passai mes bras autour de son cou.

— Je ne vous crois pas, monsieur Knox. Sous cette carapace solide se cache un homme au cœur ramollo.

Il caressa mes bras.

— Lara est une femme géniale. Elle est trop bien pour cet ours sans cervelle.

— Cœur ramollo, le taquinai-je.

— Je vais te montrer si je suis ramollo...

Christian captura mes lèvres de façon bestiale et torride. Il enserra ma joue d'une main en faisant encore davantage monter la température, et lorsque ce baiser prit fin, c'est mon *cerveau* qui était ramollo.

Il me regarda avec intensité.

— Tu veux te marier et avoir des enfants un jour, boss ?

Mon cœur vacilla.

— Je n'y ai jamais vraiment réfléchi, pour être honnête. La plupart de mes relations n'ont jamais duré assez longtemps pour que je commence à rêvasser à propos de ma robe de mariée ou de prénoms pour nos enfants.

— Je ne suis pas sûr que c'est la longueur d'une relation qui donne envie de réfléchir à un avenir avec quelqu'un. C'est plus une question de feeling, je pense.

Ses mots et la façon dont il me regardait me firent l'effet d'une bombe et je sentis que j'avais la bouche sèche en déglutissant.

Après un court instant, Christian sourit.

— J'en veux toute une tribu, moi – d'enfants, je veux dire, puisque tu m'as posé la question, déclara-t-il en me faisant un clin d'œil.

— Il y en a combien dans une tribu ?

Il haussa les épaules.

— Six ou huit, peut-être ?

Mes yeux jaillirent de leurs orbites.

— Tu veux *six ou huit enfants* ?

Il sourit.

— Non. Deux ou trois devraient suffire. Du coup, tu trouves ça moins effrayant, non ? Tu vois, je commence à comprendre comment il faut te présenter les choses.

Je lui donnai une tape amicale dans les abdos.

— Quel crétin !

Christian rit.

— Allez, viens. On ferait mieux de retourner à l'intérieur si on ne veut pas rater leur arrivée.

—⁓—

Les mains de Jake Knox tremblaient alors qu'il posait un genou à terre. Voir un homme d'une telle carrure aussi nerveux avait quelque chose de très attendrissant. Vers la fin du dîner, il avait fait venir Lara au centre de la salle pour porter un toast en l'honneur de son anniversaire. Elle fut visiblement choquée lorsque ce moment prit une tout autre dimension, mais elle sauta au cou de Jake alors qu'il avait toujours un genou à terre et fit tomber le colosse à la renverse. La bague vola dans les airs et il dut la chercher à tâtons sous les huées, les cris, et les rires de tous. Je regardai Christian et le vis avec les larmes aux yeux.

— Tu pleures !

Il s'essuya les yeux d'un revers de main.

— Non, pas du tout. Il y avait trop de piment dans mes pâtes.

Je ris.

— C'est ça, oui.

Il passa un bras autour de mes épaules et me serra contre lui.

— Il s'est bien débrouillé.

Peu de temps après, on dut partir pour l'aéroport. Il n'était que neuf heures ici et la véritable fête ne faisait que commencer lorsqu'on était partis, mais il était déjà vingt-trois heures à New York et il nous fallait encore rentrer avant de pouvoir nous coucher pour être en forme au boulot le lendemain matin. Pour ma part, même si j'étais fatiguée demain, j'avais au moins la certitude que je ne me retrouverais pas plaquée à terre par un *lineman* de cent-trente kilos.

Le petit avion privé que Christian avait affrété avait de grands sièges inclinables. On s'installa l'un en face de l'autre pour le décollage, mais une fois l'avion dans les airs, Christian inclina son siège et me fit signe de le rejoindre.

— Viens par là.

— Où ça ?

Il tapota son torse.

— Allonge-toi sur moi.

Je pointai un index réprobateur vers lui.

— Je ne vais pas forniquer avec toi sur ce siège. Ni où que ce soit dans cet avion, d'ailleurs.

Il sourit.

— Je veux juste te prendre dans mes bras.

Cet homme était irrésistible lorsqu'il affichait son côté vulnérable, alors je me détachai et allai me blottir contre lui.

Christian se mit à caresser mes cheveux.

— Merci d'être venue avec moi.

— J'ai passé un bon moment. Je n'en reviens toujours pas de la ressemblance entre ton frère et toi. Ça m'a quand même fait bizarre de regarder l'homme avec qui je couche poser un genou à terre pour faire sa demande à une autre femme.

La main de Christian s'immobilisa sur ma tête.

— Tu crois qu'on pourrait dire *petit ami* ?

J'affichai un air perplexe.

— Comment ça ?

— Au lieu de *l'homme avec qui je couche*.

— Oh.

Il me regarda dans les yeux.

— Au cas où ce ne serait pas clair, c'est ce que je voudrais être – ton petit ami.

— Qu'est-ce que ça veut dire pour toi ?

— Ça veut dire passer régulièrement du temps ensemble. Dormir chez l'un ou chez l'autre parfois. Être honnête l'un envers l'autre et se soutenir mutuellement. Ça veut aussi dire qu'on ne couche avec personne d'autre. On ne sort pas non plus avec quelqu'un d'autre.

Christian marqua un temps d'arrêt pour être certain d'avoir toute mon attention.

— Et surtout pas avec Julian.

— Je n'ai pas repensé à lui depuis le soir où tu es venu saborder notre rencard.

— J'ai peur de te faire fuir en t'en demandant trop, mais en même temps, il faut bien que je sois réaliste. Je perdrais la boule si tu sortais aussi avec un autre gars. Ce n'est pas une question de jalousie maladive. J'ai déjà eu des relations où chacun était libre de faire ce qui lui plaisait, mais avec toi, je me sens possessif. Tu serais d'accord pour une relation exclusive ?

Je pris le temps d'y réfléchir avant d'opiner.

— Je n'aimerais pas non plus te voir avec quelqu'un d'autre.

Christian m'embrassa sur le front.

— Parfait, plus de malaise à ce sujet, alors.

Je ne me sentais pas réellement à l'aise avec tout ça, mais j'espérais que ça viendrait avec le temps.

— Tu sais ce que ma mère a dit pendant que tu parlais avec Jake et que je lui disais au revoir ?

— Quoi, donc ?

— Elle a dit que c'était bien la première fois qu'elle m'entendait employer autant le *on*.

— Je ne comprends pas...

— Elle a demandé si je viendrais la voir en Floride cette année quand la saison serait finie. Je lui ai dit qu'*on* trouverait un créneau. Elle a aussi demandé pourquoi je devais partir si tôt et j'ai répondu qu'*on* se levait de bonne heure demain. J'ai dit *je* pendant si longtemps qu'elle a tout de suite remarqué l'emploi du *on*. Le plus drôle, c'est que je l'ai fait sans réfléchir. C'est sorti comme ça parce que je me vois avec toi dans le futur.

J'avais toujours eu peur de songer à un avenir avec quelqu'un, parce que j'avais rarement pu compter sur quelqu'un au cours de ma vie, mais j'avais envie d'y croire avec Christian. Je souris.

— Tu devrais dormir un peu.

— Toi aussi, ma belle.

— Oui, je devrais. Tu sais qu'il y a des gens qui ne dorment que quatre heures par nuit et qui pètent la forme au réveil ? Eh bien, je n'en fais pas partie.

J'allais me lever, mais Christian me maintint en place.

— Où vas-tu comme ça ?

— Je dois aller attacher mes cheveux avant de dormir.

Il me libéra et j'allai chercher un élastique dans mon sac à main. Christian me regarda rassembler mes cheveux et les attacher en une queue-de-cheval haute. Je me rallongeai ensuite dans le fauteuil inclinable avec lui et il rabattit une couverture sur nous.

— Tu devrais faire des nattes, dit-il avec un sourire amusé. Comme quand tu étais à l'école primaire. Et porter un uniforme scolaire aussi peut-être...

Je levai la tête pour le regarder en face.

— Je croyais que tu n'avais pas regardé mon album photo ?

Christian ferma les yeux.

— Désolé. J'ai menti. Je l'ai regardé.

— Pourquoi as-tu menti à propos de ça ?

— Je ne sais pas, c'était stupide, mais il se termine de manière si brutale quand tu étais ado que ça m'a rendu triste. Je me suis dit que tu te sentirais peut-être mal si tu me trouvais le feuilletant en sortant de la salle de bain.

— C'est vrai que ça me rend un peu triste de le regarder.

— Tu veux toute la vérité ? J'ai aussi lu la coupure de presse. Elle a glissé de l'album quand j'allais le remettre à sa place.

— Je ne sais même pas pourquoi je garde ça.

— Je ne savais pas que ta mère avait été renversée par

un chauffard. Est-ce qu'ils ont fini par mettre la main sur lui ?

— Malheureusement, non. L'enquête est restée ouverte pendant un an, mais ils n'ont jamais retrouvé le coupable. L'accident a eu lieu près d'une des entrées du stade, où il y a une caméra qui filme toutes les voitures qui entrent et qui sortent, mais elle ne fonctionnait pas à ce moment-là.

— Et les témoins ? L'article disait qu'il y en avait au moins un.

— Il y en avait deux. Ils ont tous les deux dit que c'était une sorte de voiture de collection, mais quand la police leur a montré les photos, leurs souvenirs étaient très différents. L'un deux a désigné une Ford Thunderbird bleue des années 50 et l'autre a choisi une Jaguar rouge. L'inspecteur chargé de l'affaire a dit que les témoins oculaires d'un événement traumatisant n'étaient jamais fiables. La police a trouvé un morceau de phare cassé sur les lieux. En se basant sur le matériau dont il était fait, la seule chose qu'ils pouvaient affirmer, c'était que la voiture datait d'avant 1957.

Christian sembla perplexe.

— L'une des voitures décrites était une Thunderbird bleue des années 50 ?

— Oui, pourquoi ?

Il se tut pendant un instant.

— Non, rien.

Je calai ma tête sur le torse de Christian.

— Je suis crevée.

Christian déposa un baiser sur le sommet de mon crâne et resserra ses bras autour de moi.

— Endors-toi.

Chapitre 19

Bella

— Allez, allez, allez, allez, allez !

Talia me regarda en souriant.

— Tu es vraiment à fond dans le match.

Miller était assis de l'autre côté de moi dans le coin salon extérieur de la loge du propriétaire au Bruins Stadium. Il se pencha en avant.

— Elle se tape le *quarterback*.

Talia écarquilla les yeux.

— C'est vrai ? Tu as décidé de sortir avec Christian finalement ?

— Oui, c'est tout récent. J'allais te le dire aujourd'hui, mais c'est la première fois de la journée qu'on n'a pas vingt ados autour de nous. Et bien sûr, celui-là ne pouvait plus se retenir, il fallait qu'il crache le morceau, dis-je en pointant Miller du pouce.

Miller se pencha par-dessus moi vers Talia.

— Elle ne veut pas me dire si elle est grosse ou non, mais j'ai un tableau Pinterest avec un tas de photos de lui torse nu si tu veux.

Talia rit. Elle connaissait bien Miller.

Le match d'aujourd'hui était le premier où Christian était de retour sur le terrain et j'avais également organisé la fête d'anniversaire de Wyatt. Heureusement, l'hôtesse de la loge, Miller et Talia faisaient pratiquement tout le boulot et je pouvais me concentrer sur le match.

— Vous couchez juste ensemble ou c'est plus sérieux ? demanda Talia.

Miller se pencha de nouveau en avant.

— Elle voulait juste coucher avec lui, mais il n'était pas d'accord avec ça. C'est son petit ami maintenant. Notre petite chérie a un copain, tu y crois, toi ? Je vais mettre les choses au clair tout de suite. *Je* serai le témoin et toi tu te contenteras d'être une demoiselle d'honneur.

Je le regardai d'un air incrédule.

— Je crois que tu t'emballes un peu, là.

— Oh que non ! Tu devrais voir comment il la regarde, Talia. Il était là tout à l'heure, quelques heures avant le match. La princesse ici présente ne veut pas que ça se sache, alors il ne la touche pas en public, mais il la regarde comme s'il voulait la bouffer tout cru. En parlant de ça...

Il se tourna vers moi.

— Est-ce que tu pourrais au moins me dire s'il fait ça bien ?

Je l'ignorai et ouvris mon classeur à trois anneaux pour noter qu'on n'avait pas converti au troisième *down*.

Miller se leva.

— Change de place avec moi. Vous empêchez la circulation des ragots, toi et ce fichu classeur.

Je lui lançai un regard noir, mais changeai de place avec lui – pour pouvoir me concentrer sur le match et noter les stats dont j'avais besoin, et non pour encourager le besoin constant de Miller de parler de ma relation. Durant une coupure publicitaire, ce dernier alla aux toilettes et je remarquai que Talia se tenait le côté droit.

— Ça va ? Tu te tiens les côtes. Je t'ai vu faire ça tout à l'heure aussi.

— Oui, ça va. Juste un petit problème d'estomac, sans doute. Wyatt m'a demandé de l'emmener manger des tacos pour son petit-déj'euner d'anniversaire. La sauce ranchero a toujours du mal à passer.

Je passai un bras autour des épaules de mon amie.

— Tu m'as manqué. J'ai l'impression que ça fait des lustres que je ne t'ai pas vue.

— Je ne vois pas trop comment je pourrais te manquer si tu fricotes avec Christian Knox, mais tu m'as manqué aussi, répondit-elle en posant sa tête sur mon épaule.

— Quoi de neuf de ton côté ?

— Pas grand-chose… ah si ! J'allais oublier de te dire que Wyatt a été invité par deux autres entraîneurs à venir visiter leurs écoles – Michigan State et Ohio. Quand j'ai dit à l'entraîneur de la MSU que je ne savais pas trop quand je pourrais l'emmener, il a proposé d'envoyer un ancien élève le chercher – un *kicker* qui a aussi joué en NFL pendant quelque temps. J'ai oublié son nom.

— C'est génial !

— Carrément, et tout ça, c'est parce que tu as amené les journalistes au match de Wyatt.

— Je ne peux pas m'attribuer le mérite pour ça. C'est Christian qu'ils suivaient.

— Eh bien, j'espère avoir la chance de pouvoir le remercier en personne. J'aimerais bien rencontrer l'homme qui a réussi à te convaincre de devenir sa petite amie à plein temps.

Je souris.

— Tu vas le voir. Il a dit qu'il monterait dès que possible après le match pour passer un moment avec Wyatt et ses coéquipiers.

— Mon Dieu, ils vont être comme des dingues.

Mon téléphone vibra dans ma poche. Lorsque je le sortis, je vis le nom de Julian affiché sur l'écran. Il m'avait laissé deux messages cette semaine et je ne l'avais pas encore rappelé.

Talia remarqua de qui provenait l'appel.

— J'allais te demander où tu en étais avec lui. Est-ce que c'est fini ? Tu l'aimais bien, non ?

— Je pense toujours qu'on est vraiment compatibles. Les algorithmes polynomiaux ne mentent pas, c'est sûr. On a beaucoup de choses en commun au niveau de nos goûts, nos centres d'intérêt, notre caractère, nos expériences passées, nos valeurs et nos croyances. Julian et moi, on matcherait à quatre-vingt-dix-neuf pour cent sur Hinge, alors que Christian et moi, on serait sans doute aux extrémités opposées. Julian et moi, ça tombe sous le sens. Christian et moi, non.

— L'amour n'est pas toujours sensé, Bella. Il peut-être irrationnel.

— L'irrationnel me donne de l'urticaire.

Talia rit.

— Je sais bien. Tu te souviens de ce garçon avec qui je sortais, Rory ?

— Bien sûr. Vous êtes restés ensemble pendant presque un an.

— Je voulais vraiment l'aimer. Il a accepté mon fils et il l'adorait, et il était si gentil avec moi. Je me suis même assise un soir pour écrire une liste de toutes les raisons pour lesquelles je l'aimais. Quand j'ai eu fini, j'ai réalisé que j'avais en fait noté les raisons pour lesquelles je l'aimais *bien*. L'amour n'est pas facile à décrire. C'est un sentiment, plus abstrait que concret, et on se retrouve bien souvent à aimer quelqu'un qui non seulement ne cochait pas toutes les cases sur notre checklist du partenaire idéal, mais qui en plus a rajouté des cases sur la liste correspondant à des choses qu'on voulait sans même le savoir.

— Oui, comme le fait de se sentir en sécurité. Jamais je n'aurais imaginé ajouter cette case à une liste de choses que je recherchais chez un partenaire. Je me débrouille toute seule depuis que j'ai quinze ans et je suis fière d'être indépendante, mais quand Christian me prend dans ses bras, je me sens en sécurité, et ce n'est pas seulement physique. J'ai l'impression que je peux lui faire confiance pour me protéger, alors que je n'avais pas conscience d'avoir besoin d'une quelconque protection.

Talia m'étreignit.

— Je suis tellement contente que tu aies trouvé quelqu'un.

Miller revint des toilettes avec une bouteille de vin et trois verres. Il leva le tout devant lui.

— Je pourrais m'habituer à cette vie. L'hôtesse a apporté ça pour nous.

Je souris.

— Je vous laisse en profiter. C'est presque la mi-temps, alors je vais descendre pour voir mon grand-père avant que tout le monde se lève pour aller à la buvette ou aux toilettes.

— Pourquoi il n'est pas venu ici pour voir le match ? demanda Talia. Il s'est dit que ce serait trop difficile de se concentrer sur le match avec vingt ados dans les pattes ?

— Non. Il adore s'asseoir derrière le banc de touche de notre équipe. Il a l'impression d'être au cœur de l'action comme ça.

— Eh bien, va faire ce que tu as à faire alors, dit Miller, mais je ne te garantis pas qu'il restera la moindre goutte dans cette bouteille quand tu reviendras.

— Ne t'inquiète pas pour ça. L'hôtesse a remarqué que tu avais amené de la Mike's Hard Lemonade la dernière fois que tu es venu ici, alors elle en a mis un stock dans le frigo.

Je descendis et allai m'asseoir avec mon grand-père jusqu'au début du troisième quart-temps. Je serais bien restée plus longtemps, mais aujourd'hui, il était accompagné d'une dame de la communauté dans laquelle il vivait. J'avais eu l'impression d'interrompre un rendez-vous galant, même s'il ne l'aurait jamais admis.

Après le match, on passa au gâteau d'anniversaire de Wyatt et Talia le laissa ouvrir tous les cadeaux que les autres ados avaient apportés. Un peu plus tard, Christian arriva et les garçons se ruèrent sur lui. Il avait à peine mis un pied dans la loge qu'il était entouré d'adolescents qui le questionnaient sans relâche et le félicitaient pour la victoire que l'équipe venait de remporter. Je n'eus même pas l'occasion de lui parler avant qu'il dise aux garçons qu'il voulait aller se désaltérer.

Je lui présentai Talia et Miller le salua tandis que j'allais lui chercher une bouteille d'eau.

— Je crois que j'ai un petit truc dans l'œil, dit Christian lorsque je revins. C'est sans doute un brin d'herbe. Ça arrive souvent. Tu veux bien venir avec moi pour m'aider à l'enlever ?

Il désigna les toilettes avant d'ajouter :

— L'éclairage est meilleur là-dedans.

— Oui, allons-y.

On se rendit dans les toilettes et Christian referma la porte derrière nous, avant de me faire brusquement virevolter pour me plaquer contre cette dernière. Le petit cri de surprise qui m'échappa fut étouffé par un baiser que l'on pourrait qualifier d'épique – le genre de baiser qui vous court-circuitait le cerveau et vous poussait à enrouler vos jambes autour d'une taille. J'en oubliai même qu'il y avait vingt enfants juste de l'autre côté de la porte.

Puis Christian émit un gémissement guttural que je sentis fuser à travers nos lèvres jointes et se propager dans tout mon corps, avant de terminer sa course en un feu d'artifice entre mes cuisses. Lorsqu'on s'interrompit pour reprendre notre souffle, j'étais si excitée que je l'aurais sans doute laissé me prendre contre cette porte. Fort heureusement, l'un de nous avait conservé une once de décence.

Christian posa son front contre le mien.

— Salut, toi.

Je souris.

— J'aime ta façon de me dire bonjour.

Il caressa mes lèvres du pouce.

— Attends de voir comment je vais te dire *tu m'as manqué ces derniers jours* plus tard.

— Oh, vraiment ?

Les yeux de Christian pétillaient.

— Viens chez moi ce soir. On pourra commander à dîner et célébrer la victoire ensemble.

J'avais totalement occulté le match.

— Tu as été incroyable aujourd'hui. Félicitations, c'était une belle victoire pour ton premier match depuis ton retour.

— Merci. Qu'est-ce que vous avez prévu avec tes amis pour ramener tous ces gosses chez eux ? Le train, comme à l'aller ?

— Oui. On a dit à leurs parents qu'on les raccompagnerait jusque dans le quartier de Wyatt. Ils finiront tous le trajet à pied ou en métro une fois rendus là-bas.

— Et si je vous ramenais ? J'avais prévu de prendre le minivan de l'équipe pour raccompagner ton grand-père chez lui, mais le coach a dit que c'était son amie qui allait le reconduire. C'est qui, d'ailleurs ?

— Elle habite dans la même communauté que lui.

— Est-ce qu'ils avaient un *rencard* aujourd'hui ?

Je haussai les épaules.

— Je ne sais pas. Je me suis posé la même question. Quand j'irai lui rendre visite cette semaine, je mènerai l'enquête.

Christian me signifia son approbation d'un hochement de tête.

— Alors, ça te va si je raccompagne les enfants ?

— Oui, je pense qu'ils vont être ravis, mais est-ce qu'il y a assez de place pour tout le monde dans le minivan ?

— Il y a six banquettes de chaque côté. Les joueurs prennent chacun une banquette d'habitude, mais il y a de la place pour deux, donc ça fait vingt-quatre places, plus celles du chauffeur et du passager à l'avant.

— C'est tout bon alors, il y a vingt gamins et Talia. On peut ramener Miller aussi ?

— Pas de problème. Tu viendras chez moi après ?

— Est-ce que c'est la condition pour ramener les enfants ?

Le visage de Christian se décomposa.

— Non.

Je souris.

— Alors oui.

— Tu me faisais marcher, hein ? ronchonna Christian. Viens donc me redonner cette bouche avant que je te laisse sortir d'ici.

Christian m'embrassa une seconde fois de façon épique. Lorsque notre baiser prit fin, il me reposa avec précaution sur mes pieds et lissa mes cheveux.

— Tu ferais mieux de sortir d'abord. Il va me falloir une minute, dit-il en baissant les yeux sur lui.

Je suivis son regard.

— La vache. On dirait plutôt qu'il va te falloir une bonne heure.

Il m'embrassa sur le front.

— Je te rejoins dans un moment.

Le regard de Talia s'illumina lorsque je sortis des toilettes. Elle me prit par le bras et murmura :

— Je sais ce que tu faisais là-dedans. C'est écrit sur ton visage.

Je touchai ma joue.

— Arrête, vraiment ? Ça se voit ?

Elle sourit.

— Tu es toute rouge et tu as le regard dans le vague.

— On s'est juste embrassés, je le jure.

— Ça devait être un sacré baiser…

Ma vision devint floue rien qu'en y repensant.

— Il embrasse tellement bien.

Talia me donna un coup d'épaule.

— OK, j'ai dit que j'étais contente pour toi, mais tu me rends jalouse maintenant.

Une heure plus tard, on faisait monter les garçons dans le minivan. Ils étaient vraiment exaltés d'avoir pu accéder au parking souterrain situé sous le stade, où le minivan était garé. Lorsqu'on arriva devant l'immeuble de Talia, les enfants descendirent du véhicule et serrèrent tour à tour la main de Christian tandis que je disais au revoir à Talia.

— Merci encore pour tout. C'était le meilleur anniversaire de sa vie.

Talia grimaça et se tint de nouveau le côté droit.

— Ça va ? Tu as encore mal ?

— Oui. J'ai juste trop bu et trop mangé.

Après environ vingt secondes, son visage reprit une expression normale et elle sembla de nouveau aller bien, mais cette douleur récurrente aujourd'hui ne me disait rien qui vaille.

— Je veux que tu me promettes de m'appeler si ça se reproduit, ou au moins d'aller aux urgences et de m'appeler après, d'accord ?

Elle mit son sac à main en bandoulière et écarta le problème d'un geste de la main.

— Oui, maman.

Je secouai la tête et l'embrassai sur la joue.

— Je t'appelle demain pour voir comment ça va.

— C'est gentil, merci.

Nos yeux se tournèrent vers Wyatt, qui était en train de discuter avec Christian.

— Il a l'air vraiment chouette. Ne mets pas les voiles avec celui-là. Donne-lui une chance. Quand je vois comment vous vous regardez tous les deux, je me dis que ça pourrait bien être le bon pour toi.

J'observai Christian et Wyatt se faire un check qui témoignait de la familiarité qui s'était installée entre eux, puis je tournai de nouveau les yeux vers Talia.

— Tu as peut-être raison. Ça pourrait bien être le bon. Reste à savoir si c'est le bon pour une vie avec moi ou pour me briser le cœur.

Chapitre 20

Christian

— C'est le tien.

Je me penchai pour débrancher le téléphone en train de vibrer et le passai à Bella. Elle était dans le coltard, mais lorsque je lui dis que c'était Talia, elle se redressa aussitôt.

— Talia ne m'appellerait jamais à trois heures du matin pour rien.

Elle décrocha sans perdre de temps.

— Allô ?

Je l'écoutai, ne sachant pas ce que Talia disait à l'autre bout du fil.

— Oh non, dit-elle en rabattant les draps. Tu es où, là ?

Silence.

— Wyatt est avec toi ?

Re-silence.

— OK. J'arrive, je me dépêche.

Bella raccrocha et bondit hors du lit.

— Qu'est-ce qui se passe ?

Je me levai et commençai à enfiler mon caleçon avant même de savoir pourquoi je m'habillais.

— Talia fait une crise d'appendicite. Elle doit être opérée en urgence.

Bella se mit à arpenter la chambre à la recherche des vêtements que je lui avais ôtés quelques heures auparavant.

Je ramassai son soutien-gorge et le lui tendis.

— Où est-elle ?

— Au Lennox Hill, avec Wyatt.

J'attrapai mon portable.

— Je vais appeler un Uber. Ce sera plus rapide que de sortir le pick-up du garage.

— Merci.

Une demi-heure plus tard, on trouva Wyatt attendant dans le hall des urgences. Il était assis sur une chaise en plastique orange, la tête entre les mains. Bella se précipita à son côté. Je restai derrière elle, une main posée sur son épaule.

— Wyatt ? Qu'est-ce qui se passe ? Où est ta mère ? demanda-t-elle.

Wyatt se leva et l'étreignit.

— Ils viennent de l'emmener au bloc. Ils ont dit qu'elle avait une infection du sang.

Il lâcha Bella et se passa une main dans les cheveux.

— C'est ma faute. Ça fait quatre jours qu'elle a mal, depuis ma fête d'anniversaire. J'aurais dû l'obliger à aller à l'hôpital.

— Non, ce n'est pas ta faute. C'est la mienne. J'étais censée l'appeler lundi pour prendre de ses nouvelles, mais j'avais la tête ailleurs et je ne l'ai pas fait. Je suis vraiment désolée.

Je pressai l'épaule de Bella.

— Vous n'êtes pas responsables ni l'un ni l'autre. Est-ce que tu sais combien de temps l'opération va durer, Wyatt ?

— Ils ont dit que ça prenait une heure ou deux en général.

— Bon, très bien. Est-ce qu'on est censés attendre ici ? Il y a une salle d'attente près du bloc normalement.

— Ils ont dit que je pouvais aller au quatrième étage, mais j'avais dit à Bella qu'on était aux urgences, alors j'ai préféré attendre ici qu'elle arrive.

— OK. Je vais aller demander à l'agent de sécurité comment on peut rejoindre la salle là-haut.

Par chance, l'agent ne me reconnut pas et on put monter directement pour aller attendre tous les trois dans une salle plus tranquille. On avait dit à l'infirmière à l'accueil qu'on était là pour Talia Kane et elle nous avait répondu qu'elle se renseignerait sur le déroulement de l'opération dans à peu près une demi-heure et qu'elle nous tiendrait informés.

Wyatt s'adossa à sa chaise et étira ses longues jambes.

— Tu sais que c'est toi qui dois me récupérer s'il lui arrive quelque chose ?

— Il ne va rien lui arriver, répliqua Bella, mais je le sais, oui. On a discuté de ça il y a des années, ta mère et moi.

— C'est quoi une procuration médicale ? Maman a aussi dit à l'infirmière que tu en avais une.

— Une procuration médicale, c'est un document légal où tu désignes quelqu'un qui prendra les décisions médicales à ta place si jamais tu te retrouvais incapable de le faire toi-même.

— Maman ne pourra plus prendre de décisions après ça ?

— Non, mon chéri. Je suis sûre qu'elle pourra encore le faire. Elle a rempli ce formulaire il y a des années, au moment où elle m'a désignée comme tutrice légale pour prendre soin de toi en cas d'urgence. Les adultes font souvent ce genre de choses pour parer au pire, mais on n'aura pas besoin de ça ici. C'est une opération très courante, une appendicectomie.

— Tu as fait une procuration médicale, toi ?

Bella fronça les sourcils.

— Eh bien, non, mais je devrais.

Wyatt me regarda.

— Et toi ?

— J'en ai fait une, oui.

— Qui est-ce qui prendra les décisions pour toi ?

— Mon frère Jake.

Je croisai le regard de Bella et soulignai silencieusement le fait que Wyatt était très anxieux.

Elle alla s'asseoir près de lui.

— Tout va très bien se passer pour ta mère, vraiment. Est-ce que je t'ai déjà menti ?

— Non. À part cette fois au collège où tu m'as dit que les Crocs que maman m'avait achetées avec mes vêtements pour la rentrée étaient cools. On s'est moqué de moi à la seconde où je suis entré dans l'établissement.

Bella ébouriffa ses cheveux.

— Je ne t'ai pas menti, mon petit gars. J'aime bien les Crocs, moi, j'en ai même deux paires. La prochaine fois que tu voudras un conseil en matière de mode, tu devrais peut-être te tourner vers quelqu'un d'autre qu'une geek en informatique.

Vingt-cinq minutes plus tard, l'infirmière de l'accueil passa la tête dans l'embrasure de la porte de la salle d'attente.

— J'ai parlé à l'infirmière du bloc opératoire. Tout se passe bien et ils devraient avoir fini dans environ quarante minutes.

Wyatt relâcha son souffle de manière audible.

— Merci beaucoup de nous avoir donné des nouvelles, dit Bella.

L'infirmière sourit.

— Je vous dirai quand elle sera en salle de réveil. Il faudra encore compter une heure après ça avant qu'elle soit transférée dans une chambre.

Une fois l'infirmière partie, j'emmenai Wyatt dans le couloir pour dévaliser le distributeur automatique de collations. Pour finir, on dépensa dix-huit dollars en chips et en barres de chocolat et le gamin en avala les trois quarts à lui tout seul. Il s'endormit ensuite en s'étirant sur trois chaises, jusqu'à ce qu'on le réveille pour lui dire que l'opération de sa mère était finie et qu'il pourrait bientôt la voir.

Wyatt se frotta les yeux.

— Je vais voir si je trouve des toilettes.

— OK, mon chéri.

Après son départ, Bella se tourna vers moi.

— Tu devrais y aller. Il est déjà presque cinq heures. Tu n'as plus beaucoup de temps avant l'entraînement.

— Ne t'en fais pas pour moi. Je vais y aller un peu fatigué ou j'enverrai un message au coach Brown pour lui dire que je ne pourrai pas venir aujourd'hui.

— Tu vas avoir une amende dans ce cas, non ?

— C'est le coach qui décide s'il excuse un joueur pour son absence ou s'il lui met une amende. S'il veut m'en coller une, qu'il le fasse.

— Je ne veux pas que tu aies une amende.

Je haussai les épaules.

— Je pense qu'il ne dira rien parce que je ne suis pas souvent absent, mais dans le cas contraire, tant pis. C'est juste de l'argent. Je veux être là pour toi.

Les traits de Bella se détendirent. Je me penchai et l'embrassai sur le front.

Lorsqu'il fut possible d'aller voir Talia dans sa chambre, l'infirmière nous informa qu'il ne fallait pas être plus de deux à la fois. Je venais de dire à Bella et Wyatt d'y aller quand le médecin sortit et me reconnut, ce qui nous valut aussitôt un traitement de faveur. On entra donc à trois dans la chambre.

Talia était dans le cirage, mais souriante, et Wyatt abandonna le masque de coolitude que tous les ados semblaient porter pour se précipiter à son chevet et l'étreindre. Ils discutèrent tous les trois jusqu'à ce que le médecin arrive et demande à Talia s'il pouvait lui parler de son état de santé en notre présence. Talia regarda son fils, qui secoua immédiatement la tête.

— Je ne vais pas sortir.

Talia sourit au médecin.

— J'ai tendance à oublier que mon fils est presque un homme. On peut discuter avec tout le monde ici.

Le médecin nous expliqua que l'opération s'était bien passée, mais que Talia avait une infection du sang suite à celle de son appendice et que cela nécessitait une prise en charge. En général, un patient restait seulement un jour ou deux à l'hôpital après une appendicectomie, mais il fallait plutôt prévoir deux à quatre jours dans le cas présent selon lui, car ils ne voulaient pas renvoyer Talia chez elle avant que l'infection soit guérie.

Bella assura à son amie qu'elle n'avait aucune raison de s'inquiéter et qu'elle allait prendre soin de Wyatt. Je promis également d'être présent pour aider. Une infirmière arriva dans la chambre pour prendre les constantes de Talia et nous suggéra de mettre fin à notre visite parce que cette dernière devait se reposer.

On lui dit donc au revoir avant de quitter la chambre avec Wyatt. Talia habitait à proximité de l'hôpital, alors on parcourut à pied les quelques pâtés de maisons jusqu'à leur appartement.

— Tu n'as pas beaucoup dormi la nuit dernière, dit Bella à Wyatt. Tu n'es peut-être pas obligé d'aller à l'école aujourd'hui ?

— Si, je ne peux pas manquer les cours. Je vais aller me doucher tout de suite pour ne pas être en retard.

Il disparut dans la salle de bain.

— Les choses ont bien changé, ma foi. Je me rappelle l'époque où il détestait l'école et où il faisait tout le temps semblant d'être malade pour ne pas y aller. Et aujourd'hui, il ne veut même pas être en retard.

Je souris.

— Quand on rate les cours, on ne peut pas aller à l'entraînement. Et quand on est en retard et qu'on est collé pour ça, on ne peut pas aller à l'entraînement.

Bella rit.

— Ah, je comprends mieux !

Je jetai un œil à la ronde dans l'appartement, qui était agencé comme celui de Bella.

— Est-ce qu'il y a une autre pièce ?

— Non. Talia partageait le lit avec Wyatt avant, mais elle lui a laissé et elle dort dans ce canapé maintenant. Le loyer de l'appartement est plafonné, alors c'est une bonne affaire et ça lui permet de payer les frais de scolarité de son fils à l'école privée.

— Tu vas habiter ici pendant que tu gardes un œil sur lui ?

— Je n'ai pas encore réfléchi à la logistique. Je pourrais dormir sur le canapé, mais Wyatt ne se sentira peut-être pas à l'aise d'être dans la même pièce qu'une femme qui n'est pas sa mère, et ce ne sera pas mieux dans mon appartement.

Elle médita un instant sur le sujet.

— Je vais peut-être aller à l'hôtel avec lui. Il y en a sûrement un qui propose des suites avec deux chambres dans le coin.

— Vous pourriez venir chez moi. J'ai trois chambres et je m'en vais en Californie demain pour le match de dimanche.

— Ah, mince, j'avais oublié que le match de ce week-end n'était pas à domicile. Je vais devoir le regarder à la télé, à moins que j'emmène Wyatt là-bas après son match de samedi. Je ne veux pas te déranger, en tout cas, on va juste aller à l'hôtel. Mais c'est gentil d'avoir proposé, merci.

— Ça ne me dérangera pas du tout, Bella, dis-je en posant mes mains sur mes hanches. C'est normal de s'entraider et de pouvoir compter l'un sur l'autre dans un couple.

Elle ne semblait pas convaincue, alors quand Wyatt sortit de la salle de bain, je tentai une autre approche.

— Hé, Wyatt ?

— Oui ?

— Tu préfères aller à l'hôtel pendant quelques jours ou venir chez moi ? J'ai trois chambres, une télé de quatre-vingts pouces, et le trophée du meilleur joueur de l'Eastern Conference avec lequel tu pourras faire des selfies.

Le visage de Wyatt s'illumina.

— Chez toi.

Je mis les mains dans mes poches et regardai Bella avec un sourire satisfait.

— On dirait bien que Wyatt préfère venir dans mon appartement.

Elle me regarda de travers.

Je hochai le menton en direction de Wyatt.

— Prends des affaires pour quelques jours. À quelle heure ton entraînement finit-il heure ce soir ?

— À dix-sept heures normalement.

— Le mien se termine à seize heures. Je passerai te chercher et je t'emmènerai voir ta mère avant qu'on aille chez moi.

— Génial.

Wyatt attrapa quelques affaires, tout sourire, et retourna dans la salle de bain.

Bella avait toujours les yeux braqués sur moi.

— Euh... je suis parfaitement capable d'aller le chercher à l'entraînement et de l'emmener voir Talia.

Je posai mes mains sur ses épaules.

— Bien sûr que tu en es capable. Il n'y a probablement pas grand-chose que tu ne puisses pas faire par toi-même, mais tu n'es plus seule maintenant. Je suis là pour toi. Tu ne quittes pas le bureau avant dix-huit ou dix-neuf heures d'habitude, alors fais ce que tu as à faire, et moi, je m'occupe de ça. En plus, tu seras toute seule demain quand je devrai prendre l'avion.

Elle semblait sur le point de contester, alors je penchai la tête et l'embrassai jusqu'à ce que l'orage passe.

— C'est bon pour toi ? demandai-je en caressant sa joue du pouce.

Elle opina en soupirant.

— Merci de nous héberger.

— Pas besoin de me remercier. Je serai toujours là pour toi, Bella. Il faut juste que tu l'acceptes.

———

Plus tard ce soir-là, j'arrivai chez moi avec Wyatt après son entraînement et notre visite à l'hôpital. J'avais dit à Bella que le portier lui donnerait une carte d'accès pour qu'elle puisse entrer si elle arrivait avant nous.

Je la trouvai debout devant les fourneaux dans la cuisine et l'appartement sentait délicieusement bon.

— Le dîner est presque prêt. Je m'attendais à vous voir débarquer une heure plus tôt.

Wyatt lui répondit.

— On aurait pu, mais Christian a été assailli par une horde d'infirmières.

Bella plissa les yeux.

— Oh, vraiment ?

Wyatt tourna les yeux vers moi.

— Ouh là, ça sent le roussi. Désolé, mec !

Je ris.

— Je ne suis pas dans le pétrin. Bella sait bien que j'ai juste été poli. Si tu allais te doucher avant le dîner ? Ta chambre est la première sur la gauche.

Wyatt posa son sac à dos et son portefeuille sur le comptoir et partit en courant vers le couloir. Bella était de nouveau en train de touiller quelque chose dans une casserole sur la cuisinière. J'enlaçai sa taille, écartai ses cheveux, et l'embrassai dans le cou.

— Ça sent bon ici. Je pourrais m'habituer au fait de rentrer à la maison et de te voir préparer le dîner.

— Où tu pourrais demander à l'une des infirmières de te cuisiner quelque chose...

Je la tournai face à moi sans la lâcher.

— Est-ce qu'il n'y aurait pas une pointe de *jalousie* dans ta voix ?

— Non, mais tu aurais pu m'appeler pour me dire que vous alliez arriver plus tard.

— C'est vrai. J'aurais dû. J'ai perdu la notion du temps, désolé. Fais-moi un bisou maintenant.

Elle parlait encore lorsque je plaquai mes lèvres sur les siennes. J'adorais la sentir fondre contre moi en seulement quelques secondes. Après une minute à me repaître d'elle, je la lâchai, ne voulant pas que le gamin nous surprenne dans le feu de l'action en revenant dans la cuisine.

Bella s'éclaircit la gorge.

— Je me disais que je pourrais dormir dans l'autre chambre d'amis ce soir.

Je la regardai d'un air confus.

— Comment ça ?

— Eh bien, Wyatt est là et on vient juste de commencer à sortir ensemble, tu vois. Je ne veux pas lui donner l'impression qu'on doit coucher si vite avec quelqu'un. Je ne crois même pas qu'il ait déjà eu une copine. Il est sensible.

J'avais vu les filles dans les tribunes le saluer de la main avec des regards langoureux lorsque j'étais allé le chercher à l'entraînement, sans parler des jeunes infirmières dont la plupart s'étaient montrées particulièrement sympas avec lui et avec lesquelles il n'avait pas hésité à bavarder.

— Il a dix-sept ans, Bella.

— Et alors ? C'est un jeune innocent de dix-sept ans.

— Ce gosse s'envoie déjà en l'air, ma belle.

Elle écarquilla les yeux.

— Certainement pas.

Le portefeuille de Wyatt était sur le comptoir, alors je m'en emparai et l'ouvris. C'était juste une intuition, mais j'avais raison, il contenait bien une pochette avec l'anneau familier d'un préservatif. Je le montrai à Bella.

— Désolé de te le dire, mais il est loin d'être innocent. Tu dormiras dans mon lit.

Wyatt réapparut dans le couloir, alors Bella s'écarta et notre conversation fut momentanément interrompue.

— Le dîner sera bientôt prêt, annonça-t-elle. Vous voulez bien mettre la table ?

Quelques minutes plus tard, chacun prit place pour manger les *fettuccine* Alfredo au poulet de Bella.

— Ça t'a pris combien de temps pour pouvoir acheter cet appartement ? demanda Wyatt avec la bouche pleine. Tu as pu l'acheter la première année où tu es passé pro ?

— Non, je l'ai acheté il y a environ trois ans.

— Mais tu aurais pu l'acheter avant, non ?

Bella lui lança un regard réprobateur.

— Wyatt, ça ne se fait pas de demander aux gens ce qu'ils ont les moyens d'acheter ou non.

Je haussai les épaules.

— Ça ne fait rien. On m'a donné de bons conseils sur la façon de dépenser mon argent quand j'ai commencé ma carrière, alors autant en faire profiter les autres. Wyatt a un bon coup de pied. S'il arrive au niveau pro, il se rappellera peut-être cette discussion. Oui, j'aurais pu me permettre d'acheter un appartement comme celui-là dès ma première année, mais je ne l'ai pas fait. Tu sais pourquoi ?

— Non, pourquoi ?

— Parce que quelqu'un dont j'étais proche depuis des années, l'entraîneur de mon équipe benjamine, en fait, m'a dit que quarante pour cent des joueurs de NFL voyaient leur carrière se terminer de façon prématurée à cause d'une blessure. Et plus de soixante pour cent subissent un jour une opération qui change leur façon de jouer. Il m'a conseillé de ne jamais m'attendre à ce que ma carrière dure plus longtemps que la saison en cours. J'ai donc utilisé cinquante pour cent de mon salaire de la première année pour acheter une rente. Tu sais ce que c'est ?

On se resservit en pâtes, Wyatt et moi.

— Aucune idée.

— Tu donnes ton argent à une compagnie aujourd'hui et en contrepartie, elle te reverse plus que ce que tu lui as donné, mais sur une longue période. Comme ça, si ma première année avait été ma dernière, je savais que j'aurais au moins un revenu mensuel suffisant pendant les vingt années à venir, en cas de besoin.

— Ah...

Je souris.

— Ce n'est pas très exaltant, hein ?

— Pas vraiment, non.

— J'ai utilisé le reste de l'argent pour finir de payer la maison de ma mère, louer un logement décent, et acheter une voiture de luxe dont je n'avais pas besoin, que j'ai revendue depuis.

Wyatt termina son assiette.

— Ça ne te dérange pas si je prends quelques selfies avec tes trophées de meilleur joueur pour les montrer à mes amis ?

— Fais-toi plaisir. J'en ai sans doute fait quelques-uns avec eux aussi à l'époque.

Je débarrassai la table avec Bella, puis j'allai regarder des *reels* avec Wyatt sur l'équipe contre laquelle les Bruins allaient jouer ce week-end, histoire de repérer de mauvaises habitudes parmi les défenseurs dont je pourrais tirer profit. Bella rattrapa du travail en retard sur son ordinateur, et avant même qu'on s'en rende compte, il était presque vingt-trois heures.

— Tu es prêt à aller te coucher, Wyatt ?

Il acquiesça d'un hochement de tête et se tourna vers moi.

— Tu peux encore venir me chercher à l'entraînement demain ?

— Désolé, mais je ne vais pas pouvoir. On part pour la côte ouest dans l'après-midi. Quand on voyage loin et qu'il y a un gros décalage horaire, on prend un vol le vendredi parfois et ça nous laisse le samedi pour nous adapter avant le match.

— Ah, d'accord.

— Et lundi, tu pourrais ?

Bella éteignit la lumière dans le salon.

— Ta mère sera sans doute rentrée d'ici là, Wyatt.

— Ah oui, c'est vrai.

— Tu as un match la semaine prochaine ? lui demandai-je.

— Non, c'est notre semaine de repos. Le prochain match aura lieu dans deux semaines, le vendredi soir.

— J'essaierai d'être là, OK ?

Wyatt sourit, avant de tenter de la jouer cool. *Un vrai ado.*

— Ce serait sympa, oui. Enfin, si tu peux…

J'ébouriffai ses cheveux.

— Va donc dormir et passe un bon week-end. Il y a une super salle de sport en bas, tu devrais aller y jeter un œil. Je dirai à la sécurité de te laisser un pass à la réception.

Dans la chambre, Bella commença à se préparer pour aller au lit. Elle avait apporté un sac avec des affaires pour la nuit, d'où elle sortit un tee-shirt et un jogging, mais j'ôtai celui que je portais et le lui lançai, avant de lui confisquer son jogging.

Elle me regarda d'un air interloqué.

— Euh, j'ai l'impression que tu essaies de me dire quelque chose, mais je dois me tromper parce qu'en général on utilise des mots pour ça.

Je souris d'un air joueur et m'approchai d'elle pour l'agripper par la taille.

— Bella, est-ce que tu veux bien porter mon tee-shirt, s'il te plaît, de préférence sans soutien-gorge et sans culotte ?

Elle posa ses mains à plat sur mon torse.

— Je peux faire ça, mais… pas de batifolage. Wyatt est dans la chambre juste à côté.

— Il est à l'autre bout du couloir. J'ai fait exprès de lui donner la chambre la plus éloignée de la nôtre.

— Oui, mais quand même, je ne veux pas qu'il nous entende.

Je souris.

— C'est vrai que tu es plutôt bruyante.

Elle me claqua le torse.

— Toujours à cause de toi, mais tu vas te tenir tranquille.

J'affichai une moue implorante.

— Mais je vais en Californie demain. Je ne te verrai pas pendant au moins quelques jours.

Elle rit.

— Je vais aller me brosser les dents.

Quand elle eut fini, je me rendis à mon tour dans la salle de bain. Lorsque j'en ressortis, elle était assise au bord du lit, avec mon tee-shirt sur le dos. Je m'approchai et soulevai ses jambes pour les placer sur le matelas, l'incitant à s'allonger, puis je m'installai à califourchon au-dessus d'elle et l'embrassai dans le cou.

— J'ai trouvé une solution.

— Laisse-moi deviner, tu vas insonoriser la chambre en un temps record ?

— Non, mais je garde l'idée pour plus tard, au cas où quelqu'un d'autre viendrait passer la nuit ici.

Elle pouffa.

— J'ai peur de demander, mais quelle est ta solution ?

Je haussai les épaules.

— Les bras longs.

— Les bras longs ?

— Oui, comme les miens.

— D'accord…

Je l'embrassai sur la bouche avant de descendre sur elle jusqu'à ce que mon visage se retrouve entre ses cuisses, puis je tendis le bras et plaquai ma main sur sa bouche.

Bella écarquilla les yeux et commença à dire quelque chose que je ne compris pas parce que le son était étouffé. Je posai un doigt sur mes lèvres dans ce geste universel appelant au silence, avant de soulever le tee-shirt qu'elle portait et de plonger vers le bas sans prévenir, léchant et suçant chaque centimètre carré d'elle. Quand j'eus fini et que je retirai ma main, elle avait l'air droguée. Ses yeux étaient dans le vague, mi-clos, alors qu'elle souriait de façon béate.

— Dieu soit loué pour les bras longs, dit-elle dans un souffle.

Je m'allongeai sur le dos à côté d'elle et la pris dans mes bras, sa tête posée sur mon torse.

— Endors-toi. La journée a été longue.

— Mais… et toi ?

Je la serrai plus fort contre moi.

— Ne t'inquiète pas. J'ai tout ce qu'il me faut juste là.

Chapitre 21

Bella

Le jour que j'avais attendu avec impatience – mais aussi beaucoup d'appréhension – arriva deux semaines après.

Le baromètre était au beau fixe. Talia était rentrée de l'hôpital et se remettait bien, Wyatt était à présent activement courtisé par trois universités, avec des propositions de bourses sportives sur la table, et Christian et moi avions pris l'habitude de dormir chez l'un ou chez l'autre quelques nuits par semaine sans que ça me terrifie. J'avais même appelé une agence immobilière pour commencer à chercher un nouvel appartement.

Mais le jour de la réunion de planification des contrats de l'équipe était arrivé – les entraîneurs allaient présenter à la direction leurs intentions pour les renouvellements ou les coupes au niveau des joueurs. Une fois les propositions approuvées, ces dernières seraient transmises aux agents des joueurs sous quelques semaines.

À mon arrivée, au moins vingt personnes étaient assises autour de la table de conférence. Il y avait là le directeur financier, le manager général, les coordinateurs offensif et défensif, et celui des équipes spéciales, le directeur du recrutement, le directeur du personnel, le médecin-chef de l'équipe, notre DG et président par intérim, mes sœurs, notre avocat principal, ainsi que plusieurs vice-présidents et autres cadres supérieurs. Un siège avait été laissé vacant en bout de table pour moi, mais je songeai qu'il était important de montrer à tous ces gens que je ne plaisantais pas lorsque j'avais dit que je me contenterais d'observer et d'apprendre cette année. Je me plaçai donc derrière la chaise et la tirai pour inviter notre DG et co-président à s'y installer.

— Tom, vous voulez bien vous asseoir ici que tout le monde puisse vous voir ?

Ce dernier était actuellement assis à ma gauche. Il sourit et se leva en acquiesçant d'un hochement de tête.

— Merci, Bella.

Je m'installai à sa place et passai les quelques premières heures à écouter et à prendre des notes, aucune d'elles ne reflétant quoi que ce soit de surprenant. Le manager général avait recommandé de renouveler trois contrats qui arrivaient à échéance, de mettre un joueur sur la liste des échanges, et d'activer l'option d'un autre qu'ils voulaient garder, mais qui envisageait de prendre sa retraite. On passa ensuite au sujet que j'attendais, celui que la plupart des personnes présentes attendaient, à savoir la prolongation du contrat de Christian.

Comme pour les autres joueurs avant lui, le médecin de l'équipe nous fit d'abord un bilan de son état de santé, suivi par un compte rendu du DG sur son salaire actuel et la structure des primes. Ensuite, les entraîneurs étaient censés parler des équipes ayant manifesté leur intérêt pour le joueur, ainsi que de l'équipe dans laquelle le joueur lui-même avait envie d'aller, le cas échéant. Cette fois, ce fut un peu différent.

— En ce qui concerne Christian Knox, je pense qu'on pourrait gagner du temps en parlant plutôt des équipes qui ne sont *pas* intéressées par lui, déclara le DG. Maintenant qu'il va mieux, je suis sûr qu'il a encore cinq bonnes années devant lui, si ce n'est plus. J'aimerais donc le garder sous contrat pour cette durée.

Il pointa le classeur que chacun de nous avait devant lui du doigt et ajouta :

— Si vous regardez à la page trente-quatre, je propose une somme qui fera de lui le deuxième *quarterback* le mieux payé de la ligue, mais avec le plus grand nombre de garanties, ce qui, comme nous le savons, est important pour les joueurs plus anciens. Son dernier contrat le plaçait en huitième position parmi les mieux payés, donc je pense que cette offre lui conviendra.

Tous ceux présents autour de la table baissèrent les yeux pour voir le montant. Je les observai tour à tour pour voir si qui que ce soit avait l'air mécontent, mais la plupart n'avaient même pas cillé, alors que la somme était plus élevée que ce à quoi je m'étais attendue. Lorsque mon regard se posa sur mes sœurs, je constatai que Tiffany avait les yeux braqués sur moi.

Ses lèvres esquissèrent un sourire machiavélique alors qu'elle levait la main pour pouvoir prendre la parole.

— Tom, j'ai une question, je peux ?

— Oui…

Tiffany pointa la feuille dans son classeur du doigt en me regardant droit dans les yeux.

— Est-ce que cette prime inclut le paiement des services personnels rendus à la propriétaire ?

Je fermai les yeux.

— Pardon ? répondit Tom.

Elle l'ignora et se tourna vers l'avocat principal de l'équipe.

— Et, dites-moi, Larry, comment ça marche tout ça ? Comme le fait de payer pour avoir des relations sexuelles n'est pas légal dans l'État de New York, est-ce que ce contrat serait réellement valide ?

J'eus soudain envie de la gifler par-dessus la table, mais je n'allais pas m'abaisser à son niveau. Il fallait cependant que j'intervienne avant que ma charmante demi-sœur continue sur sa lancée. Je me levai donc. Tous les yeux se tournèrent vers moi.

Je pris une grande inspiration en joignant mes mains.

— Apparemment, avec toute la subtilité dont elle est capable, ma sœur fait référence à ma relation avec Christian Knox. Même si je préfère garder ma vie privée pour moi, il vaut peut-être mieux que tout le monde le sache.

Je regardai ma sœur avant de conclure :

— Nous sortons ensemble, Christian et moi.

Ma sœur ricana.

— *Pff*. Il se sert d'elle pour obtenir un renouvellement de contrat juteux. Je vois que ça marche bien, d'ailleurs.

Tom s'éclaircit la gorge.

— Je n'étais pas au courant de la relation entre Christian et Bella, mais je tiens à vous faire savoir que les recommandations que je vous présente aujourd'hui n'ont à aucun moment fait l'objet d'une discussion entre Bella et moi.

Il regarda les entraîneurs.

— Est-ce que l'un d'entre vous a parlé du contrat de Christian avec Bella ou a subi la moindre influence de sa part ?

Ils firent tous non de la tête.

— Sans vouloir offenser Bella, je vois bien en quoi une relation personnelle entre un joueur et la propriétaire de l'équipe peut sembler gênante au regard d'une influence malvenue sur les contrats. Cependant, lors de ma première conversation avec Bella, elle m'a affirmé que cette année serait pour elle une période d'écoute et d'apprentissage, et que je demeurerais aux commandes de l'équipe. Elle a tenu cet engagement, alors ma recommandation est toujours la même après cette annonce de sa relation avec Christian Knox.

— Merci, Tom.

Je regardai Tiffany.

— Est-ce que nous pouvons poursuivre ?

Elle leva les yeux au ciel, alors je me rassis et tournai les yeux vers Tom. Ce dernier comprit le message et reprit là où il avait été interrompu.

Lorsque la réunion se termina enfin, plusieurs heures plus tard, j'interceptai ma sœur alors qu'elle s'apprêtait à sortir de la salle.

— Tiffany, tu as une minute ? Je voudrais te parler.

Elle afficha une moue agacée et croisa les bras, ce que j'interprétai comme un *oui*.

Je refermai la porte derrière la dernière personne à quitter la salle de conférence et me retrouvai donc seule avec elle.

— Tu sais, j'ai vraiment fait de mon mieux pour essayer de me mettre à ta place. Je me suis demandé comment je me sentirais si j'avais grandi dans un milieu très privilégié et que j'avais découvert après la mort de mon père qu'il avait eu un enfant en dehors du mariage et qu'il avait laissé à cet enfant un héritage considérable. Je suis sûre que je ne serais pas très contente non plus. J'ai fourni beaucoup d'efforts depuis que je suis arrivée pour ne pas l'oublier et pour me comporter de façon correcte en toutes circonstances, mais il est peut-être temps que toi aussi, tu te souviennes de quelque chose. J'ai grandi dans la rue, pas dans un penthouse comme toi. Je suis peut-être au sommet avec toi aujourd'hui, mais je suis toujours cette petite fille du foyer d'accueil.

Je m'approchai d'elle avant d'ajouter :

— Alors si jamais tu t'avises encore de dire du mal de Christian en ma présence, je te foutrai une raclée.

Tiffany demeura bouche bée pendant un instant.

— Tu es vraiment mal élevée !

Je souris jusqu'aux oreilles et ouvris la porte de la salle de conférence.

— Tu ferais bien de ne pas l'oublier.

Je frémis de satisfaction alors qu'elle sortait d'un pas furieux. Ça faisait du bien d'avoir enfin remis les pendules à l'heure, et même si j'aurais préféré que ma relation avec Christian ne devienne pas publique, une partie de moi était soulagée que tout le monde soit désormais au courant. Tiffany avait essayé de m'atteindre, mais ça s'était retourné contre elle. Je me sentais invincible.

Alors que je venais d'entrer dans mon bureau, mon portable sonna. Je pensais que c'était Christian, mais c'est le nom de Julian que je vis affiché sur l'écran. Je redescendis un peu de mon nuage, mais tant qu'à remettre de l'ordre dans ma vie, autant avoir aussi une conversation avec lui pendant que je me sentais forte. Il avait appelé deux fois ces dernières semaines, et je ne l'avais jamais rappelé. Julian ne méritait pas que je lui manque de respect, alors il fallait que je sois honnête avec lui.

Après une grande inspiration, je décrochai.

— Salut, Julian.

— Oh, salut. Je m'attendais à tomber encore sur ton répondeur.

— Et non, c'est bien moi. Je viens juste de sortir d'une réunion par contre, c'est pour ça que je n'ai pas décroché tout de suite.

— Comment vas-tu ? Tu dois être bien occupée. Je t'ai appelée il y a quelques semaines, mais je n'ai pas eu de nouvelles depuis.

Je refermai la porte de mon bureau et allai m'asseoir à mon bureau.

— Les choses ont été plutôt mouvementées, en fait. Je suis désolée de ne pas t'avoir rappelé. J'aurais dû.

— Ça ne fait rien. Je comprends. J'étais assis à mon bureau en train de travailler sur la présentation que je vais faire à la conférence sur l'IA et j'ai pensé à toi. On a embauché un nouveau codeur. Il travaille dans un cubicule pas très loin de mon bureau et il a de grosses allergies.

— D'accord...

— Je me suis dit que s'il travaillait pour toi, tu finirais par t'évanouir par manque d'oxygène. Il n'arrête pas d'éternuer.

Je ris.

— Oh, je m'évanouirais, c'est sûr, mais tu dois être sans arrêt de mauvaise humeur au bureau, toi.

— J'ai bien envie de lui donner une promotion juste pour pouvoir le mettre dans un bureau privé à l'autre bout du bâtiment.

— Tu en serais bien capable. Quoi de neuf, sinon ?

Je discutai avec Julian pendant un moment, à propos de son boulot, essentiellement, puis lorsque la conversation finit naturellement par se tarir, il se racla la gorge.

— Je me disais qu'on aurait pu se voir avant que je parte pour la conférence la semaine prochaine. Un dîner vendredi soir, peut-être ?

— Oui, euh... à propos de ça...

Bon sang, j'ai vraiment horreur de dire non comme ça à quelqu'un de bien.

— Je préfère être honnête avec toi... je pense qu'il vaut mieux qu'on reste amis.

— Ah...

— Notre amitié est importante pour moi et tu es l'une des personnes les plus intelligentes que je connaisse, mais pendant notre dernier rendez-vous, j'ai réalisé qu'il me manquait cette fameuse petite étincelle pour aller plus loin. J'étais pourtant persuadée qu'elle serait là. Et en plus, j'ai rencontré quelqu'un.

— Je vois...

— J'espère qu'on pourra rester amis.

— Oui. Bien sûr.

Au moment même où on se disait ça, je savais qu'il était improbable qu'on soit le genre d'amis à passer du temps ensemble. Nos contacts se limiteraient sans doute à *liker* les posts de l'autre de temps en temps sur les réseaux sociaux.

Durant le silence maladroit qui s'ensuivit, on toqua à la porte de mon bureau et Christian passa la tête dans l'embrasure. Je souris et lui fis signe d'entrer, avant de pointer mon portable du doigt.

— Bon, eh bien, je sais que tu es occupée, alors je vais te laisser, dit Julian.

— OK.

— Je te rappelle bientôt.

— Super.

— Au revoir, Bella.

— Au revoir, Julian. Bonne chance pour ta présentation à la conférence.

Le visage de Christian se décomposa alors que je raccrochais et reposais le téléphone sur mon bureau.

— Salut.

— Est-ce que j'ai interrompu quelque chose ? demanda-t-il.

— Eh bien, oui.

La mâchoire de Christian se contracta, mais il ne dit rien.

— Julian m'a appelée deux fois ces dernières semaines et je ne l'avais pas rappelé, alors je me suis dit que je devrais répondre cette fois.

— Est-ce qu'il t'a demandé de sortir avec lui ?

Je me levai et contournai mon bureau.

— Il l'a fait, oui. Et j'ai dit non. Je lui ai dit que je pensais qu'on devrait simplement rester amis et que j'avais rencontré quelqu'un.

Les épaules de Christian se détendirent.

— Ah oui ? Tu as rencontré quelqu'un, hein ?

Je souris.

— Il est vraiment mignon. Je te le présenterai, si tu veux.

Christian passa un bras autour de ma taille et me plaqua contre lui.

— Très drôle.

Je tapotai son large torse du doigt.

— Tu aurais dû voir ta tête. Ta mâchoire était si rigide que j'ai cru que tu allais te casser une dent.

Il fit remonter l'une de ses mains dans mon dos et m'agrippa par le cou, sans grande délicatesse.

— Je vais te montrer autre chose de rigide.

Je ris tandis qu'il commençait à m'embrasser, mais à un moment donné, toute trace d'amusement disparut et j'empoignai fermement son tee-shirt. Christian s'écarta, tirant sur ma lèvre inférieure avec ses dents avant de la lâcher.

— Tu m'as manqué.

La semaine avait été chargée et on ne s'était pas vus depuis quatre jours.

— Tu m'as manqué aussi.

Il caressa tendrement ma joue.

— Comment s'est passée ta journée ?

— Mince alors, j'ai failli oublier ! Tiffany a décidé de vendre la mèche pour nous en plein milieu de la réunion aujourd'hui, devant Tom, le manager général, tous les coachs, et toute l'équipe exécutive.

— Qu'est-ce qui s'est passé ?

— Rien d'important, mais j'ai admis qu'on se fréquentait et quand j'ai parlé seule à seule avec Tiffany après la réunion, je l'ai menacée de lui mettre une raclée.

Christian haussa aussitôt les sourcils.

— Vraiment ?

— Oui et ça m'a fait du bien.

— Quelle partie ? D'avoir envoyé promener ta sœur ou d'avoir admis qu'on sort ensemble ?

— Les deux.

Il sourit.

— Ah oui ? Alors ça ne te pose plus de problème que ce soit public ?

J'opinai.

— Je me sens soulagée que tout le monde le sache, en fait.

Christian ôta mes mains de son tee-shirt et les porta à ses lèvres pour les embrasser, avant de tourner brusquement les talons pour se diriger vers la porte de mon bureau.

— Où vas-tu ?

— Nulle part, répondit-il en verrouillant la porte.

Il revint vers moi d'un pas leste avec une lueur prédatrice dans les yeux, puis me souleva et me déposa sur mon bureau. Il m'ôta mes lunettes et les jeta par-dessus son épaule.

— Qu'est-ce que tu fais ? demandai-je en riant.

— Il faut fêter ça, répondit-il en enfouissant son visage dans mon cou. Tu sais à quel point tu es sexy quand tu ne te laisses pas marcher sur les pieds ?

Il m'embrassa langoureusement dans le cou jusqu'à ce que mes yeux se ferment et que ma tête bascule en arrière.

— Ça veut dire que tu seras content quand je ne me laisserai pas faire par toi ? demandai-je d'une voix essoufflée.

— Ne te laisse jamais faire par moi.

Il captura ma bouche dans un baiser passionné et j'enroulai mes jambes autour de sa taille. Toutes les émotions de la journée vinrent alimenter notre connexion frénétique et mon envie de toucher sa peau nue devint irrépressible. Je glissai mes mains sous son tee-shirt et griffai son dos chaud. Christian gémit et fit remonter mon chemisier. Il tira sur mon soutien-gorge avec ses pouces, libérant mes seins. L'air frais effleura mes tétons qui pointaient déjà et durcirent encore au contact de Christian.

— J'ai fantasmé sur toi assise sur ce bureau avec les cuisses écartées dès le premier jour où on s'est rencontrés.

Il se pencha et captura un téton entre ses dents, le mordant avant de soulager la douleur avec sa langue. Je sentis comme une décharge entre mes cuisses et me rapprochai de lui.

Christian glissa sa main sous ma jupe et traça le contour de ma culotte.

— J'adore les jupes.

Il écarta le sous-vêtement et son pouce alla directement sur mon clitoris. J'étais déjà mouillée, alors son doigt me pénétra sans mal. Il fit quelques va-et-vient, retira complètement son pouce, puis me pénétra de nouveau avec deux doigts. Il ne fallut pas longtemps avant que je n'en puisse plus. J'avais besoin de le sentir en moi.

Ne pouvant plus attendre, je tendis le bras vers la ceinture de son pantalon.

— Viens...

Christian agrippa ma main.

— Je n'ai rien sur moi, ma belle. Laisse-moi juste te faire jouir.

Il continua à me pénétrer avec ses doigts. Je ne doutais pas un instant de sa capacité à me faire atteindre l'extase comme ça, mais j'avais tellement envie de lui.

— Christian, je prends la pilule, déclarai-je, le souffle court.

Ses doigts se figèrent.

— Est-ce que tu veux dire que je peux y aller sans capote, bébé ?

— Oui, je suis clean et je te fais confiance si tu me dis que toi aussi.

Il renversa la tête en arrière.

— C'est vraiment Noël aujourd'hui avec toi.

Christian retira la main qui avait arrêté la course de la mienne à hauteur de sa ceinture. Je me réjouis qu'il soit venu directement après l'entraînement, car cela nous évita de perdre du temps avec une braguette et un bouton. Je souris et glissai aisément la main dans son pantalon.

— J'adore les joggings.

Il rit, mais son visage redevint sérieux lorsque je libérai son sexe et le positionnai devant le mien.

— Je sens bien comme tu es déjà excitée. Ça va être dur d'y aller doucement.

Je fis basculer mes hanches en avant et son gland me pénétra.

— Ne t'inquiète pas. Du moment que c'est dur.

Christian marmonna une bordée de jurons dans sa barbe en me pénétrant de toute sa longueur avec vigueur, s'enfonçant profondément. C'était exactement ce qu'il me fallait.

— Oooh, oui ! m'écriai-je. Comme ça.

Il plaqua une main sur ma bouche avant de me redonner un coup de reins. Et un autre. Et encore. Je savais qu'il aimait que je le regarde dans les yeux, mais à la quatrième poussée vigoureuse, je perdis la bataille et mes yeux roulèrent dans leurs orbites. Lorsque je commençai à gémir contre sa paume, Christian inclina mes hanches et atteignit l'endroit parfait. Chacune de ses pénétrations alimentait davantage mon orgasme. Une fois le pic d'extase passé, il ôta sa main de ma bouche.

— Accroche-toi au bureau, grogna-t-il.

J'avais trouvé ça bestial jusque-là, mais je n'avais encore rien vu. Le bureau tremblait, mon corps tremblait, et je ne devais pas seulement m'accrocher au bureau, je devais m'y agripper au point de faire blanchir mes jointures alors que ses pénétrations gagnaient en intensité. Christian me sautait comme si on était au Super Bowl de la baise. Son regard devint flou lorsqu'il donna un dernier coup de reins avant de se déverser en moi.

Il nous fallut quelques minutes pour pouvoir reprendre notre souffle.

— Ouah..., dis-je en secouant la tête d'incrédulité.

Je n'avais jamais vécu de tremblement de terre, mais j'imaginais que lorsqu'un tel événement prenait fin, ça devait beaucoup ressembler à ce que je ressentais à cet instant – les répliques me faisaient encore vibrer et je n'étais pas certaine de comprendre ce qui venait de se passer.

Christian écarta une mèche de cheveux humides de mon visage et sourit.

— Oui, comme tu dis.

Il m'embrassa avec tendresse.

— Je n'ai pas envie de bouger, mais si je ne vais pas nous chercher quelque chose, la jupe qui est encore sous tes fesses va être inondée. Reste là.

Je trouvai son ordre de ne pas bouger amusant, étant donné que j'avais les jambes en coton et à peine assez d'énergie pour parler.

Christian alla dans la salle de bain et en revint avec une serviette. Il pointa du doigt par-dessus son épaule tout en plaquant la serviette entre mes cuisses.

— Je n'avais jamais été là-dedans. Cette salle de bain est plus grande que ton appart.

Je souris et lui pris la serviette des mains pour finir de me nettoyer.

— Plus pour longtemps. J'ai appelé une agence immobilière. Je vais chercher un nouvel appartement un peu plus spacieux.

Christian me dévisagea.

— Qu'est-ce qu'il y a ?

— Tu as dit à Julian que tu n'étais pas intéressée, tu as admis ta relation avec moi devant tout le monde, tu as couché avec moi sans capote, et tu vas te trouver un nouvel appart. Loin de moi l'idée de me plaindre, mais qu'est-ce qui a déclenché tous ces changements ?

Je finis d'ajuster mes vêtements en désordre et haussai les épaules.

— Je ne sais pas. Je suppose qu'il était juste temps.

— Juste temps de quoi ?

J'y réfléchis une minute, avant de tendre la main à Christian.

— Il était temps de faire à nouveau confiance à quelqu'un.

Chapitre 22

Christian

— Salut, qu'est-ce que tu fais ce soir ?

J'avais appelé le coach dès la fin de l'entraînement. Je ne lui avais pas rendu visite ces derniers temps, ayant été très occupé entre la reprise du boulot et le temps passé avec Bella. J'avais donc demandé à ma petite amie si ça ne la dérangeait pas que j'emmène son grand-père au match de Wyatt plus tard. Après avoir pris sa retraite, le coach aimait toujours aller voir les enfants jouer, mais il n'avait pas souvent l'occasion de le faire depuis son AVC.

— Un truc génial, répondit-il. Je vais choisir entre le poulet rôti avec purée de pommes de terre de Stouffer's ou la tourte au poulet et aux légumes de Marie Callender's. Pourquoi ? Tu veux venir manger le plat cuisiné qui restera ?

Je ris.

— C'est vraiment tentant, mais je vais passer mon tour. J'ai quelque chose de mieux à te proposer, par contre. Je vais à un match au lycée St Francis, dans le Queens. Bella y va aussi. Le fils d'une amie à elle joue dans leur équipe. Il est vraiment doué. Tu veux venir ?

— Tu vas me nourrir ?

— Un hot-dog et un bretzel de la buvette, ça compte ?

— Ah, là on parle la même langue ! À quelle heure ?

Je souris.

— Je viendrai te chercher vers dix-huit heures. Le coup d'envoi est à dix-neuf heures trente.

— Parfait. À tout à l'heure.

Je regagnai mon pick-up et lançai mon sac sur la banquette arrière avant d'envoyer un message à Bella.

Christian : Le coach sera de la partie.

Comme elle passait la moitié de son temps en réunion, je ne m'attendais pas à une réponse immédiate, mais mon portable sonna pour me notifier la réception d'un message alors que je mettais le contact.

Bella : Génial ! Je vous retrouve là-bas.

——

— Bon, tu vas finir par me dire que tu sors avec ma petite-fille ou tu vas juste garder ça pour toi ?

Je tournai les yeux vers le coach, puis les reportai aussitôt sur la route.

— J'allais t'en parler, en fait.

— C'est ça, oui...

— Je suis sérieux. Ça fait un bail qu'on n'a pas eu l'occasion de discuter et Bella voulait qu'on reste discrets au début. Elle essaie de gagner en crédibilité auprès de l'équipe, alors elle ne voulait pas que les gens se focalisent sur le fait qu'elle sort avec l'un des joueurs, surtout moi. Tu sais comment c'est. Il suffit que j'emmène une femme quelque part pour que les médias affirment que je vais me marier ou la tromper en moins d'une semaine.

— C'est vrai que quand on sort avec un clown, la crédibilité doit en prendre un coup...

— Va te faire voir, l'ancien.

Le coach se marra.

— Est-ce qu'on doit causer de ce qu'elle a traversé, toi et moi ? Elle est forte et intelligente, mais je ne pense pas devoir te rappeler que beaucoup de gens l'ont laissé tomber par le passé. Ça engendre un problème de confiance et quand une personne avec un tel bagage accorde sa confiance à quelqu'un et que ça se passe mal, c'est comme rouvrir une plaie béante, pas seulement la dernière petite blessure.

Je demeurai silencieux pendant un moment durant le trajet, le temps d'enregistrer tout ça, puis je finis par hocher la tête.

— J'entends ce que tu me dis, mais je suis dingue de Bella. Je ne passe pas du temps avec elle parce que je m'ennuie ou que j'ai envie de m'env...

Je m'interrompis avant de dire quelque chose d'inapproprié et secouai la tête.

— Désolé, mais tu vois ce que je veux dire.

Le coach regarda par la vitre de la portière.

— Bon, très bien.

Je m'insérai sur l'autoroute depuis la voie d'accélération et au moment où j'arrivai sur la voie de droite, une voiture circulant sur celle du milieu se rabattit sans regarder. Je fis une embardée sur la bande d'arrêt d'urgence et évitai la collision, puis adressai quelques mots bien sentis à l'intention de cet abruti.

— Tu te fous de ma gueule ou quoi ? dis-je en agitant le bras droit et en klaxonnant de la main gauche. Regarde où tu vas avant de changer de file !

Le coach pointa la voiture du chauffard du doigt.

— Une Buick Skylark de 53. On en voyait partout quand j'étais môme. Ce type ne devrait probablement pas conduire. Il a l'air assez vieux pour être le propriétaire d'origine de cet engin.

— Quelqu'un devrait lui dire ça.

Je m'insérai derrière la voiture ancienne. Elle allait à environ soixante kilomètres-heure seulement, alors qu'on était sur une route à quatre-vingt-dix. Dès que je pus le faire en toute sécurité, je me plaçai sur la voie du milieu pour le doubler. Bien entendu, comme j'étais un homme, je me sentis obligé de rester un moment à la hauteur de cet abruti dans le but de voir à quoi il ressemblait et de le fusiller du regard. Comme le chauffeur devait avoir environ soixante-quinze ans, j'eus l'impression d'être une vraie brute et j'accélérai donc en lui épargnant le regard qui tue.

Le coach regarda dans le rétroviseur côté passager.

— Ils ne font plus de voitures comme ça aujourd'hui. John en avait une de 57 dans sa collection.

Cette remarque me fit penser à quelque chose.

— Il n'avait pas aussi une Ford Thunderbird bleue des années 50 ?

— Oui, tout à fait. Une de 54. Une vraie beauté.

— Où est-ce qu'elle est passée ?

— J'ai récupéré toute la collection quand il est décédé. Il pensait bien faire en me les donnant parce qu'on avait cet amour des vieilles voitures en commun, lui et moi, mais je n'ai pas vraiment besoin de onze voitures anciennes. Je ne peux même pas les conduire. Quand il était gosse, on allait souvent à des foires aux voitures et à des salons auto les vendredis soir. On a continué d'y aller quelques fois par an jusqu'à la fin.

Je me rappelai avoir été invité chez John Barrett la première année où j'avais été pris dans l'équipe. Il avait un garage avec plus d'une dizaine de voitures. On avait fumé un cigare et il m'avait emmené les voir.

— Il les conduisait de temps en temps, non ?

— Oui, pour aller faire les courses ou un tour en ville en général. Une voiture doit rouler au moins une fois par mois pour éviter que les joints sèchent et se mettent à fuir.

— Est-ce qu'il allait parfois jusqu'au stade avec ?

— Parfois, oui, s'il faisait beau. Pourquoi me demandes-tu ça ?

Je n'allais certainement pas faire ne serait-ce qu'une allusion à ce à quoi je pensais, car cette simple idée était ridicule. Et pourtant... quelque chose me titillait encore. Je haussai les épaules.

— Pour rien. Je suis juste curieux.

Je tapotai le volant, perdu dans mes pensées pendant un moment.

— Tu as encore les voitures ?

— Bien sûr. Je devrais sans doute les donner à une association caritative au lieu de les laisser prendre la poussière.

— Où sont-elles ?

— Dans l'un de ces centres de stockage en libre-service. Ils ont un garage à température contrôlée pour les voitures rattaché au bâtiment principal. Le gérant les démarre et laisse tourner le moteur une fois par mois en échange d'un petit billet, mais elles devraient rouler au lieu de simplement tourner dans le vide comme ça.

Je méditai là-dessus le temps de passer devant quelques bretelles de sortie.

— On pourrait aller les voir un de ces quatre.

— Les voitures ?

— Oui.

— D'accord. J'aimerais bien. Ça fait quelques années que je ne les ai pas vues.

— Je pars demain après-midi pour le match de dimanche. Samedi prochain, peut-être ? On aura seulement une petite mise en condition le matin, pas un entraînement complet.

— Laisse-moi regarder mon planning, répondit le coach en se grattant le menton. Oui, on dirait bien que je serai dispo.

La circulation était dense, alors on arriva au stade de football avec quelques minutes de retard. J'aidai le coach à s'installer sur son fauteuil roulant, puis on se dirigea vers les gradins pour aller retrouver Bella. Elle ne fut pas difficile à trouver, étant donné qu'elle était debout derrière la barrière, hurlant à pleins poumons.

— Qu'est-ce que j'ai raté ? demandai-je.

Elle se tourna et me sourit.

— Hé, salut ! Ils ont annulé le *field goal* de Wyatt pour faute, mais la défense avait trop de gars sur le terrain et l'arbitre ne l'a pas vu.

Bella se pencha pour donner une accolade à son grand-père, puis elle sembla hésiter, se demandant visiblement comment me saluer. Je mis un terme à son dilemme intérieur en l'attrapant par la nuque avant de lui faire un petit bisou sur la bouche. Je lui murmurai ensuite à l'oreille :

— Il est au courant.

— Ah... d'accord, dit-elle avec un sourire crispé.

Je voyais bien que le fait de nous afficher en public allait nécessiter un temps d'adaptation pour elle, alors je n'insistai pas.

— On remonte dans les gradins ? Le coach verra mieux de là-haut.

— Oui, allons-y. Je ne savais pas trop si tu voudrais t'asseoir là avec le monde qu'il y a ce soir.

— Ça ira très bien.

On s'installa tous les trois dans la première rangée des gradins pour regarder le match. Lorsque l'arbitre siffla la fin du premier quart-temps, il faisait déjà presque nuit et les projecteurs du stade avaient été allumés. Une tonne de souvenirs me revinrent en mémoire. Je regardai autour de moi, sans être conscient que je souriais jusqu'à ce que Bella me donne un coup de coude.

— À quoi penses-tu ? Tu as le sourire jusqu'aux oreilles.

— C'est juste parce que ça me rappelle le bon vieux temps. J'adorais les matchs du vendredi soir sous les projecteurs au lycée.

Je haussai les sourcils d'un air suggestif et ajoutai :

— Et sous les gradins après.

Elle roula des yeux.

— Tu sais ce que je faisais les vendredis soir au lycée ?

— Non, quoi ?

— Je lisais des bouquins sur la combinatoire.

— Qu'est-ce que c'est que ça ?

Elle afficha un sourire en coin.

— C'est ma branche préférée dans les mathématiques.

Le coach était assis de l'autre côté de Bella, mais son fauteuil roulant était placé devant les sièges des gradins. Il se pencha en arrière pour attirer mon attention.

— Qu'est-ce qui se passe avec le hot-dog et le bretzel que tu m'avais promis ?

Je souris et regardai Bella.

— Tu veux quelque chose ?

— Volontiers, oui. Un hot-dog avec la totale, s'il te plaît.

— Pareil pour moi, dit le coach.

Je me levai.

— Je reviens tout de suite.

On en était déjà à la moitié du second quart-temps lorsque je réapparus.

— Ce n'est pas trop tôt. Je suis affamé, dit le coach.

Je lui passai une boîte avec un hot-dog, un bretzel et un soda, puis donnai la même chose à Bella avant de me rasseoir.

— J'ai dû faire la queue, il y avait du monde.

Bella mordit dans son hot-dog et couvrit sa bouche pleine d'une main pour me dire :

— Quoi ? Personne n'a laissé la superstar passer devant et tu as dû attendre comme le commun des mortels ?

— Fais la maligne, va.

À la mi-temps, les deux équipes étaient à égalité. J'allai aux toilettes et lorsque je revins, Bella était au téléphone. Elle raccrocha alors que je me rasseyais.

— Tout va bien ? demandai-je.

— Oui, ça va. Je tenais juste Talia au courant du déroulement du match.

— Comment va-t-elle ?

— Très bien, mais elle est nerveuse à l'idée de retourner au boulot et à son train-train. Le médecin a dit qu'elle pourrait reprendre lundi. Le coach de l'équipe d'Ohio State a invité Wyatt à venir visiter l'université et à assister à leur match samedi prochain.

— Ah oui ?

Elle opina.

— J'ai dit à Talia que je l'emmènerais, comme elle a déjà pris beaucoup de jours au travail à cause de son appendicite.

— Wyatt va adorer. Les supporters sont dingues là-bas. Ils font trembler le stade.

— On pourra sans doute prendre un vol le vendredi soir ou le samedi matin, on fera la visite et on restera pour le match, et après, je pourrais emmener Wyatt au match de Cincinnati. On sera à seulement deux heures de route environ.

Bella secoua la tête.

— Ah, mince ! J'ai dit à mon grand-père il y a deux minutes que je viendrais avec vous samedi prochain.

— Samedi prochain ?

— Il a dit que vous alliez voir la collection de voitures que mon père lui a laissée. Il pensait que ça pourrait m'intéresser.

Merde. J'étais à peu près certain que ce qui m'était passé par la tête était dingue, mais quand même, ce n'était sans doute pas une bonne idée qu'elle vienne avec nous.

— Tu ne vas pas rater grand-chose.

Je me penchai vers elle pour que le coach n'entende pas la suite.

— J'essaie juste de le faire sortir plus souvent.

— Ah, d'accord.

Le reste du match fut éprouvant pour les nerfs. Les deux équipes se disputèrent la victoire jusqu'aux dix dernières secondes, où le match allait se jouer sur une tentative de long *field goal*.

On se leva, Bella et moi, alors que Wyatt entrait sur le terrain au pas de course.

— Bon sang, c'est tellement stressant, dit-elle. Je n'ose même pas imaginer ce qu'il ressent, là.

Je souris.

— C'est le moment qu'on attend tous quand on joue au football.

Elle plaqua une main sur son cœur.

— Je ne serais pas capable de faire ça. Je craquerais sous la pression.

— Mais non, tu t'en sortirais très bien. C'est dans des moments comme ça qu'on se rend compte de sa force. Même s'il ne réussit pas son tir, ce qui compte, c'est de bosser encore plus dur le jour d'après pour augmenter ses chances de réussite la prochaine fois. C'est comme toi quand tu es arrivée dans les bureaux le premier jour et que ta sœur t'a fait la misère dès la première heure. Tu es revenue, comme les fois d'après. C'est ça qui te rend meilleure dans ce que tu fais.

Des années de speechs de motivation de la part d'une dizaine d'entraîneurs avaient très certainement influencé ce que je venais de dire, mais au moment où Wyatt avait reculé la jambe avant de botter le ballon, je devais bien admettre que j'avais retenu mon souffle.

— Il a réussi !

Bella bondit sur place tandis que je coinçais deux doigts dans ma bouche pour émettre un sifflement strident. Les supporters dans les gradins étaient en folie et il se pourrait que ma gorge se soit un peu nouée d'émotion lorsque les coéquipiers de Wyatt le hissèrent sur leurs épaules pour parader avec lui sur tout le terrain.

— C'était un sacré match, nom d'un chien ! s'écria le coach.

Entre la célébration de la victoire après le match et les gens me demandant de prendre des selfies avec eux et de leur signer des autographes, il nous fallut encore presque deux heures pour pouvoir sortir du stade. On déposa ensuite le coach et Wyatt avant de retourner chez moi.

— J'ai vraiment passé une excellente soirée, dit Bella.

— Moi aussi. Le match était génial.

On était assis dans le canapé et je soulevai ses pieds pour les poser sur mes genoux et les masser tandis qu'elle sirotait le vin que je lui avais servi.

— Oui, c'est vrai, mais c'était plus que ça. J'ai eu l'impression de passer une soirée en famille.

Je la regardai droit dans les yeux.

— Ah oui ?

Elle opina.

— Ça fait longtemps que je n'avais pas ressenti un truc pareil. Depuis que j'ai découvert l'existence de mon père et que j'ai appris à connaître mon grand-père, on a surtout parlé de John et de la famille que je n'ai jamais connue quand je lui rendais visite. C'est très bien et j'adore écouter ses histoires, mais c'était chouette de passer simplement du bon temps ensemble ce soir. J'ai réalisé que j'ai seulement essayé de rassembler les pièces du puzzle pendant les moments que j'ai passés avec lui durant ces deux dernières années, mais du coup, je ne suis pas allée de l'avant et je n'ai pas profité de la personne qu'il est aujourd'hui.

— Qu'est-ce qui a changé ?

Elle regarda fixement son verre de vin pendant un instant. C'était l'une des choses que j'appréciais chez Bella : elle ne parlait jamais pour ne rien dire. Elle choisissait toujours ses mots avec soin, ce qui les rendait d'autant plus éloquents.

— Je pense que c'est moi qui ai changé. J'ai passé les quatorze dernières années de ma vie à avoir peur de m'attacher à qui que ce soit parce que ça me fait tellement mal quand on m'abandonne.

Bella me regarda dans les yeux.

— Cette peur est encore là, mais j'ai enfin trouvé des personnes qui valent la peine que je prenne le risque de m'attacher à elles.

Je lui pris son verre des mains et le reposai sur la table basse, avant d'enserrer sa joue.

— Je suis content que tu ressentes ça, parce que moi, je suis dingue de toi, Bella.

Ses yeux se remplirent de larmes, mais il s'agissait de larmes de joie.

— Je ne veux plus regarder en arrière. Je veux aller de l'avant et apprécier ce que j'ai.

Je caressai sa joue du pouce.

— Je pense que c'est une bonne idée.

Et c'était vrai, l'idée était même géniale. Dommage que je ne me sois pas moi-même abstenu de regarder en arrière le week-end suivant...

Chapitre 23

Christian

J'avais l'impression d'être en train de faire quelque chose de mal.

Le samedi suivant, après l'entraînement, j'emmenai le coach à l'entrepôt de stockage, comme prévu. Je m'étais demandé toute la semaine si je ne devrais pas annuler, me mêler de mes oignons et laisser les choses comme elles étaient, étant donné que Bella semblait déterminée à aller de l'avant et à ne plus regarder en arrière. Et pourtant j'étais là, regardant la porte du garage remonter lentement. En plus d'avoir l'impression de fourrer mon nez là où je ne le devrais pas, je n'avais absolument aucune idée de ce que je cherchais – en dehors de la Ford Thunderbird bleue de 1954 qui me sauta aux yeux depuis l'autre bout du garage à la minute où la porte finit de s'ouvrir.

Le coach secoua la tête d'un air ravi.

— Bon sang, j'avais oublié à quel point ces vieux engins me rappelaient des trucs.

Il désigna une Chevelle blanche garée devant.

— Nancy Woodrow m'a fait mon premier suçon à l'arrière d'une voiture comme celle-ci.

Je poussai son fauteuil roulant jusque-là et ouvris la portière côté conducteur pour qu'il puisse voir à l'intérieur. Il se pencha pour passer sa tête dedans et prit une grande inspiration.

— Elle sent même pareil.

— Nancy sentait le cuir ? Je préfère les femmes avec une senteur plus féminine, quelque chose de floral, plutôt.

Le coach s'esclaffa.

— Crétin.

Je fis le tour de la Chevelle, la regardant sous toutes les coutures, mais je ne pus m'empêcher de tourner les yeux vers la Ford à plusieurs reprises. J'avais au moins réussi à ne pas aller directement la voir à la minute où nous étions entrés.

La voiture devant laquelle on s'arrêta ensuite était une vieille Jaguar.

— C'est une Type D de 1955, dit le coach. Ils en ont vendu une pour plus de vingt millions de dollars aux enchères il y a quelques années.

Je haussai les sourcils d'un air surpris.

— Vingt millions ? Tu me fais marcher, hein ?

— Elle avait gagné au Mans et elle avait encore toutes ses pièces d'origine. Celle-ci est loin de valoir autant. Elle a beaucoup de kilomètres, elle a été repeinte, et le dessous de caisse est tout rouillé. John l'avait achetée quelques mois avant son diagnostic. Il avait prévu de la restaurer et d'essayer de trouver autant de pièces d'origine que possible, mais ça ne s'est jamais fait.

— Est-ce que c'est ça qui donne de la valeur aux voitures anciennes ? Le fait d'avoir toutes les pièces d'origine ?

— Oui, en partie.

Il désigna une Corvette rouge.

— Cette Vette est entièrement d'origine, comme la Ford Thunderbird dans le fond. On a proposé des sommes rondelettes à John pour ces deux-là dans les foires aux voitures, mais contrairement aux voitures neuves dont la valeur dégringole de dix-mille dollars à la minute où on les sort du parking, celles-là prennent de la valeur. C'est un bon investissement. En plus, il adorait les conduire.

Je remarquai que la Chevelle n'avait pas de plaques d'immatriculation, alors je jetai un œil à la ronde. Je ne pouvais pas voir l'avant et l'arrière de chaque voiture, mais d'après ce que je voyais, les autres n'avaient pas de plaques non plus.

— On peut conduire des voitures de collection sans plaques d'immatriculation ?

Le coach sourit.

— Non, mais John utilisait la même paire de plaques de concessionnaire pour toutes. Les voitures appartiennent à une société qu'il avait enregistrée comme concessionnaire auto, puisqu'il achetait et revendait souvent. Ce n'est sans doute pas vraiment légal, mais il ne faisait pas beaucoup de kilomètres avec.

J'étais de plus en plus nerveux alors qu'on allait de voiture en voiture. Lorsqu'on arriva enfin à la Ford, je n'avais toujours aucune idée de ce que je cherchais.

— C'était la préférée de John, celle-là, dit le coach.

— Ah oui ?

— Il l'a achetée quand il a signé son premier contrat de joueur.

— Il l'avait depuis longtemps, alors ?

— Oui. Tous les deux ou trois ans, il faisait estimer ses voitures par une maison de ventes aux enchères pour des raisons d'assurance. Ils lui ont dit de conduire celle-ci le moins souvent possible, pour qu'elle garde un faible kilométrage, mais ça ne l'a jamais arrêté.

— Est-ce qu'il a déjà emmené celle-là au stade ?

— Je ne sais pas trop. Il était tout le temps là avant moi et j'étais déjà parti depuis longtemps quand il finissait sa journée.

Je la contournai par l'arrière en prenant mon temps pour inspecter les parties latérales. En arrivant à hauteur de l'avant, je remarquai que l'écart entre l'aile gauche et le capot était légèrement plus grand qu'à droite. C'était à peine visible, mais bien là, et je savais que c'était un élément indiquant qu'une voiture avait été accidentée.

— Est-ce qu'elles perdent de la valeur quand elles ont été accidentées ?

— Bien sûr. C'est parce qu'il y a des travaux de carrosserie à faire en général, mais celle-là est impeccable. Entièrement d'origine, jamais accidentée, la carrosserie est comme neuve.

Je m'accroupis devant la voiture, regardant les phares de plus près. À gauche, j'aperçus deux petites bulles sous la peinture, alors qu'à droite, elle était entièrement lisse. J'étais loin d'être un expert en matière de voitures, mais je me dis que la peinture avait peut-être été refaite. Ne voulant pas éveiller les soupçons, j'allai jeter un œil à l'intérieur. Rien ne me sembla curieux ici à première vue. La voiture avait soixante-dix ans, voyons. C'était peut-être normal que le capot ne soit pas tout à fait aligné et que la peinture ait quelques bulles microscopiques à cause de l'usure naturelle. Qu'est-ce que j'en savais, après tout ?

Je me redressai et regardai autour de moi.

— Tu as toujours dans l'idée de faire don de la collection à une association caritative ?

— Elles ne font que prendre la poussière ici. Je n'ai pas besoin de cet argent et aucun des enfants de John non plus. Ils récupèreront tout ce qui me restera quand je claquerai ma pipe, en plus. Donc je ferais aussi bien de les donner.

J'acquiesçai d'un hochement de tête.

— Tu en as une en tête ?

— J'ai toujours activement soutenu la fondation Camp for Kids. Ils permettent à des enfants de partir en colonie l'été en payant pour leur séjour quand leurs parents ne peuvent pas se le permettre. J'ai rallié John à cette cause aussi. Il faisait des donations et il envoyait toujours ses joueurs en visite dans les colos.

Je souris.

— On le fait toujours. J'y ai participé il y a deux ans. C'est un programme génial.

— Je pense que cet argent sera plus utile à la fondation qu'à moi. J'ai parlé de mon projet de donation à mon conseiller financier il y a quelque temps et il m'a suggéré de faire estimer les voitures. John le faisait souvent, pour augmenter la couverture de l'assurance, mais je ne me suis pas embêté avec ça, alors ça fait quelques années qu'elles n'ont pas été estimées. Apparemment, je pourrais bien avoir des taxes à payer si leur valeur a augmenté. J'avais l'intention de mettre tout ça en place, mais je ne peux plus me déplacer aussi facilement qu'avant. Je dois demander de l'aide pour tout, même pour faire une chose aussi simple que venir ici pour retrouver quelqu'un pour l'estimation des voitures. Je n'aime pas être dépendant comme ça.

— Eh bien, dans mon cas, tu n'auras pas à demander. Je me porte volontaire. Si tu es d'accord, je vais m'occuper de faire estimer tout ça.

— Tu me fais les yeux doux parce que tu sors avec ma petite-fille maintenant ?

Je fis non de la tête en souriant.

— Est-ce que c'est important ?

— Je suppose que non. Ce n'est pas comme si j'avais d'autres candidats sous la main pour le poste de laquais.

— Je me sens si désiré…

Le coach balaya une dernière fois le garage du regard.

— C'est difficile de se débarrasser de quelque chose que mon fiston aimait tant, mais je pense qu'il est temps d'aller de l'avant.

Je jetai un dernier coup d'œil à la Ford bleue. *Tout le monde semble vouloir aller de l'avant, alors qu'est-ce que je fous, bordel ?*

———

Une semaine plus tard, mon portable sonna alors que j'étais en route pour l'entraînement. Un numéro inconnu au bataillon s'afficha, alors je laissai mon répondeur s'en charger. Mon téléphone vibra juste après pour m'annoncer la réception d'un message, que j'écoutai aussitôt.

— Bonjour, Christian, Aaron Winkleman à l'appareil. Votre numéro m'a été transmis par Frank Quinn, de Quinn Financial, qui travaille avec Marvin Barrett. M. Barrett voudrait faire estimer une collection de voitures anciennes et il nous a fourni vos coordonnées pour que je puisse accéder au garage pour voir les véhicules. Je vous invite à me rappeler à votre convenance. Merci.

J'avais réussi à laisser mes pensées insensées au centre de stockage ce jour-là et je craignais qu'elles reviennent au galop si j'y retournais. J'avais cependant envie d'aider le coach, alors j'enregistrai le numéro dans mes contacts, puis appuyai sur *rappeler* sur l'écran tactile de ma voiture et parlai dans l'interphone.

— Aaron Winkleman.

— Bonjour, Aaron. C'est Christian Knox. Vous venez de m'appeler.

— Bonjour, Christian. Merci de me rappeler. Avant de commencer, si je peux me permettre, est-ce que vous êtes *le* Christian Knox ? Le *quarterback* ?

— C'est moi, oui.

— Ouah ! Je suis un grand fan. Désolé, ce n'est pas très professionnel de ma part, mais je n'ai pas pu m'en empêcher.

Je souris.

— Merci. C'est gentil.

— Bref, je vous ai appelé parce qu'on m'a donné votre numéro pour organiser l'estimation de plusieurs véhicules. Je suppose que vous êtes au courant ?

— En effet, oui. Quand seriez-vous disponible ?

— Étant donné que c'est la saison de football et que votre emploi du temps est bien plus important que le mien, je peux m'arranger en fonction de vous.

— Merci. Pouvez-vous me donner une idée du temps qu'il faudra pour tout estimer ?

— Il faut généralement compter une heure ou deux par voiture, mais j'aurai quelques personnes avec moi, donc ça ne prendra pas toute la journée. Avec les voitures de collection, il faut bien vérifier les numéros de série des pièces et noter si elles sont d'origine ou si ce sont des pièces de remplacement, parce que ça peut faire une grande différence au niveau de l'estimation.

— Juste par curiosité, est-ce que vous pouvez aussi voir si une voiture a été repeinte ou non ?

— En général, oui. Même si la teinte est exactement la même, les apprêts utilisés de nos jours ne sont pas les mêmes qu'il y a quelques années, et on a aussi des outils qui nous permettent de voir des choses indétectables à l'œil nu.

Je me tus pendant un instant.

— Est-ce qu'on pourrait se donner rendez-vous le soir ? demandai-je.

— Du moment qu'il y a un bon éclairage.

— Le garage est bien éclairé. Est-ce que vous seriez disponible jeudi ? Aux alentours de dix-sept heures ?

— Je vais devoir contacter les membres de l'équipe qui m'accompagneront pour voir s'ils sont disponibles en dehors des heures de bureau. Donnez-moi environ une demi-heure et je vous rappelle.

— D'accord, parfait. Vous voulez bien m'envoyer un message à ce numéro ? Je ne pourrai sans doute pas répondre au téléphone dans les heures qui viennent.

— Bien sûr. Pas de problème.

— Merci.

Je parcourus le reste du trajet jusqu'au stade perdu dans mes pensées. Alors que je m'apprêtais à verrouiller mon casier avant d'aller sur le terrain, mon portable vibra. Je rouvris donc la porte pour lire le message.

Aaron : Mon équipe sera disponible jeudi soir à dix-sept heures. Vous pouvez m'envoyer l'adresse par texto quand vous aurez le temps. À bientôt.

— Ça sert à quoi ce truc ?

Aaron et son équipe travaillaient sur les voitures depuis environ quarante-cinq minutes. Il était en train de se servir d'un gadget qui tenait dans la main et qu'il avait plaqué sur le capot de la Corvette, ce qu'il avait fait à plusieurs autres endroits avant que j'arrive.

— C'est un appareil qui me permet de mesurer l'épaisseur de la peinture. Une peinture d'usine a une épaisseur d'environ quarante micromètres, mais quand la voiture a été repeinte, ce chiffre est généralement plus élevé – ça peut aller de cinquante à deux-cents micromètres. Je passe cet appareil sur toutes les parties qui sont souvent repeintes pour couvrir des détériorations – le capot, les ailes, le pare-choc – et ça me permet de voir si la peinture est d'origine ou non.

Il sourit en se dirigeant vers le passage de roue et en plaçant l'appareil de mesure à divers endroits.

— On peut révéler des travaux de peinture non déclarés dans quatre-vingt-quinze pour cent des cas avec ça. Les compagnies d'assurance et les départements de police adorent ce petit appareil parce que la plupart des gens ne savent pas que ça existe et ils pensent qu'on peut seulement détecter des réparations à l'œil nu.

— Et pour les cinq pour cent restants ?

— Il faut passer la main sur les rebords des pièces. Comme ça...

Il glissa sa main à l'intérieur du passage de roue et tâtonna les contours.

— Il y a quelques carrossiers qui peuvent faire des peintures avec une épaisseur d'usine, mais les constructeurs appliquent les leurs par un procédé électrostatique, ce qui laisse une surface lisse partout. Même les meilleurs carrossiers ne peuvent pas faire la même chose au niveau des rebords. Il y a toujours quelques défauts. Ça nous permet de confirmer que le véhicule a été repeint dans les cinq pour cent des cas restants.

Quelques défauts...

— Je vais vous laisser travailler, mais si je peux faire quoi que ce soit, n'hésitez pas à me le dire.

Durant les deux heures qui suivirent, Aaron et son équipe passèrent de voiture en voiture. Comme la Ford était dans le fond, elle fut l'une des dernières à être passée à la loupe. Enfin, Aaron lui-même commença cette inspection. Comme il l'avait fait avec les autres, il commença par l'intérieur, griffonnant diverses remarques sur son bloc-notes avant de soulever le capot. Il vérifia là aussi les pièces et nota d'autres choses, avant de démarrer le moteur et de l'écouter tourner. Il travaillait de façon vraiment méthodique, donc je savais qu'après avoir coupé le moteur et refermé le capot, il allait passer à la vérification que j'attendais depuis le début.

Il ne fallut pas longtemps pour que l'écart que j'avais remarqué entre l'aile et le capot attire son attention. Il l'observa pendant un moment, puis commença à placer son gadget pour vérifier l'épaisseur de la peinture à divers endroits. Au niveau de l'aile avant gauche, il s'arrêta et prit quelques notes, puis il passa ses mains partout sur les rebords et en dessous. Posté à six mètres de lui, j'observais la scène et nos regards se croisèrent lorsqu'il releva les yeux.

— Le mesureur d'épaisseur a encore frappé.

Je le rejoignis d'un pas faussement nonchalant, mais intérieurement, j'étais ultra nerveux.

— Ah bon ? Quelque chose a été repeint ?

Il pointa le capot du doigt.

— Le défaut d'alignement ici est déjà une bonne indication qu'il s'est passé quelque chose, mais en plus, la peinture est trop épaisse pour être d'origine et elle n'est pas lisse comme elle devrait.

Aaron s'accroupit devant le phare gauche, sortit une petite lampe torche de sa poche et dirigea le faisceau vers ce dernier.

— Le phare a été remplacé aussi. Ceux qui ont été produits après 1983 n'ont pas le même niveau de clarté. C'est une nouvelle technologie, donc même les phares qui sont censés être identiques aux anciens en sont dotés.

— Est-ce qu'il y a moyen de savoir quand il a été remplacé ?

— Non, pas la date exacte, mais je peux généralement savoir quand la pièce a été fabriquée grâce à son numéro de série. Vous voulez que je regarde ça pour vous ?

— Euh... je veux bien, oui. Quelqu'un conduit ses voitures pour les garder en bon état. Je ne peux pas savoir si les dommages que vous avez constatés sont récents ou non, mais au cas où ce serait le cas, ça pourrait être utile de savoir à peu près quand c'est arrivé.

— Pas de problème. Donnez-moi quelques minutes pour noter le numéro de série et faire une recherche sur mon iPad.

Découvrir que la voiture avait été accidentée ne prouvait rien en soi, mais je me sentirais quand même vraiment soulagé si Aaron pouvait me dire à son retour que le phare avait été fabriqué des années après l'accident qui avait coûté la vie à la mère de Bella, puisque les réparations auraient sans doute été faites aussitôt après.

Mais bien entendu, les choses ne pouvaient pas être aussi simples.

Quelques minutes plus tard, Aaron revint avec son iPad.

— Bon, ce phare doit avoir entre quatorze et seize ans.

Génial. La mère de Bella était morte quatorze ans auparavant, alors je pouvais faire une croix sur ma tranquillité d'esprit.

Chapitre 24

Bella

— Qu'est-ce qui ne va pas ?

Christian tourna la tête vers moi. Tandis que je m'habillais pour sortir dîner, il était assis sur le canapé, les yeux regardant dans le vide par la fenêtre depuis dix minutes.

— Comment ça ?

— Tu as l'air perdu dans tes pensées.

Il prit une grande inspiration avant de relâcher longuement son souffle.

— Désolé. Je suis juste fatigué. Je ne dors pas bien depuis deux jours.

— Est-ce que quelque chose te perturbe ?

Il hésita avant de hausser les épaules.

— Juste le gros match de dimanche, sans doute.

— Le match de Phoenix t'inquiète ? Ils sont à deux victoires pour cinq défaites et on est à cinq pour deux.

— Tous les matchs comptent quand on approche des *playoffs*.

— C'est vrai, mais vous les avez battus sept fois de suite lors des dernières rencontres – neuf si on compte seulement les matchs joués dans leur stade. En plus, Joe Rexon est sur la touche, Assad Fenton est en plein divorce, et leur coordinateur défensif va sans doute se faire virer à la fin de la saison.

Christian sourit.

— J'en connais une qui a bossé dur pour apprendre à mieux connaître les gens.

— En fait, j'ai pris l'habitude de faire des recherches sur Google sur les dix meilleurs joueurs des équipes qu'on doit affronter pour récolter les ragots qui circulent sur Internet. Après, j'incorpore tout ça dans mon algorithme, qui a d'ailleurs prédit que vous gagnerez avec quatorze points d'avance cette semaine.

— J'ai été remplacé par Google.

— Jamais de la vie.

Je souris et sortis une paire de boucles d'oreille de ma boîte à bijoux, les mettant en continuant à discuter avec le reflet de Christian dans le miroir.

— Je t'ai dit que je faisais juste un aller-retour rapide pour le match cette semaine ? Wyatt a un match samedi soir et j'ai une réunion de bonne heure lundi. Du coup, je ne prends pas l'avion avant dimanche matin et je repartirai dès que ce sera fini. Je sais que de votre côté, vous en aurez encore pour quelques heures entre le débriefing du match et les déclarations à la presse.

Je le rejoignis et m'installai à califourchon sur ses genoux avec un sourire aguicheur.

— Je peux faire quelque chose pour te déstresser ?

Il me sourit en retour, mais ses yeux reflétaient encore sa préoccupation.

— On verra ça après le dîner, d'accord ? On va manquer notre réservation si on ne se met pas en route.

Ce n'était pas dans ses habitudes de faire l'impasse sur le sexe pour aller au restaurant, mais je n'insistai pas. Au lieu, je lui fis un petit bisou et allai finir de me préparer. Le restaurant de sushis où on avait réservé se trouvait à l'autre bout de la ville, alors on prit un Uber.

— Je pense avoir trouvé un appartement, dis-je une fois qu'on fut attablés.

— Je ne savais même pas que tu en avais visité.

— Juste des visites en ligne. J'ai mentionné à Josh le fait que j'allais commencer à chercher un nouveau logement et il m'a envoyé une liste d'appartements par mail avant la fin de la journée, même si je ne lui avais pas demandé de s'en occuper. L'un des logements me plaît beaucoup.

— Ça se trouve où ?

— C'est à Kips Bay, près d'un arrêt du PATH. Comme ça, je pourrais facilement rejoindre le New Jersey en train pour les matchs et les entraînements. Le bâtiment a un portier 24h/24, une salle de sport et un toit-terrasse accessible aux locataires. Le salon de l'appartement s'ouvre sur un petit balcon et je serais à seulement six pâtés de maisons de Talia et Wyatt.

— Ça paraît super.

— Je pense que je vais aller le voir demain. Si je prends rendez-vous en fin d'après-midi, tu voudrais bien m'accompagner ?

— Oui, bien sûr. On a juste une mise en condition demain, donc je devrais avoir fini aux alentours de treize heures.

La serveuse vint prendre notre commande pour les boissons et nous laissa un menu chacun. J'étais déjà venu ici, donc je savais ce que j'allais prendre sans avoir besoin de regarder le mien.

— Je suis allée voir mon grand-père cet après-midi et il m'a dit que tu lui avais donné un coup de main. Quelque chose à propos d'une estimation des voitures qu'il veut donner ?

— Oui, il a du mal à se déplacer tout seul, alors je suis allé là-bas pour qu'ils puissent faire l'estimation.

— C'est quoi comme voitures déjà ? Des sportives ?

Christian haussa les épaules.

— Je ne m'y connais pas vraiment en bagnoles. Je dirais qu'elles sont juste du genre vieilles et chères.

Il reposa son menu.

— Tu prends quoi ?

— Un *Amazing Roll*.

— Je vais prendre la même chose.

Je ris.

— Tu sais ce que c'est au moins ?

— Non, mais je ne suis pas difficile.

Je pris une gorgée de mon eau.

— Est-ce que vous allez vendre les voitures et donner l'argent à la fondation, ou juste leur donner directement les voitures ?

— Le coach va contacter Camp for Kids quand il recevra l'estimation et il verra ce qu'ils veulent faire. Ils voudront peut-être en garder quelques-unes puisqu'elles prennent de la valeur avec les années en général.

— Camp for Kids ? J'ai lu quelque chose sur ce programme dans le registre des associations caritatives soutenues par l'équipe. Deux des joueurs sont allés rendre visite à des colos dans l'Upstate New York cet été... Tyrell Pough et Randall Emory, je crois.

Christian opina.

— L'équipe sponsorisait déjà ce programme avant mon arrivée. Le coach les soutient depuis longtemps et il a toujours été un gros donateur, et John a suivi ses traces.

Je secouai la tête d'incrédulité.

— Ça fait partie des choses que j'ai du mal à réconcilier dans ma tête. Mon père se souciait assez des enfants en situation précaire pour donner de l'argent pour qu'ils puissent aller en colonie au lieu de traîner dans la rue, et pourtant, il m'a observée vivre dans un foyer et grandir dans la rue. Comment pouvait-il s'inquiéter davantage du bien-être d'enfants qu'il n'a jamais rencontrés que de celui de sa propre fille ?

Christian fit courir un doigt sur le rebord de son verre d'eau d'un air sombre.

— Je ne sais pas. Je commence moi-même à me demander si je connaissais le véritable John Barrett.

— Je suis désolée. J'ai cassé l'ambiance. Changeons de sujet. J'ai de bonnes nouvelles.

— Ah oui ?

— Wyatt a reçu une proposition d'Ohio State aujourd'hui – une bourse sportive équivalente à une prise en charge complète !

— C'est super. Je suis sûr qu'il recevra d'autres propositions. Il est vraiment bon.

— Il est doué, oui, mais il aurait pu passer inaperçu, comme beaucoup d'autres enfants talentueux.

Je tendis le bras par-dessus la table et entrelaçai mes doigts à ceux de Christian.

— Grâce à toi, ça n'a pas été le cas.

— Les universités auraient fini par le remarquer.

— Peut-être, mais ça n'a pas été nécessaire parce que tu lui as ouvert la voie. J'avais prévu de mettre de l'argent de côté pour payer les études de Wyatt à l'université, mais je suis sûre que Talia n'aurait pas été d'accord avec ça. Elle a travaillé dur pour obtenir tout ce qu'elle a et elle pense que c'est important pour Wyatt de faire la même chose. Mais les gosses ont tellement de dettes quand ils sortent de l'université de nos jours. Bref, je sais que je t'ai déjà remercié avant, mais je me disais qu'après le dîner, je pourrais te remercier encore en te montrant à quel point je te suis reconnaissante pour ce que tu as fait.

Christian sourit, mais une fois de plus, je sentis que quelque chose n'allait pas.

— Tu es sûr que c'est seulement le match à venir qui te perturbe ? demandai-je en pressant ses doigts. Ce ne serait pas plutôt le fait que tu vas bientôt prendre un an de plus ?

Il regarda nos mains jointes.

— C'est juste le match.

Sans savoir pourquoi, je ne le croyais pas vraiment au fond de moi. Je mis cependant ça sur le compte de mon problème de confiance envers les gens et j'essayai de ne plus y penser pendant le reste de la soirée.

Ce ne fut pas bien difficile, surtout avec les heures incroyables qu'on passa au lit après le dîner. J'avais promis à Christian de le remercier comme il se devait, mais finalement, j'étais à peu près certaine que c'était lui qui m'avait remerciée... *deux fois*. Quoi qu'il en soit, la semaine avait été longue et après le vin à table suivi d'une paire d'orgasmes édifiants, j'étais éreintée. Je m'endormis dans les bras de Christian, mais me réveillai à trois heures du matin parce que j'avais soif, seulement pour trouver ce dernier en train de fixer le plafond.

— Tu n'arrives pas à dormir ? murmurai-je.

Il m'embrassa sur le sommet du crâne.

— Rendors-toi.

— J'ai soif. Le dîner était délicieux, mais très salé. Je vais me chercher une bouteille d'eau. Tu en veux une ?

— Non, merci.

Je me blottis de nouveau contre lui après avoir englouti un demi-litre d'eau.

— Je ne suis jamais restée toute la nuit chez un homme avant toi, tu sais.

Christian était en train de caresser mon épaule. Sa main se figea.

— Sérieux ?

— Oui. J'ai toujours préféré quitter la personne avec qui j'étais avant qu'elle ait l'occasion de me laisser tomber.

Christian demeura silencieux pendant un moment.

— Et pourtant, regarde-nous. On dort ensemble chez l'un ou chez l'autre la moitié de la semaine.

Je me tournai et posai mon menton dans ma main, avec mon autre bras en travers de son torse.

— J'ai confiance en toi.

Christian ferma les yeux.

— Je sais à quel point c'est important pour toi.

— Mince, je dois vraiment avoir l'air d'une fille déprimante qui a la phobie de l'engagement.

— Pas déprimante. Méfiante.

Je souris.

— Tu veux que je te dise un secret ?

— Quoi ?

— Tu me fais plus peur que n'importe qui avant, et pourtant, je n'ai pas envie de m'enfuir en courant avec toi.

— J'en suis ravi. J'ai un secret, moi aussi.

— Quoi,donc ?

Christian pencha davantage la tête vers moi et murmura :

— J'ai aussi peur de toi. Et tu sais quoi ?

— Quoi ?

— Si tu t'enfuis en courant parce que tu trouves que ça devient trop difficile à gérer, je vais me mettre à courir aussi. Directement après toi. Et je finirai bien par te rattraper.

Je sentis mon cœur se gonfler de joie.

— Je ne manquerai pas de te le rappeler, Knox.

Christian prit ma main et la porta à ses lèvres.

— J'y compte bien.

— Tu devrais dormir un peu.

— Toi aussi. Fais de beaux rêves.

Cette nuit-là, pour la première fois de ma vie, je m'endormis en me demandant comment mes rêves pourraient être plus beaux que la réalité dans laquelle je vivais. Je n'avais jamais cru que les rêves pouvaient se réaliser, mais peut-être bien que si, après tout.

Chapitre 25

Ma conscience ne me laissait plus tranquille, même à l'entraînement.

À moins que mon état léthargique ne soit dû au manque de sommeil de la nuit dernière parce que je cachais quelque chose de potentiellement énorme à Bella. Dans les deux cas, ce secret affectait tout ce qui me concernait – y compris ma relation avec elle.

Elle était trop intelligente pour ne pas avoir remarqué que j'étais distrait ces derniers temps et j'étais terrifié à propos des répercussions si elle découvrait que j'avais soupçonné une chose pareille et que je ne lui avais rien dit. En même temps, je ne me voyais pas lui dire *au fait, je pense que ton père a tué ta mère* sans une preuve concrète. Il y avait encore de bonnes chances que je me trompe à propos de cette voiture et que tout ça ne soit qu'une énorme coïncidence. Elle avait elle-même affirmé ne plus vouloir regarder en arrière, alors il fallait que je sois sûr de ce que je pourrais avancer. Plus sûr que je l'étais aujourd'hui, en tout cas.

Du coup, après m'être fait gueuler dessus par

l'entraîneur qui trouvait que j'avais la tête dans le cul plutôt que sur le terrain, je décidai de passer un coup de fil.

Assis dans ma voiture garée sur le parking du stade, j'appelai mon frère Tyler.

— Quelqu'un est mort ? Ou as-tu besoin de moi pour payer ta caution ?

— Quoi ? Je ne peux pas appeler mon grand frère juste pour savoir comment il va.

— Bien sûr que si... mais tu ne le fais jamais. Alors, laquelle était la bonne ?

— Aucune. J'ai besoin de tes conseils et peut-être d'une faveur. Tu as un peu de temps pour discuter ?

— Oui, je suis en repos aujourd'hui. Qu'est-ce qui t'arrive ?

Je soupirai.

— Est-ce qu'on peut parler de façon hypothétique ? C'est un problème d'ordre juridique et je ne voudrais pas te mettre dans une situation maladroite, étant donné que tu es flic.

— Je vois. Tu as donc bel et bien des ennuis ?

— Non, pas moi. Je te le jure. Mais il me faudrait une copie du dossier d'une vieille affaire. Est-ce que c'est possible ? Je veux dire, est-ce qu'une personne lambda peut avoir accès à un truc comme ça ?

— C'est quel genre d'affaire ?

— Une femme renversée par un chauffard qui a pris la fuite.

— Quel est le statut de l'affaire ?

— Clôturée, je crois. L'accident remonte à quatorze ans et l'enquête est restée active pendant seulement un an après ça, d'après ce que je sais.

— C'est sans doute un *cold case*, alors. La plupart des documents gouvernementaux peuvent être obtenus grâce à la loi d'accès à l'information, sauf si ça peut interférer avec une enquête ou un procès en cours. Mais dans le cas d'une vieille affaire classée sans suite, il n'y a sans doute aucun risque que ça arrive. L'accident a eu lieu dans le New Jersey ?

— Oui.

— Dans ma circonscription ?

Mon frère travaillait dans le sud-est du New Jersey, pas du tout à proximité du stade.

— Non.

— Et pourquoi veux-tu mettre la main sur ce dossier ?

Je soupirai.

— Je suis peut-être tombé sur un élément en lien avec l'affaire.

— Pourquoi n'en parles-tu pas à la police pour voir ce qu'ils en pensent ? Tu es obligé de faire ça dans l'ombre ?

— Je ne veux rien dire pour l'instant parce que si je me trompe, ça va rouvrir beaucoup de blessures pour rien.

— Tu sais de quoi tu as besoin dans ce dossier.

— Aucune idée. Je ne sais pas du tout ce que je cherche.

Mon frère rit.

— Ça aide vraiment.

— Désolé.

— Tu veux que je regarde ce que je peux trouver ? Je peux me renseigner de façon non officielle. Tu peux m'assurer que cet élément en lien avec l'affaire que tu as découvert ne te concerne absolument pas, hein ?

— Non, ça n'a vraiment rien à voir avec moi. J'étais encore à l'université de Notre-Dame quand l'accident a eu lieu.

— Bon, d'accord. Je vais me renseigner si tu veux – ça t'évitera de devoir faire une demande officielle pour obtenir le dossier et ça pourra rester entre nous comme ça. La demande en elle-même est publique et ton nom est plutôt connu. Ça pourrait vite se savoir.

Je me passai une main dans les cheveux. Il avait raison.

— Du moment que ça ne peut pas t'attirer d'ennuis.

— Aucune chance. Par contre, tu vas devoir me donner le nom de la personne concernée.

Je me tus un instant, passant mes options en revue, avant de répondre :

— Le nom est Rose Keating.

— Keating... Pourquoi ce nom me semble-t-il familier ?

— Parce que tu as rencontré sa fille à la fête de fiançailles de Jake. Rose était la mère de Bella.

— Merde alors. Je ne savais pas que sa mère avait été tuée par un chauffard. Pourquoi ça doit rester secret alors si tu fais ça pour ta petite amie ?

— C'est une longue histoire. Pour faire court, elle ne sait pas du tout que je me renseigne à ce sujet.

—

— Qu'est-ce que tu en penses ? demanda Bella.

Je balayai le petit appartement du regard.

— C'est un beau bâtiment, dans un quartier sympa. La sécurité 24h/24 semble correcte et tu as tous les équipements nécessaires. Qu'est-ce que *toi* tu en penses ?

Elle sourit jusqu'aux oreilles.

— Je le trouve génial !

Cette femme était propriétaire d'une équipe valant plus d'un milliard de dollars. Il n'y avait pas beaucoup d'appartements en ville qu'elle ne pouvait *pas* se permettre d'acheter. Pourtant, un logement sobre de cent mètres carrés la rendait heureuse.

Je l'enlaçai par la taille.

— Tu sais, je n'ai jamais vraiment compris ce qu'une femme aussi belle et intelligente que toi pouvait bien trouver à un toto comme moi, mais tout s'explique maintenant. Tu aimes les choses simples. Dieu soit loué.

Elle pouffa.

— Je sais que cet appartement n'est pas immense et sophistiqué, mais je n'ai pas besoin de plus que ça.

Aucun de nous n'avait réellement *besoin* de la plupart des choses en notre possession, mais ça n'empêchait pas la plupart des gens de vouloir ces choses. Bella n'était cependant pas comme les autres.

— Si ça te rend heureuse et que l'endroit est sûr, tu devrais le prendre.

Elle poussa un petit cri strident.

— C'est ce que je vais faire !

J'étais heureux de la voir si enthousiaste. D'après ce que je savais, c'était la première folie qu'elle se permettait depuis qu'elle avait reçu tout cet argent — si on pouvait vraiment appeler ça une folie. Elle gagnait sans doute très bien sa vie avec son ancien boulot et elle aurait pu se permettre de vivre ici, mais elle se satisfaisait de peu, et j'aimais ce côté-là chez elle — ça ne me ferait pas de mal de suivre son exemple de temps à autre.

L'agente immobilière était sortie pour nous laisser quelques minutes pour discuter de l'appartement. Elle toqua à la porte, puis nous rejoignit.

— Alors, qu'est-ce que vous en pensez ?

— L'appartement est très bien, répondit Bella, mais vous pensez que le propriétaire pourrait faire un petit geste au niveau du loyer ?

Je dus tousser pour couvrir un éclat de rire. Elle avait les moyens d'acheter tout le bâtiment si elle le souhaitait et elle voulait quand même négocier pour obtenir un meilleur prix. Je fus d'autant plus surpris que je ne m'étais pas du tout attendu à ce qu'elle le demande. Heureusement, l'agente immobilière ne m'avait pas reconnu et elle ne savait sans doute absolument pas qui était Bella non plus.

— Est-ce que votre salaire annuel est au moins quarante fois supérieur au loyer mensuel ? demanda l'agente immobilière.

Bella hocha la tête pour acquiescer.

— Oui.

— Et vous pourrez fournir une lettre de recommandation de votre bailleur actuel ?

— Je vis au même endroit depuis treize ans et je n'ai jamais payé mon loyer en retard.

La femme sourit.

— Vous seriez prête à signer le bail aujourd'hui ?

— Oui.

— Donnez-moi une minute pour appeler le propriétaire et voir ce qu'on peut faire.

L'agente immobilière sortit de nouveau dans le couloir et Bella se tourna vers moi avec un grand sourire aux lèvres.

Je ris.

— Tu sais que tu vas devoir remplir un formulaire de demande de location où tu devras noter ta profession et ton salaire ? La pauvre femme va se décomposer quand elle va réaliser avec qui elle a marchandé.

L'agente immobilière revint en souriant.

— Je vous ai obtenu une réduction de soixante-quinze dollars par mois sur le loyer. Est-ce que ça aiderait ?

— Absolument, répondit Bella.

Elle se tourna vers moi avec un sourire espiègle.

— Est-ce que je devrais le prendre ?

— Je pense que tu peux te le permettre.

Elle se retourna vers la femme.

— Je vais le prendre.

L'agente immobilière se mit en branle et alors que Bella remplissait de la paperasse, mon portable se mit à vibrer.

— C'est Tyler, dis-je en montrant l'écran de mon téléphone à Bella. Je vais prendre l'appel dans le couloir pour ne pas interrompre ta lecture.

— D'accord. Merci.

Je m'assurai de refermer la porte derrière moi et me rendis à l'autre bout du couloir après avoir décroché.

— Salut.

— J'ai parlé à l'inspecteur chargé de l'affaire à l'époque. Il est toujours en service. Je vais le voir avant de commencer ma journée demain pour récupérer une copie de ce qu'il a dans le dossier.

Je me passai une main dans les cheveux.

— C'était rapide, ma parole.

— Tu n'as jamais rien demandé à personne, pas même quand tu étais môme, alors je me suis dit que c'était important pour toi.

Je poussai un long soupir.

— C'est le cas. Merci.

— Pas de problème. Je bosse jusqu'à dix-neuf heures. Ton match est à treize heures, c'est ça ?

— Oui.

— Le poste de police est à environ deux heures de route du stade. Tu veux qu'on se retrouve à vingt heures ? Ça nous fait une heure de route chacun.

— Ça me va très bien. Merci, Tyler.

— Je vais voir où on peut trouver un resto pour se retrouver à mi-chemin et je t'enverrai l'adresse par texto.

— Parfait. À demain soir.

— N'oublie pas ton portefeuille. L'addition sera pour toi.

Je souris.

— Et comment !

———

La défaite inattendue d'aujourd'hui ne fit rien pour améliorer mon humeur. Je n'étais simplement pas concentré sur le match. Encore une raison pour laquelle il fallait que je règle cette histoire à propos de la voiture de John.

Plus tard dans la soirée, je fis une heure de route pour retrouver mon frère après le match. Il était déjà à l'intérieur du Harvest Moon Diner lorsque je franchis la porte du restaurant.

Tyler se leva en me voyant approcher et me donna une accolade lorsque j'arrivai à sa hauteur.

— Content de te voir.

— Moi aussi, frérot.

Je me glissai sur la banquette.

— Rude défaite. Désolé, mec. J'ai écouté le match sur mon portable au boulot. Quelques personnes conduisant à cent-trente sur l'autoroute sont rentrées chez elles sans amende pour excès de vitesse grâce à ce dernier *drive*. Je ne voulais pas être interrompu pendant que je me rongeais les ongles.

Je souris sans grande conviction.

— Elle fait mal cette défaite. Je suis juste content qu'elle ne nous ait pas coûté la qualification pour les *playoffs*, comme Dallas a perdu aussi.

La serveuse arriva à notre table. Elle nous tendit les menus, mais Tyler lui indiqua que ce n'était pas la peine d'un geste de la main.

— Vous faites des Reubens ?

— Oui et ils sont excellents.

Il me regarda et j'acquiesçai.

— On va en prendre deux, avec deux Cocas.

— Ça marche. Je vous apporte ça tout de suite.

Tyler attendit qu'elle soit partie pour prendre l'enveloppe en papier kraft posée près de lui sur la banquette. Il la fit glisser de mon côté de la table.

— J'ai regardé le dossier cet après-midi. Il n'y a pas grand-chose à exploiter, mais regarde par toi-même. Tu remarqueras peut-être quelque chose.

J'ouvris l'enveloppe et passai tous les documents en revue. Il y avait des photocopies de notes manuscrites, divers formulaires, et plusieurs photos annotées. Mon frère en désigna une marquée *A12*.

— J'aurais dû faire une demande officielle pour obtenir les éléments de preuve en dur, mais le dossier contient des photos de tout ce qu'il y avait dans la boîte. Je me suis dit que si tu trouvais quelque chose d'utile, on verrait pour la suite.

— D'accord.

Je pris mon temps, étudiant chaque page. Lorsque j'arrivai à une photo de ce qui ressemblait à des morceaux de phare cassé dans la rue, je m'arrêtai.

— Est-ce qu'ils ont pu relever un numéro de série pour le phare ?

— Non. Il n'y avait que quelques éclats et pas de numéro dessus. Ça aurait bien aidé pour réduire le champ des possibles, vu que les témoins n'ont même pas pu identifier le type de voiture avec précision. Leurs descriptions étaient très différentes, mais le rapport de la police scientifique confirme que c'était une voiture de collection et l'analyse des morceaux de verre a révélé que ce type de phare a été fabriqué sur une période de huit ans dans les années 50.

Je hochai la tête et poursuivis mon examen.

— J'ai enlevé les photos explicites du corps – je n'étais pas sûr que tu voudrais voir ça. Ce n'était pas jojo. Il n'y avait pas de traces de dérapage sur le bitume pour indiquer que le chauffeur aurait essayé de s'arrêter avant l'impact, alors elle a dû être percutée de plein fouet – le crâne était fendu et tout le toutim. Mais j'ai les photos si tu veux les voir. Je préférais te demander avant plutôt que de les laisser dans le dossier. Dans le métier, on apprend vite qu'on ne peut pas effacer ce qu'on a vu.

J'opinai.

— Je pense que ces photos ne seront pas utiles, mais merci.

Je continuai à écumer le dossier jusqu'à ce que j'arrive à ce qui ressemblait à une trace de pneu, mais sur une surface blanche, pas sur le bitume noir qu'on pouvait voir sur d'autres photos.

— C'est une trace de pneu ?

— Oui, c'est un agrandissement pour mettre les détails en évidence.

J'approchai la photo de mon visage pour l'inspecter.

— Est-ce que la voiture est montée sur le trottoir et que c'est là qu'ils ont pris cette photo ? Pourquoi le fond est-il blanc ?

Tyler fronça les sourcils.

— C'est de la peau. De la jambe de la victime. Elle portait une jupe.

Je me sentis un peu nauséeux, les yeux braqués sur le cliché.

Mon frère afficha un sourire triste.

— Je pense que j'ai bien fait de retirer les autres photos de la victime, vu comme tu es devenu livide.

Je secouai la tête de consternation.

— Quelqu'un a renversé cette femme et a poursuivi sa route comme s'il avait tué une bête. Putain, qu'est-ce qui ne tourne pas rond chez les gens ?

— Les gens quittent une scène de crime pour deux raisons. La plus courante, c'est parce qu'ils prennent peur. C'est souvent alimenté par le fait de savoir qu'ils ont fait quelque chose de mal – s'ils étaient soûls ou sur leur portable, par exemple.

— Et l'autre raison ?

— Parce que c'était volontaire.

— Nom de Dieu, dis-je en me passant une main dans les cheveux. Les gens sont vraiment tarés.

— Je ne te le fais pas dire. Je le constate tous les jours. Et quand tu penses que tu as tout vu et que plus rien ne pourra te surprendre, un autre criminel fait des siennes et te prouve que tu as tort. L'autre jour, j'ai travaillé sur une affaire où un père de famille avait coupé quatre doigts à sa fille de trois ans. Elle avait cassé un verre en le faisant tomber. C'était sa punition.

— Ne m'en dis pas plus. Je ne sais pas comment tu arrives à faire ce boulot.

Je parcourus lentement le reste du dossier. Hormis la trace de pneu, je ne vis rien de flagrant qui pourrait m'aider à écarter une bonne fois pour toutes mon hypothèse.

— Est-ce qu'on pourrait faire le lien entre une voiture et une trace de pneu des années après un accident ?

— Je ne suis pas un expert, mais je suppose que ça dépend si la voiture a beaucoup roulé après ou non. Si on saisit un véhicule peu de temps après l'accident, les traces de pneu peuvent être aussi probantes que des empreintes digitales. L'usure des pneus est unique, engendrée par une combinaison de l'alignement des roues de la voiture, des routes qu'elle a empruntées, de la façon dont elle a été conduite, et d'un tas d'autres facteurs. Mais si cette voiture continue à rouler pendant des années, les empreintes vont changer au fil du temps.

— C'est une voiture de collection dans cette affaire, donc elle est dans un garage la plupart du temps. Je ne sais pas du tout si le pneu a été changé ou non, par contre.

— Eh bien, il n'y a qu'un moyen de le savoir. Fais une empreinte du pneu et compare-la à la photo.

— Comment fait-on ça ?

— C'est assez simple. Tu mets de l'encre sur le pneu et tu le fais rouler sur une longue bande de papier pour avoir une rotation complète. Tout le monde et n'importe qui veut jouer aux experts en scènes de crime de nos jours, et du coup, tu peux trouver tout ce qu'il faut en ligne. Des kits pour relever des empreintes digitales, des kits pour relever des empreintes de pneus, et même des sprays pour révéler des traces de sang.

Je n'arrivais pas à croire que je songeais à faire une chose pareille. Tyler n'ajouta rien tandis que mon esprit tournait à mille à l'heure.

— Tu ne veux pas me dire pourquoi tout ça doit rester secret ? Tu as mentionné le fait que ça pourrait rouvrir des blessures, mais si ça permet de révéler la vérité, ça pourrait s'avérer positif au final. Les victimes et leurs familles ont toujours moins de mal à tourner la page quand elles connaissent la vérité.

— Bella commence tout juste à aller de l'avant, et si mon intuition ne me trompe pas, la découverte du responsable va entraîner un tas d'autres complications.

— Qui est le coupable, d'après toi ?

Je regardai mon frère droit dans les yeux.

— Ça doit rester entre toi et moi.

Mon frère renversa légèrement la tête en arrière d'un air étonné.

— Tu crois que je serais capable de faire passer mon travail avant toi ?

— Non, ce n'est pas ce que je pense, désolé.

Je pris une grande inspiration et ajoutai :

— La voiture qui pourrait avoir été impliquée dans l'accident appartient à... John Barrett.

Il plissa le front, essayant visiblement de replacer ce nom.

— Le propriétaire des Bruins ? Celui qui est décédé ?

— Oui. C'est aussi le père de Bella.

Tyler s'adossa à la banquette.

— Merde alors. Tu penses que son père a tué sa mère ?

———

Trois jours plus tard, le kit de prise d'empreintes arriva par courrier. Je marchai jusqu'à l'ascenseur desservant mon appartement avec ce foutu colis caché sous mon sweat, comme si je trafiquais de la drogue, alors qu'il ne portait pas une seule inscription quant à sa nature. Après l'avoir ouvert en privé, je regardai fixement son contenu et me demandai pour la millième fois si j'allais vraiment faire ça.

Je devrais juste lâcher l'affaire. Bella va bien en ce moment. Si je découvre que mon intuition était bonne, en quoi ça va l'aider ? Ça va juste lui faire encore plus de mal.

Mais elle méritait de connaître la vérité. Ça pourrait même expliquer en partie pourquoi son père n'avait jamais cherché à la contacter. Il se sentait peut-être trop coupable pour pouvoir la regarder dans les yeux.

Et s'il valait mieux qu'aucun d'entre nous ne sache la vérité ?

Est-ce que je serais capable de la regarder dans les yeux si je gardais à jamais cette information pour moi ?

J'avais déjà du mal à ce stade et elle sentait déjà que quelque chose n'allait pas. Sans parler du fait que je n'arrivais même plus à jouer correctement au football ces derniers temps à cause de cette histoire.

Merde.

Merde. Merde. Merde.

Je saisis le kit de prise d'empreintes. La meilleure chose qui pourrait arriver, ce serait qu'il apporte la preuve que je me trompais. Si c'était le cas, je ne lui dirais rien. La possibilité que les pneus aient été changés, ou que l'empreinte ne colle plus parce que la voiture aurait fait trop de kilomètres depuis, demeurerait bien réelle, bien entendu, mais si j'arrivais vraiment à une impasse, je ne voulais pas accabler Bella avec tout ça. Ne pas avoir de réponse était plus dur que d'en obtenir une qui ne nous plaisait pas, parce que dans ce cas, on ne pouvait pas accepter les choses et aller de l'avant.

Je devrais peut-être lui dire quand même, quoi qu'il arrive.

Je secouai la tête. Assez tergiversé. Je pourrais en débattre toute la journée et toute la nuit, mais pourquoi continuer à perdre du temps alors que je pouvais me rendre au garage maintenant ? Le coach n'aurait même pas besoin de le savoir, puisque j'avais déjà le code de la serrure à combinaison.

Je regardai l'heure sur mon téléphone. On avait un entraînement cet après-midi, mais avec deux heures et demie devant moi, je devrais pouvoir faire l'aller-retour dans les temps. Et dans le cas contraire, je prendrais de bonne grâce l'amende pour mon retard. Le fait d'en terminer avec tout ça en vaudrait la peine. J'attrapai donc mes clés et me mis en route pour l'entrepôt de stockage.

Le kit de prise d'empreintes était suffisamment simple à utiliser. L'encre était contenue dans ce qui ressemblait à un tube de cirage, avec un tampon applicateur au bout pour mettre le produit liquide sur le pneu. Une fois cette opération terminée, je plaçai la longue bande de papier blanc par terre et démarrai la voiture, la fis rouler sur quelques mètres, puis coupai le moteur. J'attendis ensuite que l'encre sèche, pris une dizaine de photos, et roulai la bande de papier sur elle-même avant de nettoyer tout mon bazar. Mon cœur cognait dans ma poitrine tandis que je nettoyais le pneu avec les lingettes incluses dans le kit et que je vérifiais à trois reprises que je n'avais rien laissé derrière moi.

J'avais l'impression d'être un foutu criminel et j'avais vraiment hâte de me tirer d'ici. J'attendis ensuite d'être à cinq pâtés de maisons de l'entrepôt avant de me garer et d'envoyer les photos à mon frère. Il m'avait dit qu'il allait les imprimer et les apporter à un de ses amis qui travaillait dans un labo de la police scientifique pour avoir un avis officiel. Une fois tout ça terminé, je pris quelques minutes pour me calmer avant de repartir avec mon pick-up. Le calme fut cependant de courte durée, car mon portable se mit à vibrer dans le porte-gobelet.

Tyler : Je te tiens au courant dès que j'ai un retour. D'ici deux ou trois jours max.

Vendredi matin, je venais juste de sortir mon portable de ma poche pour l'éteindre lorsque le nom de Tyler s'afficha sur l'écran.

Je décrochai et parlai à voix basse.

— Salut, ça va ? On est sur le point de décoller pour le match d'après-demain à Vegas.

— OK, je vais faire vite. J'ai parlé à mon pote qui a examiné les empreintes.

— Et ?

— Elles correspondent, Christian. Il ne peut pas le jurer à cent pour cent, mais il dit que c'est aussi certain que dans la majorité des cas. Il y avait un petit caillou coincé dans la bande de roulement et il est visible sur les deux empreintes. On voit aussi que la roue tire vers la droite sur les deux et que les traces d'usure sont les mêmes.

Je baissai la tête d'un air accablé.

— Putain.

— Je suis désolé, je sais que ce n'est pas ce que tu voulais entendre.

— Non, carrément pas.

— Mon pote a dit que s'il avait l'original de l'empreinte que tu as relevée, il pourrait sans doute diminuer sa marge d'erreur, mais même sur simple photo, il peut affirmer sans hésiter que les empreintes correspondent.

— Hé, Knox ! s'écria le coordinateur offensif. Il te faut une invitation spéciale pour éteindre ton foutu portable ?

Je murmurai dans le téléphone :

— Je dois y aller, frérot.

— J'ai entendu. Si je peux faire quoi que ce soit d'autre, n'hésite pas à me le dire.

— Entendu. Et merci, Tyler.

J'abaissai mon portable et m'apprêtai à raccrocher lorsque j'entendis :

— Hé, attends !

Je portai de nouveau le téléphone à mon oreille.

— Qu'est-ce qu'il y a ?

— J'ai failli oublier. Au cas où on n'aurait pas l'occasion de se parler lundi, bon anniversaire.

Il n'était pas le seul qui avait failli oublier.

— Merci.

Le vol de cinq heures me laissa amplement le temps de réfléchir à la façon dont j'allais présenter les choses à Bella. À l'atterrissage, je n'étais cependant pas plus avancé que lorsqu'on avait décollé de JFK. La seule chose certaine, c'était qu'il fallait que je lui annonce ça en personne et comme elle arriverait peu de temps avant le coup d'envoi dimanche et repartirait tout de suite après le match, ça me laissait un répit de quelques jours. J'allais néanmoins devoir lui dire aussitôt après mon retour à la maison parce que je ne serais pas capable de la regarder en face bien longtemps en sachant ce que je savais maintenant.

Chapitre 26

Bella

Je venais à peine de monter dans la Town Car qui m'attendait à l'aéroport de Las Vegas le dimanche que mon portable se mit à sonner.

— Allô ?

— Bella ?

La voix me semblait familière.

— Oui ?

— C'est Jake Knox, le frère de Christian.

Je ris.

— Oh, c'est pour ça que ta voix me semblait familière. C'est la même que Christian.

— Oui, ça m'arrange parfois. Comme hier, quand j'ai dû convaincre ton assistant, Josh, de me donner ton numéro de portable. Je me suis fait passer pour Christian et je lui ai dit que mon téléphone était cassé, que ton numéro était enregistré dedans, et que je ne le connaissais pas par cœur, du coup. Désolé pour ce petit mensonge, mais je ne savais pas comment faire autrement pour avoir ton numéro quand il m'a dit que tu avais quitté le bureau pour la journée pour te rendre à une réunion et que tu ne serais pas de retour avant lundi.

— Tu ne pouvais pas simplement le demander à Christian ?

— Eh bien... non, ce qui m'amène à la raison pour laquelle je t'appelle. C'est l'anniversaire de Christian lundi. Et le mien aussi, bien sûr, parce que ce monstre d'égoïsme ne pouvait même pas me laisser être le centre de l'attention une journée par an. Bref, j'ai un match à Philly ce soir et on est en repos lundi. Du coup, je pensais venir par chez vous en voiture et lui faire la surprise. Lara vient au match avec ses sœurs, alors je me disais qu'on pourrait organiser une petite fête. Je vais voir si Tyler peut venir aussi. La dernière fois qu'on a pu fêter notre anniversaire ensemble, c'était il y a dix ans, pour nos vingt-et-un ans.

— C'est une super idée. Je suis sûre que ça lui ferait vraiment plaisir.

— Excellent. Tu pourrais te renseigner sur les horaires de son entraînement demain pour que je puisse prévoir ça ?

Je souris.

— Je pense que le coach me donnera cette info sans se faire prier.

Il rit.

— Parfait. Tu as mon numéro maintenant, alors tu n'as qu'à m'envoyer un message et je vais organiser un truc.

———

Le lundi, je traînais des pieds. Lorsque le vol de dix-huit heures que j'avais réservé pour rentrer à la maison la veille avait décollé, il était déjà vingt-et-une heures à

New York, en fait. Le temps qu'on atterrisse, il était trois heures du matin. Le vol de l'équipe partait seulement à vingt-et-une heures, donc la star du jour n'avait pas dû rejoindre son appartement avant l'aube. L'entraînement consistait seulement en une réunion d'équipe à seize heures aujourd'hui, alors j'attendis treize heures pour lui envoyer un message, songeant qu'il devrait être réveillé à cette heure.

Bella : Bon anniversaire !

Une notification de message entrant fit vibrer mon portable sur mon bureau quelques minutes après.

Christian : Merci. Tu es rentrée à quelle heure ?

Bella : 4:30. Et toi ?

Christian : 8:00. Mais j'ai dormi dans l'avion.

Bella : Tu te sens d'attaque pour fêter ton anniversaire ce soir ? J'ai réservé un resto au cas où, mais je ne savais pas si tu serais partant.

Christian : Je préférerais rester à la maison pour discuter, ça ne te dérange pas ?

Je fronçai les sourcils.

Bella : Est-ce qu'on doit discuter de quelque chose en particulier ?

J'observai les trois petits points sauter sur place, puis s'arrêter. Quelques minutes après, ils se remirent enfin en mouvement.

Christian : Désolé, je voulais écrire rester à la maison plutôt. Je viens de me réveiller et mon cerveau est encore endormi.

Bella : LOL. OK. À la maison, ça me va aussi. Et si je venais chez toi ? J'apporterai le dîner.

Christian : Parfait. L'entraînement devrait se terminer vers dix-huit heures. On dit vingt heures ?

Bella : Ça marche, à ce soir.

Je repris ma discussion avec l'autre Knox footballeur.

Bella : Il y a juste une réunion d'équipe pour l'entraînement aujourd'hui. Elle devrait se terminer à dix-huit heures. Je dois retrouver Christian à vingt heures chez lui. On pourrait se rejoindre à vingt heures trente ?

Jake me répondit aussitôt.

Jake : Et si on lui faisait la surprise chez lui d'abord ? Une fois qu'on se sera fait repérer à l'extérieur, on n'aura plus une minute de tranquillité entre nous.

J'aurais aimé pouvoir leur proposer de lui faire la surprise chez moi, mais il y avait à peine de la place pour deux.

Bella : Ce serait génial, mais je ne suis pas sûre qu'on puisse entrer.

Jake : Aucun problème. Tu connais le nom du portier ?

Bella : C'est Fred qui est là les soirs de semaine en général.

Jake : Il ressemble à quoi ?

Bella : Environ la soixantaine, cheveux blancs, toujours souriant. Pourquoi ?

Jake : Parce que quand je m'avancerai fièrement en me faisant passer pour Christian et que je dirai au portier que j'ai oublié ma carte d'accès, ce sera plus crédible si je connais son nom.

Ah oui, carrément ! Bon, très bien.

Bella : Qu'est-ce qu'il faut amener ?

Jake : Rien, j'ai tout prévu. Il sera rentré à quelle heure au plus tôt ?

Bella : Je dirais dix-neuf heures comme l'entraînement ne finira pas avant dix-huit heures.

Jake : OK. Je serai là à dix-huit heures trente, juste au cas où.

Bella : Je vais faire pareil, mais envoie-moi un message s'il y a un problème et que tu ne peux pas entrer !

Jake : Ça marche, mais il n'y aura pas de problème. J'ai déjà réussi à tromper ma mère.

Je ris. Je trouvais que les deux frères avaient une relation géniale et je me disais qu'une petite fête surprise pourrait être exactement ce dont Christian avait besoin. Il avait été si stressé cette semaine avec le match et la qualification pour les *playoffs*. Une double célébration pour la victoire et son anniversaire devraient donc tomber à point.

———

— Bonsoir, madame Keating.

Fred, le portier, me salua de la main. Il désigna l'ascenseur du pouce.

— Christian est arrivé il y a quelques minutes. Il m'a prévenu de votre arrivée et m'a dit de vous faire monter.

J'espérai que *Christian* était en réalité *Jake*, étant donné que l'entraînement s'était finalement terminé plus tôt que prévu. Je souris à Fred.

— Merci.

Lorsque je sortis de l'ascenseur pour pénétrer dans l'appartement de Christian, je ne savais toujours pas sur qui j'allais tomber jusqu'à ce que j'aperçoive Lara, la fiancée de Jake. Elle était dans le salon avec deux femmes que j'avais vues lors de sa fête de fiançailles, mais que je n'avais pas eu l'occasion de rencontrer. Elles étaient en train d'accrocher une banderole d'anniversaire en haut de la baie vitrée et un buffet avait déjà été installé sur la table à manger.

— Salut, Bella !

Lara vint à ma rencontre et me donna une accolade.

— Je suppose que la ruse a fonctionné ?

— C'est un peu effrayant de voir avec quelle facilité ils peuvent se faire passer l'un pour l'autre.

Elle me prit par le bras.

— Viens rencontrer mes sœurs.

Lara me présenta Kara et Sara.

— Vous vous appelez Lara, Kara et Sara ? Vous avez un frère ?

— Non, heureusement. Si Kara avait été un garçon, notre mère l'aurait appelé O'Hara.

Jake arriva et me fit décoller du sol en me donnant une accolade chaleureuse.

— Salut, boss.

Je ris.

— Christian t'a dit qu'il m'appelait comme ça ?

Il me reposa à terre.

— Non, mais on a le même ADN, alors ça ne me surprend pas.

Leur ressemblance était effectivement troublante.

— J'ai pensé à quelque chose dans l'ascenseur. Tu ne crois pas que Fred va gâcher la surprise quand il va voir Christian arriver alors qu'il ne l'aura pas vu ressortir ?

— J'ai déjà prévu le coup. Je l'ai appelé il y a quelques minutes pour lui dire de vous laisser monter, toi et mon frère jumeau, quand vous arriverez.

— Ah, bien joué.

Je regardai autour de moi.

— Tyler n'a pas pu venir ?

— Non, il ne termine pas le travail avant minuit.

— OK. L'entraînement s'est terminé plus tôt que prévu, alors Christian ne devrait pas tarder à arriver. On se cache quand il entre ?

— Un peu, oui ! Lui et moi, on se cache derrière des portes et on s'amuse à se faire hurler de peur depuis qu'on est gamins. Ce serait vraiment nul de ne pas le faire ce soir.

Je souris.

— D'accord. Je vais mettre mon sac à main et mon manteau dans la chambre, alors. Je dois aller aux toilettes de toute façon.

Dans la chambre de Christian, je vis que son lit n'était pas fait et que les coussins étaient éparpillés sur le sol. Après avoir fait pipi, je décidai de mettre un peu d'ordre pour lui au cas où quelqu'un s'aventurerait par là. En refaisant le lit, je remarquai que quelque chose formait une bosse au centre. Je soulevai le drap et le couvre-lit pour trouver une enveloppe en papier kraft, avec un tas de papiers en vrac en dessous. Je les rassemblai en une pile ordonnée et les plaçai sur la table de nuit pour finir de refaire le lit. Je fis ensuite le tour de la chambre pour ramasser tous les coussins. Le dernier était par terre au pied du lit. Je le ramassai et le lançai vers la tête de lit. Sous la petite brise engendrée, une partie des papiers que j'avais posés sur la table de nuit s'envolèrent et retombèrent à terre. Je me penchai pour les ramasser sans vraiment y prêter attention, jusqu'à ce que le titre en gras en haut de l'une des pages attire mon regard : *Bergen County Police Department*.

Est-ce que Christian avait été impliqué dans un accident ? Je ne pus pas m'empêcher de jeter un œil. Quelques lignes seulement plus bas, mon cœur s'arrêta. *Nom de la victime : Rose Keating.*

Mais qu'est-ce qui se passe ici ?

Je regardai le reste du document, confuse. C'était apparemment une copie du rapport de police sur l'accident qui avait coûté la vie à ma mère. Mais qu'est-ce que Christian pouvait bien faire avec ça ? Je passai le reste des documents en revue avec une boule dans la gorge – ils concernaient visiblement *tous* l'accident de ma mère. Il me semblait avoir déjà vu certains d'entre eux durant mes visites hebdomadaires au commissariat après sa mort. L'inspecteur chargé de l'affaire avait été si gentil et m'avait traitée comme une adulte, même si je n'avais alors que quinze ans. Il me tenait parfois au courant de l'évolution de l'enquête et me montrait des éléments du dossier lorsqu'il pouvait le faire. Mais après environ un an, il m'avait dit que l'affaire allait être classée sans suite et que je devais arrêter de venir au poste toutes les semaines. Il avait promis de m'appeler si jamais il y avait du nouveau un jour, mais mon téléphone n'avait jamais sonné.

Après avoir regardé les papiers en vrac, je vidai le contenu de l'enveloppe par terre. *Encore des trucs à propos de l'accident.* Tout le dossier de police devait être là. Alors que je prenais connaissance des documents en les regardant un par un, je me sentais de plus en plus nauséeuse. L'un d'entre eux retint davantage mon attention – une photo d'une trace de pneu. En la voyant, un souvenir datant de mes quinze ans me revint brusquement en mémoire.

J'étais assise au bureau de l'inspecteur en chef au commissariat, quelques semaines après l'accident. C'était la première fois que je venais pour lui parler. Il avait ouvert le dossier de l'affaire pour me montrer quelques documents en lien avec son enquête et une photo d'une trace de pneu se trouvait sur le dessus de la pile. Il l'avait rapidement retournée et lorsque j'avais demandé à la voir, il m'avait dit que ce n'était pas une bonne idée selon lui. Devant mon insistance, il avait pris un air grave et m'avait calmement expliqué que la trace de pneu ne se trouvait pas sur la rue, mais sur le corps.

Je baissai de nouveau les yeux sur la photo, mais cette fois, la trace de pneu s'estompa et je ne vis plus que ce qui se trouvait en dessous. *De la peau.* La chair pâle du cadavre de ma mère. J'eus un haut-le-cœur et me précipitai en courant dans la salle de bain, la photo toujours à la main, parvenant difficilement, mais juste à temps à la cuvette des toilettes, où je vidai entièrement le contenu de mon estomac.

Je demeurai un moment la tête penchée au-dessus de la porcelaine, le front couvert de sueur. J'étais encore barbouillée, mais une envie soudaine de fuir me poussa à me remettre debout pour me tirer d'ici au plus vite. Les papiers étaient encore éparpillés sur le sol lorsque j'attrapai mon sac à main.

La fiancée de Jake était debout dans le salon. Un seul regard dans ma direction la poussa à reposer la décoration qu'elle tenait à la main.

— Ça va ? Tu es vraiment pâle.

— Oui, euh... non, en fait. Je ne me sens pas très bien. Je crois que j'ai mangé un truc qui ne passe pas. Je viens juste de vomir.

— Mince alors !

Je pointai la porte du doigt.

— Je vais y aller. Je ne veux pas gâcher la fête et... si jamais c'est un virus et pas quelque chose que j'ai mangé, je ne voudrais pas que quelqu'un d'autre soit malade.

— Ah, ma pauvre.

Je m'efforçai de sourire et saluai brièvement tout le monde de la main avant de me diriger vers la porte.

Durant tout le trajet pour rentrer chez moi, je me creusai les méninges pour essayer de comprendre ce que Christian faisait avec le vieux dossier de police de ma mère. Je ne trouvai aucune réponse satisfaisante, mais mon petit doigt me disait que lorsque je finirais par en trouver une, je me sentirais encore plus malade que maintenant.

Chapitre 27

Christian

Mon appel passa sur répondeur pour la troisième fois.

— Elle ne répond toujours pas ? demanda Lara.

Je fis non de la tête.

J'étais arrivé chez moi après l'entraînement et mon frère, sa fiancée et les sœurs de cette dernière m'avaient flanqué une frousse du diable. Je ne savais même pas qu'il était en ville aujourd'hui, mais j'étais toujours content de le voir et ça faisait longtemps qu'on n'avait pas fêté notre anniversaire commun ensemble, étant donné qu'on était nés au beau milieu de la saison de football. Mon humeur festive s'était néanmoins rapidement envolée lorsque Lara m'avait dit que Bella se trouvait ici peu de temps avant que j'arrive, mais qu'elle était partie parce qu'elle ne se sentait pas bien.

— Elle dort, peut-être ? Ou son téléphone n'a plus de batterie.

Chacune de ces raisons était parfaitement censée, mais ça m'embêtait quand même de ne pas savoir si elle allait bien, vu qu'elle avait dû refaire le trajet jusque chez elle en étant malade. La connaissant, elle avait sans doute pris le métro, sans même songer à prendre un Uber ou un taxi.

Jake nous rejoignit, une crevette à la main. Il l'enfourna et parla la bouche pleine.

— Vas-y. On se rejoindra au restaurant.

Sa fiancée fronça le nez.

— Où veux-tu qu'il aille ?

— Il a envie d'aller chez Bella pour voir comment elle va, mais il essaie de se montrer poli comme on est tous là.

Mon frère me connaissait bien. En plus, si c'était Lara qui était malade et qu'elle ne répondait pas au téléphone, il ressentirait la même chose. Je hochai donc la tête.

— Merci. Je vais me changer et je vais prendre un taxi. Je lui dirai de m'attendre pendant que je monterai voir comment elle va, et il m'emmènera au restaurant après.

Mon frère leva une main devant lui.

— Ne t'inquiète pas pour nous. Prends ton temps.

J'étais à mi-chemin de mon placard dans ma chambre lorsque je me figeai en pleine course.

Le contenu du dossier de l'affaire était éparpillé sur le sol. Mes yeux fusèrent vers le lit. Les seules fois où il était fait, c'était quand l'équipe de ménage venait ou que Bella passait la nuit ici. *Oh, putain !*

Lara avait dit que Bella avait vomi, alors j'allai dans la salle de bain.

Le peu d'espoir que j'avais que le lit ait été refait par mon frère ou sa fiancée et que les papiers soient accidentellement tombés s'envola lorsque je vis la photo de la trace de pneu sur le corps de la mère de Bella au pied de la cuvette des toilettes.

Je fermai les yeux.

C'était de mauvais augure.

Je devais aller la voir. *Immédiatement.*

———

Je soupirai de soulagement lorsque Bella ouvrit la porte et je l'étreignis avant de dire quoi que ce soit.

— Je suis content de voir que tu vas bien.

Elle s'écarta.

— Je ne vais pas bien, Christian ? Tu veux bien me dire ce qui se passe ?

— Je peux entrer ?

Elle acquiesça d'un hochement de tête.

Je ne savais pas trop comment ni par où commencer et elle n'allait visiblement pas me laisser le temps de lui expliquer les choses avec finesse.

Elle referma la porte et croisa les bras.

— Qu'est-ce que tu fabriques avec le dossier de police de ma mère ?

Je désignai le canapé.

— On peut s'asseoir ?

— Tu me fais flipper, Christian. Qu'est-ce qui se passe ?

— Viens par là, s'il te plaît, dis-je en allant jusqu'au canapé avant de tendre la main vers elle. Tu es toute blanche et je me sentirais mieux si tu t'asseyais.

Elle soupira, mais vint s'asseoir.

— Je suis assise. Parle.

Je pris place à côté d'elle et me frottai la nuque.

— J'ai demandé à mon frère d'obtenir une copie du dossier.

— OK... mais pourquoi ? Si tu avais des questions à ce sujet, j'aurais pu y répondre. J'ai l'impression que...

Elle secoua la tête.

— Je ne sais pas, c'est comme si tu avais envahi mon intimité.

— Je suis désolé. Ce n'était pas mon intention.

— Pourquoi l'as-tu fait, alors ?

Je poussai un soupir gêné.

— C'est une longue histoire, mais tout a commencé quand tu as mentionné le fait que le chauffard qui a pris la fuite conduisait une voiture de collection. Tu as dit que deux témoins avaient donné des descriptions différentes de la voiture, mais que l'un d'entre eux a affirmé que c'était une vieille Ford Thunderbird bleue.

— Et ?

— Je connaissais quelqu'un qui collectionnait les voitures anciennes et qui avait une Ford Thunderbird bleue de 1954. Il travaillait également au stade.

Les yeux de Bella sortirent de leurs orbites.

— Tu plaisantes ? Pourquoi ne m'as-tu rien dit ?

Je soutins son regard.

— Parce que la personne en question, c'était John Barrett.

Bella plissa le front.

— Pardon ?

— Je ne voulais pas t'en parler avant d'être sûr.

— Sûr de *quoi* ?

— Que c'était sa voiture qui avait tué ta mère.

Bella plaqua une main sur son cœur.

— Tu penses que John Barrett a tué ma mère ?

Je pris son autre main et la serrai fermement.

— Je ne peux pas prouver que c'était lui qui conduisait, mais c'est bien sa voiture qui l'a renversée, Bella. Ton grand-père a hérité de la collection de voitures de John quand il est mort. Il les a encore, alors j'ai demandé à quelqu'un de comparer les empreintes de pneu. Elles correspondent.

Bella se leva brusquement.

— Je vais encore vomir.

Elle courut jusqu'à la salle de bain et s'agenouilla devant la cuvette des toilettes. Je rassemblai ses cheveux pour les écarter de son visage tandis qu'elle était en proie à des haut-le-cœur.

Rien ne sortait, mais son corps essayait quand même. Après quelques minutes, elle releva la tête.

— Tu es sûr de ça ?

Son visage était implorant et j'aurais tout donné pour ne pas être certain de ce que j'avançais.

— Oui, j'en suis sûr.

— Comment la police a-t-elle pu passer à côté de ça ? Ils ont répertorié toutes les personnes de la région possédant une voiture similaire à l'une de celles décrites. C'est l'inspecteur qui me l'a dit, je m'en souviens.

— Il n'y a pas de carte grise pour les véhicules anciens, donc ils ont dû effectuer des vérifications en se servant des plaques d'immatriculation. John possédait beaucoup de voitures de collection, et il les achetait et les vendait sous un nom de société qu'il avait enregistrée comme concessionnaire auto. Du coup, il avait des plaques de concessionnaire qu'il utilisait pour conduire toutes ses voitures – ce qui veut dire qu'il n'avait pas besoin de les enregistrer de façon individuelle.

Elle posa un coude sur la cuvette des toilettes pour soutenir sa tête.

— Il y avait des caméras à toutes les sorties du stade, mais celle qui aurait pu enregistrer l'accident était défaillante cette nuit-là. Enfin, d'après les responsables du stade... qui appartenait à John.

Bella secoua la tête d'un air sidéré.

— Pendant combien de temps comptais-tu me le cacher ? Jusqu'à ce que ton contrat soit renouvelé ?

Je m'écartai brusquement d'elle.

— Quoi ? Bien sûr que non. Le renouvellement de mon contrat n'a rien à voir avec ça. Je ne t'ai rien dit parce que j'espérais me tromper et je voulais éviter de devoir déterrer beaucoup de choses de ton passé. Tu as dit toi-même que tu ne voulais plus regarder en arrière.

— Depuis combien de temps es-tu au courant ?

— Je ne sais pas, répondis-je en haussant les épaules. Un mois, peut-être ?

— *Un mois ?*

— Pour être honnête, j'ai laissé ça de côté pendant plusieurs semaines après t'avoir entendue parler des voitures susceptibles d'avoir été impliquées dans l'accident de ta mère. John m'avait montré sa collection de voitures anciennes une fois et j'aurais pu jurer qu'il avait une Thunderbird bleue, mais je me suis dit que j'étais cinglé de penser qu'il aurait pu être impliqué sans que personne soit au courant. Mais quelques semaines après, les voitures de collection sont revenues sur la table quand je discutais avec ton grand-père et je lui ai posé des questions à ce sujet. Une chose en a entraîné une autre après ça.

— Est-ce que mon grand-père est au courant ? Est-ce que c'est pour ça qu'il veut se débarrasser des voitures tout à coup ?

— Absolument pas. Je ne lui ai jamais fait part de mes soupçons. Quand je lui ai posé des questions sur les voitures, ça lui a juste rappelé qu'il voulait les donner.

Bella regardait dans le vide.

— Est-ce qu'il a tué ma mère de manière intentionnelle ?

— Je ne sais pas, Bella.

Elle se tut un instant, avant d'écarquiller les yeux.

— Oh mon Dieu. John Barrett n'est peut-être même pas mon père. Et s'il m'avait légué l'équipe en guise de dédommagement pour ce qu'il avait fait à ma mère ?

J'affichai un air perplexe.

— Comment ça ? Tu n'as pas dû prouver que c'était bien ton père au moment de la contestation de l'héritage ? Je me rappelle que Tiffany et Rebecca avaient tenu une conférence de presse quand la nouvelle s'était répandue. Elles avaient dit qu'elles iraient au tribunal pour demander la preuve que tu étais bien la fille de John parce qu'elles n'y croyaient pas.

— Mon avocat a dit que c'était sans importance parce que ça ne changerait rien au partage de l'héritage. Le testament a été rédigé de sorte que l'équipe revienne à Bella Keating, pas à sa fille. Tout ce qui concernait le fait que j'étais sa fille se trouvait dans une lettre séparée qui ne faisait pas partie du testament. J'aurais accepté de faire un test, mais mon avocat s'y est opposé parce qu'on aurait perdu encore plus de temps et d'argent. Il pensait aussi que c'était une violation de mon intimité qui n'était pas justifiée et il ne voulait pas que mon ADN se retrouve dans une base de données sans raison valable. Le juge était d'accord avec lui. En plus, ils ne voyaient pas pourquoi il aurait légué un million de dollars à une inconnue. Et ma mère travaillait au stade, donc c'était logique qu'ils se soient rencontrés à un moment donné.

— Quel merdier, dis-je en me passant une main dans les cheveux. Qu'est-ce qu'on fait maintenant ?

— Je ne sais pas. J'ai besoin d'un peu de temps pour digérer tout ça.

— Oui, c'est normal.

Bella secoua de nouveau la tête.

— Tu aurais dû me le dire, Christian.

— J'avais prévu de le faire. Je suis désolé que tu l'aies découvert de cette façon.

— Moi aussi. J'aimerais que tu t'en ailles.

— Qu'est-ce que tu veux dire ?

— J'ai besoin d'être seule, pour réfléchir. Tout est embrouillé dans ma tête.

Partir était bien la dernière chose que je voulais faire, mais je n'allais pas lui donner du fil à retordre, pas après la bombe que je venais de lâcher. Alors j'acquiesçai.

— OK. Je vais y aller pour te laisser respirer, mais promets-moi de m'appeler si tu veux en parler plus tard ou si tu as besoin de quoi que ce soit.

Elle hocha à moitié la tête, sans vraiment s'engager à le faire.

Je me redressai.

— Est-ce que je peux au moins t'aider à te relever et te raccompagner jusqu'au canapé ?

— Ça va aller.

Je m'arrêtai à la porte de la salle de bain et me retournai. J'avais très envie de lui dire que je l'aimais avant de la laisser. Oui, j'étais vraiment fou d'elle, mais ce n'était pas le bon moment.

Je ressortis de l'appartement en me sentant profondément mal à l'aise. En refermant la porte, je priai pour avoir l'occasion de lui dire ce que je ressentais plus tard.

Chapitre 28

Bella

Le lendemain matin, je sortis de chez moi pour aller jusqu'à l'appartement de Miller, mais je finis par atterrir autre part.

— Bella ? dit mon grand-père en ouvrant la porte. Eh bien, en voilà une bonne surprise. Enfin, si c'en est une. Est-ce que tu m'avais dit que tu venais et que j'ai oublié ?

Je me penchai pour l'embrasser sur la joue et des larmes me montèrent aux yeux de façon inattendue. J'étais venue chercher des réponses, mais je réalisai soudain que je pourrais bien être sur le point de faire aussi du mal à mon grand-père. Je n'avais pas pleuré jusqu'à maintenant, même si j'avais failli à plusieurs reprises, refoulant chaque fois mes larmes avec obstination. Subitement, je n'étais plus capable de les retenir.

Mon grand-père me regarda et ouvrit grand les bras.

— Oh, ma petite chérie. Je ne sais pas ce qui se passe, mais ça va aller. Viens là...

Je me penchai et le laissai me consoler. Ça faisait bien longtemps que je n'avais pas pleuré dans les bras de quelqu'un en me laissant totalement aller. Lorsque mes larmes se tarirent enfin, la chemise de mon grand-père était trempée.

— J'ai ruiné ta chemise, dis-je en la désignant, riant et pleurant à la fois.

Les yeux de mon grand-père brillaient eux aussi de larmes contenues, même s'il me souriait de façon chaleureuse.

— Ce n'est pas grave. Du moment que tu ne te mouches pas dedans.

Je renâclai de rire et m'essuyai les joues.

— Promis.

Il désigna le salon d'un geste de la tête.

— Allons-y. Je vais nous faire du thé et tu me diras qui te fait pleurer comme ça que je puisse aller lui botter les fesses.

Je le suivis, mais une partie de moi regrettait d'être venue alors que je m'asseyais. J'aurais peut-être mieux fait d'aller chez Miller en fin de compte. J'avais cependant besoin de réponses et je savais que ce dernier ne ferait que soulever davantage de questions. Mon grand-père revint avec deux tasses fumantes sur un plateau en équilibre précaire sur ses genoux, faisant rouler son fauteuil de son bras valide. Ce n'était pas facile de ne pas se lever pour aller l'aider, mais il m'avait dit à plus d'une occasion qu'il aimait se débrouiller seul, que ce fauteuil roulant ne le définissait pas et qu'il s'agissait uniquement d'un moyen de transport le temps que le kiné le remette entièrement d'aplomb et qu'il puisse marcher sur ses deux pieds.

— Tiens, dit-il en me tendant une tasse. Comme tu l'aimes, avec une demi-cuillère de sucre.

— Merci.

Il gara son fauteuil en diagonale de l'endroit où j'étais assise au bout du canapé.

— Dis-moi tout. J'espère que ce n'est pas Knox qui t'a contrariée comme ça. Si c'est lui, il va falloir que tu me trouves un grand bâton avant de partir. Comme ça, je pourrai le frapper derrière les genoux et le faire tomber à ma hauteur pour pouvoir lui flanquer une bonne droite.

Je souris d'un air triste.

— Ce n'est pas Christian… enfin, pas directement.

D'autres larmes menacèrent de couler alors que je regardais cet homme d'une grande bonté dans les yeux, mais cette fois, je parvins à les ravaler.

— Je ne sais pas par où commencer.

— Par le début, ce sera très bien. Prends ton temps, ma chérie. Il n'y a pas d'urgence.

Durant les vingt minutes qui suivirent, je vidai mon sac. Si j'avais entretenu le moindre doute à propos du fait que Marvin Barrett était au courant de ce que son fils avait fait, son expression me confirma qu'il était aussi choqué que je l'avais été.

Mais alors que je racontais cette histoire de dingue à voix haute pour la première fois, de nombreuses pièces du puzzle se mirent en place. Je n'avais jamais compris pourquoi John Barrett avait pris la peine de me suivre partout — et de faire des choses hallucinantes comme financer la construction d'une bibliothèque à côté du foyer où je vivais —, sans pourtant jamais venir me trouver pour me révéler qu'il était mon père. Je comprenais à présent que c'était à cause de la culpabilité qu'il ressentait, mais aussi parce que sa liberté était plus précieuse à ses yeux que le fait de soulager sa conscience.

Mon grand-père secoua la tête d'un air incrédule.

— Je ne sais même pas quoi dire. Comment a-t-il pu faire une chose pareille et le cacher ?

C'était la question à un million de dollars. Si ç'avait été un accident, il se serait arrêté. Donc, soit ce n'était pas un accident, soit quelque chose l'avait poussé à prendre la fuite.

— Est-ce qu'il buvait dans la loge du propriétaire pendant les matchs ? demandai-je.

Mon grand-père fronça les sourcils.

— Il aimait en descendre quelques-unes. Pendant un moment, juste après la mort de Céleste, il buvait trop. Je me rappelle que j'étais inquiet, je trouvais qu'il allait trop loin. Il devait s'occuper de ses filles, après tout. Elles venaient de perdre leur mère et la dernière chose dont elles avaient besoin, c'était d'un père alcoolique. Mais quelque chose a changé après et c'est comme s'il était redevenu comme avant. Il n'a pas arrêté de boire, mais il contrôlait mieux sa consommation, ou du moins, c'est ce que je croyais.

— Te rappelles-tu à quel moment c'était ? Ou peut-être pendant combien de temps il a semblé avoir des problèmes ?

Mon grand-père se tapota la lèvre du doigt.

— Pas vraiment. Mais c'était peu de temps après la mort de Céleste, et ça, je me souviens que c'était le jour de la Saint-Patrick. Et avant la fin de la saison de cette année-là, il semblait avoir repris les choses en main.

— Sa femme est morte sept mois avant ma mère. Je me souviens d'avoir lu ça quelque part quand j'ai découvert que John était mon père. Elle est morte en mars et l'accident de ma mère s'est produit fin octobre.

— Mon Dieu... tu penses qu'il était soûl et que c'est pour ça qu'il a pris la fuite ?

— C'est la seule hypothèse qui me paraît logique. C'est soit ça, soit il l'a percutée volontairement.

— Je ne peux pas imaginer ça... mais je ne l'aurais jamais imaginé non plus prendre le volant après avoir bu et tuer une femme sans s'arrêter.

— C'est sûr...

Il demeura silencieux pendant un long moment avant de dire :

— Qu'est-ce qu'on fait maintenant ? On va voir la police ? On leur donne toutes ces informations pour qu'il regarde l'affaire sous un jour nouveau ? Ils pourront découvrir le fond de l'histoire ? Questionner des gens qui auraient pu se trouver avec John cette nuit-là ? Je ferai tout ce que tu veux, tout ce qu'il faudra pour rectifier la situation. Non pas que ce soit possible de rectifier les torts dans cette affaire, mais tu mérites de connaître la vérité – toute la vérité.

— Je pense que c'est ce qu'il y a de mieux à faire d'aller voir la police, mais il y a autre chose... On n'a jamais fait de test ADN. Et si John n'était pas mon père et qu'il ne m'avait pas laissé l'équipe parce qu'il se sentait coupable de ne pas m'avoir reconnue, mais parce qu'il se sentait coupable pour avoir tué ma mère et pris la fuite ?

Le visage de mon grand-père se décomposa. *Oh mon Dieu, non !* Cet homme formidable était-il vraiment mon grand-père ? Comment avais-je pu ne pas penser à ça jusqu'à maintenant ?

Je plaquai une main sur mon ventre.

— Marvin... tu n'es peut-être pas mon...

Il leva une main pour m'interrompre.

— Inutile d'aller sur ce terrain, ma chérie. Tu feras toujours partie de ma famille, quoi qu'il arrive.

Je me frottai la clavicule d'un air anxieux.

— Je voudrais savoir ce qu'il en est. Est-ce que... tu accepterais de laisser un labo faire un test ADN ? On n'a jamais eu besoin de prouver que John était bien mon père pendant le procès, mais j'ai vraiment besoin de savoir... si tu es vraiment mon grand-père.

Mes yeux se remplirent de nouveau de larmes.

— Bien sûr. Je ferai tout ce que tu me diras de faire.

Il me prit la main et ajouta en me regardant droit dans les yeux :

— Je vais faire ce test, mais ce n'est pas l'ADN qui définit une famille, c'est l'amour. Peu importe le résultat, je serai toujours ton grand-père.

⸻

J'avais ignoré tous mes appels et messages aujourd'hui.

Christian avait appelé une demi-douzaine de fois et envoyé encore plus de messages, alors lorsque mon portable sonna de nouveau à presque vingt-et-une heures, je répondis.

— Allô ?

J'entendis le soupir de soulagement qu'il poussa à l'autre bout du fil.

— Dieu soit loué. Je me suis inquiété pour toi toute la journée.

— Je vais bien.

— Vraiment ?

En vérité, je n'allais pas bien, et j'en avais assez des mensonges.

— Non, ça ne va pas, mais ça va s'arranger. Tu n'as pas besoin de t'inquiéter pour moi.

— Bien sûr que je m'inquiète pour toi. Je n'ai pensé qu'à toi aujourd'hui. Mais qu'est-ce que je raconte ? Je ne pense qu'à toi depuis le jour où je t'ai rencontrée. Je veux t'aider à traverser ça, Bella, mais je sais que tu m'en veux de ne pas t'avoir dit tout de suite ce qui se passait et j'ai peur d'aggraver les choses entre nous en étant trop insistant.

J'avais passé la moitié de la nuit à réfléchir à ce que Christian avait fait.

— Je ne t'en veux pas. Dans un sens, je comprends pourquoi tu ne m'as rien dit, mais je me sens quand même blessée. Je te faisais confiance et j'ai l'impression que tu as trahi cette confiance. Ce qui me fait le plus mal, ce n'est pas ton mensonge par omission, c'est d'avoir perdu ce qu'on avait. Tu n'aurais pas dû me cacher ça.

— Je sais et je suis désolé. J'ai tout fait de travers... Est-ce que je peux passer te voir ? J'ai juste besoin de savoir que tu vas bien.

— J'ai besoin de temps, Christian.

— Du temps loin de moi ?

— Du temps pour moi, surtout. J'ai passé ces deux dernières années à essayer de m'intégrer dans une famille qui n'est peut-être pas du tout ma famille, en fin de compte. J'ai beaucoup de choses à régler.

— Je comprends.

Chacun de nous demeura silencieux pendant un bon moment, puis je finis par dire :

— Prends soin de toi, Christian.

— Attends ! s'écria-t-il d'une voix paniquée. Il y a autre chose que je ne t'ai pas dit et je ne veux plus de secrets entre nous. Ce n'est pas comme ça que je voulais te le dire, mais j'ai besoin que tu l'entendes. Je t'aime, Bella. Et je ne veux pas dire que je suis en train de tomber amoureux de toi. *En train de tomber*, ça veut dire qu'on n'a pas encore heurté le sol et qu'on peut encore s'en sortir. Moi, je suis tombé, j'ai heurté le sol, et je ne veux plus jamais me relever. Je t'aime tellement que ça me terrifie. Alors je vais te laisser respirer, mais il faut que tu saches que je ne vais nulle part. Il n'y a pas si longtemps, je t'ai dit que si tu t'enfuyais en courant parce que ça devenait trop difficile à gérer pour toi, je te filerais le train. Je suis toujours déterminé à le faire et je finirai bien par te rattraper.

Les larmes ruisselaient sur mes joues.

— Je ne te dis pas au revoir, ajouta-t-il, mais à bientôt. Tu sais que je cours vite.

Chapitre 29

Christian

J'étais assis dans mon SUV garé en face de son appartement, les yeux levés vers ce dernier.

Ce n'était pas la première fois que je faisais ça et ce ne serait pas la dernière à l'allure où allaient les choses.

Deux semaines s'étaient écoulées depuis mon anniversaire. Les seules fois où j'avais vu Bella, c'était quand je m'étais garé à un pâté de maisons comme un maudit harceleur, juste pour m'assurer qu'elle allait physiquement bien. Sur le plan émotionnel, c'était une autre histoire. Aucun de nous ne semblait très à même de gérer ce côté-là. Bella s'était mise en arrêt de travail et j'avais perdu mes deux derniers matchs. J'avais craqué après deux semaines et lui avait envoyé un message, mais j'avais seulement reçu une phrase ou deux en retour me certifiant qu'elle était en vie. Le coach était ma seule source d'informations. J'avais évité de lui parler pendant un temps, ne sachant pas si Bella lui avait dit quoi que ce soit ou ce que je devrais moi-même dire ou ne pas dire, mais c'était finalement lui qui m'avait contacté et qui m'avait sonné les cloches pour ne pas lui avoir dit ce qui se passait avec les voitures et sa petite-fille. Il m'avait aussi annoncé que Bella et lui avaient fait un test ADN pour savoir une bonne fois pour toutes si John Barrett était son père ou non. Les résultats devaient arriver cette semaine.

Miller avait passé beaucoup de temps chez Bella alors, je ne fus pas surpris de le voir sortir du bâtiment ce soir-là à vingt-et-une heures – je ne m'étais cependant pas attendu à ce qu'il regarde droit dans ma direction en sortant. Je me renfonçai dans mon siège, espérant qu'il ne m'avait pas vu, mais avant que je puisse jeter un œil pour voir s'il était parti, il ouvrit la portière côté passager et monta dans mon pick-up.

— Va te garer un ou deux pâtés de maisons plus loin, dit-il en pointant la rue du doigt. Je ne veux pas qu'elle me voie te parlant si elle va à la fenêtre.

Je démarrai et on se mit en route.

— Tu m'as vu en sortant ou tu savais déjà que j'étais là ?

— Je t'ai vu à l'angle du pâté de maisons quand on est arrivés en Uber. Je t'ai aussi aperçu à plusieurs reprises ces deux dernières semaines.

Je lançai un regard en biais à Miller avant de reposer les yeux sur la route.

— Bella est au courant ?

— Non, mais franchement, tu n'es pas au top côté discrétion. Tu n'as jamais suivi une petite amie que tu soupçonnais de te tromper ?

Je fronçai les sourcils.

— Non.

Miller leva les yeux au ciel.

— Je m'en serais douté.

Il désigna une place de stationnement libre à l'entrée d'un petit parc.

— Gare-toi là.

Je m'exécutai puis me tournai vers lui.

— Tu as vraiment mauvaise mine, lâcha-t-il.

Je le regardai d'un air faussement choqué.

— Merci.

— Je dirais que ça va de pair avec la façon dont tu joues ces derniers temps.

— Ne m'en parle pas.

Miller soupira.

— Elle va bien. Enfin, non, ce n'est pas vrai. Elle est moralement épuisée à force de se blâmer elle-même pour tout et n'importe quoi, mais elle va s'en remettre. Elle est forte.

— Elle s'en veut à propos de quoi ?

— Oh, je ne sais pas. Peut-être parce qu'elle a du mal à faire confiance aux gens et que la première fois depuis une éternité qu'elle le fait avec un gars, il lui a caché un truc énorme. Ou parce qu'elle n'a pas insisté il y a deux ans pour faire un test ADN pour confirmer que John Barrett était bien son père avant de chambouler toute sa vie. Ou parce qu'elle avait commencé à baisser sa garde et qu'elle aimait cette nouvelle vie. Ou peut-être parce que le seul parent en vie qui lui a donné l'impression de se soucier d'elle pourrait bien ne pas être son grand-père. Est-ce que je dois continuer ?

Je me passai une main dans les cheveux.

— Non, ma question était stupide.

— Tu en as d'autres plus pertinentes où on a fait le tour ?

Miller agrippa la poignée de la portière.

— Est-ce qu'elle arrivera à me pardonner ?

— Elle ne veut même pas parler de toi pour l'instant, mais à mon avis, elle reviendra. Le truc avec Bella, c'est qu'elle regarde les choses sous tous les angles. C'est dans son caractère, mais c'est aussi ce qu'elle a fait pendant des années pour le boulot. Quand tu gagnes ta vie en développant des algorithmes, tu dois être capable de réfléchir à la façon dont les gens vont réagir à différents scénarios. Au fond d'elle, elle sait que tu cherchais seulement à la protéger.

— Est-ce qu'elle va retourner travailler ?

Miller haussa les épaules.

— Je ne sais pas. Je suppose que ça dépendra du résultat du test ADN qu'elle a fait avec son grand-père pour voir si John était vraiment son père.

— Oui, le coach m'en a parlé. Mais même si John n'était pas son père, elle sera toujours légalement propriétaire de l'équipe. C'est ce qu'elle a dit en tout cas – que le testament de John a été rédigé de façon à ce qu'elle hérite de l'équipe même s'ils n'étaient pas liés par le sang. C'est pour ça que le juge a refusé la requête de ses sœurs pour un test ADN, parce que ça n'aurait rien changé.

— Mais si John n'était pas son géniteur, ça voudrait dire qu'il lui aurait laissé l'équipe pour la dédommager de ce qu'il a fait, ce serait la seule raison logique, et cet argent serait sale aux yeux de Bella.

Je soupirai.

— Dis-moi ce que je devrais faire. Elle veut que je la laisse respirer, mais je veux être là pour elle. J'insiste ou je l'écoute ?

— Si tu veux mon avis, quand une relation bat de l'aile, le fait d'insister ne fait qu'aggraver les choses en général. Il est plus question de ce qu'elle traverse que de vous deux. Tu devrais peut-être trouver un moyen de la soutenir dans cette affaire sans te focaliser sur le fait d'arranger les choses entre vous pour l'instant.

— Et comment je fais ça ?

Miller secoua la tête d'un air éberlué.

— Je n'en sais fichtrement rien…

Il ouvrit la portière.

—… mais je te souhaite bon courage.

Le jour suivant, chaque fois que mon portable vibrait, j'avais une bouffée d'espoir, même si c'était sans raison puisque Miller m'avait clairement dit hier soir que Bella ne voulait pas parler de nous pour l'instant. Je fus une nouvelle fois déçu en voyant le nom de quelqu'un d'autre affiché sur l'écran. Il fallait quand même que je réponde parce que mon agent m'avait déjà appelé plusieurs fois récemment.

— Salut, Phil.

— Qu'est-ce que tu fous ? Ça fait une semaine que j'essaie de t'appeler. Tu ne réponds pas à mes textos et tu ne m'as pas rappelé.

— Désolé. J'avais des trucs à régler.

— Je veux bien te croire, vu que tu joues comme une merde ces derniers temps.

Ils sont vraiment tous obligés de me dire ça ? Comme si je ne le savais pas.

— Pourquoi m'appelles-tu, Phil ?

— Voyons voir... Peut-être à propos du contrat que je t'ai envoyé par coursier il y a dix jours pour que tu le signes ? Il y a un problème à ce niveau-là ?

Je baissai les yeux vers la table basse, sur le contrat que j'avais sorti de l'enveloppe, mais que je n'avais pas encore lu.

— Je ne l'ai pas encore regardé.

— Et pourquoi ça ? Tu connais les clauses. Il n'y a rien qui devrait te surprendre là-dedans. Je pensais que tu serais pressé de le signer et de devenir le deuxième joueur le mieux payé de la ligue avec le plus grand nombre de garanties à ton âge. Surtout après *quatre* lancers interceptés la semaine dernière. Tu attends que la qualif pour les *playoffs* vous passe sous le nez pour leur donner une chance de revoir la somme qu'ils te proposent ?

— OK, OK. Je t'entends. Je vais le lire et le signer.

— Vivement la retraite, maugréa Phil. Appelle le bureau quand ce sera signé et j'enverrai quelqu'un pour le récupérer.

— Ça marche.

Après avoir raccroché, j'attrapai la pile de papiers et me renfonçai dans le canapé. Phil avait inclus une page présentant tous les chiffres. Le total de ce que j'allais gagner durant les cinq années à venir dépassait largement ce que je pourrais jamais dépenser. C'était assez pour toute une vie. Enfin, j'avais déjà assez pour toute une vie, donc c'était juste la garantie d'une vie encore plus confortable qu'elle ne l'était déjà.

Quelque chose me tracassait, cependant. Et si Bella renonçait à l'équipe parce que le souvenir de l'homme qui l'avait bâtie était trop dur à supporter pour elle ? J'avais l'estomac noué à l'idée de contribuer à faire perdurer l'héritage d'un type qui s'était davantage soucié de son argent et de sa liberté que d'une jeune fille qui vivait dans la rue ou dans un foyer.

D'un autre côté, il s'agissait de ma carrière – de tout ce pour quoi j'avais œuvré depuis que j'étais môme. J'avais intégré cette équipe dès la fin de l'université. C'était mon foyer.

Je jetai les papiers sur la table basse et me passai une main sur le visage. Je devais prendre le temps d'y réfléchir. Tout le monde allait devoir attendre encore un peu.

Chapitre 30

Bella

— Bon, j'ai reçu les deux résultats, dit mon avocat.

Je regrettais déjà d'avoir dit à Miller que je devais faire ça seule, mais je pris une grande inspiration et me redressai.

— Je vous écoute.

— Le labo indépendant a confirmé le premier avis non officiel sur les empreintes de pneu qu'on vous a données. Avec une marge d'erreur inférieure à zéro virgule un pour cent, l'empreinte du pneu de la Ford Thunderbird de John Barrett concorde avec celle relevée par la police la nuit de l'accident.

J'opinai. Je m'étais attendue à ça. Ça restait quand même difficile à entendre. John Barrett avait tué ma mère, que ce soit de façon accidentelle ou volontaire. La question essentielle était de savoir qui était John Barrett pour moi.

Je tortillai mes doigts sur mes genoux.

— Et le test ADN ? Est-ce que John Barrett était mon père ?

Mon avocat baissa les yeux sur le document qu'il venait de prendre sur son bureau.

— Quand on effectue le test avec un seul grand-parent, la parenté peut généralement être établie avec une probabilité de quatre-vingt-dix pour cent ou plus. Si les deux grands-parents sont testés – c'est-à-dire la mère et le père du parent potentiel –, la probabilité de parenté peut être de quatre-vingt-dix-neuf virgule neuf pour cent ou plus.

Il tourna le document vers moi et me montra le résultat.

— Même avec un seul grand-parent testé, votre résultat indique une exclusion à plus de quatre-vingt-dix-sept pour cent. John Barrett n'était pas votre père, conclut-il en secouant la tête.

J'eus l'impression d'étouffer.

John Barrett n'était pas mon père.

John Barrett n'était pas mon père.

John Barrett avait renversé ma mère et m'avait donné une équipe de football pour essayer de laver le sang qu'il avait sur les mains.

— Je suis navré, Bella. Je sais que ce n'est pas ce que vous vouliez entendre, mais comme nous en avons discuté quand vous êtes venue me voir à propos de ces tests, les résultats ne changent rien au sujet de votre héritage. A posteriori, il est évident que John Barrett a choisi ses mots avec soin dans le testament pour que votre statut de bénéficiaire ne puisse pas être contesté si ces éléments étaient mis au jour. Vous avez été spécifiquement désignée par votre nom, sans aucune mention d'un lien de parenté particulier.

Je ne pouvais même pas penser à l'équipe ou à l'argent à cet instant. Tout ce que je voyais, c'était que ma mère avait été tuée et que je ne savais absolument pas qui j'étais. *Une fois de plus.* Un vertige m'assaillit lorsque je réalisai que ça signifiait également que Marvin Barrett n'était pas mon grand-père, et après ça, je fus incapable de retenir mes larmes. J'avais développé une grande affection pour cet homme et je *ressentais* une connexion familiale avec lui, mais à présent, je me retrouvais de nouveau dépourvue de tout lien de parenté important.

Mon avocat tendit le bras vers l'arrière et tira quelques mouchoirs en papier d'une boîte, avant de me les tendre.

— Je ne sais pas comment vous souhaitez procéder, étant donné qu'il n'y a plus personne à poursuivre en justice, mais je peux transmettre ces éléments à la police afin qu'il puisse rouvrir le dossier.

Comme je demeurai silencieuse, mon avocat ajouta :

— Je suis désolé. Je comprends que vous ne soyez pas prête à prendre une telle décision maintenant. Je voulais juste que vous sachiez que je peux m'en charger, si c'est ce que vous souhaitez.

Je parvins à hocher la tête en essuyant mes joues.

— Merci.

— Est-ce que vous voulez que j'appelle quelqu'un pour vous ?

La seule personne que j'avais envie d'appeler, c'était Christian. Je voulais me blottir contre lui et le laisser me dire que tout irait bien, mais même cette relation était chaotique.

— Non, je vais juste appeler un Uber.

Il opina.

— Je me tiens à votre disposition si vous avez besoin de quoi que ce soit.

— Merci.

—————

Deux jours plus tard, j'étais toujours au fond du trou. Je n'avais pas pris de douche, mes cheveux étaient emmêlés, et la seule chose que j'avais mangée, c'était de la glace, que je n'avais pas pris la peine de mettre dans un bol, raison pour laquelle j'avais maintenant une tache sur mon tee-shirt là où j'en avais fait couler.

Annoncer tout cela à mon grand-père avait été encore plus éprouvant que ce que j'avais imaginé. Il avait pleuré. J'avais pleuré. Finalemnt, il m'avait promis que ça ne changerait rien entre nous. J'avais envie de le croire, mais je ne voyais pas comment ça pourrait être vrai.

Mon portable se mit à vibrer sur la table de nuit à côté de moi et je ne pris même pas la peine de regarder qui c'était. J'avais déjà parlé plusieurs fois à Miller et Christian m'avait envoyé un message pour savoir si j'avais besoin de quoi que ce soit, ce qui me laissa supposer qu'il avait parlé à mon grand-p... à Marvin Barrett.

Le téléphone s'arrêta de vibrer, mais trente secondes après, il recommença. Je continuai à l'ignorer. La troisième fois, je roulai sur le côté et l'attrapai, regardant l'écran à contrecœur. Le nom de Miller était affiché. Je savais que s'il était inquiet, il serait capable d'appeler des dizaines de fois, alors je répondis, même si je n'en avais pas envie.

— Je vais bien, dis-je d'une voix grognarde.

— Il faut que tu mettes les infos dans trois minutes.

Je me redressai en position assise.

— Pourquoi ? Qu'est-ce qui se passe ? Il y a un problème ?

— Je ne sais pas, mais apparemment Christian va tenir une conférence de presse à vingt heures trente.

— À propos de quoi ?

— Aucune idée. Ils ne l'ont pas dit.

— Sur quelle chaîne ?

— Sports Network. J'ai vu ça par hasard parce que l'épisode de *Cauchemar en cuisine* que je regardais est une rediff, du coup, je trouvais ça ennuyeux et j'ai regardé les nouvelles du jour qui défilaient en bas de l'écran.

— OK, donne-moi une minute.

J'attrapai mon ordinateur portable sur la table de nuit et cherchai le direct de Sports Network.

— Je te rappelle après, OK ?

— Oui, vas-y. Je vais regarder aussi.

Je regardai les publicités à l'écran jusqu'à ce que la conférence de presse démarre. Christian arriva et prit place à une table sur une estrade, devant une dizaine de micros. La toile de fond était un mur avec le logo de Sports Network partout.

Mon cœur vacilla. Il était toujours aussi beau, mais son visage semblait plus mince et il avait des cernes sous les yeux, comme s'il avait passé une mauvaise nuit. Je mis le volume à fond en attendant qu'il s'exprime.

— Bonsoir.

Il sourit, mais pas de joie, plutôt de façon polie.

— Merci d'être venus. Je vais faire court et simple parce que je suis sûr que vous avez tous des infos plus importantes à couvrir que ma petite personne.

Je ne pouvais pas voir combien de journalistes se trouvaient là, mais des rires se firent entendre dans la salle.

— Comme vous le savez tous, mon contrat avec les Bruins arrivera à échéance à la fin de la saison. Aujourd'hui, j'ai pris la décision difficile de ne pas poursuivre avec cette équipe l'année prochaine.

Merde alors.

Les questions commencèrent à fuser, mais Christian leva les mains devant lui pour faire signe à tout le monde de se calmer.

— Les New York Bruins ont été mon foyer pendant dix ans, et j'apprécie énormément l'attachement qu'ils m'ont témoigné, mais parfois, le changement est nécessaire pour évoluer. Je suis sûr que vous voudrez savoir s'il s'agit d'un désaccord au niveau de mon contrat et je suis ici pour vous assurer que ce n'est pas le cas. Les Bruins m'ont fait une offre que je considère comme très généreuse pour que je reste dans l'équipe. Ma décision n'a rien à voir avec l'argent.

Parmi les journalistes présents, quelqu'un s'écria :

— Christian, êtes-vous blessé ?

— Non, je ne suis pas blessé. Le ligament qui a été réparé dans mon genou en début d'année continue de tenir bon et je n'ai pas eu d'autres problèmes de santé depuis que mon retour sur le terrain a été autorisé plus tôt dans la saison.

Il se pencha plus près de son micro.

— Il ne s'agit pas de ma santé ou d'argent. C'est une décision que j'ai prise pour des raisons personnelles et je ne l'ai pas fait à la légère.

Une autre personne s'écria :

— Est-ce que vous allez prendre votre retraite ?

— Non, je ne me retire pas du jeu. Vous êtes coincés avec moi pendant au moins cinq ans encore, peut-être même plus.

La caméra passa sur Mike Dietrich, un célèbre reporter sportif.

— Ce matin, les dirigeants de l'équipe de la Nouvelle-Angleterre ont annoncé des échanges très inattendus pour pouvoir signer d'autres joueurs et rester en dessous du plafond salarial. Pouvez-vous nous dire si vous allez les rejoindre ?

— Je ne suis pas encore libre de discuter de ce que je vais faire après, mais je peux vous dire que quand le contrat sera signé, vous serez les premiers à le savoir, répondit Christian avec ce sourire en coin qui le caractérisait. Je peux aussi dire que je trouve que la Nouvelle-Angleterre est magnifique en automne et que j'ai récemment acheté un vieux terrain de camping dans le Vermont. Je souhaite en faire un site qui accueillera des colonies de football pour les enfants quand je prendrai ma retraite.

Mon cœur s'emballa. *Un vieux terrain de camping dans le Vermont ?* Il ne pouvait pas s'agir d'une coïncidence.

Christian toqua sur la table.

— D'autres questions avant que je m'en aille ?

Mike Dietrich prit de nouveau la parole.

— Même avec les échanges que les dirigeants de l'équipe de la Nouvelle-Angleterre ont faits, ils ne pourront pas vous payer autant que ce que les Bruins vous ont supposément proposé – il leur manquerait au moins dix millions. Est-ce que ça veut dire que vous seriez prêt à accepter une diminution de salaire ?

Christian s'était adressé à la salle entière jusque-là, mais là, il leva la tête et regarda droit vers la caméra.

— Il y a des choses plus importantes que l'argent dans la vie. J'espère que ce changement me permettra de prendre un nouveau départ et j'espère aussi que je ne serai pas seul dans cette aventure.

J'aurais été bien incapable de répéter ce que quiconque avait dit après ça. Christian répondit à quelques questions supplémentaires, puis il remercia tout le monde d'être venu et il se leva. Sports Network reprit le cours de sa programmation habituelle – comme si les choses pouvaient revenir à la normale après ce que Christian venait de faire. Je demeurai assise dans mon lit pendant quelques minutes, en état de choc, avant que mon téléphone se remette à sonner. C'était Miller, bien entendu.

— C'est moi qui débloque ou Christian vient d'annoncer qu'il va s'asseoir sur dix millions de dollars parce qu'il ne peut plus bosser pour l'équipe du type qui a tué ta mère ? Et qu'au lieu de ça, il va déménager dans la ville où tu as toujours voulu vivre et qu'il a acheté le camping qui renferme tes meilleurs souvenirs d'enfance ?

Je déglutis.

— Je crois bien que c'est exactement ce qu'il vient de faire.

Chapitre 31

Bella

Je n'aurais pas pu faire mieux.

Quelques jours plus tard, je fis le trajet en voiture jusque dans le Vermont avec Miller et son petit ami, Trent. Ces deux-là allaient passer la nuit dans un gîte et en profiter pour admirer les couleurs de l'automne dans les arbres, tandis que je me pointerais sans prévenir à l'hôtel où Christian était descendu. Le coach m'avait dit qu'il devait se rendre là-bas pour signer son nouveau contrat avec la Nouvelle-Angleterre, mais lorsqu'on arriva à l'hôtel, le SUV de Christian venait de sortir du parking.

— Fais demi-tour, vite ! m'écriai-je d'une voix stridente. C'est le pick-up de Christian qu'on vient de voir passer.

— Tu en es sûre ? demanda Miller.

— À cent pour cent. Je l'ai vu au volant.

Miller fit brusquement demi-tour et mit les gaz pour suivre le SUV, mais il y avait au moins cinq autres voitures devant nous.

— Il a un vélo à l'arrière, dit Trent. Je vois un pneu dépasser.

Je me penchai en avant depuis la banquette arrière pour jeter un œil.

— Vous croyez qu'il rentre chez lui ? demanda Trent.

Miller fit non de la tête et pointa la route du doigt.

— Pas s'il va vers le nord. Il vient de mettre son clignotant pour tourner sur la 95, dans la direction opposée.

— Nom d'un chien ! m'écriai-je en m'agrippant au siège. Je crois qu'il se dirige vers le camping. On est allés faire du vélo là-bas la dernière fois qu'on est venus ici.

— Tu veux que je le suive ?

— Oui. Le camping est à seulement dix minutes d'ici si je ne me trompe pas.

Comme la route était à double sens, on avait du mal à ne pas se faire distancer par Christian. On se fit coincer à un feu et le temps qu'on redémarre, son SUV n'était plus en vue. On ne le revit pas avant d'emprunter la route qui menait au camping et il avait déjà passé la chaîne cadenassée, qui nous bloquait le passage.

— Gare-toi devant la chaîne, dis-je à Miller. Je vais descendre.

— Qu'est-ce que tu vas faire ? Le poursuivre à pied ? demanda Miller. Tu n'es pas vraiment un lièvre et je te rappelle que tu as réussi à te perdre en traversant le musée d'art moderne.

— Ça va aller, ne t'en fais pas.

On s'arrêta et je bondis hors de la voiture.

Miller descendit la vitre de sa portière et s'écria :

— Et si le Wi-Fi ne marche pas là-dedans, et que tu ne le trouves pas, et que tu ne peux pas m'appeler ?

— Je vais tenter ma chance ! Allez profiter de votre journée. Ça ira ici même si je ne le trouve pas. Je t'appelle plus tard !

Il me fallut bien plus de temps à pied que ce qu'on avait mis à vélo pour rejoindre l'endroit que j'avais en tête, même au pas de course, mais lorsque j'arrivai à la clairière avec la table de pique-nique où Christian et moi nous étions arrêtés la dernière fois et avions échangé notre premier baiser, je le trouvai assis sur la table avec ses pieds sur le banc. Il me tournait le dos et mon cœur battait la chamade tandis que je m'approchais de lui par-derrière.

Lorsque les feuilles crissèrent sous mes pieds, il se tourna.

— Bella ? Qu'est-ce que tu fais là ?

Je souris.

— Je te cherchais.

— Comment tu savais que j'étais ici ? demanda-t-il en regardant par-dessus mon épaule. Et comment es-tu venue jusqu'ici ?

— Miller m'a déposée à l'entrée. On est d'abord passés à ton hôtel, mais tu partais quand on arrivait, alors on t'a suivi. Mon grand-p...

Je marquai un temps d'arrêt et m'apprêtai à l'appeler par son prénom au lieu, mais je me rappelai alors notre conversation deux jours auparavant. Le résultat du test ADN ne changeait rien.

— Mon grand-père m'a dit dans quel hôtel tu serais.

— Ton... grand-père ?

J'acquiesçai et désignai la table.

— Ça t'embête si je m'assois avec toi ?

Christian se décala pour me faire de la place. Il observait le moindre de mes mouvements comme si j'étais une énigme à déchiffrer.

Je pris place sur la table de pique-nique en soupirant.

— Il veut que je continue à le considérer comme mon grand-père, et j'ai l'impression qu'il l'est toujours. Je sais bien que c'est un peu curieux, étant donné que je suis maintenant au courant qu'il est le père de l'homme qui a tué ma mère, mais il fait partie de ma famille.

Christian afficha un sourire triste.

— Ce n'est pas étonnant du tout. La famille est un cadeau du ciel. Le coach fait aussi partie de la mienne.

— C'est une belle façon de voir les choses.

Je cherchai les bons mots pour formuler ce que j'étais venu lui dire.

— Je suis vraiment désolée de m'être enfuie en courant, Christian.

Il déglutit.

— Je n'ai pas besoin que tu t'excuses.

— Tu n'en as peut-être pas besoin, mais tu le mérites. Je suis désolée de t'avoir mis à l'écart et aussi d'avoir dit des choses blessantes, comme quand je t'ai accusé de n'avoir rien dit parce que ton contrat n'avait pas encore été renouvelé. Je ne t'ai jamais vraiment cru capable de faire quelque chose comme ça. J'étais juste confuse et dépassée par les événements, alors j'ai fait ce que je sais faire de mieux, j'ai mis les voiles et je t'ai retiré la confiance que je t'avais accordée.

— J'aurais dû te le dire plus tôt.

Je soupirai.

— Oui, tu aurais dû, mais je comprends la raison : tu voulais juste me protéger. La dernière fois que mon monde s'est écroulé, c'était à la mort de ma mère. Ma tante m'avait dit qu'elle s'occuperait de moi, et puis elle est morte aussi. Je suis allée vivre chez ma cousine après, mais elle ne voulait pas de moi dans ses pattes. J'ai donc appris à ne compter que sur moi-même. Depuis que je suis adolescente, j'ai toujours cru que ma peur de m'attacher aux gens venait de ma peur de les perdre, mais finalement, je me dis que je craignais peut-être plus que personne sur cette terre n'ait peur de me perdre, moi.

Christian secoua la tête d'un air atterré. Il me souleva de la table et me déposa sur ses genoux, puis enserra ma joue et me dit en me regardant droit dans les yeux :

— Bon sang, je suis terrifié à l'idée de te perdre, moi. Tu comptes plus que tout à mes yeux. D'aussi loin que je m'en souvienne, la seule chose qui m'effrayait, c'était de ne plus pouvoir jouer au football, mais si je devais choisir entre toi et ma carrière, ce serait couru d'avance, chérie.

Les larmes ruisselaient sur mes joues alors que mon cœur se gonflait d'espoir.

— Tu as acheté cet endroit ?

Christian sourit.

— Tu as dit que tu avais passé les meilleurs moments de ta vie ici. L'agente immobilière m'a appelé il y a une semaine pour faire le point après notre visite et j'ai réalisé que l'après-midi qu'on avait passé ici était aussi l'un des plus beaux jours de ma vie. Je me suis dit que cet endroit était peut-être magique et j'ai fait une offre. Je ne savais pas du tout ce que j'allais en faire, mais tout s'est éclairé une fois cette décision prise. J'ai pris le temps de digérer les choses et j'ai compris que les Bruins ne m'apporteraient plus que de mauvais souvenirs. En plus, je ne voulais pas que mon boulot soit un crève-cœur pour toi. Du coup, j'ai demandé à mon agent de tâter le terrain pour voir quelles équipes pourraient être intéressées si je ne renouvelais pas mon contrat. La première à répondre était celle de la Nouvelle-Angleterre et j'ai senti que c'était là que je devais aller.

— Je n'arrive pas à croire que tu aies bouleversé toute ta vie comme ça.

— Il faut savoir partir pour mieux recommencer ailleurs.

Il se pencha plus près de moi et ajouta :

— Je veux prendre un nouveau départ avec toi, Bella. Peu importe où, du moment que c'est un endroit où tu seras heureuse.

— Je sais enfin où il se trouve, répondis-je en reniflant. L'endroit où je serai heureuse.

— Où ça ?

— Partout où tu seras.

Chapitre 32

Christian

— Tu es flippant quand tu fais ça, Knox.

Je souris et écartai une mèche de cheveux de son visage.

— Comment as-tu su que je te regardais dormir avant même d'avoir ouvert les yeux ?

— Je l'ai senti.

Je pris sa main et la glissai entre mes jambes.

— Et si tu sentais plutôt ça ?

Bella rit et ce son emplit mon cœur de joie. Après deux semaines difficiles, les nuages noirs au-dessus de nos têtes avaient enfin commencé à se dissiper. À notre retour du Vermont, Bella avait dû prendre des décisions très importantes. Sans surprise, elle avait géré le tout de bonne grâce. Elle avait décidé de transmettre tout ce qu'on avait découvert à la police pour que l'enquête sur la mort de sa mère soit rouverte. Il leur fallut moins d'une semaine pour relier tous les éléments entre eux et parvenir à la conclusion que John Barrett était bien le chauffard qui avait tué Rose Keating. On savait déjà que la voiture était impliquée, mais la police avait bouclé l'affaire en désignant le coupable.

Comme le stade donnait des pass d'accès aux personnes invitées dans la loge du propriétaire, tout le monde devait s'enregistrer auprès du service de sécurité. Ce dernier avait fourni à Bella la liste des invités présents le soir où sa mère avait été tuée sans que la police soit obligée de perdre du temps à demander une injonction. Tous ceux qui étaient là avaient ensuite été interrogés. Étant donné que les Bruins jouaient ce soir là contre leur principale équipe rivale et que certains des invités se trouvaient dans la loge du propriétaire pour la première fois de leur vie, beaucoup d'entre eux se souvenaient très bien des événements de la soirée. Sept personnes avaient confirmé que John Barrett avait beaucoup bu et il avait proposé à l'une d'entre elles de la ramener à la maison dans sa voiture de collection. L'homme en question avait décliné sa proposition parce qu'il savait que John était soûl. Après ça, la police avait retrouvé l'homme qui s'occupait des voitures de John à l'époque et il avait confirmé que ce dernier lui avait dit qu'il avait percuté un chevreuil et que la voiture devait être réparée.

Bella avait informé Tiffany et Rebecca de ce qui s'était passé, voulant leur faire la courtoisie de ne pas avoir à l'apprendre par les journaux au cas où le fait que les policiers enquêtaient viendrait à se savoir. Elles ne la crurent pas, bien entendu, mais Tiffany avait raconté à son nouveau mec ce que Bella lui avait dit et ce dernier s'était empressé de vendre l'histoire à la presse à scandale. Tout s'était enchaîné après ça.

Bella mit ses mains sous sa joue et on resta couchés sur le côté dans le lit, l'un en face de l'autre.

— Je crois que j'ai décidé de ce que j'allais faire à propos de l'équipe.

— Ah oui ?

— Oui. Je vais créer une association caritative au nom de ma mère et je leur donnerai tous les profits engendrés par l'équipe. Je ne veux rien qui puisse provenir de John Barrett, mais cet argent pourrait vraiment être utile à d'autres.

Je souris.

— C'est une super idée. Et pour la direction ? Tu vas rester co-présidente ?

— Non. J'ai regardé les organigrammes hiérarchiques de plusieurs autres équipes et pour beaucoup d'entre elles, le DG est aussi président. Je pense que Tom Lauren pourra continuer à assumer ces deux fonctions. Je vais demander à mon grand-père s'il veut bien occuper une place de conseiller auprès du président et aussi un siège au conseil d'administration de l'association caritative que je vais créer.

J'étais vraiment content qu'elle n'hésite plus à désigner Marvin Barrett comme son grand-père. S'il y avait bien une chose de positive dans tout ce bazar, c'était que ces deux-là se soient rencontrés. Enfin, ça et le fait que j'avais trouvé l'amour de ma vie.

— Tout ça me semble très bien ficelé. Tu as quand même encore deux décisions importantes à prendre.

— Ah ? Qu'est-ce que j'ai oublié ?

Je pris sa main et la portai à mes lèvres.

— Tu veux bien emménager avec moi ? Tu pourrais rester ici jusqu'à ce que le moment soit venu de partir dans le Vermont et après on pourrait acheter une maison ensemble – un endroit avec une grande cheminée et beaucoup de terrain pour que nos gamins puissent courir partout un jour.

— Tu veux qu'on s'installe ensemble ?

Je souris.

— Je veux que tu deviennes ma femme, mais je me suis dit que c'était peut-être un peu trop tôt pour te demander ça, alors j'y vais doucement. Viens vivre avec moi.

— Mais je viens juste de signer le bail de mon nouvel appartement.

— Je le rachèterai s'ils ne veulent pas te laisser partir. La meilleure partie de ma journée, c'est quand je me réveille à côté de toi et je veux que ta saveur soit la dernière chose sur ma langue avant de m'endormir le soir.

Elle plaqua une main sur son cœur.

— Ouah. Demandé comme ça, je ne vois pas comment je pourrais refuser.

Mon cœur s'emballa.

— C'est un oui, alors ?

Elle hocha la tête.

— C'est un oui.

Je me penchai vers elle et l'embrassai avec toute la fougue dont j'étais capable. Lorsqu'on finit par s'interrompre pour reprendre notre souffle, ses joues étaient rouges. Je m'apprêtai à passer au deuxième round, mais Bella m'arrêta et me tapota le torse.

— Attends. C'est quoi la deuxième chose ?

— Hein ?

Tout le sang de mon cerveau avait migré vers le bas et je ne savais absolument pas de quoi elle voulait parler.

Elle rit.

— Tu as dit que j'avais *deux* décisions importantes à prendre.

— Ah, c'est vrai, dis-je en affichant un sourire en coin. Comment veux-tu procéder ce matin ? Levrette, cuillère, courbée par-dessus la tête de lit, soixante-neuf ? Ou à cheval sur ma langue ou sur ma queue, peut-être ?

Bella humecta ses lèvres.

— Je peux choisir ?

— Tout à fait.

Elle se mordit la lèvre.

— Mais tout a l'air si bon...

On était encore nus après la nuit qu'on venait de passer, alors je tirai légèrement sur le drap et ses seins voluptueux s'offrirent à ma vue – si généreux, avec leurs courbes naturelles des plus sexy. En attendant qu'elle se décide, je me penchai et pris l'un de ses tétons affriolants dans ma bouche, puis je fis courir ma langue dessus et le suçai, avant de le mordiller avec fermeté. Je recommençai ensuite avec l'autre.

Les yeux de Bella étaient voilés de désir le temps que je finisse.

— Tu as choisi, chérie ?

— C'est dur de choisir une seule de ces positions...

— Oh, je ne t'ai pas demandé d'en choisir une seule. Je veux que tu me dises par laquelle tu veux *commencer* ce matin. Je ne suis pas attendu sur le terrain avant trois bonnes heures. On aura le temps de toutes les faire.

— Te chevaucher, dit-elle dans un souffle. Je veux te chevaucher.

— Ma langue ou ma queue ?

— Ta queue.

Ma parole, ces deux mots sonnaient si bien dans sa bouche. Et le fait qu'elle soit un peu gênée de les prononcer, mais qu'elle le fasse quand même pour moi, était terriblement sexy.

Je me redressai, le dos contre la tête de lit, avant de tendre la main vers elle. Bella grimpa à califourchon sur moi. Je m'apprêtai à regarder si elle mouillait lorsque je sentis la preuve de son excitation goutter sur ma peau.

— Soulève tes fesses…, dis-je d'une voix rauque de désir.

Bella se redressa sur ses genoux et j'agrippai mon érection pour la positionner près de son sexe. Mon gland était aussi luisant d'excitation.

— Regarde en bas quand tu t'abaisseras. Je veux qu'on voie tous les deux ta belle chatte avaler ma queue.

Bella posa ses mains sur mes épaules pour s'équilibrer et s'abaissa, les yeux rivés sur la jonction entre nous. Elle était si douce et si prête pour moi que j'eus l'impression d'être pris dans un étau de velours.

Je renversai la tête en arrière, contre la tête de lit.

— La vache… ta chatte est si serrée.

Elle commença à effectuer des va-et-vient, prenant ma queue plus profondément à chacun d'entre eux. Lorsque ses fesses touchèrent mes bourses, elle leva les yeux et nos regards s'accrochèrent.

— Chevauche-moi encore.

J'empoignai ses cheveux à l'arrière de sa tête, tirant fermement dessus.

— Lâche-toi, ma belle.

Sa tête roula en arrière, me donnant accès à son cou. Je le suçai à l'endroit où son pouls battait tandis qu'elle me chevauchait avec ardeur, soulevant amplement ses fesses avant de les rabattre vigoureusement et de se déhancher. Elle gémit quand je pressai mon pouce sur son clitoris pour le caresser en effectuant de petits cercles.

Je lui avais dit de me chevaucher, mais je ne pouvais pas m'empêcher de participer. Agrippant ses hanches, je donnai un coup de reins lorsqu'elle s'abaissa, m'enfonçant encore plus profond en elle.

Les yeux de Bella roulèrent dans leurs orbites alors que son orgasme montait.

— Christian !

— C'est ça. Crie mon nom pendant que tu jouis, ma belle.

Sa chatte se contracta et je pris la relève, la soulevant et l'abaissant avec vigueur en continuant à donner des coups de reins. Elle répéta mon nom sans relâche jusqu'à ce qu'il se transforme en un long gémissement. Je l'embrassai jusqu'au dernier soubresaut de son corps, puis m'enfonçai jusqu'à la garde en rugissant de désir.

Après ça, j'étais plus essoufflé que lorsque je traversais tout le terrain en courant.

— Je t'aime, Bella Keating. Tu es un cadeau du ciel.

Elle afficha un sourire espiègle en haussant les sourcils d'un air suggestif.

— Je t'aime aussi, Christian Knox, mais ne crois pas que tu vas pouvoir te reposer sur tes lauriers tout de suite. Si je suis un cadeau, je vais continuer à m'offrir à toi.

Épilogue

— Il vous faut des lunettes, monsieur l'arbitre ! m'écriai-je. Vous n'avez pas vu ce hors-jeu ou quoi ?

— Ouh là…

Mon mari grimpa les marches quatre à quatre dans les gradins. Il regarda la personne assise à ma droite en lui offrant un sourire d'excuse.

— Désolé. Elle devient agressive quand elle a faim.

— Pas du tout, rétorquai-je en pointant le terrain du doigt. Cet arbitre a une dent contre nous depuis le début du match.

Christian s'assit à côté de moi et me tendit un gros bretzel.

Je fronçai les sourcils.

— Tu as encore enlevé le sel ?

— Le doc a dit d'y aller mollo sur le sel comme ta tension est déjà un peu élevée.

Je passai une main sur mon énorme ventre en plissant les yeux.

— Ma tension est un peu élevée parce que *tu* ne peux rien faire comme tout le monde – comme avoir *un* enfant à la fois.

Il se pencha et embrassa mon ventre.

— Pourquoi se contenter d'une mini-Bella quand on peut en avoir deux ?

— Tu ne diras pas ça dans treize ans quand elles vont commencer à sortir avec quelqu'un.

Christian fronça les sourcils.

— Treize ans ? Tu veux dire trente, chérie.

Malheureusement pour les deux petites filles dans mon ventre, leur père était sérieux. J'avais néanmoins encore quelques années pour le travailler au corps avant qu'on ait à se soucier des rendez-vous de nos filles. Cela dit, nos autres jumeaux – Drew et Ben, qui étaient maintenant en primaire – avaient déjà récolté un sac plein de cadeaux pour la Saint-Valentin l'année dernière, alors qu'ils étaient seulement en maternelle. Le seul à blâmer dans cette histoire, c'était leur père, car nos fils avaient hérité de ses fossettes.

— Le voilà ! s'écria une adolescente d'une voix stridente derrière nous. Il est tellement canon !

Je me tournai vers l'endroit qu'elle pointait du doigt, l'entrée du terrain par laquelle l'entraîneur adjoint arrivait en courant. Wyatt avait maintenant vingt-quatre ans et c'était le nouveau *kicker* de l'équipe de la Nouvelle-Angleterre – celle que mon mari avait quitté à la fin de la saison dernière seulement pour prendre sa retraite –, mais quand il avait du temps libre, il donnait aussi un coup de main à mon grand-père qui était l'entraîneur principal de l'équipe benjamine de Drew et Ben. Quatre ans auparavant, le coach avait mis le cap sur la Nouvelle-Angleterre pour nous rejoindre. Il avait dit qu'il voulait se rapprocher de sa famille après la naissance des jumeaux. Et il faisait bel et bien partie de la nôtre, car la famille n'était pas une affaire de gènes. Tiffany et Rebecca l'avaient démontré lorsqu'elles avaient coupé les ponts avec lui parce qu'il considérait mes garçons comme ses arrière-petits-enfants.

Je me penchai vers Christian et murmurai :

— Je me rappelle l'époque où c'est toi que les filles pointaient du doigt en disant ça.

— Je suis heureux de laisser ma place.

Wyatt rejoignit le coach derrière la ligne de touche. Après des années de rééducation, mon grand-père arrivait relativement bien à marcher avec une canne à présent. À cet instant, il pointait cependant cette dernière vers l'arbitre en contestant la dernière faute sanctionnée. Il discuta une minute avec Wyatt, puis ce dernier rejoignit le banc de touche et s'assit à côté d'un Drew à la mine renfrognée.

— Il faut que tu arrives à convaincre l'un des deux que le poste de *quarterback* n'est pas le seul intéressant, dis-je à mon mari. J'en ai assez de rentrer à la maison avec un enfant qui boude après chaque match.

Christian sourit.

— C'est bon pour eux cet esprit compétitif. En plus, Drew a occupé ce poste pendant tout le match le week-end dernier. Ils finiront par le comprendre par eux-mêmes un jour, comme Jake et moi.

Mon portable sonna dans mon sac à main. Après avoir vu le nom affiché sur l'écran, j'inclinai ce dernier vers Christian pour le lui montrer.

Il fit non de la tête.

— Tu es censée être en congé maternité.

— Ils ont un problème avec le module de prévision. Il n'arrête pas de bugger et de s'arrêter de fonctionner depuis qu'ils l'ont téléchargé dans le nouveau système informatique. Je pense que le problème vient du nouveau système, pas du programme.

Je tentai de décrocher, mais le téléphone disparut de ma main avant que je puisse le faire.

— Le doc t'a dit d'arrêter de bosser, sinon tu vas finir par passer le reste de ta grossesse à l'hôpital. Tu as bien vu comme c'était difficile pour toi de rester alitée pendant un mois la dernière fois. Aucun stress autorisé.

— C'est juste un coup de fil. Je ne suis pas stressée...

— Ce n'est jamais *juste un coup de fil*, chérie. Si tu ne trouves pas d'où vient le problème, tu vas encore travailler jusqu'à quatre heures du matin sur ton ordinateur pour essayer de le résoudre.

D'accord, il se pourrait bien que j'ai fait ça la dernière fois, mais c'était dur pour moi de laisser mes collègues dans le jus. Surtout en sachant que c'était moi qui avais créé le logiciel d'analyse statistique et de prévision qu'ils utilisaient aujourd'hui. Après notre déménagement en Nouvelle-Angleterre pour que Christian intègre sa nouvelle équipe, je m'ennuyais à rester tout le temps à la maison. Je voulais trouver un emploi avec des horaires flexibles pour pouvoir voyager afin d'aller voir ses matchs et aussi retourner à New York pour voir certains matchs de Wyatt et rendre visite à mon grand-père. Ce job m'était tombé dans les bras lorsque le directeur des analyses des Bruins était venu travailler pour l'équipe de la Nouvelle-Angleterre. Il avait toujours adoré le module de prévision que j'utilisais et m'avait invitée en tant que consultante pour la nouvelle équipe de Christian afin de les aider à améliorer leur système. Après un an, je travaillais pour eux à temps plein et je développais un tout nouveau programme de A à Z. J'avais continué à mi-temps après la naissance des jumeaux, mais ce n'était pas simple parce que Christian était sans arrêt en déplacement. L'arrivée des jumelles allait rendre les choses encore plus chaotiques, mais au moins, mon mari était à la retraite maintenant et il pourrait m'aider davantage.

Je fis la moue alors que l'appel passait sur répondeur et que le téléphone demeurait dans les mains de Christian.

— Tu sais que je vais le rappeler.

— Oui, mais si tu attendais qu'on soit rentrés ? Je ferai les devoirs avec Tic et Tac, et tu pourras aller jouer les geeks à l'étage. Si tu te contentes de faire une chose à la fois, tu seras quand même un peu moins stressée. Le match est presque fini de toute façon.

Un peu plus tard, je descendis sur le terrain avec Christian. Il portait la glacière qu'il emportait à tous les matchs. Tandis qu'on approchait, les enfants étaient accroupis avec un genou à terre, en train d'écouter le coach qui faisait le débriefing du match, mais dès qu'ils aperçurent mon mari, tous les joueurs se levèrent et se mirent à courir vers lui. La raison pour laquelle les enfants se précipitaient vers Christian Knox n'était cependant pas la même que durant ses jours de gloire.

— Il y en a au chocolat ? demanda l'un d'entre eux.

Christian ébouriffa ses cheveux.

— Ce n'est pas toi qui t'es plaint parce qu'il n'y avait que de la vanille la dernière fois ?

Le gamin sourit jusqu'aux oreilles et hocha la tête.

— Alors j'en ai pris au chocolat aussi cette fois.

Il ouvrit la glacière et dut s'écarter pour ne pas se faire bousculer durant la ruée vers les Chipwichs. Dès que chacun eut attrapé sa glace, les enfants ôtèrent leurs crampons et leurs chaussettes et se mirent à courir partout sur le terrain. Je m'étonnais encore du fait que Christian ne les avait même pas incités à faire ça. Il avait juste apporté les Chipwichs et ils avaient fait le reste – chahuter les uns avec les autres en riant, pieds nus sur la pelouse et une glace à la main.

Christian passa un bras autour de ma taille et on observa le chaos sur le terrain en silence, tous les deux avec le sourire aux lèvres.

— Je viens de réaliser que tu n'as plus de gazon à la maison en ce moment, dis-je.

Notre jardin avait été récemment creusé pour réaliser une piscine et un nouvel aménagement paysager. On avait prévu de semer du gazon au printemps, mais pour l'instant le terrain était en grande partie boueux.

— Est-ce que je devrais semer quelques graines pour te faire un petit carré d'herbe comme celui que tu avais sur le balcon de ton bel appartement à New York ? Je ne voudrais pas que tu sois privé de ton petit coin de paradis pour manger tes glaces pendant six mois.

Christian se tourna et m'attira contre lui. Tout souriant, il attrapa mes lunettes d'un côté et les redressa, car elles étaient sans doute encore de travers.

— Je n'ai plus besoin de marcher pieds nus dans l'herbe. J'ai mon petit coin de paradis juste là, boss.

— Oooh, tu es adorable.

Il se pencha pour me murmurer à l'oreille :

— Et au diable le Chipwich et ton boulot. Je vais te bouffer toute crue quand on rentrera à la maison.

Je ris. Christian était comme ça, un parfait équilibre entre le côté adorable et le côté grivois. Parfois, j'avais du mal à croire que c'était ma vie, que tout était bien réel et que j'avais trouvé le véritable amour. C'était pourtant bien le cas. Il m'avait juste fallu du temps parce que je l'avais trouvé là où je m'y attendais le moins – au-delà de mes peurs.

Remerciements

À vous, les lecteurs – Dix ans auparavant, j'avais une carrière non satisfaisante et j'ai décidé d'écrire mon premier livre. Je n'aurais jamais cru que ma vie allait prendre ce tournant-là – que je vendrais des millions de livres dans vingt-sept langues avec des centaines d'apparitions dans des listes de bestsellers – et tout ça, c'est grâce à VOUS. Merci pour cette décennie de soutien et d'enthousiasme. Je suis honorée que tant de personnes parmi vous m'accompagnent encore aujourd'hui et j'espère que nous passerons encore de nombreuses décennies ensemble !

À Penelope – La meilleure complice dont on puisse rêver ! Merci de toujours m'aider à voir le côté drôle de n'importe quelle situation merdique.

À Cheri – Merci pour toutes ces années de soutien et d'amitié sincères.

À Julie – Plus que six mois avant de fouler le sable pieds nus !

À Luna – Ce sont les amis avec lesquels vous pouvez chatter jusqu'à cinq heures du matin qui comptent le plus ! Merci d'être toujours là, de jour comme de nuit. Ton amitié illumine mes journées.

À mon formidable groupe de lecteurs sur Facebook, Vi's Violets – près de 25 000 femmes brillantes (et quelques hommes géniaux) qui adorent les livres ! Vous nourrissez mon âme et m'inspirez chaque jour. Merci pour tout votre soutien.

À Sommer – Merci de toujours deviner ce que je veux, souvent avant que je le sache moi-même.

À mon agente et amie, Kimberly Brower – Merci de m'accompagner dans cette aventure !

À Jessica, Elaine et Julia – Merci pour votre aptitude à gommer les aspérités et à me faire briller !

À Kylie et Jo de Give Me Books – Je ne me rappelle même pas comment je m'en sortais avant vous et j'espère ne jamais avoir à le refaire ! Merci pour tout votre travail.

À tous les blogueurs – Merci pour tout ce que vous faites ! Sans vous, je n'en serais pas là aujourd'hui. Merci de toujours répondre présent.

Avec tout mon amour,

Vi

Gardez le Contact

J'espère que vous avez aimé l'histoire de Christian et Bella ! Afin d'être informés de mon actualité, n'hésitez pas à rejoindre mon groupe Facebook qui réunit déjà plus de 26 000 lecteurs !

Rejoignez le groupe des lectrices de Vi Keeland

Suivez Vi sur Instagram

Inscrivez-vous à sa liste de diffusion pour être informé·e de ses prochaines publications !

VI KEELAND est une auteure de best-sellers n° 1 au classement du *New York Times*, n° 1 au classement du *Wall Street Journal* et figurant au classement de *USA Today*. Avec des millions d'exemplaires vendus, ses titres sont mentionnés dans plus d'une centaine de listes de best-sellers et sont actuellement traduits en vingt-cinq langues. Avec son mari et ses trois enfants, elle habite à New York où elle vit son propre conte de fées avec le garçon qu'elle a rencontré à l'âge de six ans.